民國新聞專題史研究叢書

方漢奇題

倪延年　主編

第5冊

民國時期的新聞管理體制

方曉紅　等著

花木蘭文化事業有限公司

國家圖書館出版品預行編目資料

民國時期的新聞管理體制／方曉紅等著 — 初版 — 新北市：花
木蘭文化事業有限公司，2020〔民 109〕
目 4+282 面；19×26 公分
（民國新聞專題史研究叢書；第 5 冊）
ISBN 978-986-518-122-2（精裝）
1. 新聞史 2. 中國
890.9208   109010124

ISBN-978-986-518-122-2

民國新聞專題史研究叢書
第 五 冊   ISBN：978-986-518-122-2

民國時期的新聞管理體制

作　　者　方曉紅等著
叢書主編　倪延年
出　　版　花木蘭文化事業有限公司
發 行 人　高小娟
總 編 輯　杜潔祥
副總編輯　楊嘉樂
編　　輯　許郁翎、張雅淋　美術編輯　陳逸婷
聯絡地址　235 新北市中和區中安街七二號十三樓
　　　　　電話：02-2923-1455／傳眞：02-2923-1452
網　　址　http://www.huamulan.tw 信箱 hml810518@gmail.com
印　　刷　普羅文化出版廣告事業
初　　版　2020 年 9 月
全書字數　268716 字
定　　價　共 12 冊（精裝）新台幣 36,000 元

民國時期的新聞管理體制

方曉紅 等著

此項研究得到國家社會科學基金重大項目
「中華民國新聞史」（編號：13&ZD154）資助

《中華民國新聞史》學術顧問委員會

主任委員

    方漢奇　中國人民大學榮譽一級教授，中國新聞史學會創會會長，中國人民大學新聞學院教授，博士研究生導師。

執行主任委員

    趙玉明　中國傳媒大學教授，博士生導師，中國新聞史學會第二任會長，北京廣播學院原副院長。

副主任委員

    朱曉進　南京師範大學教授，博士生導師，副校長，中國民主促進會江蘇省主委，政協江蘇省副主席。

    程曼麗　北京大學教授，博士生導師，中國新聞史學會會長，北京大學華文傳媒研究中心主任。

委員（按姓氏漢語拼音為序）

    顧理平　南京師範大學教授，博士生導師，南京師範大學新聞與傳播學院院長。

    黃　瑚　復旦大學教授，博士研究生導師，復旦大學新聞學院常務副院長，中國新聞史學會副會長。

    李　彬　清華大學教授，博士研究生導師，清華大學新聞與傳播學院學術委員會主任。

    劉光牛　新華通訊社高級編輯，新華社新聞研究所副所長。

    劉　昶　中國傳媒大學教授，博士研究生導師，中國傳媒大學新聞傳播學部新聞學院院長。

    馬振犢　中國第二歷史檔案館副館長，研究員，中國近現代史史料學會副會長。

    倪　寧　中國人民大學教授，博士研究生導師，中國人民大學新聞學院執行院長。

    秦國榮　南京師範大學教授，博士研究生導師，南京師範大學社會科學學術委員會秘書長，南京師範大學社會科學處處長。

    吳廷俊（常設）華中科技大學二級教授，博士生導師，中國新聞史學會副會長，中國新聞史學會新聞教育史分會會長。

二〇一四年三月

《中華民國新聞史》編纂委員會

主任委員

吳廷俊　華中科技大學二級教授，博士研究生導師，中國新聞史學會副會長暨新聞教育史分會會長。項目常設顧問。

執行主任委員

倪延年　南京師範大學教授，博士研究生導師，中國新聞史學會特邀理事，南京師範大學民國新聞史研究所所長。主編《中華民國新聞史》（第1卷），協助主任委員完成項目研究組織協調工作。

副主任委員

張曉鋒　南京師範大學教授，博士研究生導師，中國新聞史學會常務理事，中國新聞史學會臺灣與東南亞華文新聞傳播史研究會副會長，南京師範大學新聞與傳播學院執行院長。協助主任委員完成項目組織協調工作。

委員（以姓氏漢語拼音為序）

艾紅紅　中國傳媒大學教授，博士研究生導師，中國新聞史學會常務理事，主編《中華民國新聞史》（第5卷），負責全書「民國時期的新聞廣播業」特約專題稿和《民國新聞專題史研究叢書·民國時期的新聞廣播業》分冊撰稿。

白潤生　中央民族大學教授，中國新聞史學會特邀理事，負責全書「民國時期的少數民族新聞業」特約專題稿和《民國新聞專題史研究叢書·民國時期的少數民族新聞業》分冊撰稿。

鄧紹根　中國人民大學教授，博士生導師，中國新聞史學會副秘書長。負責全書「民國時期的外國在華新聞業」特約專題稿和《民國新聞專題史研究叢書·民國時期的外國在華新聞業》分冊撰稿。

方曉紅　南京師範大學教授，博士研究生導師。負責全書「民國時期的新聞管理體制」特約專題稿和《民國新聞專題史研究叢書·民國時期的新聞管理體制》分冊撰稿。

郭必強　中國第二歷史檔案館研究室主任，研究員，中國近現代史史料學會常務理事、副秘書長。負責協助有關史料的查閱和審核工作。

韓叢耀　南京大學教授，博士研究生導師。負責全書「民國時期的圖像新聞業」特約專題稿和《民國新聞專題史研究叢書・民國時期的圖像新聞業》分冊撰稿。

何　村　渤海大學教授。協助首席專家完成相關工作。

李建新　上海大學教授，博士研究生導師，中國新聞史學會常務理事。負責全書「民國時期的新聞教育」特約專題稿和《民國新聞專題史研究叢書・民國時期的新聞教育》分冊撰稿。

李秀雲　天津師範大學教授，博士生導師，新聞傳播學院副院長，中國新聞史學會常務理事。參加全書「民國時期的新聞學研究」特約專題稿和《民國新聞專題史研究叢書・民國時期的新聞學研究》分冊撰稿。

劉　亞　南京政治學院教授，博士研究生導師。主編《中華民國新聞史》（第4卷），負責全書「民國時期的軍隊新聞業」特約專題稿和《民國新聞專題史研究叢書・民國時期的軍隊新聞業》分冊撰稿。

劉繼忠　南京師範大學副教授，博士。南京師範大學民國新聞史研究所副所長。主編《中華民國新聞史》（第3卷）。

徐新平　湖南師範大學教授，博士研究生導師，中國新聞史學會常務理事。負責全書「民國時期的新聞學研究」特約專題稿和《民國新聞專題史研究叢書・民國時期的新聞學研究》分冊撰稿。

萬京華　新華通訊社新聞研究所研究員，新聞史論研究室主任，中國新聞史學會常務理事。負責全書「民國時期的新聞通訊業」特約專題稿和《民國新聞專題史研究叢書・民國時期的新聞通訊業》分冊撰稿。

王潤澤　中國人民大學教授，博士研究生導師，新聞學院副院長，中國新聞史學會副會長兼會刊《新聞春秋》主編。主編《中華民國新聞史》（第2卷）。

張立勤　華南師範大學副教授，博士。負責全書「民國時期的新聞業經營」特約專題稿和《民國新聞專題史研究叢書・民國時期的新聞業經營》分冊撰稿。

二〇一八年十二月

《民國新聞專題史研究叢書》序

倪延年

　　國家社會科學基金重大項目 2013 年度（第二批）「中華民國新聞史」自 2013 年 11 月立項以來，項目組全體同仁歷經五年奮力拼搏，終於如期完成了研究任務，交出了自己的答卷。項目最終成果可分兩個部分：即 5 卷本的《中華民國新聞史》和由 10 個專題 12 個分冊組成的《民國新聞專題史研究叢書》。本序主要就「民國新聞專題史」研究的歷史進程、研究對象、研究組織及研究原則等涉及全套《叢書》的相關問題作一個概括性介紹。

一

　　從孫中山領導在南京創立中華民國臨時政府（俗稱民國南京臨時政府）的 1912 年元旦，到我們撰寫定稿「民國新聞專題史」各分冊的現在（2018 年底），兩個時間點相距一百多年。回顧這一百多年「民國新聞專題史」研究的歷史進程，真是讓人感慨萬千。這一百多年的歷史進程，從大的方面可以劃分爲中華民國時期（38 年左右）和中華人民共和國時期（建國已近 70 年）兩個階段；每一階段又可分成兩個小的階段——這兩個大的階段和四個小的階段，正好構成了「民國新聞專題史」研究發展的完整歷程。

一、「中華民國時期」的 38 年可以日本發動全面侵華戰爭而製造的北平盧溝橋「七・七事變」爲節點劃分爲兩個階段。

（一）從孫中山領導創建「中華民國」到「七・七事變」爆發是中華民國時期「民國新聞專題史研究」的第一個階段。

民國成立近十年後，中國共產黨正式誕生並迅速走上國內政治舞臺。由

於社會主義蘇聯的牽線搭橋，以馬克思主義為指導思想的中國共產黨和孫中山重新解釋「三民主義」改組執行「聯俄、聯共、扶助農工」三大政策的中國國民黨，合作開展反帝反封建大革命運動，並一起發動了以打倒北洋軍閥、推翻北洋政府為目標的「北伐戰爭」。就在國共兩黨合作的北伐戰爭勢如破竹推進，共產黨領導組織的上海工人第三次武裝起義成功之後，國民黨右派勢力代表蔣介石、汪精衛等從 1927 年 4 月起先後製造了上海「四‧一二政變」、「武漢七‧一五政變」，依仗軍隊血腥鎮壓曾經共同反對北洋軍閥的合作夥伴共產黨人。嚴峻的政治環境迫使共產黨人要麼是轉入地下狀態堅持反對國民黨反動派的鬥爭，要麼是到國民黨鞭長莫及的偏遠山區開展武裝鬥爭。儘管共產黨誓言要推翻國民黨政府，但共產黨領導的工農紅軍不但弱小，且處於被國民黨軍隊追擊「圍剿」狀態，難以造成對國民黨統治的直接威脅。以蔣介石國民黨集團主導的「中華民國」獲得了一個相對穩定的發展時期，經濟、文化、教育及科學技術等得到較快發展。

　　或許因為人文社會科學研究需要一定時間積累，所以在 1937 年之前的中國學術界，傳統人文社會科學領域對當朝「中華民國」的研究似乎還沒有全面展開。但也有例外。中國學術界在 20 世紀 30 年代中期就出版了一批研究「中華民國」憲政、立法及政治生活等方面的專著。其中最早的是著名歷史學家和法學家吳宗慈所撰《中華民國憲法史》，該書對從 1913 年《天壇憲草》議定到 1923 年《中華民國憲法》正式公布的 10 年制憲歷程做了詳盡記錄，描繪了 1923 年《中華民國憲法》從起草到完成的全過程。後來又先後出版了潘樹藩的《中華民國憲法史》（上海商務印書館，1935 年版），謝振民編著、張知本校訂的《中華民國立法史》（正中書局 1937 年版），吳經熊、黃公覺的《中國制憲史》（上海商務印書館 1937 年版）及郭衛、林紀東的《中華民國憲法史料》等一些著作。儘管中國法史學界出版了多種中華民國「憲法史」或「立法史」著作，但筆者至今沒有發現當時新聞史學界出版名為《中華民國新聞史》的學術專著或「民國新聞專題史」方面的系列研究著作。或許是因為新聞史比憲法（立法）史距社會現實政治略遠了一些？或許是新聞史學界研究人才和學術積澱還沒具備出版《中華民國新聞史》的條件？或許是受「新聞無學」慣性思維影響，人們還沒關注到「民國新聞史」學術研究？或許是新聞學人關注點還是在新聞報刊採編發售等「實用」技術總結，而無暇關注相對「虛」一些的「民國新聞史」理論研究？或許是新聞史學界受數千

年「當代人不修當代史」文化傳統習慣制約和影響，認為不應撰寫當朝「民國新聞史」等，筆者不得而知。儘管沒有明確答案，但可以肯定的是由於上述一種或數種因素的綜合作用，才出現這一階段尚未撰寫出版《中華民國新聞史》或「民國新聞專題史」系列專著的實際結果。

（二）從中華民族全面抗日戰爭爆發，到蔣介石指揮的國民黨軍隊在抗日戰爭勝利後的國共內戰中被共產黨領導的人民解放軍打敗並播遷到臺灣諸島為中華民國時期的第二個階段。

日本軍隊在中國北平盧溝橋製造「七・七事變」，發動了對中國的全面武裝侵略。中華民族為救民族於危亡奮起抵抗，進入以國共合作為標誌的全民族抗日戰爭階段。歷經八年的全民族艱苦浴血奮戰，中國的抗日戰爭暨世界反法西斯戰爭取得了勝利。抗日戰爭勝利後的國共兩黨關於和平建國的談判因多種因素破裂，兩黨軍隊兵戎相見，最後是國民黨的「國民革命軍」被共產黨領導的「人民解放軍」徹底打敗，一路播遷到中國東南沿海的臺澎金馬諸島。這一階段仍然沒有發現《中華民國新聞史》及「民國新聞專題史」研究系列著作問世。

抗戰時期的「中華民國國民政府」是世界大多數國家承認的中國中央政府。國共合作抗日後，共產黨領導的中國工農紅軍陝北主力部隊改編為「國民革命軍第八路軍」，南方各省的紅軍游擊隊改編為「國民革命軍新編陸軍第四軍」。共產黨在江西瑞金創建的中華蘇維埃共和國臨時中央政府長征結束後落腳的「陝甘寧革命根據地」，此時也改稱中華民國「陝甘寧邊區」。由於中華民族在奪取抗日戰爭勝利的同時也為世界反法西斯戰爭勝利做出了重要貢獻，中國的國際地位得到明顯提高，國際影響力迅速增強。在第二次世界大戰結束前由美國、英國和中國等同盟國設計新的世界秩序並成立聯合國時，國民黨主導的中華民國成為聯合國的五個常任理事國之一。抗日戰爭勝利後，全國各民主黨派和民眾希望國共兩黨能夠實現孫中山先生「和平建國」遺願。但蔣介石國民黨集團及其主導的「中華民國」政府依仗在抗戰時期撤到大後方保存下來的軍隊和美國巨額軍事援助，在自認為各項戰爭準備到位之時，撕毀了國共兩黨簽署的《雙十停戰協定》，1946 年 6 月 26 日向中原地區的中共部隊發起進攻，拉開了國共兩黨軍隊公開內戰的序幕。這場內戰一打數年，直到「中華民國」首都南京被人民解放軍「佔領」，中華人民共和國中央人民政府在北京宣告成立，並於 1949 年 10 月 1 日舉行了開國大典。抗

日戰爭前期，日本侵略軍依仗軍事優勢迅速向中國腹地推進，在佔領中國城鄉廣大地區的同時進行滅絕性的文化、文物、文獻及文人的掠奪。為了保存實力堅持長期抗戰，也為了保存數千年的文化遺產，中華民國政府在艱苦和匆忙的情況下，組織了大規模的「南遷」（從北方遷向南方）和「內遷」（從沿海遷向內地）。日本帝國主義侵略戰爭造成的巨大破壞和日本軍國主義的有組織掠奪及大規模遷移對文化、文物造成了難以估量的損失。大批年輕有為的學者作家投筆從戎與外敵血戰，大批學養深厚的專家學者失去了基本的研究條件，大批年輕學生因戰爭和逃難失去正常的求學機會，無數文獻史料由於搬遷損壞或被日本人搶掠不能為國人研究所用，包括新聞史研究在內的學術活動被迫停滯或中斷。在這種動盪和動亂的社會環境下，沒有《中華民國新聞史》和「民國新聞專題史」學術著作問世似乎也在情理之中。

二、中華人民共和國建國後的 70 年可以中共決定實行改革開放政策的十一屆三中全會召開為標誌劃分為兩個階段。

（一）從中華人民共和國中央人民政府在北京宣告成立到中共十一屆三中全會召開前的 30 年是中華人民共和國成立後的第一個階段。

在國共兩黨軍隊內戰中潰敗到臺灣的蔣介石國民黨集團，拒不承認「中華民國國民政府（總統府）」被共產黨領導的人民解放軍推翻（人民解放軍佔領了首都南京，解放了除臺澎金馬諸島以外的絕大部分國土）的現實，仍以「中華民國政府」的名義在臺澎金馬諸島施行統治。在聯合國大會 1971 年 10 月 25 日以壓倒多數通過阿爾及利亞等國提出的「關於恢復中華人民共和國在聯合國的一切合法權利，並立即將臺灣當局的代表從聯合國及其所屬機構中驅逐出去」的提案即「第 2758 號決議」前的相當長時間裏，國民黨臺灣當局在美國等西方國家的支持下用「中華民國」名義佔據中國在聯合國的常任理事國席位及合法權利。為了鞏固在臺灣地區實行的「一黨統治」，蔣家父子及國民黨集團在臺灣實施了長達 38 年的「戒嚴體制」。一方面是臺灣地區的新聞史學研究者身處「中華民國」社會氛圍中，二是當局實施「威權體制」統制和禁錮人們的思想，加上傳統的「當朝人不修當朝史」的史學傳統，因而臺灣地區不可能出現斷代史性質的「中華民國新聞史」，當然也就不可能出版「民國新聞專題史」研究方面的系列著作。臺灣地區新聞史學者如曾虛白、賴光臨、李瞻等人所著（主編）的《中國新聞（傳播）（事業）史》中關於「中

華民國時期新聞史」的有關內容則是作為「中國新聞史」的一個「時期」予以介紹，而不是作為中國歷史的一個「朝代」予以敘述。

中華人民共和國成立剛滿周歲就被迫進行抗美援朝戰爭，國民黨潰敗前潛伏的大批特務和不法地主資本家趁機興風作浪，在臺灣的國民黨當局高調宣稱要「光復大陸」並不時派遣武裝特務騷擾沿海地區；美國在侵略朝鮮的同時把第七艦隊開進臺灣海峽阻擋大陸解放臺灣，不斷在中國邊境地區和周邊國家製造局部戰爭和政治事件，企圖把人民中國扼殺在搖籃中；蘇聯的大國沙文主義做法和蘇聯共產黨在黨際關係上以「老子黨」自居的傲慢態度，使剛剛建國的新中國領導人為維護國家利益和民族尊嚴據理力爭，最後導致矛盾公開化和激烈化。共產黨領導的社會主義中國與美國等西方資本主義國家在意識形態方面勢不兩立，共產黨領導下實行社會主義制度的中國大陸與國民黨蔣介石（蔣經國）集團管治下實行資本主義制度的臺灣地區在軍事政治方面勢不兩立，社會主義陣營內部又因堅決反對蘇聯的霸權主義和蘇聯勢不兩立。階級敵人時刻虎視眈眈，新生政權時刻受到嚴重威脅。為此，共產黨在創建人民共和國後，通過鎮壓反革命、土地改革、三反五反、公私合營、知識分子改造、高校院系調整及專業改造等一系列政治和行政舉措，淡化和消除蔣介石國民黨集團在大陸統治時期的影響和痕跡，以鞏固共產黨和人民政權的執政基礎。「繃緊階級鬥爭這根弦」使一些人片面認為研究「中華民國時期」歷史是意在為蔣介石國民黨「樹碑立傳」、「鼓吹復辟」或「招魂」。在「階級鬥爭年年講、月月講、天天講」的社會氛圍中，人們對研究「中華民國時期新聞史」唯恐避之不及，生怕引火燒身，實際形成諸多學術禁區。在這種社會環境裏，中國大陸地區沒有出版《中華民國新聞史》及「民國新聞專題史」方面研究的系列著作也在情理之中。

（二）從中共十一屆三中全會召開到當前（二十一世紀前二十年左右），可暫且視為中華人民共和國成立後的第二個階段，這個階段還在繼續向前延伸。

中共十一屆三中全會後，中國大陸進入改革開放的「歷史新時期」，包括「民國新聞史研究」在內各方面的學術研究也隨之進入歷史新時期。由於數十年積壓下來的研究課題太多及思想解放的漸進性，直到 2007 年 8 月才在上海《新聞記者》（第 8 期）刊載的《研究民國新聞史的新資料——讀〈胡政之文集〉》（作者王詠梅）一文標題中出現「民國新聞史」這一名詞。儘管這僅

僅是一篇介紹《胡政之文集》的書評,但因其在文章標題中率先使用了「民國新聞史」這一學術概念,同時開始了民國新聞專題史研究(民國新聞史人物專題研究)的探索,因而在「民國新聞史」研究的歷程上具有特別的意義。2008 年 12 月,胡小平所著《民國新聞史》由青海人民出版社出版,這是 1949 年後大陸學者撰寫出版的學術著述中最早在書名中出現「民國新聞史」概念的專著。全書 27 萬字。包括「第一編 北洋時期新聞業的成長」、「第二編 國民政府時期的新聞業」、「第三編 抗戰時期的新聞業」、「第四編 內戰時期的新聞業」)等四編;每「編」設「章」。其中第一編 12 章,第二編 8 章,第三編 10 章,第四編 5 章。「章」下不分「節」,更沒「目」和「點」,全書正文除「章」標題外,以自然段方式一貫到底。附有「主要參考書目」,記載有 21 種圖書有關信息。2011 年 3 月 26 日在北京大學舉行「成舍我與民國新聞史」國際學術研討會是目前所知在中國大陸舉辦的第一個由中國大陸地區學術團體(中國新聞史學會)、臺灣地區學術團體(世新大學舍我紀念館)和美國相關學術團體(柏克萊加州大學東亞研究院)共同主辦,大陸地區高校新聞院系(北京大學新聞與傳播學院)和學術團體(北京大學新聞學研究會)協辦的民國時期重要新聞史人物「成舍我與民國新聞史」的專題學術活動,也是大陸新聞史學界舉辦的第一個由中外學術界人士參加的「民國新聞史」專題學術活動,是中國新聞史學會舉辦的以特定新聞史人物(成舍我)為研究對象的專題學術活動,把「民國新聞專題史」研究向前推進了一大步。

自 2011 年 1 月 10 日《安徽大學學報:哲學社會科學版》第 1 期刊載《論民國新聞史研究的意義、體系和實施》(倪延年)一文後,大陸地區學術刊物不斷有研究「民國新聞史」的論文發表。儘管一些論文標題沒有出現「民國新聞史」,但研究對象、主題或內容都屬於「民國新聞史」研究,其中大部分屬於「民國新聞專題史研究」。2013 年 6 月 10 日,全國哲學社會科學規劃領導小組辦公室(簡稱全國社科規劃辦公室)宣布「中華民國新聞史研究」獲准立項為當年度「重點項目」;同年 11 月全國社科規劃辦公室宣布由南京師範大學作為責任單位,中國人民大學、中國傳媒大學和新華通訊社作為合作單位,及全國 20 多個學術單位 40 多位專家學者組成團隊參加競標的「中華民國新聞史」中標立項為 2013 年度國家社科基金重大項目(第二批)(編號 13&ZD154)。設計的項目成果包括由 10 個專題 12 個分冊組成的《民國新聞專題史研究叢書》,這似乎是大陸新聞史學界「民國新聞專題史」方面第一次

有計劃的系列研究。為了增強學術界對「民國新聞專題史」研究的關注和重視，中國新聞史學會和南京師範大學聯合主辦，南京師範大學新聞與傳播學院和南京師範大學民國新聞史研究所承辦的「再現歷史探尋規律：首屆民國新聞史研究高層學術論壇」2014 年 5 月在南京師範大學順利舉行。會議籌辦方在所有應徵的論文中評審出 42 篇出版了會議論文集《民國新聞史研究2014》，海峽對岸的新聞史學者跨過臺灣海峽來到南京參加這次學術盛會，並以大會報告向與會同行介紹研究成果；2015 年 11 月舉辦了第二屆民國新聞史高層論壇，評審出 48 篇出版了會議論文集《民國新聞史研究 2015》；2016 年11 月舉辦了第三屆民國新聞史高層論壇，評審出 40 篇出版了會議論文集《民國新聞史研究 2016》；2018 年 11 月舉辦了第四屆民國新聞史高層論壇，評選出 42 位學者在論壇進行論文演講交流──其中絕大部分是進行「民國新聞專題（人物、事件、媒介）史」研究的論文。我們相信，隨著思想解放不斷深入和研究隊伍的不斷擴大，「民國新聞史」專題研究肯定會繼續發展，並且肯定會發展得更快更好。

二

國家社會科學基金重大項目「中華民國新聞史」研究的總體問題是對在特定國際和國內社會環境下，民國時期新聞事業孕育、產生、發展和變化的歷史進程及其內在規律和經驗教訓進行學科的研究、歷史的總結和科學的評價。主要是探討這一階段新聞業發展變化的社會背景，思考新聞業發展對社會環境改變的作用，考察新聞業和社會變革的互動關係，再現民國時期新聞業發展和變化的歷史圖景，盡可能涵蓋完整的民國時期新聞業，包括新聞報刊業、新聞通訊業、新聞廣播業、少數民族新聞業、軍隊新聞業、圖像新聞業、外國在華新聞業以及新聞管理體制、新聞業經營、新聞教育、新聞學研究等諸多側面。

為充分發揮新聞史學界集中力量辦大事的優勢，提高研究成果的整體水平，項目組在設計了完成最終成果《中華民國新聞史》（5 卷本）研究撰稿任務的五個子課題的同時，設計了對「民國時期新聞史」進行專門研究 10 個特約專門課題即：「民國時期」的新聞廣播業、新聞通訊業、少數民族新聞業、軍隊新聞業、圖像新聞業、外國在華新聞業、新聞教育、新聞學研究、新聞管理體制和新聞業經營。之所以確定上述專題作為「民國新聞史」的特約研

究專題，主要考慮以下幾方面因素：首先是這些「特約專題」在「民國時期新聞業」中有比較豐富的研究內容即「有內容可以研究」，它們的存在和發展對「民國新聞業」發揮社會功能具有獨特的作用；其次是這些「特約專題」的深入系統研究對構建完整豐滿的「民國新聞史」體系具有重要作用即「應當重點研究」。這些「特約專題」的深入系統研究可使這些民國時期新聞業中的重要領域得以更充分反映，展現更爲客觀全面的民國新聞史體系；三是這些「特約專題」領域已出現具有較深厚學術積澱、豐富研究經驗、較高水平成果並得到學界公認的領頭人即「有人勝任研究」，既爲深入全面研究這些「特約專題」提供了人才支撐，也使實施這一系列工程成爲可能。鑒於中國大陸改革開放後已出版如《中國近代報刊史》和《中國現代報刊發展史》等專門研究民國時期新聞報刊的著作，且作爲「民國時期的新聞報刊」在設計爲 25 萬字左右的《民國新聞專題史研究叢書》分冊中難以充分展開；再如復旦大學黃瑚教授 1999 年 8 月就出版《中國近代新聞法制史論》，主體部分內容就是「民國時期的新聞法制」；2007 年 6 月馬光仁出版的《中國近代新聞法制史》也是主要研究「民國時期的新聞法制」，2007 年立項的國家社科基金重點項目「中國新聞法制通史研究」最終成果《中國新聞法制通史》（6 卷八冊）中設有「近代卷」，也是研究「民國時期的新聞法制」（且已在 2015 年出版）。因此本項目就沒有把民國時期的「新聞報刊業」和「新聞法制」設計爲特約研究專題進行專門研究。

在國家社科基金重大項目「中華民國新聞史」設計的成果體系中，《中華民國新聞史》（5 卷本）是把「民國時期新聞業」放在當時特定的政治、經濟、軍事、科技、文化、教育等諸因素構成的社會環境背景下，探討其孕育、發生、發展、變化的歷史進程、內在規律及經驗教訓，從縱向對民國時期新聞業的發展歷程進行研究，以探討「民國時期新聞業」在不同歷史階段的發展變化及其主要特點，旨在體現新聞業與社會同進互動的思想。由 10 個專題 12 個分冊組成的《民國新聞專題史研究叢書》則是向新聞史學界集中展現民國時期新聞史中此前少有學者深入系統研究的若干側面的專門發展歷史。其研究成果首先是作爲《中華民國新聞史》（5 卷本）的學術支撐，《民國新聞專題史研究叢書》的分冊課題都是「中華民國新聞史」項目的「特約研究課題」。課題負責人角色定位首先是「中華民國新聞史」項目「特約撰稿人」，其次是《民國新聞專題史研究叢書》分冊撰稿人。「特約研究課題」成果的內容精華

將以「特約專題稿」形式納入《中華民國新聞史》各卷，以提高《中華民國新聞史》（5 卷本）的整體水平。這些「特約研究課題」負責人都是在民國新聞史研究特定側面具有領先優勢的專家學者，他們在「中華民國新聞史」整體框架下對各自優勢領域進行深入的專題研究並撰成 20～25 萬字左右的獨立專著納入《民國新聞專題史研究叢書》統一出版，爲讀者深入系統瞭解民國新聞史的重要側面提供可資閱讀的文本。

《民國新聞專題史研究叢書》各分冊從中觀的橫向層面展現民國新聞史若干側面的發展進程，《中華民國新聞史》（5 卷本）則在宏觀的縱向層面展現中華民國時期新聞事業的起源產生以及在不同階段中發展、變化的歷史進程。《民國新聞專題史研究叢書》各分冊著作者在完成分冊書稿後，把該「特約研究專題」的研究成果撰成規定篇幅的「特約專題稿」，成爲 5 卷本《中華民國新聞史》內容的有機組成部分。之所以如此設計，目的是盡可能集中專家學者的集體智慧，提高國家社會科學基金重大項目成果《中華民國新聞史》（5 卷本）的整體水平，爲達到高起點、高標準、高水平、權威性的設計目標提供保障。

三

爲圓滿實現《民國新聞專題史研究叢書》的設計功能，項目組在全國新聞史學界範圍內選聘了一批具有深厚學術積澱、良好學術道德的專家學者，組成了《民國新聞專題史研究叢書》的強大著者團隊。他們（以姓名首字漢語拼音爲序）是：

艾紅紅（《民國時期的新聞廣播業》著者）。女，博士，中國傳媒大學新聞學院教授，博士生導師，中國人民大學新聞學院博士後，兼任中國新聞史學會常務理事。已出版《中國廣播電視史初論》、《新時期電視新聞改革研究》、《〈新聞聯播〉研究》《中國宗教廣播史》及《中國民營廣播史》等著作 5 部；與他人合著《中國廣播電視史教程》、《中國廣播電視圖史》（副主編）等著作 7 部；在《國際新聞界》、《山東社會科學》等發表《從黨派「營地」到民眾「喉舌」：民主黨派報刊屬性與功能之變遷（1928～1949）》、《民國時期基督教廣播特色初探》、《中國廣播電視的歷史發展及其動因考察》等論文數十篇。參與完成國家社科基金課題 2 項，其中之一《中國廣播電視通史》獲教育部科研成果二等獎、吳玉章獎一等獎。參與完成國家廣電總局重點課題 1 項、教

育部人文社科重點研究基地重大課題 1 項。主持完成教育部人文社科項目「中國宗教廣播史研究」，參與教育部馬克思主義理論研究和建設工程第二批重點教材《中國新聞傳播史》編寫。

白潤生（《民國時期的少數民族新聞業》著者）。中央民族大學教授，兼任中國新聞史學會特邀理事、少數民族新聞傳播史研究委員會名譽會長、中國報協民族地區報業分會顧問。曾任中國高等教育學會新聞學與傳播學專業委員會第五屆理事會理事，教育部新聞學學科教學指導委員會第二屆委員，國家民委少數民族語言文字出版、翻譯專業高級職稱評定委員會委員。主持國家「十五」社科基金項目「少數民族語文的新聞事業研究」和北京市高等教育精品教材《中國少數民族新聞傳播史》項目。獨著（或第一作者）出版著作 15 部，五次獲省部級獎。《中國少數民族文字報刊史綱》1996 年獲北京市第四屆哲學社會科學優秀成果二等獎、1998 年獲教育部普通高等學校第二屆人文社會科學研究成果二等獎；《中國少數民族新聞傳播通史》2010 年獲國家民委第二屆人文社會科學成果獎著作類二等獎；2011 年獲北京高等教育精品教材；《當代中國少數民族新聞事業調查報告》獲教育部第六屆普通高等學校科學研究（人文社會科學）優秀成果三等獎。另外，2014 年出版的《守護好我們的精神家園——白凱文少數民族文化文選》獲 2016 年中國新聞史學會「新聞傳播學會獎第二屆組委會特別獎」。參與編撰的著作 14 部，任副主編的 3 部（其中有一部負責通稿）、任編委的 3 部，任特約撰稿人的 1 部、任第二作者的 1 部。發表 140 餘篇學術論文。其中《承載民族夢想：中國少數民族文字報刊的百年回望》譯成英文發表在《中國民族》（英文版）2017 年第 4 期上，這是我國學者第一次面向國外介紹中國少數民族文字報刊的歷史概況。這既象徵著白潤生治學「三十年如一日」的辛勤耕耘，更代表了一位學者在少數民族新聞傳播研究領域所能達到的學術高峰。自 1995 年開始《中國青年報》、中央人民廣播電臺、《人民日報》及《中國民族報》、《中國文化報》、人民網等國家級媒體先後發表《鬧中取冷白潤生》、《使歷史成為「歷史」——訪韜奮園丁獎獲得者白潤生》、《薪火不斷溫自升——記少數民族新聞學學者白潤生》等專訪 10 餘篇，是中國少數民族新聞史研究的開創者和帶頭人。其生平被收入《中國新聞年鑑》（1997 年版）「中國新聞界名人」專欄及《中國新聞界人物》等 20 多部辭書。

鄧紹根（《民國時期的外國在華新聞業》主編及主要著者）。博士，中國

人民大學新聞學院教授，博士生導師、中國人民大學馬克思主義新聞觀研究中心主任、中國新聞史學會聯席秘書長，長期從事中國新聞傳播史論研究，主持國家及省部級課題 10 餘項，參與重大課題 3 項；先後在《新聞與傳播研究》《國際新聞界》《現代傳播》《新聞大學》等新聞傳播學術刊物發表論文 100 餘篇，其中論文《論民國新聞界對國際新聞自由運動的響應及其影響和結局》（《新聞與傳播研究》2013 年第 9 期）榮獲「2012～2013 年廣東省哲學人文社會科學優秀成果論文類一等獎」；參與的教改項目《馬克思主義新聞觀指導下新聞人才培養「六結合」模式的創建與實踐》先後獲得「2017 年廣東省教學成果獎一等獎」和「2018 年國家級教學成果獎二等獎」；出版有《新聞學在北大》（增訂本）、《中國新聞學的篳路藍縷：北京大學新聞學研究會》《美國在華早期新聞傳播史 1827～1872》等學術書籍八部，其中《中國新聞學的篳路藍縷：北京大學新聞學研究會》（清華大學出版社 2015 年）獲得「第七屆吳玉章人文社會科學青年獎」。

方曉紅（《民國時期的新聞管理體制》主編兼主要作者）。女，復旦大學新聞學院博士後，南京師範大學新聞與傳播學院教授、博士生導師，曾任南京師範大學新聞與傳播學院院長兼任中國新聞史學會常務理事、教育部高等學校新聞學學科教學指導委員會委員、中國新聞教育學會理事、武漢大學媒介發展中心研究員、鄭州大學新聞傳播研究中心研究員、江蘇省新聞傳播學重點學科帶頭人。主要從事中國新聞史、大眾傳媒與農村研究。出版有《中國新聞史》、《報刊‧市場‧小說》、《大眾傳媒與農村》、《農村傳播學研究方法初探》等，獲江蘇省哲學社會科學優秀成果二等獎 1 項、三等獎 2 項。在《新聞與傳播研究》、《新聞大學》、《江蘇社會科學》等發表《抗日戰爭與解放戰爭時期中國報刊事業的特點》、《論梁啟超的報刊理論與小說理論之關係》等數十篇。主持完成國家社科基金項目 2 項、江蘇省社科基金項目 2 項，目前主持國家社科基金項目和江蘇省高校社科基金重點項目各 1 項。

韓叢耀（《民國時期的圖像新聞業》主編兼主要著者）。南京大學新聞傳播學院／歷史學院教授，博士生導師；中華圖像文化研究所所長，法國歐亞印象交流協會（ISASES）顧問。長期從事圖像史學與視覺傳播領域的研究與教學工作，在國內外發表專業學術論文 100 多篇，出版學術專著 20 餘部。代表性成果有《新聞攝影學》、《圖像傳播學》、《中國近代圖像新聞史》（6 卷）和《中國現代圖像新聞史》（10 卷）、《中華圖像文化史》（40 卷，主編）。獨

立主持國家級科研項目 6 項，國際科研項目 2 項，省部級科研項目 10 項。主持完成國家社科基金項目 2 項：「中國近代（1840～1919）圖像新聞出版史研究」（07BXW007）和「中國現代（1919～1949）圖像新聞傳播史研究」（11BXW005）。國家社科基金重大招標項目「中國新聞傳播技術史」（14ZDB129）首席專家；以色列 SIP 研究項目首席專家；澳門「澳門視覺形象傳播譜系研究」首席專家。曾兩次獲得中國攝影金像獎；國家級教學成果二等獎。學術研究成果獲第四屆中華優秀出版物圖書獎、第七屆高等學校科學研究優秀成果獎（人文社會科學）二等獎。

李建新（《民國時期的新聞教育》著者）。上海大學新聞傳播系教授、博士生導師、上海大學國際新聞傳播教育研究中心主任、《棋友》雜誌社副總編、《中國新聞傳播教育年鑒》編委會副主任委員、長三角象棋聯誼會常務副主席兼秘書長、上海大學象棋協會會長。中國新聞史學會常務理事，中國新聞史學會新聞傳播教育史研究委員會副會長。工學學士、哲學碩士、教育學博士、新聞傳播學博士後，美國密蘇里大學新聞學院訪問學者。曾任太原理工大學學報編輯部主任、執行主編，兼任《中國改革報·新財富週刊》執行主編、《中國企業報·新聞週刊》副主編等職。在新聞史、新聞理論、新聞業務等新聞學三個主要學科領域有突破性、首創性研究成果，《人民日報》記者以「新聞學研究的全能專家」為題進行過報導。學術成績被《人民日報》、新華社、《中國社會科學報》、《中國新聞出版報》、《文匯報》、《新華每日電訊》、人民網、光明網、新浪網等進行過報導。長期研究國內外新聞傳播教育，三次入選教育部新聞傳播教育研究的課題組；在新聞與哲學、新聞與社會、國家形象的塑造與傳播、中華文化的對外傳播、突發事件報導、文體報導、人物專訪、媒介戰略、新聞評論、企業媒介應對、媒介融合教育、新媒體環境下的新聞實務等方面均有獨到的研究成果。承擔國家社科基金重大子項目、重點及省部級項目多項；完成其他橫向課題 30 多項；發表學術論文 150 餘篇；獨立出版新聞傳播學專著 10 部，合作出版相關專著 9 部，在《人民日報》、《聖路易新聞報》等發表各類新聞類作品 300 多篇。獲得哲學人文社會科學省部級獎、全國優秀圖書獎、全國徵文比賽一等獎等 30 餘項。

李秀雲（《民國時期的新聞學研究》主要作者），女，歷史學博士，天津師範大學新聞傳播學院院長、教授、博士生導師、天津地方新聞史研究所所長，中國新聞史學會常務理事、中國新聞史學會地方新聞史研究委員會副會

長。天津市「131」創新型人才培養工程第一層次人選、天津市宣傳文化「五個一批」人才、天津市高等學校學科領軍人才、天津市高等學校創新團隊帶頭人。長期從事中國新聞學術史、中國新聞思想史研究。主持國家社科基金項目《以學刊爲中心的新聞學術思想史研究》、《中國當代新聞學研究範式的轉換》，教育部基金項目《中國當代新聞學術史》，天津社科基金項目《民國新聞學刊與新聞學術》、《〈大公報〉專刊研究》等 12 項。出版《中國新聞學術史（1834～1949）》（2004）、《中國現代新聞思想史》（2007）、《〈大公報〉專刊研究（1927～1937）》（2007）、《留學生與中國新聞學》（2009）、《中國當代新聞學研究範式的轉換》（2015）等五本專著，在《新聞大學》、《國際新聞界》等期刊發表《黃天鵬對中國新聞學術研究的貢獻》、《梁啓超輿論觀之演變及其成因》等論文 60 餘篇。專著《中國新聞學術史》獲天津市社會科學優秀成果獎三等獎（2008）。

劉亞（《民國時期的軍隊新聞業》著者）。原解放軍南京政治學院軍事新聞傳播系教授，博士研究生導師。1975 年 7 月畢業於復旦大學新聞系。1984 年 6 月參加軍隊新聞教育工作，致力於新聞史教學與研究。講授大專、本科、碩士和博士研究生不同學歷等級課程。作爲第四完成者的《深化軍事新聞教學改革，全面構建輿論戰課程教學體系》獲國家級教學成果二等獎、軍隊級教學成果一等獎。發表《中國軍事新聞事業的產生與發展》《新中國我軍新聞事業 50 年》《加強軍事新聞宣傳的發展戰略研究》《20 世紀中國軍事新聞學研究》等 30 多篇論文。出版與參與編撰 10 部論著與教材。參加 5 項國家社科基金課題研究，主持的國家「十一五」規劃課題《中國人民軍隊新聞史研究》以全優結項。

萬京華（《民國時期的新聞通訊業》主編兼主要作者），女，新華社新聞研究所新聞史研究室主任，高級編輯（研究員），中國新聞史學會常務理事，長期從事新聞史研究工作。參與《新華通訊社史》第一卷、《新華社 80 年輝煌歷程》、《新華社烈士傳》、《中國名記者》叢書等重點圖書編撰。在國內學術期刊發表《毛澤東與新中國的新聞事業》、《周恩來與新華社駐外記者》、《鄧小平與新聞工作》、《解放戰爭時期新華社軍隊分社的創建與發展》、《從紅中社到新華社》等論文 140 多篇。參與國家社科基金重大項目 1 項，國家出版基金重點項目 1 項，新華社國家高端智庫重大項目 1 項。《在敵後抗日根據地創建的新華分社及其歷史貢獻》獲中直工委紀念抗戰勝利 60 週年徵文二等

獎。參與編輯製作的十集電視紀錄片《新華社傳奇》獲第六屆「記錄‧中國」三等獎。參與研究的 3 項成果先後獲新華社社級好稿、新華社社長總編輯獎等。

徐新平（《民國時期的新聞學研究》主編兼主要作者）。湖南師範大學新聞與傳播學院教授，博士生導師，傳媒倫理與法制研究所所長，兼任中國新聞史學會常務理事。先後主持完成國家社科基金項目「中國新聞倫理思想的演進」、「晚清時期新聞思想研究」，湖南省社科基金項目「新聞倫理學研究」、「中國近代新聞思想史」和「中國現代民營報人新聞思想研究」等，參與教育部人文社科研究基地重大項目「中國共產黨新聞思想史」的研究，遴選為教育部馬克思主義理論研究和建設工程第二批重點教材《中國新聞傳播史》骨幹成員。已出版《維新派新聞思想研究》、《新聞倫理學新論》、《中國新聞倫理思想的演進》等專著，在《新聞與傳播研究》《新聞大學》等學術刊物發表《晚清時期中國對外新聞傳播思想》、《論維新派新聞自由觀》、《中國新聞人才觀的變遷》等新聞學論文 70 餘篇。有關論文被中國人民大學複印報刊資料《新聞與傳播》全文轉載。專著《維新派新聞思想研究》獲湖南省第 11 屆哲學社會科學優秀成果三等獎，參著《中國共產黨新聞思想史》獲第五屆吳玉章社會科學成果優秀獎。

張立勤（《民國時期的新聞業經營》著者）。女，華南師範大學新聞傳播系副教授，碩士生導師。武漢大學文學士，復旦大學媒介管理學博士。美國北卡羅來納大學教堂山分校訪問學者，南京師範大學民國新聞史研究所特約研究員。有過近十年的新聞從業經歷，曾任《南風窗》雜誌社記者，先後出版 3 部新聞紀實作品，在《中國青年報》、《南風窗》、《南方週末》等媒體發表了數十篇深度報導。2006 年至今從事新聞傳播教學與研究，對媒介經營管理、新聞史等領域有著持久的學術興趣。主持國家社科一般項目 1 項、國家社科重大項目子課題 1 項、省部級課題 2 項，已出版學術專著 2 部，曾在《國際新聞界》、《新聞大學》等核心期刊發表二十餘篇學術論文。

上述專家學者來自北京、上海、廣州、天津、長沙、杭州和南京等地 10 多個教學研究單位，其中既有德高望重的學術界前輩帶頭人如中央民族大學白潤生教授，又有一批「70 後」的朝氣蓬勃「新生代」學者，團隊主體則是從事新聞史教學研究數十年既有豐富經驗又有豐碩成果的「50 後」學者專家；他們中間既有來自國內著名高等學院的教授，也有國家通訊社研究單位的學

者；既有擅長研究新聞廣播史、新聞通訊業史、新聞經營史、新聞學術史及新聞管理史的專家，更有擅長研究新聞教育史、少數民族新聞史、軍隊新聞史、圖像新聞史及外國在華新聞史等方面的專家，整個團隊專長互補、信息共享、精誠合作、攜手同進，爲特約專題研究順利推進及「特約專題稿」如期高質量完成和《民國新聞專題史研究叢書》分冊撰稿提供了堅實的保障。

四

在特約專題研究和《民國新聞專題史研究叢書》分冊撰稿過程中，特約專題負責人（分冊撰稿者）認眞貫徹實事求是的思想路線，堅持尊重歷史存在、尊重文化傳統、尊重不同學派的原則；遵循歷史唯物主義和辯證唯物主義原則和方法，既看到「民國新聞史上的確發生、存在過不少與現代文明和民主法制不合拍的歷史事實」，也看到「民國新聞業在科學技術普及、進步力量努力、世界民主潮流推動以及新聞事業規律的共同發力下有了長足的發展」的客觀存在；努力探尋「民國新聞業」有關側面在近四十年中的發展規律，以「新聞」、「新聞人」、「新聞媒介」「新聞活動」及「新聞事業」爲中心，突出「民國新聞史」的階段和時代特點，努力再現中國新聞業在「中華民國時期」近四十年間的發展概貌。以嚴肅認眞和對國家負責的態度，敬業踏實進行項目研究。

作爲國家社科基金重大項目「中華民國新聞史」特約研究專題負責人、《民國新聞專題史研究叢書》分冊撰稿者及項目首席專家，我們當然希望這套《民國新聞專題史研究叢書》能反映 21 世紀 20 年代新聞史學界「民國新聞專題史」研究和認識的整體水平，基本能滿足新聞史學工作者、新聞業務工作者及對這一段新聞史感興趣的讀者瞭解叢書所涉及民國時期新聞史不同側面較詳細歷史情況的需要。毋庸諱言，這套《民國新聞專題史研究叢書》肯定還有諸多不足和遺憾之處：首先是首席專家設計「特約研究專題」時考慮未必十分妥當，可能使一些更重要的民國新聞史「側面」沒有列入「特約研究專題」研究以致留下缺憾；二是各分冊由不同專家學者分頭執筆，各人表述習慣和行文風格不盡一致，整套叢書各分冊在行文及語言風格上難以完全統一；三是因爲各位執筆者的社會閱歷、學術積澱、人文素養及研究重點等不盡相同，在某些問題的認識全面性、分析科學性及表述嚴密性等難免參差不齊，甚至有些評價不一定全面正確，有些觀點不一定十分妥當；四是受各種

目
次

第一章　民國新聞管理體制的生成環境

中國社會從清到民國經歷了一場巨大的變革。從半封建半殖民地的帝國走向民主、走向共和的巨大變化，不論在歷史記載中，還是文藝作品裏，最突出的符號應該非「變」字莫屬。然而，民國畢竟由清發展而來，歷史的鏈條從來一環套著一環，彼此關聯。討論民國的新聞管理體制，還是應該從它醞釀、生成的社會歷史環境開始。

第一節　清末內憂外患的時代格局

1840 年鴉片戰爭之後，試圖閉關鎖國的清政府陸續和外國列強簽訂了一系列喪權辱國的不平等條約。割讓領土、開放通商口岸、賠付巨額戰爭賠款等退讓使中國從一個主權國家淪為半封建半殖民地國家。當時的中國，新舊並存，各種政治勢力、軍事勢力並存。一個主權都不完整的國家，被外來勢力瘋狂地攫取經濟利益等各種利益。19 世紀 60 年代以後，愛新覺羅・奕訢、李鴻章、曾國藩等為代表的「洋務派」發起了一場自強自救的洋務運動，史稱「同光新政」。洋務運動是政治運動，雖然最終在 1894 年中日甲午戰爭失敗後被迫結束，但其在政治、思想和技術領域都頗有影響。從 1895 年「公車上書」到 1898 年「六君子」被殺，戊戌變法轟轟烈烈卻又短暫無果。改良派與保皇派的爭論從國內蔓延到國外，持續不休。1901 年慈禧頒詔實施「新政」。在一系列的被動調試之後，統治中國數百年的清政府還是窮途末路。

一、試圖閉關鎖國卻被強開國門

清政府閉關鎖國的政策從清初即開始。起初是因為防範東南沿海漁民與鄭成功的反清力量聯繫，後來是為了防範外來勢力。雖然閉關政策的鬆緊程度有過幾次調整，但本質上是趨於封閉的。鴉片戰爭失敗後，中國的國門被強行打開，這種政策也無法繼續了。

（一）閉關鎖國與列強拉開差距

起初，清政府沿襲明朝成規，對來華貿易的外國商船隻雖准交易，但是不准進入。後來，由於擔心外來勢力與漢族人結合起來反清反滿，特別是擔心廣東、福建沿海等地居民與退守臺灣的鄭成功反清力量聯繫，1656 年順治皇帝下達「禁海令」，嚴禁商民船隻私自出海。1661 年，為了保證「禁海令」的施行，清政府又下達「遷海令」，強迫海島和沿海居民內遷三十至五十里。「禁海令」和「遷海令」使沿海居民流離失所，嚴重影響了沿海地區經濟的發展。

順治至康熙初年，清政府以接受各國「來朝」和「貢市」的方式與荷蘭、英國、法國等各國家進行外貿交易。清朝的輸出品主要是生絲、絲織品、茶葉，以及瓷器等。輸入商品主要是從日本進口銅作為鑄錢必需的原料，從東南亞輸入海產、香料等。清朝在海外貿易中一直處於有利的地位。據佚名《東倭考》記述，「大抵內地價一，至倭（日本）可易得五，及回貨，則又以一得二。」據日本長崎交易所的統計，從順治五年到康熙四十七年間，日本外流金額為二百餘萬兩，銀額為三千七百多萬兩，其中有三分之二以上流入清朝。海外貿易的發展，促進了東南的福建、廣東、浙江等各省手工製造業與沿海城鎮的興起。

1717 年（康熙五十六年），清政府再次下令不許中國商船到歐洲人控制下的南洋地區進行貿易，復行南洋海禁，沿海經濟日趨蕭條。雍正五年（1727），即南洋海禁 10 年後，清政府曾短暫有限度地開放南洋海禁，限令出洋貿易之人三年內回國，否則不許回籍。1727 年又明確規定外國商船隻能到福建的廈門等處。

乾隆時期，英國人試圖在廣州以北擴張勢力，其武裝商船多次進入浙江定海、寧波等地。清政府再次厲行限制對外貿易。1757 年，乾隆皇帝宣布西洋商船只准在廣東的虎門一處停泊貿易，正式實行閉關的政策。1759 年政府又建立了「公行」機構。外國人來廣州做買賣必須經由公行，其行動也由公行的行商負責約束。直至鴉片戰爭前，清政府都執行限制和禁止對外交通、

貿易的政策，限定廣州一口通商。外商來華貿易活動限於指定範圍，進口貨徵收高稅額，出口貨限製品種和數量。

在禁海的同時，清政府還禁教。17 世紀末，清政府允許天主教在中國傳播。隨著教會在中國影響的擴大，開始干涉中國的內政。1704 年，教皇格勒門十一發布教諭，禁止中國天主教徒遵從敬天、祭孔、祀祖的傳統習俗。康熙皇帝嚴詞拒絕，並決定「以後不必西洋人在中國傳教，禁止可也，免得多事」。[1] 1720 年清政府開始實行禁教政策。此後，雍正、乾隆兩帝也都對天主教存有戒心，並數度鎮壓。

1815 年傳教士羅伯特・馬禮遜和威廉・米憐在馬六甲創辦《察世俗每月統記傳》之前的 8 年──1807 年，這位英國倫敦佈道會的傳教士就從倫敦出發，轉道美國向中國進發。不過，馬禮遜在中國的最初幾年裏，傳教工作並不順利。這才於 1815 年和助手米憐轉去馬六甲辦報。在 1840 年鴉片戰爭之前，想進入中國傳教，卻又很難進入的傳教士遠非此二人。

鴉片戰爭之前，基於清政府對於外國傳教士的態度，和馬禮遜等人有類同選擇的有一批傳教士。除了《察世俗每月統記傳》外，這一時期還有另外 5 份傳教士報紙在香港、澳門以及馬來半島等地出版，即便在大陸出版，出版地也選擇了遠離清政府政治中心的地方。它們是 1823 年由英國傳教士麥都思創辦於巴達維亞（今印度尼西亞雅加達）的《特選撮要每月紀傳》、1828 年由英國傳教士吉德創辦於馬六甲的《天下新聞》、1833 年普魯士傳教士郭士立創辦於廣州的《東西洋考每月統記傳》、1837 年創辦於澳門的《依涇雜說》和 1838 年麥都思創辦於廣州的《各國消息》。

清政府的閉關鎖國政策推行了 200 多年。客觀地說，它對西方列強的侵略活動曾經起到一定防衛作用，但其在經濟貿易和文化交流方面的負面影響日趨明顯。明朝以前，中國是當時世界上經濟、科學較發達的國家。閉關鎖國，閉目塞聽，使得清政府未能及時觀察世界形勢的變化，更沒能及時地向西方學習先進的科學知識和生產技術，最終導致中國在世界範圍內落伍，並與西方列強拉開差距。

（二）割地賠款喪權辱國

1840 年鴉片戰爭的失敗是中國淪爲半封建半殖民地社會的起點，也是中國近現代屈辱歷史的開始。原本自恃強大的清帝國在閉關鎖國 200 多年後不

1　楊森富：《中國基督教史》，臺灣商務印書館，1984 年版，第 135～139 頁。

得不重開國門。不過，這次打開國門不是清政府心甘情願的舉動，而是被列強的大炮轟開了國門。自 1842 年中英《南京條約》開始，清政府與列強先後簽訂了一系列的不平等條約。

1842 年中英《南京條約》簽訂，規定中國割香港島給英國，並賠款 2100 萬元；開放廣州、廈門、福州、寧波、上海爲通商口岸；取消舊的公行制度，英商在通商口岸自由交易；兩國協定關稅。這是中國近現代歷史上的第一個不平等條約。條約之下，中國失去了領土完整，喪失了關稅自主權，通商口岸的開放使東南沿海海防大開。1843 年 7 月，中英簽訂《五口通商章程：海關稅則》，中國成爲世界上最低稅率的國家之一。英國人獲得領事裁判權，英國僑民在中國犯刑事罪時，由英國領事根據英國法律處理。中國又失去了獨立的司法權。同年 10 月，中英簽訂《五口通商附黏善後條款》（簡稱《虎門條約》），規定英國人可在通商口岸租地、建屋、建立租界。

隨著第二次鴉片戰爭的失敗，清政府與列強簽訂了更多的不平等條約。1858 年清政府相繼和俄國、美國、英國、法國，四國簽訂了 6 個不平等條約，不但國土淪喪，主權喪失，更付出了巨額的經濟賠償。1858 年 5 月中俄《璦琿條約》簽訂。俄國侵佔中國東北外興安嶺以南、黑龍江以北 60 多萬平方公里的領土。6 月，《中俄天津條約》簽訂。俄國在上海、寧波、福州、廈門、廣州、臺灣（臺南）、瓊州等七處設通商口岸，可在中國各通商口岸設立領事官，並派兵船在這些口岸停泊。

1894 年中日甲午戰爭，中國戰敗。1895 年 4 月，中日《馬關條約》簽訂。清政府承認日本對朝鮮的控制；割讓遼東半島、臺灣及附屬各島嶼、澎湖列島給日本；賠款日本軍費白銀 2 億兩；開放沙市、重慶、蘇州、杭州爲商埠。1896 年中日《通商行船條約》根據《馬關條約》簽訂。清政府承認日本在華享有領事裁判權和片面最惠國待遇，取得在天津、漢口、廈門、福州、杭州、蘇州、重慶設立租界的特權。

1901 年 9 月清政府與英、俄、美、法、日、德、意、奧、西、比、荷等國簽訂《辛丑條約》。條約規定清政府向各國賠款白銀 4.5 億兩，另有各省地方賠款 2000 多萬兩；拆毀大沽炮臺和北京至大沽沿途的各炮臺；允許外國軍隊在北京和京榆鐵路沿線的山海關、秦皇島、昌黎、灤州、唐山、蘆臺、塘沽、軍糧城、天津、楊村、廊坊、黃村等 12 個戰略要地駐紮；劃定北京東交民巷爲「使館界」，中國人不准在界內居住，由各國駐兵把守等等。清政府從

沿海開始被迫「開放」，至此已經失去了京畿重地的基本防衛權力。

在意識形態領域，清政府同樣不得已開放了。1846 年 2 月，清政府被迫宣布解除 1724 年（雍正二年）公布的禁止天主教在華傳教的禁令。1858 年，俄國東正教教士得以入內地自由傳教。1858 年《中英天津條約》規定耶穌教、天主教教士得自由傳教。

（三）開放口岸致外國勢力長驅直入

廣州、廈門、福州、寧波和上海是 1842 年中英《南京條約》中規定的五個通商口岸。1858 年根據《中英天津條約》又增開牛莊、登州、臺灣（臺南）、潮州、瓊州、漢口、九江、南京、鎮江為通商口岸。後來開埠時牛莊口岸設在營口，登州口岸設在煙臺，潮州口岸設在汕頭。

1858 年，俄國在上海、寧波、福州、廈門、廣州、臺灣（臺南）、瓊州等七處設通商口岸。同年，《中法天津條約》規定增開瓊州、潮州、臺灣（臺南）、淡水、登州、南京為通商口岸（後來開埠時，登州口岸設在煙臺，潮州口岸設在汕頭）。《中法會訂越南條約》中國同意在雲南、廣西兩省的中越邊界指定兩處開埠通商；

1895 年中日《馬關條約》開放沙市、重慶、蘇州、杭州為商埠；日本輪船可駛入以上各口。1896 年日本更取得在天津、漢口、廈門、福州、杭州、蘇州、重慶設立租界的特權。

從上海、廣州、廈門等東南沿海城市開始，列強要求清政府開放的口岸越來越多。到 19 世紀末時，清政府向列強開放的口岸已經北至天津，南到廣州，東至臺灣，最為可怕的是順著長江流域向大陸腹地蔓延，連重慶、沙市等地處西南、中南腹地的城市也不能幸免。同上口岸的設立，不僅意味著列強經濟勢力的入侵，更伴隨著軍艦、軍隊的進駐，以及租界的建立。

英、法、美、日、俄等列強諸國從各自戰略考慮出發，在中國爭先恐後地劃分勢力範圍，侵犯意圖也通過強迫設立通商口岸的行動表露無遺。清朝晚期，除了香港、臺灣等整體割讓的領土以外，即便在大陸，清政府也沒有絕對的發言權，而是需要遷就洋人、討好外國政府。中國逐步被蠶食。

二、波及政治、思想領域的洋務運動

1815 年 8 月，《察世俗每月統記傳》第 2 期即刊登了一條預報日食的消息。之後的傳教士報紙也多以傳播西方先進的科學、技術為切口，打開文化侵略

的突破口。西方先進的科學、技術一度令中國知識分子驚歎不已。在對外交流被迫越來越多之後，一次技術革新，甚而從技術開始，最終指向政治的革新應運而生。

（一）洋務派在鎮壓太平天國和捻軍過程中形成

第一次鴉片戰爭後，中國的國門被強行突破，洋人長驅直入。原本閉關鎖國的中國來了越來越多的洋人。中國人有了更多與洋人打交道的機會。特別是鎮壓太平天國的過程中，清政府與洋人合作，不少官員在實際戰鬥中和洋人及洋人的軍隊有了直接的接觸和密切的聯繫。在與洋人的交流、接觸中這些封建官員、軍閥對洋人的武器、機械及其他科學技術非常讚賞，並加以推崇，期望藉此鞏固加強清政府的統治。這些人歷史上稱爲「洋務派」，代表人物有奕訢、曾國藩、李鴻章、左宗棠、張之洞等人。

從 19 世紀 60 年代到 90 年代，洋務派以「師夷制夷」、「中體西用」爲核心思想，進行的引進西方軍事裝備、機器生產和科學技術，以維護清政府封建統治的「自強」、「求富」運動，稱爲「洋務運動」。洋務運動是晚清政界的自救運動、自強運動。作爲封建統治階級一部分的洋務派主張利用西方先進生產技術，強兵富國，擺脫困境，維護清朝統治。

兩次鴉片戰爭使得清政府喪失主權完整、背上沉重的經濟包袱，因而加強了百姓的剝削。從 19 世紀 50 年代到 60 年代，南方的太平天國運動和北方的捻軍，對清政府的中央政權產生了巨大的威脅。清政府爲了剿滅太平天國和捻軍，除了派軍鎮壓、剿殺之外，還進一步出賣主權，與洋人進行軍事合作，希望借洋人的力量來維持自己的統治。

1860 年咸豐西逃，留守北京的愛新覺羅‧奕訢先後與英國和法國簽訂了《天津條約》，並立《北京條約》。1861 年，奕訢與慈禧勾結，發動政變後成爲議政王，掌管軍機處及總理衙門。奕訢力主「借洋兵助剿」，鎮壓太平天國革命。作爲清廷中樞主持洋務的首腦人物。奕訢也比較支持地方實力派曾國藩、李鴻章、左宗棠、張之洞等舉辦近代軍事工業，開展洋務活動，此四人被稱爲晚清「四大名臣」，在晚清政壇發揮巨大影響。

曾國藩在剿滅太平天國過程中組建地主武裝「湘軍」，發揮巨大作用。太平天國運動失敗後，曾國藩爲首的湘系成爲地方上勢力最大的實力派，曾升任兩江總督。李鴻章和左宗棠都受到了曾國藩的直接影響，得到了曾的提拔和推介。1853 年，李鴻章投靠曾國藩當幕僚，協助鎮壓太平軍，並在安徽按

湘軍編制，組織淮軍。1870 年，李鴻章接替曾國藩任直隸總督兼北洋大臣，掌管軍事、經濟、外交等大權，成為滿清統治階級中舉足輕重的人物。從 19 世紀 70 年代起到他臨死前，清政府同外國侵略者簽訂的一系列喪權賣國條約，如《中法新約》、《馬關條約》、《辛丑條約》等大多經由他手。1860 年，曾國藩推薦左宗棠統領部分湘軍，形成左系湘軍。1862 年，左宗棠升任浙江巡撫，與法國合作組織「常捷軍」，攻陷寧波、紹興等地。1867 年，左宗棠調任陝甘總督。1875 年左宗棠任欽差大臣，督辦新疆軍務，於 1878 年收復除伊犁以外新疆全境。

1884 年，中法戰爭爆發，張之洞力主與法決戰，被清廷授以兩廣總督之職。他起用前廣西提督馮子材督師。馮子材在鎮南關、諒山大敗法軍。張之洞也因此名聲大振。1889 年至 1907 年，張之洞升任湖廣總督。在維新運動中，張之洞一度加入「強學會」，當獲知慈禧太后反對變法後，張之洞不但退出「強學會」更下令禁查上海《強學報》，壓制湖南維新運動。

洋務派人物的共同特點有以下幾點：首先，他們是統治階級的一個部分，始終為朝廷的封建統治服務；其次，他們在對內對外戰爭中，特別是鎮壓太平天國和捻軍的過程獲得了政壇地位；第三，他們與洋人交涉甚多，受到洋人的影響；第四，他們推行洋務，向洋人學習。

（二）洋務派推行的洋務

鑒於清政府與外國訂立《南京條約》《天津條約》和《北京條約》時，竟連一個懂得外文的中國人都找不到，任憑侵略者的矇騙。1861 年奕訢奏請設立外語學校，培養外語人才和外交人才。1862 年，同治帝批准成立「京師同文館」，教授學員學習漢文外，主要學習外文。京師同文館後來在翻譯國外法律典籍，為立憲做準備時，發揮了巨大的作用。

曾國藩舉辦洋務，建立新式軍火工業，製造武器，武裝湘軍。1861 年，曾國藩在安慶創建的安慶內軍械所，主要製造子彈、火藥、炸炮等，是製造近代武器的軍事工業。

1862 年，李鴻章及其旗下的淮軍調赴上海。在上海這座最早開放的口岸城市，李鴻章得到了外國侵略者幫助，例如訓練洋炮隊等。李鴻章設洋炮局，並招募外國工匠製造近代化的軍火，加強淮軍實力。他認為，清軍作戰往往數倍於外敵，仍不能勝，原因在於武器不行。因此，1865 年由李鴻章在上海創辦江南製造局，該廠技術和機械設備主要依靠外國，除製造槍炮彈藥外，

也製造機器和修造輪船。它是洋務派開辦的最大的近代工業，研製的無煙火藥達到世界先進水平。1872 年李鴻章招商籌辦輪船招商局，設立中國最早的輪船航運企業。1875 年，清政府令李鴻章創建北洋水師，加強海軍。「1898 年，李鴻章在天津創辦開平礦務局，在天津英租界設立了「華洋書信館」，由招商局免費代為運送郵件，1879 年改稱為『撥駟達』（post 的譯文）信局，也就是後來的天津郵政總局的前身。」[1]

1866 年，左宗棠以閩浙總督身份在福州馬尾創辦福州船政局，聘用外國人擔任技師。福州船政局是清政府經營的設備最齊全的新式造船廠，主要由鐵場、船場和學堂三部分組成。督任陝甘期間，左宗棠繼續推行洋務，創辦蘭州製造局、蘭州織呢局等。

任兩廣總督期間，1887 年，張之洞在「廣東博學館」基礎上建廣東水陸師學堂，又建廣雅書院。任湖廣總督期間，張之洞於 1889 年在湖北建成湖北織布局，漢陽煉鐵廠，漢陽兵工廠等。1893 年漢陽鐵廠基本完工，共有 6 個大廠，4 個小廠，煉鐵爐兩座，於 1894 年投產。

洋務派推行的洋務主要是工業生產的實業，從軍械製造到可軍用可民用的交通工具的製造，再到紡織偏民用的輕工業；還有就是加強與洋人進行文化交流。從同文書館開始，不僅中央政府，江南製造局等機構也開展引進和翻譯西方圖書、介紹西學的工作。

清末洋務運動的發起與中國官員和洋人的軍事合作相關，也與這些官員和知識分子通過在華外報，以及對外交流，接觸了西方的先進技術有著密切的關係。李鴻章、張之洞、曾國藩、左宗棠等人都與傳教士、廣學會頗有過從，都是《萬國公報》的讀者。洋務運動雖然後來更多地在器物營造、知識和技術的引進方面發揮了作用，但不能遮蔽它在政治和思想領域中作用。

（三）洋務運動的廣泛影響

1894～1895 年，中日甲午戰爭，中國的失敗和北洋水師全軍覆沒證明，洋務運動並沒有使中國走上富強的道路。因此，到了 19 世紀 90 年代，洋務運動就逐漸結束了。然而，洋務運動對中國社會政治、經濟、技術的影響卻沒有結束。

首先，洋務運動引進了西方資本主義國家的一些近代科學生產技術，培

1　馬藝：《天津新聞史──源自一八八六年的天下公器》，天津人民出版社，2015 年版，第 21 頁。

養了一批科技人員和技術工人，直接加速了中國的技術發展。經過幾十年的洋務運動，中國知識分子從實踐中看到了新技術的好處，以及它可怕的影響力。「1895 年，廣學會從各個銷售點獲得的利潤第一次超過了來自英格蘭和蘇格蘭的捐助。」[1]傳教士辦的《萬國公報》和「廣學會」在推行西式教育方面做了很多宣傳和實踐工作。他們在推廣西學的過程中與中國封建官員的洋務運動相呼應，彼此加強影響。

其次，建立了中國的第一批近代企業。洋務派辦民用工業，為了解決資金問題，採取「官督商辦」和「官商合辦」的方式，吸收私人資本。到了 19 世紀 70 年代以後，官方財政更趨緊張，民間資本的融入更多。正是這個時期，一批官僚、地主、商人直接投資於近代民用工業，這使得中國有了一點先進的生產能力，在後來抵禦外襲時多少發揮了一些作用。

第三，民族資本主義的產生，促進了資產階級的出現和無產階級隊伍的擴大。隨著近代工業的興建，洋務派引進了資本主義國家的一些近代生產技術，一批近代產業工人在中國社會出現了，洋務派創辦的新式學堂造就了一批掌握自然科學的知識分子和工程技術人員。

雖然洋務運動沒有使中國富強起來，但它引進了西方先進的科學技術，使中國出現了第一批近代化工業企業，客觀上推動了中國近代化的歷程。這並非出身封建統治階層的洋務派的本意，甚至可以說是事與願違。可以說，洋務運動是一場自覺性非常有限的政治運動。原本為了維護封建統治的一系列行動，最終促進了中國社會向資本主義社會過渡，培養了中國的資產階級和無產階級，實為自掘墳墓。

1898 年，張之洞撰寫《勸學篇》，提出「中學為體，西學為用」，這是對洋務派核心思想的總結，也是對洋務派興辦洋務事業的指導思想比較完整的表述。這個思想對早期的資產階級改良派產生明顯的影響。

1894 年，中日甲午戰爭爆發前夕，孫中山提出《上李鴻章書》。他在上書中，對洋務運動既有讚賞也有批評，更賦予期望。他讚賞洋務派敢於衝破「成例」、「勵精圖治」、「勤求政理」。他同時又批評洋務運動雖取得顯著成就，但終是「徒襲人之皮毛，而未顧己之命脈」。他認為：「歐洲富強之本，不盡在船堅炮利，壘固兵強，而在於人能盡其才，地能盡其利，物能盡其用，貨能

1　湯傳福、黃大明：《紙上的火焰──1815～1915 的報界與國運》，廣西師範大學出版社，2013 年版，第 53 頁。

暢其流——此四事者，富強之大經，治國之大本也。我國家欲恢擴宏圖，勤求遠略，仿行西法，以籌自強，而不急於此者，徒維堅船利炮之是務，是舍本而圖末也。」

三、外交退讓令政府背上沉重經濟包袱

自鴉片戰爭失敗，《南京條約》簽訂，割地賠款之後，清政府逐漸失去主權和領土完整，經濟利益也大為減損。外交的全面退讓令政府背上沉重的經濟包袱。

（一）不平等條約造成的經濟包袱

在一系列不平等條約中，歷次向各國的賠款令清政府背上了沉重的經濟包袱。1842 年《南京條約》規定清政府向英國賠款 2100 萬西班牙銀元，其中 600 萬銀元賠償被焚鴉片，1200 萬銀元賠償英國軍費，300 萬銀元償還商人債務。其款分 4 年交納清楚，倘未能按期交足，則酌定每年百元應加利息 5 銀元。中國向英國共賠償 2100 萬西班牙銀元。這是唯一一個以銀元為單位的賠款條約。之後的條約中的賠款均以白銀計算。為了支付高額的戰爭賠款和贖城費，再加上鴉片的大量輸入，清政府經濟包袱沉重。

1858 年《中英天津條約》中國給英國賠款銀 400 萬兩；1858 年《中法天津條約》中國給法國賠款銀 200 萬兩；1860 年中英、中法《續增條約》（又稱《北京條約》）把天津條約中對英法的賠款各增加為 800 萬兩；1879 年與俄國簽訂《交收伊犁條約》（即《里瓦基亞條約》）中國付沙俄「代收代守伊犁兵費」500 萬盧布，合銀 280 萬兩；1895 年中日《馬關條約》賠款日本軍費白銀 2 億兩；1901 年《辛丑條約》規定中國向英、俄、美、法日、德、意、奧、西、比、荷等國賠款白銀 4.5 億兩，以關稅、鹽稅和常關稅作擔保，分 39 年還清、年息 4 釐，本息共 9.8 億兩，另有各省地方賠款 2000 多萬兩。以上賠款項目總計超過 12 億兩白銀。

一系列不平等條約中還規定了關稅協定和貿易最惠國待遇。各國均要求享受最優惠的稅收。實際上，清政府當時是外貿稅收最低的國家。雖然隨著西方各國傾銷商品的大幅度增加，清政府的關稅總額是上升的，但是從稅率被強行降低的角度講，政府實際的經濟損失很大。

為了彌補財政虧空，政府加緊增加稅收，稅賦加重一至三倍以上。19 世紀八九十年代，清政府的年收入較 19 世紀中期幾乎增加了一倍。這主要來自關稅

的增加和稅收的增加。關稅增加的問題，前文已經略述。關於稅收的增加，釐金稅的徵收是一筆重要收入。政府在洋人面前步步後退，在國人面前卻橫征暴斂，強勢壓迫。這是清末，太平天國、捻軍等農民起義頻發的重要原因之一。

　　然而，政府收入的快速增長仍然不夠應對巨額的支出。爲了支付賠款、支出鎮壓農民起義及新疆叛亂的軍費，清政府還是不得不向列強貸款。至 1894 年，清政府共向外國政府貸款四千萬兩。顯然，到了清末，政府財政捉襟見肘。對外無法「節流」，只好對內「開源」。

（二）強開通商口岸

　　清政府執行閉關鎖國政策直至清中期，只有廣州一口通商。1842 年《南京條約》約定上海等城市五口通商。至 1860 年通商口岸增爲 7 個。再至 1894 年甲午戰爭失利，中國的通商口岸迅速增加爲 34 個。進口額由 1864 年的 5100 餘萬兩，激增爲 1894 年的 1 億 6 千餘萬兩。進口貨物在 19 世紀 80 年代前以鴉片爲主；80 年代以後，棉織品躍居第一，鴉片退居第二。中國被迫加速捲入世界資本主義的漩渦，成爲它們的商品銷售市場和廉價原料產地。

　　鴉片的傾銷一方面從中國攫取了巨額的經濟利益，一方面殘害了中國人的身體，堪稱禍國殃民之首。此外，外國工業品大量傾銷，從沿海向內陸地區侵襲，使中國城鄉手工業受到威脅，嚴重危害了中國的手工業和農業。

四、半殖民地半封建社會中變革與守舊的交鋒

　　劉廣安在論述晚清法制改革時提出：「事實上，變革與守舊兩種民族主義力量交織在一起，貫穿於晚清法制現代化始終。」[1]「以張之洞、勞乃宣爲代表的『禮教派』與以修訂法律大臣沈家本爲代表的『禮法之爭』是晚清法制改革中變革與守舊兩種傾向的民族主義思潮激烈交鋒的集中體現。」[2]當面對列強強力入侵，民族危亡的局面時，這種變革和守舊兩種思潮的交鋒，不僅存在與法制改革中，而是存在於社會生活的方方面面。

（一）洋務派與頑固派的較量

　　晚清統治集團原本都是頑固派，洋務派是從頑固派陣營中分化出來的，

---

[1]　劉廣安：《晚清法制改革的規律性探索》，中國政法大學出版社，2013 年版，第 255 頁。

[2]　劉廣安：《晚清法制改革的規律性探索》，中國政法大學出版社，2013 年版，第 255 頁。

兩派維護和鞏固封建統治的目的是基本一致的，但採用的手段和方法則迥然不同。洋務派主張向西方學習，引進西方科學技術，以慈禧太后為首的頑固派則堅持中國的封建傳統，反對西學。

政治統治的危機，促使統治集團發生了分化。19 世紀中葉，現代化浪潮從歐美席捲到世界各地，它打破了各國的隔絕狀態。人類歷史正經歷著前所未有的巨大變化。在中國，清王朝則遇到了開國以來最大的統治危機：太平天國運動與捻軍南北呼應，蓬勃發展；英、法聯合發動第二次鴉片戰爭。洋務派面對「三千年未有之大變局」（李鴻章語），提出了「中體西用」的思想。

然而應當指出，洋務派主張「中體西用」，已是一革命性的態度。它具有衝破傳統思想的禁錮，開闊人們視野，引導人們追求新知的積極作用。「中體西用」思想是中國最早的現代化理論，它使中國人邁出了由「傳統人」向「現代人」轉變的腳步。

洋務派與頑固派互相攻擊，鬥爭十分激烈，最激烈的論爭共有三次：第一次是 1867 年（同治六年），圍繞著同文館培養洋務人才，應否招收正途出身學員問題的論爭；第二次是 1874 年（同治十三年），圍繞著設廠製造船炮機器和籌備海防的論爭；第三次是 1883 年（光緒八年）開始的圍繞著建築鐵路問題的論爭。

慈禧明白，洋務派勢力主要不在清朝中央，而在掌握地方實權的總督和巡撫，在內外交困的形勢下，要保持清朝的統治地位，必須依靠擁有實力並得到外國侵略者賞識的洋務派。她並未簡單地對洋務派趕盡殺絕，反而對李鴻章、張之洞等人頗為重用。當然，這並不意味著頑固派徹底認同和支持洋務運動。事實上，洋務運動處處受到頑固派的阻撓和破壞。作為末日王朝的實際操控者，慈禧對洋務派使的是權宜之計。

（二）改良派與革命派的論辯

洋務運動最終失敗了，但洋務派推行洋務三十年，對中國社會產生了廣泛而深刻的影響。如前所述，洋務運動為中國帶來了先進的技術，建立了中國的民族工業，更為中國培育了資產階級和無產階級。中國資產階級在 19 世紀 70 年代以後逐漸形成，並逐漸走上政治舞臺，表達自身的政治訴求。

資產階級改良派的出現相對早於資產階級革命派，也比後者表現出更多與封建統治者兼容的特點。早期，改良派不主張暴力革命，主張有限度的改良，對洋務派的「中體西用」的思想比較認同。戊戌變法失敗後，改良派中

的不少人流亡日本，如康有爲、梁啓超等代表人物。他們在海外辦報，繼續陳述自己的思想。後來，改良派中的一些人思想漸趨保守，淪爲了保皇派，最終沒能從思想意識層面擺脫封建思想的束縛。

資產階級革命派雖然肯定洋務派的引進技術、推廣西學的作爲，但對「中體西用」的思想並不完全認同。前文已述，孫中山即認爲洋務派學習、模仿西方的方式和途徑是只得皮毛，不得「命脈」。顯然，革命派的階級屬性更爲明確，革命也更爲徹底。

資產階級改良派和資產階級革命派在政府中均無實權。他們的政治思想多是通過上書、辦報刊登等方式提出。改良派的《時務報》、《清議報》和《新民叢報》在中國報業史上有著重要的地位。革命派的《民報》、《中國日報》等也發揮重要作用。《新民叢報》和《民報》的辯論吸引了眾多讀者。前者的最終失敗，似乎反映了改良派和革命派不同的歷史命運。

劉廣安統計了清末憲政編查館主要機構擔任具體工作的館務人員的履歷，發現在 107 人中，漢族占 92 人，滿漢八旗出身爲 15 人，有新式教育背景（包括在東西洋國家接受過正規現代教育的學子和前往東西洋考察政治接觸西方政治法律文化的傳統士人）的爲 53 人，純粹傳統科舉出身的 47 人。[1]滿漢共處、新式教育與傳統教育兼有，本土背景和留洋背景兼具——憲政編查館工作人員的身份背景可以說是晚清政府官員身份背景的一個縮影。身份背景的複雜，自然造成了政治見解、思想意識的差異。在半封建半殖民地的中國這種複雜、多樣體現在社會生活的方方面面。

第二節　報刊的進入與發展呼喚新的新聞管理體制

1815 年傳教士馬禮遜和米憐在馬六甲創辦《察世俗每月統記傳》。之後又經過十幾年的努力，近代報刊才進入中國境內。近代報刊進入中國，被國人接受是一個緩慢的過程。就單個歷史人物、單個報刊而言，進進退退，存廢之間的充滿著艱難與曲折；就歷史發展的大趨勢而言，其結果卻是顯見的。近代報刊蓬勃地發展起來，成爲之後百十年間推動社會發展的重要因素之一。

---

[1] 劉廣安：《晚清法制改革的規律性探索》，中國政法大學出版社，2013 年版，第 184 頁。

一、外國人在華辦報構成文化和經濟的雙重侵略

由於清政府的閉關鎖國，外國人進入中國並不容易。對於以傳教爲目的進入中國的傳教士來說，這種「進入」更不容易。據馬禮遜夫人回憶，當年載著馬禮遜來中國的美國船長曾憂心地問馬禮遜：「你期望你眞的能夠使偉大的中華帝國改變崇拜偶像的觀念嗎？」馬禮遜回答：「先生，我不能夠。但我認定上帝必定能夠。」[1]

（一）思想文化滲透：傳教士報紙打開文化侵略的突破口

馬禮遜到達中國時正值嘉慶在位，傳教仍然被禁止，並於 1812 年再次頒布禁教諭旨。政策禁令難以突破，漢語的語言關也難突破。馬禮遜苦學漢語，翻譯的宗教書籍，卻連白送也送不出去。1815 年，馬禮遜和助手米憐選擇了英屬殖民地馬六甲作爲開展工作的據點。馬禮遜統籌辦學校、辦報等各項，米憐負責辦報。《察世俗每月統記傳》每月出一冊，每冊 5～7 張（10～14 頁）。爲了更容易爲華人所接受，米憐起筆名「博愛者」，並且在《察世俗每月統記傳》豎排版印刷的封面右上角題「子曰：多聞善者而從之」，以迎合中國讀者的閱讀習慣和閱讀心理。南洋一帶，我國僑商眾多，這份中文報刊的影響力逐漸形成。《察世俗每月統記傳》的發行量「最初三年裏爲每月 500 份左右，1819 年每月達到 1000 冊」。[2]當然，馬禮遜和米憐並沒有忘記他們眞正的宣傳對象——中國人。每逢鄉試，米憐的助手梁發便攜帶報紙和他們編印的宗教書籍回國，到考場附近散發。

《察世俗每月統記傳》的這些行爲表面投儒生所好，目的卻並非宣傳儒學，而是試圖通過曲意附會儒學，宣傳基督教教義，侵入中國基層知識分子的精神世界。後來的傳教士報刊基本上也都延續了這個「本土化」的套路：其一，編纂者取名儘量中國化；其二，採用線狀、豎排版印刷；其三，多在封面或發刊時，甚至行文中，假託聖人言論。客觀地說，這一系列緊抓受眾心理和閱讀習慣的「手段」取得了良好的傳播效果。

1833 年，普魯士傳教士郭士立在廣州創辦《東西洋考每月統記傳》，這是中國境內出版的第一張中文近代報刊。郭士立起了中國名字，還起了筆名「愛

1　〔英〕馬禮遜夫人編，顧長聲譯：《馬禮遜回憶錄》，廣西師範大學出版社，2004年版，第 36 頁。
2　〔新〕卓南生：《中國近代報業發展史》，中國社會科學出版社，2002 年版，第 28頁。

漢者」。事實上，郭士立 1831 年就已經來到中國，辦報之前在中國沿海搜集軍事情報，並報告給西方各國。郭士立不僅要進入中國傳教佈道，還要讓中國向西方徹底地開放。談及創辦《東西洋考每月統記傳》的目的，他毫不諱言：「這個月刊是爲了維護廣州和澳門的外國公眾的利益而開辦的。」[1]其侵略意圖非常明顯。《東西洋考每月統記傳》比《察世俗每月統記傳》在宗教教義方面的內容比例上有所下降，增加了西學知識的比例，更注重新聞時事的刊載和評論的刊載。

1868 年，美國傳教士林樂知創辦的《萬國公報》。初創時期原名《中國教會新報》，1874 年後改名《萬國公報》。《萬國公報》雖然是宗教背景，但是在傳播西學方面比較重視。這個內容上的偏重，在 1894 年中日甲午海戰兵敗之後更契合了知識分子維新、強國的思潮。這是《萬國公報》在歷史上產生影響的重要原因之一。其最高發行量曾達到 5.4 萬份，堪稱當時中國發行量最大的報刊。

與此前的宗教報刊的「草根」路線不同，《萬國公報》在官吏群體中更下工夫。參與《萬國公報》編輯工作的英國傳教士李提摩太本著「影響有影響力的人」的思路開展工作。他曾說：「我們不能企圖解釋帝國的所有高官；我們奉事遠遠不能接觸在帝國政府中擁有重要地位的每一個讀書人。然而，帝國最重要的行政官員、各省學政、縣教諭、書院院長以及部分一般讀書人，還有他們的子女等（估計有 44036 人），是可以顧及到的。」[2]傳教士們不再把目光侷限於基層社會，官員，甚至要員也成爲他們的目標讀者。換言之，傳教士通過思想文化的滲透，把手從體制外伸向了體制內。

李提摩太的營銷策略是成功的。湖廣總督張之洞一次性捐銀一千兩。上海輪船招商局也給予了贊助。不僅如此，不少高層官員和知名知識分子還給《萬國公報》和「廣學會」書籍投稿、作序、寫讀者來信。李鴻章就爲李提摩太的《時勢評論》撰寫序言。參與《萬國公報》文章寫作的知識分子，除了傳教士，還有居住在 50 多個城市的五百餘名晚清中國政治、外交、思想界最有影響力的知名人物。有學者評價道：「單是從這五百多名作者、五十多個城市，已經可以從一個側面，看出《萬國公報》影響之廣了。」[3]

1　方曉紅：《中國新聞史》，南京師範大學出版社，2006 年版，第 31 頁。
2　〔英〕李提摩太，李憲堂、侯林莉譯：《親歷晚清四十五年——李提摩太在華回憶錄》，天津人民出版社，2005 年版，第 201 頁。
3　熊月之：《西學東漸與晚清社會》，上海人民出版社，1994 年版，第 415 頁。

傳教士報紙從偏遠的馬六甲起步，一步步進入中國的領土，進入中國人的思想和文化，直至到達紫禁城，這個過程經歷了近一個世紀的時間。雖然這個過程漫長而艱難，但是最終打開了文化侵略的突破口，進入了中國國境，更進入了中國人的文化生活和思想。

（二）攫取經濟利益：在華外商報紙的信息傳播和商業經營

與傳教士報刊的曲線進入不同，在華外商辦報的環境要比傳教士優越得多。後者實際上是在前者初步開墾的土地上工作，或者說是沿著傳教士們打開的侵略突破口繼續擴大「戰果」。

在華外商所辦報紙在傳遞商業信息方面的作用更加直接。由於十數個通商口岸被強行打開，來到中國「掘金」的外國商人也逐漸增加。市場行情是商人最為關心的信息。因此，一批外商創辦報刊應運而生。在華外商辦報按語言一般分為兩類：外文商業報紙和中文商業報紙。

香港和上海是在華外商所辦外文商業報紙的兩大集中地。香港較有代表的有四家。英國商人奧斯威爾德 1842 年在澳門創辦，後來遷至香港的《中國之友》。英國商人馬地臣 1827 年在廣州創辦的《廣州紀錄報》經澳門中轉，遷至香港後改名《香港紀錄報》。英國商人德臣 1845 年創辦《德臣報》（《中國郵報》）。美國商人賴德 1857 年創辦的《孖剌報》。上海則有英國商人奚安門 1850 年創辦的《北華捷報》，後來併入《字林西報》。英國商人克拉克和里文頓 1879 年創辦的《文匯報》，後來併入《大美晚報》等。

外商辦報，更加注重的是商品價格、航運船期等商業行情。這些報紙的創辦者和主要目標讀者都是商人。報紙上有時也刊登廣告和一些中外的時事新聞。不過，商業行情是絕對的主體。傳播商業信息、爭取更大的利潤是辦報的主要目標。

在華外商所辦中文報紙的中心在上海。中文商業報刊中既有和英文商業報刊內容類似，旨在廣告的，也有本身就將辦報作為投資，為賺中國讀者的錢而生的。後一類報刊在新聞史上的影響更大。

19 世紀後半期，上海的中文商業報紙呈現大眾化的態勢。1861 年《北華捷報》館創辦《上海新報》。1872 年英國商人美查等四人合作創辦的《申報》。兩報之間產生了激烈的競爭。《申報》通過降低印刷成本、增強可讀性、加強綜合經營等手段成功地贏得競爭，迫使《上海新報》主動停刊。《申報》成為

中國新聞史上影響巨大的報紙。1893 年中外商人合辦的《新聞報》問世。《新聞報》也與《申報》展開競爭，並喊出了報紙企業化的口號。

　　《申報》和《新聞報》在內容上是大眾化的，在經營管理上是企業化甚至系列化、集團化的。大眾化的內容實際是企業贏得市場的手段。中文商業報刊發展到這個階段已經成為在華外商賺取商業利潤的又一手段。

　　需要補充的是，關於商業信息，傳教士所辦報紙，也不能免俗。《東西洋考每月統記傳》每期均刊登物價行情表。可見，並非所有傳教士都只關心宗教問題。郭士立的興趣就比較廣泛，從宗教到軍事，到商業，都在他的興趣範圍之內。在英語中，興趣即利益。西方人來到中國，「興趣」從來都是「廣泛」的。

　　「自 1815 年至 19 世紀末，外國人在中國一共創辦了近 200 種中外文報刊，占我國當時報刊總數的 80% 以上，基本上壟斷了我國的新聞傳播事業。」[1] 從 1815 年的《察世俗每月統記傳》創刊到 1953 年《密勒氏評論報》停刊，在華外報共有 138 年的歷史。這是洋人在中國實施文化和經濟雙重侵略的百年歷史。

　　由馬禮遜開始，傳教士們帶來的不僅有基督教教義，還有近代報刊以及與之相關的生活方式──近代的西方文化。再加上後來的在華外商辦報，在華外報對中國構成的是文化和經濟的雙重侵略，而並非僅僅帶來馬禮遜心目中的「上帝」和「福音」。

二、為傳教而創辦的報刊成為一種傳播示範

　　馬禮遜和米憐創辦《察世俗每月統記傳》在中國新聞史中是創舉，但是對於他們來說，想到通過刊印報紙來傳播基督教教義並不十分困難，也不是什麼創舉。因為，其時在他們的祖國──英國，閱讀報刊已經成為人們的日常生活的一個部分。有資料表明，1827 年，「英國有報刊 480 多種，美國 800 多種，法國 490 多種。」[2] 但是，對於中國人而言，這種方式卻是前所未見的。中國古代雖有報刊，但是無論官報、民報，都不是以傳播思想為主要目的的，其內容上也並不著重體現某種思想。由西方傳來的近代報刊對中國來說，是一種傳播示範。

1　方曉紅：《中國新聞史》，南京師範大學出版社，2006 年版，第 25 頁。
2　陳玉申：《晚清報業史》，山東畫報出版社，2003 年版，第 9 頁。

（一）以連續出版物的形式傳播思想

在傳教士將近代報刊引入中國之前，中國知識分子的閱讀材料主要是書籍，報紙並不受到十分的重視。「邸報」和京報雖然一爲官報，一爲民報，但是內容基本重合，都是國家政事和皇帝官員的行止、論旨等事件性報導。

在傳教士們的家鄉，新聞事業的發展都已逐漸成熟，遠遠超過落後的中國。19 世紀上半葉，英、美、法等各國相繼經歷了資產階級革命。資產階級革命後，西方各國，特別是英、美、法等各國大多都經歷了政黨報刊時代。政黨報刊不以新聞信息爲主要內容，而以政治見解、政治討論爲主要內容。傳教士們從自己的祖國遠渡重洋而來，也將用報刊傳播思想的工作方法帶到中國。

報刊較之書籍，有明顯的時效優勢。它能快速且連續地出版，在時間的縱向上保持傳播的延續性；同時，還能互相支應，在橫向上形成傳播的聲勢與合力。這種傳播形式在中國迅速地產生了廣泛的影響。傳教士們起初通過報刊傳播的是宗教思想，後來又加入了自由、民主等資產階級思想。

1833 年，馬禮遜在廣州英文報紙《廣州志乘》上發表《論印刷自由》的評論，論及「上帝賦予人類有思想和言論的自由，有寫作和印刷的自由。」這可以說是傳教士在中國傳播民主自由思想的一次重要發聲。1833 年 12 月《東西洋考每月統記傳》刊登了《新聞紙略論》一文，介紹報紙起源，英、美、法各國報紙出版的情況，以及新聞自由的思想。

後來的《萬國公報》則有更鮮明的立場——主張在中國變法改革。在這個思想的指引下，《萬國公報》對於西方民主、自由思想的傳播顯得更加賣力。從第 301 期改名後，《萬國公報》的內容就改爲以時事政治爲主，對中國的時政評論受到特別的重視。報紙不僅發布評論，還介紹西方政治模式。

中國知識分子通過閱讀報刊，不僅逐漸接受了來自西方的自由民主思想，更學習了一種工作，或者說革命的方法——通過報刊這種連續出版物傳播先進的思想。這種啓發和啓蒙對後來資產階級改良派和資產階級革命派都產生了深刻的影響。甚至，對後來的無產階級政黨——中國共產黨的革命實踐也有深遠的影響。自此之後的百餘年間，中國的改革、革命無不與報刊有著緊密的聯繫。報刊也成爲一股影響社會的新力量。

（二）傳播科技知識爲宗教思想和民主自由思想做支撐

《察世俗每月統記傳》中宣傳宗教教義的文章約有 80%，剩餘的約 20%

的篇幅用於宣傳倫理、道德和普及科學知識。1815 年 8 月，《察世俗每月統記傳》第 2 期即刊登了一條預報日食的消息。除了《月食》，該報還刊登過《論月》、《論日食》、《論地週日每年轉運一輪》、《論地爲行星》、《論行星》和《論彗星》等文。這些文章不僅帶有宗教色彩，而且明顯集中於天文學領域。這與傳教士的教育背景直接相關——教會學校在天文、星象方面較有優勢。

後來的傳教士報刊基本都堅持了這個傳播科學知識的「傳統」。《東西洋考每月統記傳》中也有不少宣傳科學知識的文章。而這些內容在封建的中國，非常新鮮且吸引人。到吉德創辦《天下新聞》的時候，傳教士報紙中的宗教色彩就更爲稀薄了，基本以傳播科技知識和新聞爲主。

當然，在傳播知識，特別是傳播西學方面最出色的，還當數《萬國公報》。在改名前，《萬國公報》的內容以宣傳宗教爲主，並刊載科技知識。《萬國公報》經常介紹自然科學方面的內容。該報通過「智慧叢話」等欄目，將伽利略、布魯諾、哥白尼等科學家介紹給中國讀者，甚至還報導了居里夫婦發現鐳的消息。林樂知在《二十周之前途》中介紹了諸如電燈、電報、飛行器等 20 世紀科技新發現、新發明。這些內容均讓中國讀者大開眼界。在社會科學方面，頡德的《社會進化論》、馬克思的《資本論》、李嘉圖的勞資觀等都經由《萬國公報》傳到中國。

甲午戰敗，中國知識分子掀起了學習西方知識的潮流。《萬國公報》、廣學會等機構、組織的影響愈加大了。中國的洋務運動與之不無關聯。

傳教士在中國傳播科技知識是客觀事實，但其傳播的深層目的並不在於強大中國，而是借由中國知識分子對於先進技術的好奇、佩服，乃至崇拜，爲自己廣收信徒。郭士立曾直言希望通過辦報，「使中國人認識我們的工藝、科學和道義，從而清除他們那種高傲和排外的觀念」[1]。科學技術不過是誘餌，傳教士期望藉此進入中國人的思想、控制中國人的思想才是眞正目的。

（三）培養了一批會辦報的中國人

刻字工人梁發隨著馬禮遜、米憐一起到馬六甲。戈公振先生評價其是「正式服務於報界第一人也」。梁發起初幫助馬禮遜和米憐刻字，後來也參與了文章的寫作。據方漢奇先生考證，《察世俗每月統記傳》中署名「學業」的文章

1　《中國叢報》1833 年 8 月，轉引自湯傳福，黃大明：《紙上的火焰——1815～1915 的報界與國運》，廣西師範大學出版社，2013 年版，第 15 頁。

就是梁發的作品。[1]事實上，《察世俗每月統記傳》中還有大量沒有署名的文章，從其漢語行文的熟練程度看，應是華人所為。

「梁發在排版過程中，又接觸並掌握了西方標點符號的運用。梁發把這些標點符號運用到中文期刊中，這是一個極其重要的革新和創造。」[2]後來的白話文運動中，西式標點的運用也是一個重要的議題。雖然梁發使用西式標點只為實用，並無後來白話文運動的深層文化主張，但是從時間先後而言，梁發還是先行者。

中國第一份政論報刊的創辦人王韜，也是從做洋人的助手，替洋人打工開始自己的新聞出版生涯。王韜赴滬謀生，為了生計進入英國人傳教士麥都思開辦的墨海書館工作。麥都思曾經是米憐的助手，也曾參與過《察世俗每月統記傳》的編輯工作，還創辦過《特選撮要每月統紀傳》和《天下新聞》等報刊。其時，麥都思在上海開設的印刷所起名「墨海書館」。王韜在墨海書館裏譯書、印書，在麥都思手下工作了 13 年。麥都思在印刷和出版方面對王韜產生了巨大的影響。後來王韜受到太平天國牽連，亦是在麥都思的幫助下逃往英國。

先後兩次英國之行令王韜大開眼界，深受影響。1870 年王韜從歐洲歸來，並於 1872 年入香港《華字日報》擔任主筆。恰此時，英國商人美查在上海創辦《申報》，董事們派遣錢晰伯到香港考察學習。王韜與錢晰伯翁婿二人就報紙的編輯、出版進行了深入的交流。

1874 年，王韜創辦了中國人自辦的第一份政論報刊——《循環日報》。在中國，王韜有首創之功，但客觀地說，王韜的工作還是有模仿的痕跡。王韜在報業經營管理和編務上的幾乎每一步成長都和傳教士，或者說和洋人有著密切關係。

當時的在華外報，特別是中文報刊，皆多有華人參與。《孖剌報》的中文版——《香港中外新聞報》的主筆多由華人擔當。陳靄亭、王韜、黃勝等人陸續參與並主持筆政。這些華人被稱為「秉筆華士」。

中國土地上出現的第一批近代報刊並非華人主辦，但是在這些報刊的發行過程中逐漸吸收了中國人的參與。這種幫忙，從梁發開始，由刻字和漢語

---

1 方漢奇：《中國近代報刊史》，山西人民出版社，1981 年版，第 12 頁。
2 湯傳福，黃大明：《紙上的火焰——1815～1915 的報界與國運》，廣西師範大學出版社，2013 年版，第 9 頁。

等基礎環節漸漸升級爲參與寫作和編輯，以至於經營管理。在華外報對中國有侵略的事實，但也確實在實踐中幫助中國培養了一批會辦報的中國人。

（四）培養了一批開明的讀者

辦報的人畢竟是少數，看報的人確實千萬。在華外報在中國的刊印、傳播，不但培養了會辦報的中國人，更培養了一大批有讀報習慣的開明讀者。他們有基層知識分子，也有達官顯貴。

近代中國睜眼看世界的第一人——魏源是《東西洋考每月統記傳》的讀者。在他的《海國圖志》中，「引用《東西洋考》凡 13 期，計 24 篇，多爲與世界地理有關的文章。」[1]按照今天論文的規範化要求，魏源應該把《東西洋考每月統記傳》列入他的參考文獻，詳細注釋。

1839 年林則徐在廣州禁煙。在那裡，他接觸到了近代的報刊，並敏銳地發現了報刊在傳遞信息方面的功能。林則徐曾經命人搜集廣州、澳門等地外國人辦的報紙，並整理裝訂，彙編成冊，呈送道光皇帝和高層官員。林則徐對待報紙的態度和行爲是複雜的：一方面，他看到了報刊的作用，實際上持較爲肯定和接受的態度，甚至還有一些模仿的行爲；另一方面，他又不能跳脫封建信息管理體制的思維，最終還是選擇以類似奏摺、邸報的形式向權力中心輸送信息。

就連清帝國的皇帝也並非只看奏章和「邸報」。當《萬國公報》在中國走精英路線，上海招商局向「廣學會」的採購中，有一份《萬國公報》便是爲了呈送給光緒皇帝。「1900 年，八國聯軍攻佔北京，一位傳教士在光緒居住過的宮殿裏驚喜地發現全套的《萬國公報》。」[2]封建的中國的最高領導人——皇帝成爲了近代報刊的忠實讀者，可以從一個側面說明變革的壓力，中國的近代化和現代化迫在眉睫。

光緒皇帝的一系列變革想法不能不說與閱讀報紙有關。他本人的閱讀是一方面，他身邊的大臣的閱讀是另一方面。前文已述，李鴻章、張之洞、曾國藩等重臣不但讀報，甚至贊助報刊。不論是皇帝，還是大臣，都不免受到了傳教士報刊的影響。必須承認的是養成了讀報習慣的比較開明的知識分子對於後來中國歷史的影響。

1　黃時鑒：《東西洋考每月統記傳·影印本導言》，中華書局，1997 年版，第 27～28 頁。
2　湯傳福，黃大明：《紙上的火焰——1815～1915 的報界與國運》，廣西師範大學出版社，2013 年版，第 54 頁。

基層知識分子同樣也受到近代報刊的影響。康有爲、梁啓超等改良派主力，以及當時尙屬「新生代」的孫中山、毛澤東等人，無不養成了閱讀報刊的文化習慣。報紙成爲他們生活中傳遞知識，表達思想的重要途徑。這一代的中國知識分子，甚至之後的很多代中國知識分子的閱讀習慣已經悄然變化。

三、國人自辦報刊呼籲自由與民主

在外國人辦報的啓發下，中國知識分子也發出了辦報的呼聲。1873 年艾小梅在漢口創辦《昭文新報》，是中國人自辦的第一份中文報紙。1874 年王韜在香港創辦的《循環日報》是這一時期中國人自辦報刊中影響最大的一份報紙。

這個時期，中國人自己辦報，多數是爲了宣傳個人或者組織的政治主張。王韜創辦《循環日報》仿照西方報紙的體例，幾乎每天都要刊登評論，王韜本人執筆了其中的相當部分。王韜的評論鼓吹變法強國，宣傳君主立憲。王韜的一些政治主張和後來的改良派，甚至革命黨的主張頗有相近之處，但時間上要早一些。後來的一些辦報人和報刊，多少也都受到了王韜和《循環日報》的影響。

（一）資產階級改良派的報刊與變法

隨著甲午戰敗，民族危亡之際，維新運動應運而生。維新派將自己的政治活動和辦報緊緊地結合在一起，全國各地的報紙如雨後春筍般湧現。從 1895 年到 1998 年，全國出版的中文報刊有 112 種，其中 80%左右是中國人自辦的。[1]其中，改良派的重要報刊有 48 種。[2]維新浪潮之下，外國人壟斷中國報業的局面被徹底打破了。這個時期也是中國人自己辦報的一個高潮。

1895 年康有爲在北京創辦中國人自己的《萬國公報》，因與林樂知的《萬國公報》重名，後來改名《中外紀聞》。《中外紀聞》是康有爲等人發起的「強學會」的機關報。《中外紀聞》以北京的官僚士紳爲主要的發行對象。報紙雖然也刊登「上諭」等內容，但更多的內容是宣傳變法、振興實業，富強國家。康有爲還曾游說兩江總督張之洞，請求支持。後來上海也成立了「強學會」，短暫地出版了機關報《強學報》。

1　方曉紅：《中國新聞史》，南京師範大學出版社，2006 年版，第 59 頁。
2　趙建國：《分解與重構：清季民初的報界團體》，生活・讀書・新知三聯書店，2008 年版，第 27 頁。

　　「強學會」和「廣學會」一字之差，前者是維新派帶有政黨性質的政治團體；後者則是早前傳教士在中國創辦的團體。二者最大的差別在於：一個是中國人創辦，主張變法自強；一個是外國人創辦，意圖通過變法實施控制和侵略。二者的共同點是倡導變法、關注教育。維新派通過結社、辦報等方式開展活動的方式與傳教士的活動方式如出一轍。這顯然說明了傳教士的活動對中國知識分子的啓發和影響。不同的是，這一次是中國人自己發出的民主和自由的呼聲。可惜不管是報紙，還是組織，都由於封建打壓，很快就停止了活動。

　　1896 年由黃遵憲主持，維新派人士利用上海強學會剩餘的資金和一些捐款，在上海創辦了《時務報》。康有爲的得意門生梁啓超任報紙主筆。《時務報》中最值得一提的是梁啓超的評論。由於《時務報》問題新穎，議論有獨到之處，很快便擁有了 1.7 萬份的發行量。在內容比例上，《時務報》以時事新聞爲主，評論不佔優勢，但在後來的影響上，評論卻占主要地位。

　　梁啓超寫作的著名文章《變法通議》以連載的方式從報紙的創刊號一直到第 43 期，陸續刊載了 21 期。文章提出要開學校、廢科舉、變官制，是資產階級改良派的綱領性的文件。梁啓超緊緊抓住一個「變」字，認爲只有「變」，才「可以保國，可以保種，可以保教」。梁啓超在《時務報》上的評論被稱爲「時務文章」，更開創了「時務問題」。他汪洋恣肆、「筆尖常帶感情」的評論寫作風格受到了讀者的歡迎。

　　戊戌變法失敗後，梁啓超流亡日本，先後創辦了《清議報》和《新民叢報》。這些刊物都是改良派的重要輿論陣地。主持《新民叢報》期間，梁啓超接觸了大量的資產階級學說，言論一度相當激進，並與革命派接近。1902 年 10 月 16 日梁啓超在《新民叢報》第 18 號上發表了《進化論者頡德之學說》一文，提及「麥喀士（馬克思）」和「社會主義」。這是在中國人自己創辦的刊物上，最早向讀者介紹馬克思和社會主義。而這兩個詞語後來對近現代中國的政治、經濟、文化、思想各個方面產生了極大的影響。

　　但是康有爲數度批評梁啓超，以氣病老師爲由加以阻攔，對梁啓超頗有限制。訪美後，梁啓超看到了西方資本主義的先進之處，也看到了其中的弊端。這使得他剛剛邁出的步伐又停止了，重新成爲保皇一派的重要成員。

　　與政治思想的進進退退不同，梁啓超一直十分注重對報紙的社會功能的思考，認爲報紙於國家、社會有耳目喉舌之效。他在《論報館有益於國事》

等一系列文章中大力提倡辦報，認為報紙時「去塞求通」的工具。在《清議報一百冊祝辭並論報館之責任及本館之經歷》、《敬告我同業諸君》等文章中，梁啓超較為系統地論述了自己的報業思想。他認為報紙一要監督政府，二要嚮導國民，從法律上、宗教上和名譽上三個方面監督政府，並取「萬國之新思想以貢於同胞者也」。監督政府和啓迪民智的思想大大突破了封建的限制，是頗有進步性的。

（二）資產階級革命派的報刊和鬥爭

戊戌變法失敗，中國情勢的變化令資產階級認識到，光靠改良遠遠不夠。主張以暴力革命為手段的資產階級革命派登上歷史舞臺。孫中山是革命派的領袖。孫中山留學日本，從《清議報》看到了報刊對革命的影響和作用。因此，資產階級革命派甫一登場就十分重視報刊宣傳。1900 年興中會機關報《中國日報》由陳少白在香港創辦。《中國日報》反清反種族壓迫，反帝反侵略，提倡民權，宣傳西方資產階級革命史和革命思想。

《蘇報》、《國民日日報》、《警鐘日報》等革命派的報刊在上海、香港、日本等海內外各地普遍開花，形成了宣傳上的合力。1896 年創刊的《蘇報》1900 年由陳範購得，並聘請章士釗擔任主筆，報紙言論激烈。報紙基本成為章太炎、吳稚暉等人創建的愛國學社的機關報。1903 年《蘇報》介紹鄒容寫作的《革命軍》，大張旗鼓地宣傳革命，終於觸怒朝廷，向租界發出交涉。最終報館查封。這一事件史稱「蘇報案」。「蘇報案」以章太炎入獄三年、鄒容入獄兩年為最後的判決。雖然官司輸了，但是一芥平民公然挑戰朝廷，最終不過入獄三兩年而已，報紙在老百姓的心目中實際上是贏了。

此後，革命派的報紙再接再厲。不僅僅在上海，天津也有革命派的報刊，如《大公報》、《時報》等。武漢也有革命派的報刊，如《大江報》、《大漢報》等。甚至，革命派的報刊還佔領了海外的陣地，本書將在後文論述。

1905 年 11 月，《民報》在東京創刊。該報是同盟會的第一份機關報。同盟會是孫中山等人發起成立的政黨性質的團體。《民報》以刊登政論文章為主，是同盟會革命運動的重要輿論陣地。在該報的發刊詞中，孫中山提出了「民族、民權、民生」「三大主義」。這是後來「三民主義」的前身。同時，《民報》還介紹西方的各種新思潮，以及資產階級革命運動和民族解放運動。

于右任連續創辦的《民呼日報》、《民吁日報》和《民立報》，史稱「豎三

民」。西北奇才于右任 1907 年就嘗試辦報。他創辦的《神州日報》聘請楊篤生擔任社長，以旁敲側擊的方式與會宣傳革命。不過，這次嘗試不夠成功，只維持了 80 天，于右任就因爲人事問題辭職。此後，于右任 1909 年 5 月在上海創辦《民呼日報》，10 月創辦《民吁日報》，1910 年 10 月創辦《民立報》。三份報紙前後相繼，除了《民立報》，前兩份報紙發行時間都非常短暫。報紙「短命」的主要原因就在於言辭激烈。《民呼日報》強調排滿、強調人權，在創刊號的發刊詞中就提到「《民呼日報》者，炎黃子孫之人權宣言書也⋯⋯」《民呼日報》批評時政、揭露官場黑幕，引起了當權者的仇恨。很快于右任就被設計誣告入獄，報紙也停刊了。一出獄，于右任又辦《民吁日報》。《民吁日報》因爲讚頌朝鮮志士安重根刺殺日本首相伊藤博文而獲罪，很快也停刊了。《民立報》創刊後，先以穩健的風格站穩腳跟，隨即開始發布激烈言辭。1911 年 10 月武昌起義爆發。在清政府封鎖消息的情況下，《民立報》大膽報導武昌起義，並配發短評。一度，報紙的發行量達到 2 萬多份，成爲當時發行量最大的日報。該報一直發行至 1913 年，其時民國業已建立。

改良派與革命派報刊在一段時間內並存。改良派的思想日趨保守，逐漸變爲保皇派。1905 年至 1907 年《新民叢報》與《民報》就革命與保皇、民主立憲與君主立憲、土地國有等問題進行過激烈的論戰。這場論戰最後以《民報》勝利，《新民叢報》停刊而告終。兩報的論爭實際是兩個政治派別的較量。以孫中山爲首的革命黨人領導的資產階級民主革命蓬勃興起。

1911 年，18 歲的毛澤東在他就讀的學校的牆上貼出了他心目中的中國政治藍圖：「孫中山成爲新中國的總統，康有爲擔任首相，梁啓超是外交部長」。[1]可見，不管是改良派還是革命派，在當時追求民主與自由的青年學生中都是相當有號召力的。

四、清政府新聞管理體系的被動調試

中國古代即有邸報，也有與之相關的行政機構和一套管理的方法。清政府在此方面與之前朝代相比，並無太大的變化。當西方傳教士把近代報刊帶入中國之後，近代報業逐漸發展起來。用封建的法律管理近代的報業，清政府遭遇極大的難題。

1　湯傳福，黃大明：《紙上的火焰——1815～1915 的報界與國運》，廣西師範大學出版社，2013 年版，第 155 頁。

（一）清初至清中期的信息傳播管理因循傳統舊制

清入關後，基本參考明朝的官報發行體制，在全國範圍內發行「邸報」。「邸報」經過通政使司、六科和提塘傳遞來自國家行政中央的信息。「邸報」是清代的合法官報，在封建管理體制內傳遞信息，其主要讀者是各級政府官員。

清初就出現了提塘小報。提塘分爲京塘和省塘。京塘類似各省的「駐京辦事處」，省塘則駐各地省會。提塘小報是各地省塘自設的報房發行的報紙。省塘爲了方便「邸報」的發行而自行設立了報房。至乾隆年間報房「才取得合法地位」。[1]報房有一定的官方關係，但工作人員不是官員，不屬於「行政編制」，因而是半官方的。後來提塘小報出現了一些問題，例如：先於部文到達地方，導致洩密；刊發不實消息；刊發未經六科抄發的章奏。[2]由此，政府便對提塘小報進行了一些限制。目前存世的提塘小報，比較集中於順、康、雍、乾四朝。從清初到清中期，政府雖然看到提塘小報的問題，但是往往處理了當時責任人，而沒有把問題擴大化，並未徹底將之禁絕，只是進行政策上的調控和限制，總體上是比較包容和寬鬆的。

清代初年開始，北京就有人以私人名義從事抄報的活動，抄的對象是「邸報」。雍正和乾隆兩朝禁止管理兼職從事抄報出售的活動。乾隆中期後，民間報房發展起來，京報大量出現。京報的內容包括宮門鈔、皇帝諭旨和臣僚奏章三個部分。京報不僅傳通信息，更主要的是爲了盈利而存在。京報比之前報紙有明顯發展，並不隸屬官方，但消息是官方化的，它仍然不是近代意義的報紙。

不難看出，清初政府對於新聞出版的管理比較模糊。體制內的「邸報」雖然受到各種行政程序和規則的約束，但總體並不嚴苛。民間辦的京報對封建管理也比較服從，通常遵守政府的禁令，不敢逾越。因此，政府對新聞出版的管理是並無專門法令，通常「引用《大清律例》刑律『盜賊類』中『造妖書妖言』條：『凡造讖緯袄書袄言，及傳用惑眾者，皆斬。』『凡妄布邪言書寫張貼，煽惑人心爲首者斬立決。』『各省抄房，在京探聽事件，錄報各處者，繫官革職，軍民杖一百，流三千里。』」[3]

1　方漢奇，丁淦林，黃瑚，楊雪梅等：《中國新聞傳播史》，中國人民大學出版社，2009年版，第32頁。

2　參見方漢奇，丁淦林，黃瑚，楊雪梅等：《中國新聞傳播史》，中國人民大學出版社，2009年版，第33頁。

3　方曉紅：《中國新聞史》，南京師範大學出版社，2006年版，第100頁。

可以看出，一直到清中期，由於新聞傳播的現實情況基本是封建社會生活的常態，政府在管理上也是蕭規曹隨式的因循舊例。「邸報」、提塘甚至報房，都可以說是行政系統內部的不同部門而已，並非獨立行業。政府對其的管理基本也是一種內部處理的基本態度。

不僅新聞傳播沒有專門法的針對性約束和保護，清代的律例整體上呈現了從因循守舊到被動調試，再至最終崩盤的軌跡。清代的律例館始設於 1645 年（順治二年），屬刑部。直至康雍時期，律例館都是特事特設，不是常設機構。1870 年（同治九年）之後，數十年未修訂律例。而這幾十年中，中國社會發生的變化之巨大，任何略知中國歷史的人都有認識。清廷守舊不變，顯然是固步自封的表現。1898 年戊戌變法失敗，1901 年光緒又推行新政，1902 年內閣著沈家本、吳廷芳修訂律例，1904 年設立的法律修訂館負責修訂舊律。而此時距離清朝的覆滅僅有 8 年的時間了。新聞出版領域的情況也是同樣。報業的實際發展倒逼了政府倉促應對。

（二）晚清報業發展倒逼專門法出臺

19 世紀初開始，傳教士報紙在中國周邊及沿海地區出現。及至鴉片戰爭後，傳教士報刊、在華外商報刊在中國的土地上全面開花。至 19 世紀六七十年代，中國人開始嘗試自己辦報。到 19 世紀末維新變法時期，改良派更是掀起了辦報熱潮，將報刊作爲重要的政治工具。這些報刊，並非官方的「邸報」，更不是老實聽話的京報，而是近代報刊。清政府面臨著一個棘手的問題。

實際上，清末中國已有中外文報紙數百份之多，《萬國公報》、《申報》等報紙的發行量也有數萬份之多。報紙刊登的內容從宗教教義、科學知識到時事、評論，再到專業論述和文藝副刊，非常豐富。有學者梳理 19 世紀的新聞學研究材料發現，1834 年至 1899 年報紙刊登的新聞學論述共計 31 篇，其中「《東西洋考每月統記傳》1 篇、《申報》12 篇、《循環日報》4 篇、《萬國公報》8 篇、《時務報》2 篇、《庸書》1 篇、《求是報》1 篇、《時事論說》1 篇、《盛世危言》1 篇。」[1] 新聞學的學術研究已經開始，並且開始呼喚新聞立法。

《申報》是較早明確呼籲新聞立法的報刊。1898 年《申報》就發表《整頓報紙芻言》，呼應立法。1903 年，清政府查禁《國民日日報》。《申報》發文指出：「欲整頓報務，竟逐無法乎，曰有。考東西洋各國所出各報，必經官吏核明，始行刊布，其於謗議、漏泄皆嚴爲屬禁。中國未有報律，故終無法以

---

1 李秀雲：《中國新聞學術史》，新華出版社，2004 年版，第 107 頁。

處之，欲整頓各報，非修訂報律不可，否則途禁人閱看，禁人代售均無益之空言。」[1]戊戌變法失敗，新聞立法也就不了了之。

1898 年，康有為上書光緒，諫言制定「報律」。光緒帝發布了「准許自由開設報館、學會」的詔書，並令康在參考西方報律的基礎上，結合中國的國情來制定中國自己的報律。流亡國外後，隨著改良派向保皇、立憲方向轉變，梁啓超等人對法律、法制的關注更多。梁啓超對國家憲政、憲法和新聞法律都進行深入的思考和論述。劉廣安評價梁啓超「是在晚清時期運用近代法典概念論述中國法制史的代表人物」[2]。

清政府第一部印刷出版專門法是 1906 年頒布的《大清印刷物專律》。這部專律共 6 章 41 款，針對一般印刷出版物，報刊自然也包含在內。專律規定特設「印刷註冊總局」，負責管理出版物的登記和註冊。不僅如此，《報館應遵守規則》也於同年出臺。次年，《報館暫行條規則》繼續跟進。前者 9 條，後者 10 條。

1907 年清廷在考察政治館的基礎上改建「憲政編查館」，下設編制局、統計局、官報局、譯書處、圖書處等分支。其中，官報局負責「掌出版、印刷政治官報，以使紳民明悉國政」。[3]憲政編查館雖然只存在了四年，但統率了清末籌備立憲的事宜。

1908 年 3 月 14 日，參照鄰國日本的法律，清政府頒布了《大清報律》。《大清報律》共計 46 條。清政府陸續頒布的新聞出版相關「專律」並未保障言論自由、出版自由，而是旨在加強對報業的控制。「至民國成立前，身受其害的報紙就佔了當時報刊總數的三分之一以上。」[4]

新聞管理法規、條例的醞釀和出臺是在國家整體法律調整的大背景下完成的。與國家法律整體的頻繁調整和交叉矛盾一樣，新聞出版領域中的法律、則令也變動頻仍。清政府在律法上針對現實新聞傳播發展狀況做了一些應對性的調整，但這種調整就是因倒逼而啓動的，其被動性是明顯的。同時，這種調整又是不徹底的，調整的結果也根本無法適應當時的實際情況。所以，它最終被打破，是沒有懸念的。

1　《書本報所登嚴禁嚴禁國民報以後》，《申報》，1903 年 9 月 9 日。
2　劉廣安：《晚清法制改革的規律性探索》，中國政法大學出版社，2013 年版，第 2 頁。
3　劉廣安：《晚清法制改革的規律性探索》，中國政法大學出版社，2013 年版，第 170 頁。
4　方曉紅：《中國新聞史》，南京師範大學出版社，2006 年版，第 101 頁。

（三）管理混亂下的亂象與不得已的「自我管理」

清政府在管理法規的出臺上進進退退，管理體制遲遲沒有完善，對報業只顧恐懼、打壓，卻從未想過用職業道德、行業準則來規範新聞採編等業務行爲。這種管制而非管理的工作思路，導致了晚清報業中亂象紛呈。新聞界人士開始自主「公會」、「同志會」以自我約束和互助。

清末有人曾給申報館投寄打油詩「小偷流氓，鄙道貧僧，惡少摸乳，老翁獻臀，某甲某乙，爲隱其人」[1]，諷刺《申報》的新聞寫作風格。所謂「某甲某乙」，無非是說報紙報導之事缺少新聞依據。缺少事實要素和新聞依據是報業初創時期，新聞報導的共同特點。中國如此，美國也如此。用今天的專業眼光看，這對新聞的眞實性存在巨大的威脅。缺少新聞依據是技術失誤，在初創時期尚可原諒，惡意誹謗和敲詐在哪個時代都爲人不齒。黃協塤曾經描繪當時的新聞界有這樣的情況：「賄賂潛通則登諸雪嶺，於求不遂遂下墨池。甚至發人陰私，索人瘢垢籍端要挾，百計傾排，使人懲之不可懲，辯之不可辯，不得已賂以重賄，以期掩飾彌絕。」[2]對官員敲詐的有，對出家人也不放過。《新聞報》的記者對和尙敲詐，被人告上縣衙。[3]商業報刊有商業報刊的問題。雖然有商業利益作爲最後的解釋，但畢竟有違道德。革命派報刊一度鼓吹暗殺，且對象並不侷限於封建官員、保皇一黨，就連革命派中的宋教仁等人也受害。不論是梁啓超、章太炎等大家，還是後來的胡漢民、汪精衛等「新生代」，多少都有在評論中對論戰對手進行人身攻擊的記錄。

業界的表現在一定程度上使得新聞業被「污名化」。「一般報館主筆、訪員在當時均爲不名譽之職業，不僅官場中人仇視之，即社會上一般人，也以其搬弄是非輕薄之。」[4]《申報》前後幾位主筆，蔣芷湘、蔡爾康等人在離開新聞行業之後都隱姓埋名，不願張揚自己的新聞從業經歷。姚公鶴曾說：「昔日之報館主筆，不僅在社會認爲不名譽，即該主筆亦不敢以此自鳴於世。」[5]究其原因，一是傳統文人骨子裏還是認爲經過科考及第才是榮光；二是起初報

1　湯傳福，黃大明：《紙上的火焰——1815～1915 的報界與國運》，廣西師範大學出版社，2013 年版，第 180 頁。

2　馬光仁：《上海新聞史（1850～1949）》，復旦大學出版社，1996 年版，第 187 頁。

3　參見徐載平，徐瑞芳：《清末四十年申報史料》，香港大華出版社，1971 年版，第 107 頁。

4　姚公鶴：《上海報紙小史》，《東方雜誌》，第 14 卷第 6 號，1917 年 7 月 15 日。

5　姚公鶴：《上海閒話》，上海古籍出版社，1989 年版，第 131 頁。

刊多爲洋人創辦，替洋人打工有屈居蠻夷之下的屈辱感覺；三是不得不承認，當年的新聞行業缺少行業規範，確實做了些「不名譽」的事情。

20 世紀初，新聞業工作者開始組建社團，自我約束、自我促進。戈公振認爲 1905 年成立的「上海日報公會」是我國最早的報業團體，也有學者認爲，英斂之於 1906 年在天津發起的「報館俱樂部」最早。[1]總之，20 世紀初年，中國的報業團體開始出現，並在後來以集體名義爲報館爭取權益。發起成立天津報館俱樂部的幾個成員，除了英斂之，還有幾個是日本人。一個國家的行業組織的起初發起者是外國人，不僅說明當時業界的情況複雜，也從一個側面說明了政府管理的不完善，甚至折射了主權的不完整。

「1910 年，世界新聞記者公會在比利時首都布魯塞爾召開大會，王侃叔因遠東新聞社的關係，被接納爲會員，並作爲中國代表到會。此外，王還介紹汪康年、朱淇、黃遠生、陳景韓四人入會。」[2]中國新聞界開始走向世界。

面對日漸壯大的報業，清政府還在簡單地考慮如何限制報業，不使其對自己的封建統治產生威脅，卻沒有著眼於理清行業體系，促使其良性發展，其滯後顯而易見，其管理效果更可想而知。

第三節　晚清新聞事業與關不住的國門

1840 年鴉片戰爭失敗，清政府不得已打開了封閉數百年的國門。封建統治者的統治與管理越來越不適應半封建半殖民地的現實狀況。雖然清末的統治者頻繁地進行調整，但最終不能適應社會現實。政府雖有心管理，但現實情況確實根本「管不住」。

一、辦報的洋人是新聞事業管理的「法外之民」

馬禮遜千辛萬苦到達中國，苦心經營了 8 年也成效有限，只能轉到馬六甲傳教，創辦《察世俗每月統記傳》。後來的傳教士們也是在東南亞活動，逐漸向中國大陸發展。

1　參見趙建國：《分解與重構：清季民初的報界團體》，生活·讀書·新知三聯書店，
　　2008 年版，第 44 頁。

2　馬光仁：《我國早期的新聞界團體》，中國社會科學院新聞研究所編《新聞研究資料》
　　第 41 輯，中國社會科學出版社，1987 年版，第 63，轉引自趙建國：《分解與重構：
　　清季民初的報界團體》，生活·讀書·新知三聯書店，2008 年版，第 9 頁。

（一）領事裁判權庇護下的「法外之民」

鴉片戰爭是傳教士報紙的轉折點。鴉片戰爭之後，隨著《南京條約》（1842），《天津條約》（1858年）和《北京條約》（1860年）的簽訂，外國人得到了在華傳教的自由。傳教受到了保護，傳教士的報紙自然就得到了認可，不用躲躲藏藏。此後傳教士報刊迅速地發展起來。

鴉片戰爭後中國與列強簽訂一系列不平等條約，不僅被強迫通商，洋人在中國更享有特殊權益，不僅辦報不困難，更成為在中國土地上活動，卻不受中國法律約束的「法外之民」。

最先在中國獲得領事裁判權的是英國人。《南京條約》簽訂後，1843年中英又簽署了《五口通商章程》和《虎門條約》兩個補充條約。英國人從此獲得領事裁判權，不受中國法律的約束。1844年中美《望廈條約》使美國取得了英國人在《南京條約》中同樣的特權，並又規定了擴大領事裁判權；1858年中法《天津條約》使法國取得英國上述特權……後來德、俄、日列強陸續獲得了領事裁判權。這種特權在中國甚至延續到了民國時期，直到1925年，在上海工商學聯合會的鬥爭下，才最終被取消。在領事裁判權的庇護下，外國人不受中國法律的限制，實際上造成了外國人為所欲為的狀況。

（二）在華外國人的積極作用

客觀地說，外國人在中國的活動並非沒有積極作用。如前文所述，傳教士創辦報紙，為了配合快速發行，更把先進的印刷、製版技術帶到中國。鴉片戰爭後，洋人辦報不再受限制，洋人們也鋪開了場面搞起出版和發行。1856年，當郭嵩燾參觀麥都思的墨海書館後，在日記裏如此記述：

「刷書用牛車，範鐘為輪，大小八九事。書板置車廂平處，而出入以機推動之。其車前外方有小輪，則機之所從發也，以皮條套之。而屋後一柱轉於旁設機架。牛拽之以行，則皮條自轉，小輪隨之以動，以激轉大輪。紙片隨輪遞轉，則全板刷印無遺矣。皮條從牆隙中捜出，安車出不見牛也。西人舉動，務為巧妙如此。」[1]

1868年，美國傳教士林樂知創辦的《萬國公報》，是鴉片戰爭之後發行量最大，影響最大的宗教報紙。1887年傳教士威廉臣發起建立同文書會，後來

---

[1] 《郭嵩燾日記》第1卷，湖南人民出版社，1981年版，第33頁；轉引自湯傳福、黃大明：《紙上的火焰──1815～1915的報界與國運》，廣西師範大學出版社，2013年版，第9頁。

改名「廣學會」。廣學會不僅有報紙，還出版各種介紹西方科技、文化的書籍。這些書籍和報紙起初都是贈送的，站穩腳跟之後就開始出售。

傳教士在中國的辦報活動，對中國後來數十年的大眾傳播活動都有著示範作用，不僅示範了用連續出版物宣傳思想觀點的方式，更爲培養了會辦報的中國人和有報刊閱讀習慣的中國讀者。後來的資產階級改良派、革命派和無產階級政黨都積極運用了辦報宣傳的方式進行政治鬥爭。洋務派、改良派、革命派和無產階級革命者也都通過結社的方式開展政治活動。

在華外商雖然從中國攫取了巨額的經濟利潤，但也客觀上吸納並培育了中國的無產階級，和懂得資本經營的管理人才。

一些中國人創辦並經營管理的報刊，爲了躲避清政府的管制和迫害，往往借外國人的名義發行。維新派在天津的喉舌——《國聞報》在戊戌政變前就「假賣給日本人，希望得到日本政府的庇護」。[1]

（三）「法外之民」的爲所欲爲

任何人的行爲如果失去約束，都可能失範。在領事裁判權的庇護之下，不少洋人實際是享有特權的。

「廣學會」成立後，影響廣泛的《萬國公報》一度作爲其機關報。同爲傳教士報紙，《萬國公報》已經不必像《察世俗每月統記傳》那樣從海外繞道發生影響，而是長驅直入中國大陸。傳教士們甚至可以自由結社，發起成立「廣學會」這樣的社會組織。從政治角度來看，外國人在一國可以自由結社，對該國是可能產生威脅的。

1894 年 10 月，《萬國公報》還連續兩期連載了孫中山給李鴻章的上書《上李傅相書》。孫中山在文中提出了一系列改革的主張，希望通過朝廷重臣的支持，實現自己的革命理想。單純從媒介的社會功能角度講，《萬國公報》起到了下情上達的溝通作用，應該肯定；從政治的角度講，一份外國人辦的報刊，在中國境內自由論政，暢談國是，恰恰說明清政府的軟弱和中國主權的不完整。

在清政府開放報禁、嚴禁之前，辦報似乎只是外國人的特權，國人卻無這個權力。陳熾在《庸書·報館》中指責清政府在辦報一事上「於己之民則禁之，於他國則聽之」。鄭觀應則抨擊：「坐視敵國懷覬覦之志，外人操筆削

1　馬藝：《天津新聞史——源自一八八六年的天下公器》，天津人民出版社，2015 年版，第 33 頁。

之權，泰然自安，龐然自大，施施然甘受他人之凌辱也！」[1]

由於技術先進，傳教士不僅印報紙，還印刷書籍。墨海書館在上海的影響日大。從 19 世紀 40 年代到 60 年代，幾十年的時間裏，上海市面上的介紹西方的書籍幾乎是由墨海書館壟斷的。一個國家的某一類書籍的出版全由外國人壟斷的情況並不正常。墨海書館的這種壟斷直到 19 世紀 60 年代以後，洋務派開設同文書館、建立江南製造局等機構，積極開展翻譯出版工作，才得以改變。

1909 年 4 月，上海發生了公共租界印度巡捕侮辱中國女子的事件。《神州日報》對這一事件做了詳細的報導。公共租界的工部局以該報「妨礙治安，擾亂人心」的罪名提起公訴。上海華人報紙紛紛聲援，成立不久的上海日報公會更是聘請律師代爲申訴。[2]上海租界發生的侮辱華人的事件在中國近現代歷史中實爲滄海一粟，如果不是研究報業團體的學者頗具針對性地搜集資料，很可能淹沒在歷史長河之中。

二、租界新聞事業管理的「異象」

近代中國先後存在 26 個租界。從 1842 年《南京條約》強迫中國開放五口通商，並規定中國准許英國在五口設立租界開始，列強各國在中國各地設立租界。上海、武漢、天津等地更是一地就有多國租界。租界執行租借國的法律，儼然成爲「國中之國」。

（一）租界是中國政治「異質」的生存地

繼英國取得在「五口」設立租界的特權後，1844 年美國根據《望廈條約》獲得了和英國同等的權力，也開始在中國「五口」設立租界；中法《黃浦條約》則規定了法國獲得同等權力，在「五口」設立租界。隨著通商口岸的增加，英、法、美、日等國在中國各地設立租界。按照一系列不平等條約的規定，不僅各國商船可以靠泊通商口岸，軍艦也可開駐。各地使領館的建立，在武力支持下維護洋人的權力。

英國 1845 年在上海設立租界，其後法租界和美租界相繼設立，1863 年英美租界合併爲公共租界，統一由工部局管理。「以形態、結構與管理方式論，

---

1 方曉紅：《中國新聞史》，南京師範大學出版社，2006 年版，第 53 頁。
2 趙建國：《分解與重構：清季民初的報界團體》，生活‧讀書‧新知三聯書店，2008 年版，第 45～46 頁。

在近代中國眾多租界中，上海租界是殖民地色彩最強、形態最爲完備、結構最爲系統的一個。在上海租界，外國人有類似議會的納稅人會議；有相對獨立的行政權、立法權、司法權；有巡捕、軍隊、監獄。」[1]

第一次鴉片戰爭後，外國人雖然在中國得到不少權益，但是他們對在中國內陸的經商狀況並不滿意。因此除了北擴勢力範圍外，列強還通過漢口等口岸的通商，將勢力沿長江流域向西擴展。天津自 1868 年之後，相繼有英、美、法、德、日、俄、意、比、奧九國設立租界。九國租界的「總面積達 23350.5 畝，是當時天津城區的 3.47 倍」[2]。「從 1861 年漢口英租界的闢建，到 1896 年日租界的形成，前後歷時三十多年，五國租界作爲一個獨立的城市空間逐步形成於漢口城區的東北一側」[3]。

周德鈞認爲租界是一個「異質空間」、「邊緣地帶」，「在封建轉職的中央集權統治下，這裡作爲一個特殊的政治空間而成爲各種『異端』的生長點與集聚點，也成爲形形色色邊緣人群的棲息地」[4]。這種狀況一直延續到民國時期。

由於租界不受清政府管轄，中國的政治「異質」紛紛選擇租界作爲安身之地。嚴復等人創辦維新派的重要報刊《國聞報》是，不但辦公地點在租界，還一度假賣給日本人。武昌起義前，革命黨人在俄租界建立共進會，組織起義指揮機關。後來，中國共產黨人也將租界作爲革命工作的掩護地。「在國民黨勢力強大的上海與武漢，尤其如此。」[5]

（二）租界管理與中國政府管理的角力

馬藝在總結天津新聞事業發展的特徵及歷史貢獻時，提出「多元化政治勢力與新聞事業的並存」[6]的觀點。正是因爲政治勢力的多元，租界的管理中常常出現各種勢力角力的情況。幾乎統一時期的兩個新聞案件——蘇報案和

1　吳志偉：《上海租界研究》，學林出版社，2012 年版，序 1。
2　楊大辛：《天津的九國租界》，天津古籍出版社，2004 年版，第 2 頁。
3　周德鈞：《漢口租界——一項歷史社會學的考察》，天津教育出版社，2009 年版，第 4 頁。
4　周德鈞：《漢口租界——一項歷史社會學的考察》，天津教育出版社，2009 年版，第 72 頁。
5　周德鈞：《漢口租界——一項歷史社會學的考察》，天津教育出版社，2009 年版，第 73 頁。
6　馬藝：《天津新聞史——源自一八八六年的天下公器》，天津人民出版社，2015 年版，第 17 頁。

沈藎案的不同情形，明顯反映出多種勢力角力和清政府隻手遮天的區別。

1903 年，鄒容寫出《革命軍》、章太炎寫出《駁康有爲論革命書》。《蘇報》連續發表《讀〈革命軍〉》、《序〈革命軍〉》等文章，大罵清政府和皇帝，呼籲建立資產階級「中華共和國」。《蘇報》本是一家以日僑出面開辦的報紙，1900 年由陳範接辦，觀點上傾向改良。1903 年，《蘇報》聘請章士釗爲主筆，章太炎、蔡元培爲撰稿人，報導各地學生的愛國運動。清政府對《蘇報》的言論大爲不滿，照會上海租界當局，以「勸動天下造反」、「大逆不道」罪名將章太炎等逮捕，並聘請古柏及哈華托爲律師，展開訴訟。鄒容激於義憤，自動投案。一國政府在自己境內爲管理本國新聞出版，向外國機構申訴。這已經是一種怪狀況。

7 月 15 日，上海租界當局將章太炎、鄒容、程吉甫、錢允生等人提往審訊。7 月 21 日，第二次審訊。此後，清政府想方設法，企圖將章、鄒「引渡」至南京，處以極刑。美國公使康格、總領事古納等人也秘密策劃將章、鄒移交中國官府，以便從清政府手中換取更多的特權。但由於帝國主義在侵華過程中有矛盾，對「引渡」一事的態度不一致，最終沒有成功。

12 月 3 日至 5 日，公共租界公部局再審章、鄒二人。12 月 24 日所謂額外公堂宣判章太炎、鄒容「應科以永遠監禁之罪」，領事團又對此發生異議，相持不決。直至次年 5 月，章太炎才最終被判處監禁三年，鄒容被判處監禁二年。

清政府在租界也並無直接權力，大小事宜都需和洋人溝通。最終，雖然章、鄒最終入獄，但以政府爲原告的官司，糾纏拖延了近一年的時間才宣判，並且只有兩三年的刑罰，顯然並沒有給清政府足夠的面子。儘管清政府與洋人，以及英、美、日等國的態度不一，但對中國人民的反抗加以鎮壓則是一致的。在這種鎮壓的過程中洋人與清政府既彼此勾結，又各自心懷鬼胎。

然而，幾乎同時期的著名記者沈藎的遭遇就迥乎不同。沈藎曾參加維新變法，變法失敗後又成爲革命派，並長期擔任記者。1903 年，沈藎從貴族口中得知中俄兩國要簽訂密約，並得到了《中俄密約》草稿的原文。沈藎迅速將之寄給了天津英文版的《新聞西報》。《新聞西報》收到後當即原文刊登。隨後，國內外各大新聞媒體紛紛轉載。對中俄關係尤其敏感的日本新聞界還專門爲此出了一期號外。

《中俄密約》的內容公之於眾後，國內外輿論一片譁然，全國人民群情激憤，清政府則陷入了非常難堪的境地。在國內外強大輿論的壓力下，清政

府不得不放棄《中俄密約》。隨即，清政府立即派人全力偵察密約洩露的原因。1903 年 7 月 19 日，沈藎在北京被捕。沈藎被捕後，毫不諱言自己的言行。慈禧太后發布諭旨：「著即日立斃杖。」7 月 31 日，清政府處死沈藎。沈藎成為我國歷史上第一位殉職的新聞記者。沈藎遇害後，革命派於 8 月 23 日在上海愚園開追悼會，章太炎書寫祭文。

同樣是觸怒朝廷，同樣是觀點因報紙而廣泛傳播，發生在租界的蘇報案，糾纏、拖延了一年才了結，並且刑罰很輕；沈藎案則短短半月就以「杖斃」而慘烈地結案。

（三）租界管理制度的啟迪

租界中華洋混居的狀況，使得中國人受到了外國人生活的綜合影響。洋人的生活方式，從西餐廳、跑馬場到電影院使中國人大開眼界。對於近在咫尺的西方「樣本」，國人的模仿更加方便。不僅租界裏的生活是洋化的，就連華界的生活也受到它的影響。「在租界的示範作用下，漢口的華界日益『洋化』，突出表現為，漢口老城區的房屋建築和市政設施競相以『西式』為標榜，建起了一大批仿歐式的洋房；市政規劃、市政設施紛紛向租界看齊，趨新慕洋，凡事唯租界馬首是瞻」。[1]洋務派選擇在上海、天津、漢口等地創辦實業，與當地的經濟、文化基礎不無關聯。

王立民、練育強認為「上海法制現代化的進程始於租界。租界當局通過大量移植現代法制，使上海租界的法制率先實現了現代化。」[2]租界內的土地管理制度、道路管理制度、建築物管理制度，以及巡捕房和審判機構的設立與管理，均與封建的清政府有明顯的區別。在於租界、洋人交涉過程中，清政府也從租界管理中學習。

三、國人境外辦報的影響指向國內

鴉片戰爭後，特別是甲午戰敗後，中國知識分子救亡圖強的聲音越來越強烈。除了洋務派被政府有限接受外，資產階級改良派和革命派都被政府強力鎮壓。不少仁人志士不得已流亡海外。他們在海外以辦報、結社等方式醞釀變革，呼籲變革。他們的政治活動雖然在國外，但其影響卻在國內。

---

1 周德鈞：《漢口租界——一項歷史社會學的考察》，天津教育出版社，2009 年版，第 137 頁。
2 王立民、練育強：《法制研究》，法律出版社，2011 年版，第 1 頁。

（一）改良派海外辦報

戊戌變法失敗後，梁啓超流亡日本，先後創辦了《清議報》和《新民叢報》等報刊，繼續爲變法呼籲。

《清議報》1898 年創辦於日本橫濱，是改良派在海外的機關報。報名取「清議」，宗旨爲「主持清議，開發明智」。《清議報》的主要內容有兩個方面：一是呼籲救亡圖存，二是宣傳資產階級民權思想。作爲資產階級改良派的一員，梁啓超雖對慈禧等封建統治者大加批判，但始終不主張完全顛覆，一直推崇君主立憲制度。雖然這種思想並不徹底，但是在當時還是有其進步性，並產生了巨大的影響。

1902 年梁啓超又創辦了《新民叢報》。《新民叢報》也是維新派的重要輿論陣地。該報設有論說、學說、時局、政治、教育、學術、文藝等二十餘個欄目。該報繼續介紹西學，並推介西方的自由民主思想，刊登了諸如《民約論鉅子盧梭之學說》、《天演學初祖達爾文之學說及其傳略》、《泰西學術思想變遷之大勢》等文章。《新民叢報》時期，梁啓超自身的思想發生了巨大的變化，一度更趨進步，但在康有爲的干預下和赴美實地訪問後，又漸趨保守，成爲保皇派。《新民叢報》後來在與民報的論戰中失敗而停刊。

改良派的上述兩份報刊都在海外創辦，但其影響卻輻射國內。「處於嚴禁中的《清議報》銷數依舊經常可達三四千份，雖然在上海、北京、廣州等地都有代售處，但仍供不應求，常有私下翻刻、重印、爭購、擅自抬價的現象出現。」[1]「《新民叢報》最初銷行 2000 份，不到一年即增至 9000 份。」[2]《新民叢報》「最高發行數達一萬四千份，國外寄售點有 97 處，且遠至雲、貴、陝、甘等地，均有經售，誠有無遠弗屆之勢。」[3]

清政府把康有爲、梁啓超等改良派逼出了境外，但是他們的改良思想卻通過報紙繼續向國內輸送著影響。改良派的實際影響力並未從國內消退。不僅如此，改良派的思想變化一方面受到國際交流的影響，一方面又緊隨國內政局的脈動，步步緊跟。實際上形成了清政府管不了改良派，改良派卻能影響國內的局面。再加上梁啓超汪洋恣肆的斐然文采，受到其影響的中國知識分子眾多。改良派的報刊這一時期集中在日本，在留日學生中產生了廣泛的影響。

1　趙建國：《分解與重構：清季民初的報界團體》，生活・讀書・新知三聯書店，2008年版，第 34 頁。
2　《〈新民叢報〉第二十五號以後改良告白》，《新民叢報》，1902 年 12 月 4 日。
3　陳玉申：《晚清報業史》，山東畫報出版社，2003 年版，第 122 頁。

（二）留日學生辦報

甲午戰爭後，中國向日本派遣留學生開始增加。赴日留學的學生目睹傳統觀念中的「彈丸小國」在明治維新之後的快速發展，頗為震撼。從日本的快速發展之中，留學生深深感到祖國的危機。加之，改良派在日本的政治活動及宣傳，留學生也深受影響，創辦了不少報刊。

1900 年，鄭貫公、馮自由等人創辦的《開智錄》是留日學生中最早出現的刊物。《開智錄》宣稱「以開民智為宗旨，倡自由之言論，伸獨立之民權，啟上中下之腦筋，採中東西之善法」[1]。鄭貫公擔任《清議報》的助理編輯後，將《開智錄》的發行和印刷與《清議報》整合，短時間內形成了有《清議報》之處就有《開智錄》的狀態。但是該報公開提出反滿主張，並同情義和團運動。其激烈的言論和《清議報》的主張相悖，更為《清議報》的讀者不能接受。因此，鄭貫公很快就被《清議報》解職，《開智錄》問世僅半年就停刊了。

1901 年，秦力山在東京創辦《國民報》。秦力山曾經是《清議報》總編輯，1900 年回國參與自立軍勤王運動。自立軍失敗後，秦力山回到日本辦報，並與保皇派分手。《國民報》怒斥清政府媚外賣國，認為清政府已經成為外國列強的統治工具。該報指出：「今日的列強有鑒於用猛力壓制他國，常常激起暴烈的抗拒，因此，在中國改而利用政府官吏，作為他們手中可以『擒之縱之威之脅之，為所欲為』的工具」[2]。

隨著赴日留學生增多，各地的學生組織了同鄉會等組織，一批以同鄉會為依託的報紙出現。如 1902 年創辦於東京的《遊學譯編》（湖南同鄉會所辦），1903 年創刊的《湖北學生界》（湖北同鄉會所辦）、《直說》（直隸留日學生會所辦）、《江蘇》（江蘇留日同鄉會主辦）等。留日學生辦報成為一時風潮，並相互影響。1905 年，宋教仁為首的一批留日學生在東京創辦了《二十世紀之支那》雜誌，打破了地域侷限，建立了普遍的聯繫，為後來的革命派活動奠定了一定的基礎。同盟會成立時，曾打算將《二十世紀之支那》作為機關刊物，後因該刊被日本政府追查而放棄。

留日學生辦報的數量不少，但由於資源有限，存續時間普遍不長。單就某一份報刊而言在報業歷史上的作用並不明顯，不能與改良派和革命派的報

---

1 《開智錄》改良第 1 期，轉引自陳玉申：《晚清報業史》，山東畫報出版社，2003 年版，第 170 頁。
2 陳玉申：《晚清報業史》，山東畫報出版社，2003 年版，第 181 頁。

刊相提並論，但是這些報刊從受到改良派的影響開始，到後來爲革命派的政治活動奠定基礎，起到了承前啓後、承續革命影響的作用。《國民報》出版時，孫中山曾捐贈印刷費一千元。[1]可見革命派對於留日學生報刊的重視。

（三）革命派的海外辦報

1905 年孫中山從歐洲來到日本，整合一些小的革命組織成立同盟會。11月，《民報》作爲同盟會的機關刊物在東京創刊。作爲革命派的重要報刊，《民報》系統地宣傳了孫中山的「三民主義」。《民報》創刊後與改良派報刊《新民叢報》展開了論戰。改良派和革命派的論戰多以報刊爲陣地展開，因而產生了廣泛的社會影響。在國家體制方面，《新民叢報》主張君主立憲的開明專制，這是主筆梁啓超政治思想的集中體現；而《民報》主張必須進行民主革命，建立民主共和國。在民族問題方面，《新民叢報》不贊成排滿、反滿；《民報》則堅持「驅除韃虜」，開展民族革命。

梁啓超是個一流的思想家，卻並非政治家。他的政治思想幾經變化，立場搖搖擺擺，導致這一時期的評論寫作往往前後矛盾，意氣用事。以己昏昏不可能令人昭昭。這一場論戰，改良派不得不認輸，《新民叢報》也停刊了。後來的革命實踐中也證明，革命派的思想和行動受到了更多的支持。不過，客觀地說，如果沒有這一場高水平的論戰，資產階級的革命思想不可能得到如此廣泛的傳播。改良派與革命派的政治思想的區別在於是否要進行暴力革命，而共同點也是存在的——就是要求民主和自由。民主與自由才是當時的時代之聲。

革命派在日本創辦的刊物還有 1905 年由高天梅創辦的《醒獅》月刊。該刊對封建統治進行了尖銳的批判。鄒容去世後，《醒獅》刊登《祭鄒容文》。1906 年柳亞子將江蘇同里的學生自治社刊物改爲《復報》在東京出版。《醒獅》與《復報》一樣，均與《民報》關係緊密，不僅撰稿人多有交集，在內容上也經常互相轉載和推介。

革命派不僅集中在日本辦報，還利用香港的特殊位置開展辦報和宣傳活動。1899 年孫中山派遣陳少白赴香港辦報。1900 年，《中國日報》在香港創辦，是革命派機關報的鼻祖。這一時期在香港創辦的革命派的報刊還有《廣東日報》、《世界公益報》、《香港少年報》和《時事畫報》等。

---

1 陳玉申：《晚清報業史》，山東畫報出版社，2003 年版，第 181 頁。

　　不論是改良派在日本創辦的報刊，還是革命派在日本、香港創辦的報刊，亦或是留日學生所辦的報刊，它們的共同的特點在於超出了清政府的管轄範圍，並且影響輻射國內。

　　清政府試圖關閉國門，卻一方面屢屢被列強強行撕開，另一方面又不斷被流亡國外的本國政治家突破。在國內，大大小小的租界是中國領土，清廷卻無權管理；在國外，流亡的政治家們針對國內積極活動，清廷也無權管理。此時的清廷確實內外交困。政府屢屢調試新聞出版政策法規，乃至重新修訂國家法律，但總要面對的是各種例外和特權，進退維谷。

　　報紙，中國古已有之。近代報刊雖然可以在封建中國的浩繁歷史中找到有「親緣」的「前身」，但它更多的基因畢竟是從西方漂洋過海而來。這導致清政府用過去管理報紙的方法管不了這些「新報紙」。不論是從實際管理的效果來看，還是從這些「新報紙」的呼籲來看，此時的中國都需要一種新的新聞管理體制。

　　1912 年，民國建立，清政府徹底失敗，中國發生了巨大的變化。民國政府從清政府手中「接盤」的中國民生凋敝、百廢待興。民國初年的南京政府、北洋政府的許多工作都是以此為起點，或者在此基礎上展開。1918 年（民國七年），修訂法律館重新建立，並恢復舊名，在民國時代的法律編查工作中發揮作用。

第二章 民國南京臨時政府時期的 新聞管理體制

　　武昌起義，清帝退位，清王朝統治結束。以孫中山爲首的革命黨人成立南京臨時政府（以下簡稱臨時政府），推行民主共和，創立新的新聞法制體系，新聞事業的生存得以喘息。臨時政府雖爲期不長，對於新聞人而言，卻是最爲自由的時期。臨時政府成立後，以孫中山爲首的資產階級革命黨人，力圖推翻清廷舊制，建立資產階級民主共和國。在新聞監管方面，臨時政府通過一系列政策法規，確立了基本的新聞管理體制。臨時政府創建的以言論民主爲核心的新聞法制，對於宣傳資產階級民主觀念，促進民初新聞事業的發展，具有重要的進步意義。臨時政府新聞管理體制的建立過程中，政府、新聞出版業及民眾三方就新聞自由與新聞法制的認識和激烈博弈，對此後南京國民政府新聞出版法律體系的形成產生了重要影響。臨時政府新聞管理體制在我國近代法制史上佔有重要的歷史地位，儘管它存在嚴重缺陷，但仍閃爍著革命光輝。

第一節　臨時政府新聞管理體制的確立

一、臨時政府新聞管理體制對清末的繼承與改進

　　武昌起義後，革命洪流愈加洶湧，本就岌岌可危的清廷統治受到嚴重打擊。臨時政府倉促成立後，將精力更多地投入到與北方軍閥談判如何實現共和方面，而對於一般的社會管理體制，則有選擇性地繼承清朝相關規定。

3 月 10 日：袁世凱發布通告，以民國法律尚未議定頒布，前清諸法律除與民國國體牴觸之條應失效外，其餘一律延用。[1]

3 月 24 日：孫中山據司法部呈：前清民刑各律及訴訟法除第一次刑律草案關於帝室之罪及關於內亂之罪死刑不能適用外，餘皆繼續有效，俟民國法律頒布即行廢止。是日孫中山將此案諮請參議院審議施行。[2]

在當時的歷史條件下，臨時政府尚無力全面更新舊制，因此在不影響共和國體的情況下，有條件地適用一些技術性條款，可以更加有效地行使社會管理職能。新聞管理法制亦是如此。1906～1908 年，清廷相繼頒布了《大清印刷物專律》、《報章應守規則》、《報館暫行條規》及《大清報律》，構成了比較完備的新聞法律體系。臨時政府則從以下幾個方面予以繼受：

（一）趨同的新聞管理權限劃分

鴉片戰爭後，西方侵略者打開了中國的國門，不同的思想潮流湧入這個沈寂的國度，革命思想四處蔓延。及至晚清，國外的傳教士將報紙帶入中國。「1833 年，外國傳教士創辦的近代中文報刊開始進入中國本土。是年 8 月 1 日，《東西洋考每日統記傳》在廣州創刊，成為中國境內出版的第一份近代中文報刊……1873 年，艾小梅在漢口創辦國人自辦的第一份中文報刊《昭文新報》。隨後，在上海、廣州等沿海通商口岸，陸續出現一批國人自辦報刊。至甲午戰前，累積約 20 餘種。」[3]甲午戰爭之後，出於對革命思想宣傳的需要，民間小報林立，「辛亥革命前夕，鼓吹革命的報刊仍然不斷湧現，上海由於它的地理位置適中、交通方便、有較好的通訊印刷設備和有帝國主義的租界為之緩衝等特殊條件，仍然是革命派在國內進行宣傳活動的一個重要中心，《神州日報》、《民呼日報》、《民吁日報》、《民立報》等相繼創刊，並產生了相當廣泛的影響。」[4]

---

1 金沖及、胡繩武：《辛亥革命史稿》第二卷，上海人民出版社，1985 年版，第 337 頁。
2 金沖及、胡繩武：《辛亥革命史稿》第二卷，上海人民出版社，1985 年版，第 341 頁。
3 趙建國：《分解與重構：清季民初的報界團體》，生活·讀書·新知三聯書店出版社，2008 年版，第 16～17 頁。
4 朱英主編：《辛亥革命與近代中古偶社會變遷》，華中師範大學出版社，2011 年版，第 306 頁。

　　革命思想的宣傳引起統治者的警覺，清廷開始加大對新聞的監管力度。「但在那時，對新聞的管制，既無專門的法律和一定的政策，又無系統的案例可循，一般禁令都是由朝臣就耳目所及奏請皇帝，下令實施。其主要內容，不外管制發行、禁止洩密、防護軍機和事前審查與禁載戲衰文字等項。」[1]在政府機構設置方面，清政府關於新聞監管的職能，分布在一些部門中，如印刷總局「京師特設一印刷總局，隸商部、巡警部、學部。所有關涉一切印刷及新聞記載，均須在本局註冊。」[2]清廷爲實現立憲改革，打破隋唐沿襲下來的傳統六部建制，陸續設立外務部、商部、巡警部和學部，其中商部設於 1903年，巡警部和學部設於 1905 年，巡警部後更爲民政部。印刷總局隸商部、巡警部、學部，三部雖各司其職，在此方面雖有交集，但具體的劃分卻又不得而知，因此實質上對新聞的監管仍舊職能歸屬不清。

　　臨時政府在這點上並沒有實質性改變。其成立之後，對中央行政各部及其權限做出專門規定，共十個部門，陸軍部、海軍部、外交部、司法部、財政部、內務部、教育部、實業部、交通部。從名稱上就可以看出，無一專門爲新聞管理而設。根據權限劃分，其中有三個部門涉及到此項事務。

　　　　交通部長管理道路、鐵路、航路、郵信、電報、航舶並運輸造船事務，統轄船員。

　　　　內務部長管理警察、衛生、宗教、禮俗、戶口、田土、水利工程、善舉公益及行政事務，監督所轄各官署及地方官。

　　　　教育部長管理教育、學藝及曆象事務，監督所轄各官署學校，統轄學士教員。[3]

　　然從官方公布的職權劃分上來看，卻無從知曉新聞監管職權的具體歸屬。此次的職能機構設置，並沒有專門管理新聞的部門，甚至沒有將新聞監管作爲一項專門事務予以列出。

　　模糊不清的規定在實際管理中產生了很多問題，及後促使孫中山特令內務部掌管新聞宣傳事務。

　　　　大總統批法制局呈教育部官職令修改全案並新聞雜誌演說會

1　張宗厚：《清末新聞法制的初步研究》，《新聞研究資料》，1987 年第 3 期。
2　李俊等點校：《大清印刷物專律》，懷效鋒主編：《清末法制變革史料》，中國政法大學出版社，2010 年版，第 332 頁。
3　《臨時政府公報》第二號，劉萍、李學通主編：《辛亥革命資料選編》第四卷（下冊），社會科學文獻出版社，2012 年版，第 537 頁。

應歸教育部管理與否請示遵由……至來呈所稱教育部原案中社會教育司編輯所掌握新聞雜誌、演說會等事，據中央各部官制及其權限法案所定，應歸內務部掌管。此等事項，既非宗教、又非禮俗，初六日閣議並未提及，究竟該項事務應歸教育部管理與否，請示遵辦等語。查新聞雜誌、演說會等事自應歸內務部管理，即行查照訂定可也。此批。[1]

可見，原先新聞雜誌等事項歸教育部社會教育司所掌，後劃歸爲內務部。而從上文內務部長職責之規定可知，內務部所轄事務紛雜，新聞管理只是其中一條未能予以明列的事項。在臨時政府時期，依舊沒有專門的新聞監管機構。

（二）相似的新聞宣傳架構設置

古時的中國，皇權神聖不可侵犯，其統治講究神秘莫測以使百姓敬畏無比。自子產「鑄刑書」之後，中國才開始了公布成文法的歷史。而封建皇朝爲維持統治，神聖皇權，自是沒有政務公開一說，民間更是諱談「國事」。及至清廷時期，官方爲宣布傳達信息，設置專門的形式，即邸報。「諭旨及奏疏下閣者，許提塘官謄錄事目，傳示四方，謂之邸報。」[2]邸報的存在是爲了傳知朝政，由各省駐京提塘官謄錄，並不是嚴格意義上的官報，但其實爲政府發布消息和命令的渠道之一，對象爲各級官員而非百姓。在百日維新期間，光緒根據維新派的建議，頒布了幾十道改革的詔令，開始允許自由創立報館、學會。這是清王朝第一次正式承認官報以外的民間報紙有合法存在的權利。這些改革措施也給了人民一定程度的言論、出版、結社自由，爲資產階級革命思想的傳播提供了一定空間。

1906 年清廷宣布「預備立憲」，御史趙炳麟奏請設立中央政府官報，「朝廷立法行政，公諸國人」[3]「使紳民明悉國政，爲預備立憲基礎之意」[4]。考察

---

1 《臨時政府公報》第十九號，劉萍、李學通主編：《辛亥革命資料選編》第四卷（下冊），社會科學文獻出版社，2012 年版，第 687 頁。

2 （清）永瑢：《歷代職官表》卷 21，陳玉申著：《晚清報業史》，山東畫報出版社，2003 年版，第 287 頁。

3 《考察政治館奏辦〈政治官報〉酌擬章程摺並清單》，上海商務印書館編譯所編纂：《大清新法令》第四卷，商務印書館，2011 年版，第 557 頁。

4 《考察政治館奏辦〈政治官報〉酌擬章程摺並清單》，上海商務印書館編譯所編纂：《大清新法令》第四卷，商務印書館，2011 年版，第 557 頁。

政治館奉旨覆議，「中國風氣甫開，國民教育尚未普及，朝章國典罕有講求，向行邸報大抵例折居多，而私家報紙又往往摭拾無擋，傳聞失實，甚或放言高論，熒惑是非，欲開民智而正民心，自非辦理官報不可。」[1]議定開辦《政治官報》，「專載國家政治文牘」[2]「期使通國人民開通政治之智識，發達國家之思想，以成就立憲國民之資格」[3]。

　　1907 年 10 月 26 日，《政治官報》正式創刊，由憲政編查館所設官報局主持。該報每日一期，以派銷為主，利用行政渠道，自上而下，層層分攤。《政治官報》章程有云：

> 本報為開通政治起見，無論官民，皆當購閱，以擴見聞。除京內各部院各省督撫衙門由館分別寄送外，其餘京師購閱者，由館設立派報處照價發行；外省司道府廳州縣及各局所學堂等各處，均由館酌按省分大小配定數目發交郵局寄各省督撫衙門，分派購閱。[4]

　　《政治官報》體例分為，諭旨、批摺、宮門鈔第一，電報、奏諮第二，諮箚第四，法制章程第五，條約、合同第六，報告示喻第七，外事第八，廣告第九，雜錄第十。[5]

　　臨時政府時期，沿用了此種官方公報形式。1912 年 2 月 13 日「袁世凱令將原清政府之《政治官報》更名《臨時公報》，繼續發行。」[6]1912 年元旦，中華民國臨時政府成立，1 月 29 日開始出版《臨時政府公報》。4 月 1 日孫中山辭去臨時大總統職務，臨時政府結束，公報隨即停刊。公報今所見者共 58號，最後一號係 4 月 5 日出版。[7]

1　《考察政治館奏辦〈政治官報〉酌擬章程摺並清單》，上海商務印書館編譯所編纂：《大清新法令》第四卷，商務印書館，2011 年版，第 557 頁。

2　《謹擬開辦官報章程繕具清單，恭程御覽》，上海商務印書館編譯所編纂：《大清新法令》第四卷，商務印書館，2011 年版，第 558 頁。

3　《謹擬開辦官報章程繕具清單，恭程御覽》，上海商務印書館編譯所編纂：《大清新法令》第四卷，商務印書館，2011 年版，第 558 頁。

4　《謹擬開辦官報章程繕具清單，恭程御覽》，上海商務印書館編譯所編纂：《大清新法令》第四卷，商務印書館，2011 年版，第 559～560 頁。

5　《謹擬開辦官報章程繕具清單，恭程御覽》，上海商務印書館編譯所編纂：《大清新法令》第四卷，商務印書館，2011 年版，第 558～559 頁。

6　韓信夫、姜克夫主編：《中華民國史大事記》第一卷（1905～1915），中華書局，2011年版，第 323 頁。

7　劉萍、李學通主編：《辛亥革命資料選編》第四卷（下冊），社會科學文獻出版社，2012 年版，第 517 頁。

　　本報暫定則例：一、本報爲臨時政府刊行，故定名爲臨時政府
公報。二、本報以宣布法令、發表中央及各地政事爲主旨。三、本
報暫定門類六：曰令示，曰電報，曰法制，曰紀事，曰抄譯外報，
曰雜報，其子目見前。四、本報日出一冊，如遇國家紀念日政府停
止辦公時，本報亦休刊一日。五、政府對於各地所發令示，或宣布
法律，凡載登本報者，公文未到，以本報到後爲有效。六、凡各官
署皆有購閱本報之義務，唯具印文請領者，皆照定價五折徵納，餘
令詳前價目表。[1]

　　可見，臨時政府公報爲臨時政府官方發行的以公布政務爲內容的報紙，
其具有可信度高、時效性高、普及度高的特點，內容較爲全面，體例較完整，
相比民間所辦報紙，其不帶有任何輿論嚮導性，只以公示信息爲己任。同時，
其所刊載的信息，更爲準確。如同清廷《政治官報》一般，臨時政府公報也
採取由中央核發，由地方各級政府訂閱並下發的模式。

　　中華民國臨時大總統令：臨時政府成立，政事上一種公布性
質，宜有獨立機關經營，以收其效，則發行公報是也。……應令
各行政機關咸有購閱該報之義務。除將暫定則例登載該報一律照
辦外，爲此令該部都督衛戍總都督知照，並通飭所屬一體遵照。
此令。[2]

　　臨時政府在官報經營方面，無論是開辦目的，報章體例抑或是推廣方式，
都與清政府頗爲相似，意欲在「百家爭鳴」的報界中，開闢出專屬官方的宣
傳陣營。

（三）改進的報紙創刊程序

　　清廷初始，報社的開辦和報紙的創刊並無程序設置規定，及至光緒二十
一年，京師官紳文廷式等設強學書局，講求時務，發行《中外紀聞》，次年正
月，改爲官書局，並編印《彙報》。光緒二十四年六月，工部尚書孫家鼐在給
光緒皇帝的「改上海時務報爲官報」的奏摺中，擬定了《官報章程》三條。
至此，清政府已勉強順應時勢，有條件地允許辦立報紙，以「宣國是而通民

1　《臨時政府公報》第四十一號，劉萍、李學通主編：《辛亥革命資料選編》第四卷
　　（下冊），社會科學文獻出版社，2012年版，第859頁。
2　《臨時政府公報》第四號，劉萍、李學通主編：《辛亥革命資料選編》第四卷（下
　　冊），社會科學文獻出版社，2012年版，第546頁。

情」。1906 年的《大清印刷物專律》是我國管制新聞的第一次立法，共有六章四十個條款，規定報紙開辦實行註冊登記制度，特設印刷總局專責管理出版品的註冊登記：

> 京師特設一印刷總局，隸商部、巡警部、學部。所有關涉一切印刷及新聞記載，均須在本局註冊。」[1]「二、凡以印刷或發賣各種印刷對象爲業之人，依本律即須就所在營業地方巡警衙門，呈請註冊。其呈請註冊之呈，須備兩份，並各詳細敍明實在，及具呈人之姓名籍貫住址，又有股份可以分利人之姓名籍貫住址。……九、凡印刷人印刷各種印刷對象，即按件備兩份呈送印刷所在之巡警衙門，該巡警衙門即以一份存巡警衙門，一份申送京師印刷註冊總局。[2]

及至 1907 年《報館暫行條規》則規定註冊登記制改爲批准制。「凡開設報館者，均應向該館巡警官署呈報，俟批准後方准發行。」[3]在刊號創立上，清政府採取註冊登記制，在對創刊人的審核中，清政府要求其詳細登記個人信息，同時要求年滿二十歲以上之本國人、無精神病者、未經處監禁以上之刑者。後期發展爲批准制，而自《大清報律》頒布始，則要求施行保證金制度，同時預先審查。

臨時政府對這些方面也有相應規定。首先，要求創設報紙採取申報註冊，同時規定了新聞從業人員的資格限制，並對破壞共和及洩露政府機密等內容予以限制和禁止。這主要體現在《民國暫行報律》及《大漢四川軍政府報律》等法律規定中。《民國暫行報律》規定「新聞雜誌已出版及今後出版者，其發行及編輯人姓名須向本部呈明註冊，或就近地方高級官廳呈明諮部註冊，……否則不准其發行」[4]儘管其後來被抨擊以致取消，然而對政界及報界對登記註冊制並無多大異議。在《大漢四川軍政府報律》中，規定「凡充發行人、編輯人者」，須「年滿二十歲以上之本國人」、「無精神病者」、「且未經以私罪處

1　李俊等點校：《大清印刷物專律》，懷效鋒主編：《清末法制變革史料》，中國政法大學出版社，2010 年版，第 332 頁。

2　李俊等點校：《大清印刷物專律》，懷效鋒主編：《清末法制變革史料》，中國政法大學出版社，2010 年版，第 333 頁。

3　《報館暫行條規》第一條，中國第一歷史檔案館，順天府檔案，膠片 132，28-4-323-001。

4　《臨時政府公報》第三十號，劉萍、李學通主編：《辛亥革命資料選編》第四卷（下冊），社會科學文獻出版社，2012 年版，第 791 頁。

監禁以上之刑者」。[1]由此可見，臨時政府在沿襲清政府相應規定的基礎上，又有改進。

（四）相仿的新聞管理措施

清廷及臨時政府時期，都對違犯相關新聞監管法規的行為規定了一系列懲處措施，在此方面，臨時政府在清政府的基礎之上，有所發展。

由前文分析可知，清朝初年並沒有針對新聞宣傳的管理條例，對相關事件的處理也多是援引其他律文。如光緒二十九年（1903 年）發生的「蘇報」案，定罰依據是《大清律例》中刑律盜賊類的「造妖書妖言」一條：「凡造讖緯妖書妖言，及傳用惑眾者，皆斬。」[2]「各省抄房，在京探聽事件，捏造言語，錄報各處者，繫官，革職；軍、民，杖一百，流三千里。」[3]及至《大清印刷物專律》頒布，這方面有了專門的規定，主要涉及罰金、監禁或二者並罰，對違法的印刷物予以銷毀或充公。

> 「一、凡未經註冊之印刷人，不論承印何種文書圖畫，均以犯法論。……所科罰援，不得過銀一百五十元，監禁期不得過五個月，或罰援監禁兩科之。」[4]「八、凡發販或分送不論何種印刷對象，如該對象並未印明印刷人之姓名及印刷所所在者，即以犯法論。……即依本律本章第六條之罰銀，或監禁，或罰級監禁兩科之法科之。並將所有無印刷人姓名及印刷所所在之各該印刷對象充公或銷毀，……」[5]「九、凡印刷人印刷各種印刷對象，即按件備兩份呈送印刷所在之巡警衙門，……凡違犯本條者，所科罰銀不得過銀五十元，監禁期不得過一個月，或罰級監禁兩科之。」[6]

1 邱遠猷、張希坡著：《中華民國開國法制史：辛亥革命法律制度研究》，首都師範大學出版社，1997 年版，第 220 頁。

2 鄭秦等點校：《大清律例》卷二十三（刑律賊盜上），劉海年、楊一凡主編：《中國珍稀法律典籍集成》丙編（第一冊），科學出版社，1994 年版，第 305 頁。

3 鄭秦等點校：《大清律例》卷二十三（刑律賊盜上），劉海年、楊一凡主編：《中國珍稀法律典籍集成》丙編（第一冊），科學出版社，1994 年版，第 306 頁。

4 李俊等點校：《大清印刷物專律》，懷效鋒主編：《清末法制變革史料》，中國政法大學出版社，2010 年版，第 333 頁。

5 李俊等點校：《大清印刷物專律》，懷效鋒主編：《清末法制變革史料》，中國政法大學出版社，2010 年版，第 333 頁。

6 李俊等點校：《大清印刷物專律》，懷效鋒主編：《清末法制變革史料》，中國政法大學出版社，2010 年版，第 333 頁。

至《大清報律》公布增加了「注銷存案」一條，規定根據該律禁止發行及停辦的，退還保押費，並注銷存案。

臨時政府時期的相關規定，基本沿用了清政府的處罰辦法，包括停止出版、更正不實不適言論，嚴重者依據刑法處罰。

> 流言煽惑關於共和團體，有破壞弊害者，除停止其出版外，其發行人、編輯人並坐以應得之罪。[1]

> 調查失實，污毀個人名譽者，被污毀人得要求其更正，要求更正而不履行時，經被污毀人提起訴訟，訊明得酌量科罰。[2]

後此兩項被報界人士猛烈抨擊，也成為《民國暫行報律》被撤銷的主要原因之一。但是《民國暫行報律》從某種程度上反映出臨時政府對於新聞監管的基本態度和措施。

二、言論出版自由是臨時政府新聞管理體制的核心

辛亥革命推翻了清朝統治，實現共和成為進步人士的共同目標。臨時政府成立後，南京方面一直積極奔走於各方勢力之間，希望能夠平穩走向共和，在中華大地上實現民主治國。1912 年 3 月 11 日公布的《中華民國臨時約法》（以下簡稱《臨時約法》）有規定：「四、人民有言論、著作、刊行及集會、結社之自由。」[3]以憲法性文件明確規定公民的言論自由權利，這說明臨時政府時期，公民享有基本的言論自由權利，可通過語言表述思想和見解的自由。這個大前提為新聞自由奠定了基調。

其後的《民國暫行報律》風波則是力證。據《臨時公報》第三十號登，1912 年 3 月 4 日，內務部以前《大清報律》已廢除，民國報律尚未頒布，報刊出版發行工作無章可循，從而制定《民國暫行報律》，令報界遵守。其內容有三：

> 一、新聞雜誌已出版及今後出版者，其發行人及編輯人姓名，須向本部呈明註冊，或就近地方高級官廳呈明，諮部註冊；二、流言煽惑們關於共和國體有破壞弊害者，除停止其出版者，其發行人、編輯人並坐以應得之罪；三、調查失實，污毀個人名譽者，被污毀

---

1 《臨時政府公報》第三十號，劉萍、李學通主編：《辛亥革命資料選編》第四卷（下冊），社會科學文獻出版社，2012 年版，第 791 頁。
2 《臨時政府公報》第三十號，劉萍、李學通主編：《辛亥革命資料選編》第四卷（下冊），社會科學文獻出版社，2012 年版，第 791 頁。
3 《中華民國史》第二冊・志一，四川人民出版社，2006 年版，第 253 頁。

人得要求其更正。要求更正而不履行時，經被污毀人提起訴訟時，得酌量科罰。[1]

該律一經公布，旋即遭到報界人士以政府干涉言論自由、罔顧法律制定程序爲由而對其進行猛烈抨擊。上海中國報界促進會關於拒絕《民國暫行報律》的通電：

> 今統一政府未立，民選國會未開，內務部擅定報律，侵奪立法之權。且云煽惑關於共和國體，有破壞弊害者，坐以應得之罪。政府喪權失利，報紙監督並非破壞共和。今殺人行劫之律尚未定，而先定報律，是欲襲滿清專制之故制，鉗制輿論，報界全體萬難承認。」[2]

革命黨人章炳麟在《卻還內務部所定報律議》中也向臨時政府發難：「今詳問內務部：是否昌言時弊，指斥政府，評論《約法》，即爲弊害共和國體？……若果如前所說，內務部詳定此條，直以《約法》爲已成之憲，以政府爲無上之尊。豈自處衛巫之地，爲諸公監謗乎？[3]

此後，孫中山下令撤銷：

> 案言論自由，各國憲法所重，善從惡改，古人以爲常師，自非專制淫威，從無過事摧抑者。該部所布暫行報律，雖出補偏救弊之苦心，實昧先後緩急之要序，使議者疑滿清鉗制輿論之惡政，復見於今，甚無謂也。[4]

雖經歷清政府嚴厲管制鎮壓，然言論自由之勢卻愈演愈烈，及至辛亥革命，各方人士或通過大報小報，或通過演講授課，無不在積極發表自己的見解。到臨時政府成立，經過這麼多年的鬥爭醞釀，終於在《臨時約法》中，合理規定了此項權利，又通過《民國暫行報律》風波得以鞏固。至此，言論自由權利得到法律保障，也成爲新聞宣傳事業的一項護身符，爲其之後的蓬勃發展提供了有力的保障。

---

1 《臨時政府公報》第三十號，劉萍、李學通主編：《辛亥革命資料選編》第四卷（下冊），社會科學文獻出版社，2012年版，第790～791頁。

2 倪延年著：《中國報刊法制發展史》史料卷，南京師範大學出版社，2006年版，第76頁。

3 倪延年著：《中國報刊法制發展史》史料卷，南京師範大學出版社，2006年版，第77～78頁。

4 《臨時政府公報》第三十三號，劉萍、李學通主編：《辛亥革命資料選編》第四卷（下冊），社會科學文獻出版社，2012年版，第810頁。

三、作爲革命黨人民主思想貫徹與實踐的體制

（一）民主共和

武昌起義之後，南方各省紛紛響應，改旗易幟，宣布獨立。在與改良派曠日持久的爭論中，革命黨人一直堅持民主共和的道路。臨時政府的成立，正是以孫中山爲代表的革命黨人成功推翻君主專制，邁向民主共和的第一步。

孫中山在《民報發刊詞》中說道：「十八世紀之末，十九世紀之初，專制仆而立憲政體殖焉。世界開化，人智益蒸，物質發抒，百年銳於千載，經濟問題繼政治問題之後，則民生主義躍躍然動，二十世紀不得不爲民生主義之擅場時代也。」早在晚清政府頒布意圖限制言論出版自由的新聞律令時，《中國日報》、《神州日報》、《國民公報》等報紙均已開始公開抗議對言論的限禁；而在晚清政府查禁有關報紙時，《時報》、《復報》等報紙都發表社論以示抗議，新聞界一直反對任何形式的言論鉗制。

及至臨時政府時期，以言論自由爲核心，以民主共和爲目標，對新聞的管理是寬鬆民主的。這種思想在臨時政府出臺的多項新聞法制規定中都有所體現。如《中華民國臨時約法》第 6 條第四款規定：「人民有言論、著作、刊行及集會、結社之自由。」人民享有的該項權利，只有在「有認爲增進公益，維持治安，或非常緊急必要時，得以法律限制之。」新聞自由得以確定。同時廢止了前清關於新聞管制的一些法律法規，開放言論自由，頒布推進新聞事業發展的新法律法令。如 1912 年 3 月 17 日，孫中山在《大總統批示上海日報公會請減輕郵電費呈》中指出：「報紙代表輿論，監督社會，厥功甚巨。此次民國開創，南北統一，尤賴報界同心協力竭誠贊助。在報界因經濟困難難以爲繼的情況下，決定減輕其郵電費。」

（二）言論自由

民主共和即意味著言論自由。孫中山苦心經營的理想社會，從各個方面認可並保障公民的言論自由權利。上至具有憲法性質的《中華民國臨時約法》，下至《民國暫行報律》風波，無一不體現出對言論自由權利的敬畏。

在對新聞界的態度上，臨時政府並沒有過多管制，大方承認並予以支持。如上文所知，《臨時約法》規定人民有言論、著作、刊行及集會、結社之自由，這就從法律上保障了言論自由的權利，爾後孫中山又應上海日報公會之請，下令交通部核減新聞郵電費，以促進報業發展。

查報紙代表輿論，監督社會，厥功甚巨。此次民國開創，南北統一，尤賴報界同心協力，竭誠贊助，茲據呈稱軍興以後困難情形，均屬實況，若不設法維持，勢將相繼歇業。[1]上海得益於此項法令，報界至電費，悉照現時價目減輕四分之一，郵費減輕二分之一。[2]

同時各地革命黨人也極力支持本地報業的發展。《時報》1912年3月8日刊滬軍都督陳其美給《民權報》的成立批文：

案照一國之內，不患在朝之多小人，而患在野之無君子，不患政權之不我操，而患無正當之言論機關以為監督……啟發吾民愛國之心，便人人各盡其天職，以助教育之普及，而今日之報紙負責尤重。[3]

在西南，蜀軍政府則歡迎報界監督政府，並廣開言路，鼓勵民眾與政府對話。「先後所接條陳，不下數千，凡屬可行，無不虛衷採納。然亦有不合時務，窒礙難行者，以立意可嘉，亦不駁斥，以梗言路。」[4]可見，得益於革命黨人對於輿論的開明態度，臨時政府時期，新聞事業發展的大環境是相當寬鬆自由的。

（三）軟弱妥協

資產階級革命黨人存在「先天不足」的現象。民國成立之初，各方勢力表面按兵不動甚至支持共和，實際上卻處處掣肘臨時政府，其在軍閥、舊官僚和帝國主義的夾縫中求生存，對各方各界均極力維繫，唯恐稍有不周，便使來之不易的革命成果付諸東流。這是由資產階級革命派天然的軟弱性和妥協性決定的。而中國民族資產階級的軟弱又源自其沒有強大的經濟實力做後盾。隨著帝國主義入侵的深入，中國的民族經濟受到重創，「列強把持了海關，掌握了百分之九十以上進出口貿易，還通過對內河航運權、路礦權的無恥掠奪，……光緒二十八年（1902），各通商口岸進出的外輪噸位占總數百

1　《臨時政府公報》第四十一號，劉萍、李學通主編：《辛亥革命資料選編》第四卷（下冊），社會科學文獻出版社，2012年版，第859頁。

2　《臨時政府公報》第四十九號，劉萍、李學通主編：《辛亥革命資料選編》第四卷（下冊），社會科學文獻出版社，2012年版，第930頁。

3　馬光仁主編：《上海新聞通史》，復旦大學出版社，2014年版，第399頁。

4　《蜀軍政府政綱》第十四條，重慶地方史資料組編：《重慶蜀軍政府資料選編》，重慶地方史資料組，1981年版，第63頁。

分之八十三點一；中國僅百分之十六點九。宣統三年（1911）年，全國九千六百多公里鐵路線，中國自主鐵路只有六百六十五點六二公里，占百分之六點九。」[1]資產階級很難找到和打開自己的獨立市場，這就從根本上決定了其無法強硬。

首先臨時政府人事組織紛繁複雜，其由革命派、立憲派、舊官僚三種勢力聯合組成。「武昌首義後各省相繼響應，宣布獨立，發動者以同盟會各派人員爲主導，立憲派人士及少數仕清軍政官員、地方紳士爲中堅。臨時政府人事安排，實亦反映此一政治情勢。如大總統孫中山先生爲同盟會員，副總統黎元洪爲脫清軍官，總統府秘書長胡漢民、陸軍部長黃興、外交部長王寵惠、教育部長蔡元培，及湯薌銘之外的諸次長爲同盟會員，黃中瑛原爲滿清海軍軍官，程德全、湯壽潛，伍廷芳、張謇、陳錦濤則爲舊官紳與立憲派人士。」[2]彼時的中國，革命派人士並沒有堅強的經濟後盾做支撐，幾乎是靠四處借款予以維持革命開銷，因此實力有限，不得不向立憲派及舊官僚予以妥協。這反映在新聞管理體制上，則爲臨時政府遲遲不能出臺專門的新聞法規。以孫中山爲代首的臨時政府，除了倡導言論自由外，幾乎無法有其他作爲。而民間報界人士，則各有各的立場，分別代表了各種不同勢力。如當時幾家影響力較大的報紙中，《民立報》一如既往爲革命吶喊，《申報》則相對中立，不同階段立場有所轉換，與革命派時合時離，《大公報》則堅決抵制革命，認爲其影響中國發展，阻礙社會進步。如上文所述，即便是革命黨人內部，也存在著嚴重分歧。

同時，革命黨人對帝國主義侵略者的態度也偏於軟弱。帝國主義肆意侵略中國，不僅僅要求割地賠款，同時在上海等諸多城市建立殖民地，更有文化入侵，傳教佈道，開辦學校，開設報館，浸入到中國的政治、經濟、社會的方方面面，民族危機日漸加深。在當時的中國，帝國主義侵略者通過扶植傀儡政權的方式控制中國，在清廷舊官僚、立憲派和革命派人士中觀望比較，試圖尋找最佳代表。因此，對中國的革命，帝國主義更多採取隔岸觀火的態度，偶有干涉。這便讓革命派人士對其產生了幻想甚至依賴。然而，臨時政

---

1 中國人民大學清史研究所編：《清史研究集》第三輯，嚴中平等編：《中國近代經濟史統計資料選輯》，中國社會科學出版社。2012 年版，第 221 頁。
2 臺教育部主編：《中華民國建國史》第一篇革命開國（二），國立編譯館，中華民國七十四年版，第 921～922 頁。

府成立初期，卻並未得到他們所希望的認可和支持。《中華民國史大事記》（第一卷 1905～1915）中有記載：1912 年 1 月 2 日「上海英文《字林西報》發表社論，攻擊孫中山『獨裁』，實行『寡頭政治』，即將建立的臨時政府『遠非一個民有、民治、民享的政府』。」[1] 1 月 5 日「孫中山發表《對外宣言書》，聲明：凡革命前清廷與各國所訂條約、所借外債、所認賠款及讓與各國或個人之種種權利，民國均予承認、保護。」[2] 1 月 11 日「孫中山照會各國政府，聲明已建立臨時政府，選舉臨時總統，組織內閣，要求承認中華民國政府。」[3] 1 月 17 日「臨時政府外交總長王寵惠於是日及 19 日兩次要求美國承認中華民國，均未得復。」[4] 由此不難看出，為了爭取帝國主義的支持，臨時政府採取了妥協的態度，委婉予認那些不平等條約，對國外的報紙更是縱容有加，幾乎毫無限制。

第二節　新聞管理體制的內容與實踐

一、中央與地方並置的二級新聞管理機構

　　南京臨時政府成立後，建立新的國家行政建制，在中央、地方的二級行政劃分框架下，精簡機構，劃定職權範圍。國家試圖行三權分立制，中央行政權分二級：臨時大總統及其辦事機構，包括總統府秘書處和各專門性機構，將臨時大總統的辦事機構只設兩類：一是總統府秘書處，直接承辦總統府事務，分總務、文牘、軍事、財政、民政、英文、電報等七科；二是專門性機構，如法制局、印鑄局、銓敘局、公報局、參謀本部等，協助總統辦理專門事務。其次便是中央各部，南京臨時政府先後頒布《中華民國臨時政府中央行政各部及其權限》、《各部官制通則》等若干辦法，使中央行政機關的組織漸趨完備：

1　韓信夫、姜克夫主編：《中華民國史大事記》第一卷 1905～1915，中華書局，2011年版，第 302 頁。
2　韓信夫、姜克夫主編：《中華民國史大事記》第一卷 1905～1915，中華書局，2011年版，第 304 頁。
3　韓信夫、姜克夫主編：《中華民國史大事記》第一卷 1905～1915，中華書局，2011年版，第 306 頁。
4　韓信夫、姜克夫主編：《中華民國史大事記》第一卷 1905～1915，中華書局，2011年版，第 308 頁。

陸軍部：管理陸軍軍事教育、衛生、警察、司法、編制，監督
所管轄官兵；海軍部：管理海軍的一切事務，監督所管轄官兵；內
務部：管理警察、衛生、宗教、禮俗、戶口、田土、水利、工程及
其他公益事業；外交部：管理對外涉及外人、外僑事宜，保護在外
商業，監督外交官及領事；司法部：管理民事、刑事訴訟事件及其
他一切司法事務，監督法官；財政部：管理會計、庫帑、賦稅、公
債、錢幣、銀行、官產事務；教育部：管理教育、藝學、曆象事務，
監督各官署學校，統轄學士教員；實業部：管理農、工、商、礦、
漁、林、牧、獵及度量衡事務，監督所轄各官署；交通部：管理道路、
鐵路、航路、郵信、電報及運輸、造船事務，統轄船員。[1]

在地方行政單位的設置上，廢除府州廳一級，實行省、道、縣三級制。
省行政長官稱督軍，道稱道尹，縣稱縣知事。之所以在廢除府、州、廳後，
仍繼續保留「道」，是為了解決省區過大，轄縣較多，難以管轄所存在的困難
和問題。縱觀南京臨時政府行政建制，針對新聞的管理機構也大致可分為中
央地方二級。

（一）中央——內務部執掌新聞管理職責

由上文分析可知，在南京臨時政府行政建制中，臨時大總統由參議院選
出，負責國家行政事務總理，在其下，涉及到三個中央部門，內務部、交通
部和教育部。

……內務部長：管理警察、衛生、宗教、禮俗、戶口、田土、
水利工程、善舉公益及行政事務，監督所轄各官署及地方官。教育
部長：管理教育、學藝及曆象事務，監督所轄各官署學校，統轄學
士教員。……交通部長：管理道路、鐵路、航路、郵信、電報、航
舶並運輸造船事務，統轄船員。[2]

按照《中華民國臨時政府中央行政各部及其權限》規定，各部門權限劃
分中並未特別提及新聞宣傳事務。交通部比較明顯，負責「郵信、電報」事
務，這涉及到新聞宣傳、發布的環節，因此交通部在新聞事務管理中有一部

1　劉萍、李學通主編：《辛亥革命資料選編·第四卷》（下冊），社會科學文獻出版社，
　　2012 年版，第 536～537 頁。
2　劉萍、李學通主編：《辛亥革命資料選編·第四卷》（下冊），社會科學文獻出版社，
　　2012 年版，第 536～537 頁。

分職責；其次，內務部的職責界定則是根據後來的大總統電文及《暫行報律》風波，可以確認，雖然內務部職責中隻字未提新宣事務，然而卻承擔著主要的新聞管理責任。在《南京臨時政府公報》第十九號中，《大總統批法制局呈教育部官職令修改全案並新聞雜誌演說會應歸教育部管理與否請示遵由》一文呈明，新聞雜誌、演說會等事由內務部主理：

> 呈悉。教育部官職令修改全案已諮交參議院併案議決。至來呈所稱教育部原案中社會教育司編輯所掌新聞雜誌、演說會等事，據中央各部官制及其權限法案所定，應歸內務部掌管。此等事項，既非宗教，又非禮俗，初六日閣議並未提及，究竟該項事務應歸教育部管理與否，請示遵辦等語。查新聞雜誌、演說會等事自應歸內務部管理，即行查照訂定可也。此批。[1]

從上述規定中可以看出，曾經「社會教育司編輯所掌新聞雜誌、演說會等事」是由教育部管理的，或者至少這部分事務管理權限劃分不明確。因此臨時政府剛剛成立時，新聞管理事務涉及到內務部、交通與教育部三個中央部門，及至大總統明確表示上述事務歸屬內務部管理後，教育部才逐漸剝離出這部分業務，新聞宣傳事務的中央層級管理權限劃分也相對更加明確。

（二）地方——民政與軍政並存共管

南京臨時政府成立後，國內形勢處於南北對峙狀態，南方各省也並非齊心協力，加之革命之水魚龍混雜，各省在辛亥革命浪潮中顛簸起伏，原有的社會秩序被破壞，新型的社會秩序尚未建立，南方一度陷入混亂，「1911 年 11 月，辛亥革命的浪潮席捲閩南社會，漳州（11 日）、廈門（14 日）和泉州（19 日）相繼宣告光復。從 1912 年至 1926 年，福建閩南地區一直是以袁世凱勢力爲代表的北洋政府和以陳炯明勢力爲代表的南洋軍閥的兵家必爭之地，戰亂頻仍，民不聊生。」[2]然而這種狀態並未持續太久，因爲各地軍隊很快接管了地方治安。孫中山在《臨時大總統宣言書》中便強調：

> 血鐘一鳴，義旗四起，擁甲帶戈之士遍於十餘行省，雖編制或不一，號令或不齊，而目的所在則無不同，由共同之目的以爲共同

1　劉萍、李學通主編：《辛亥革命資料選編·第四卷》（下冊），社會科學文獻出版社，2012 年版，第 687～688 頁。

2　許清茂、林念生主編：《閩南新聞事業》，福建人民出版社，2008 年版，第 32 頁。

之行動，整齊劃一，夫豈其難，是曰軍政之統一。[1]

在內憂外患交織的情況下，軍隊自然而然地獲得了整個政府體系中的極高地位，負責地方治安維護，並建立起新的社會秩序，「軍事管理」是南京臨時政府的最主要關鍵詞之一。

民國初年便廢除原清廷府州廳各級，實行省、道、縣三級制，省行政長官稱督軍，各地都督在地方的地位極高，臨時政府對於革命各省的管理主要軍隊，無論收編與否，在其短暫的存續期間，地方軍閥或民兵，都很難使這些軍隊完全效忠中央政府。彼時的南京臨時政府更像是一個聯邦制國家的中央政府，對地方權力的約束力有限，地方的許多行政管理事項也是由有軍隊做支撐的軍府都督來掌控的。

地方新聞事務管理也是如此。各省都督的態度對當地新聞事業的發展至關重要。滬軍都督陳其美就是一個典型的例子。「《民權報》，於 1912 年 3 月 28 日創刊，由同盟會的別支自由黨人謝樹華發起籌備，向滬軍都督府註冊，陳其美批准出版。陳在批文中指出：『案照一國之內，不患在朝之多小人，而患在野之無君子，不患政權之不我操，而患無正當之言論機關以為監督』，並說：『啓發吾民愛國之心，使人人各盡其天職，以助教育之普及，則今日之報紙負責尤重。』開辦費十萬元，由黃興從陸軍部撥出。」[2]「《太平洋報》，創刊於 1912 年 4 月 1 日……經費由滬軍都督陳其美撥給。」[3]不難看出，陳其美在新聞事業的發展方面，態度還是比較開明的，並且願意積極支持創刊辦報，而廣東都督陳炯明則態度迥然。據有關資料記載，在陳炯明任粵省代理都督初期，廣州報人陳聽香主持《公言報》和《陀城日日新聞》兩報，不時批評時政，言辭尖銳；又常以民意代表及政府監督員自居，招到陳炯明忌恨。1912 年 1 月前後，《公言報》、《陀城獨立報》、《國事報》等 9 家報紙，先後刊出燕塘新軍解散的消息，陳炯明即以「事關軍政，不容捏造事實，擾亂軍心」為藉口，勒令《國事報》停版，並傳訊各報主筆，要拘留陳聽香和《人權報》主筆陳藻卿。陳聽香不服，於 1912 年 1 月 13 日領銜發表《廣州報界全體布

1 劉萍、李學通主編：《辛亥革命資料選編‧第四卷》（下冊），社會科學文獻出版社，2012 年版，第 520 頁。

2 馬光仁主編：《上海新聞史》（1850～1949），復旦大學出版社，2014 年版，第 399 頁。

3 馬光仁主編：《上海新聞史》（1850～1949），復旦大學出版社，2014 年版，第 399 頁。

告同胞書》，指控陳炯明「干涉報紙之野蠻舉動」，「欲借報館以逞其大威福」，「欲爲數月封八家報館之張鳴歧第二」[1]。1912年3月初，由於民軍裁撤事務，陳炯明以「捏造謠言，煽惑人心，依附叛軍，妨害軍政」諸罪名，於3月19日下令永遠禁止《總商會報》出版，並逮捕司理人甘德馨[2]。翌日，陳炯明又下令查封《公言報》、《佗城獨立報》，指其登載「匿名函件，造謠惑眾，希圖破壞政府，擾亂治安，核與《總商會報》情節相同，應一併查封究辦」，「逮捕總司理人梁憲廷及總司理兼編輯人馮冕臣二名，編輯人陳聽香」，送陸軍司訊辦。4月9日，法務部根據陳炯明的旨意，以依附叛軍、妨害軍政等罪名，按「軍律」第十條，將陳聽香判定死刑，並很快執行。

　　陳其美作爲革命黨人，支持的是革命黨人的代言人《民立報》，陳炯明作爲地方軍隊首領，壓制的也是他一直想要消除的民軍勢力和同情民軍的報人。從政者對於新聞宣傳的態度，永遠跟其政治立場有關，大有「順我者昌，逆我者亡」的態勢，這由當政者背後的利益集團所決定。而缺乏統一管理的新聞從業者也利用這個空隙，大肆擴張，爲其所代表的利益集團發聲。「從1911年11月辛亥革命到1934年1月的『福建事變』，這段時期閩南地區基本上處於軍事政權的無序統治時期。反映在新聞事業上，由於政局動盪，軍閥割據，鬥爭錯綜複雜，各種政治勢力爭相創辦報紙，充當各自的喉舌，宣揚各自的主張，打擊政治對手；當然，由於軍閥割據統治的野蠻與殘酷，報館動輒被封閉，報人隨時被殺害，這些同政治鬥爭關係密切的報紙，自然而然地隨著政局的變化而潮起潮落，旋生旋滅。」[3]

二、臨時政府時期新聞管理法律的四個層次

　　中華民國成立後，孫中山等人根據《中華民國臨時政府組織大綱》組建南京臨時政府。面對國內動盪不安的局勢，維護革命成果、穩定地方秩序便成爲臨時政府當務之急。新聞事業管理的法律法規制定工作隨後展開，但由於客觀條件限制，及至臨時政府解散，僅僅出臺了部分法律條文及法律性文件。「孫中山以爲『編纂法典，事體重大，非聚中外碩學，積多年之調查研究，不易告成。而現在民國統一，司法機關將次第成立，民刑各律及訴訟法，均

1　《民立報》，1912年1月23日。
2　《申報》，1912年3月27日。
3　許清茂、林念生主編：《閩南新聞事業》，福建人民出版社，2008年版，第32～33頁。

關緊要。』」[1]根據效力層級的不同，南京臨時政府時期關於新聞事業管理的相關法律法規可分為四個層次：

（一）國家憲法賦予了人民言論出版自由的權利

1912 年 3 月 8 日臨時政府參議院通過《中華民國臨時約法》，3 月 11 日公布實施，這是中國第一部資產階級憲法性文件。其中第 2 章第 6 條第 4 款「人民有言論、著作、刊行及集會、結社之自由。」[2]「人民有言論、著作、刊行、集會、結社之自由」[3]，「人民有書信秘密之自由」[4]。《中華民國臨時約法》以根本大法確認了人民享有言論自由的權利，奠定了政府支持新聞事業發展的基調。同時，《臨時約法》在宏觀上對新聞事業發展做出了一定約束和規範，第 2 章第 15 條規定：「人民享有的包括言論、著作、刊行等各項自由權利，只有在『有認為增進公益、維持治安，或非常緊急必要時』，才能『以法律限制之』。」[5]即如果政府認為有必要，是可以以法律限制言論自由的，以維護國家穩定發展。這也為接下來臨時政府的一系列相關舉措提供了法律依據。

（二）部門性法律法令促進了新聞業的發展與繁榮

民初新聞界人士諮請臨時大總統，言郵資過高，各報社收入微薄，難以為繼。臨時政府對此十分重視，特電請袁世凱減輕郵費。這在《臨時政府公報》第四十九號有記載：

> 北京袁大總統鑒：前據上海日報工會呈陳軍興以後困難情形，請減輕郵電費前來。查報紙代表輿論，監督社會，厥功甚巨。此次民國開創，南北統一，尤賴報界同心協力，竭誠贊助。所稱困難情形，自屬實況。若不設法維持，勢將相繼歇業。當將原呈發交交通部核辦。茲據呈覆，擬嗣後凡關於報界之電費，悉照現時價目減輕

1　朱漢國、楊群主編：《中華民國史》（第二冊・志一），四川出版集團、四川人民出版社，2006 年版，第 283 頁。

2　《中華民國史》（第二冊・志一），四川人民出版社、四川出版集團，2006 年版，第 253 頁。

3　《中華民國史》（第二冊・志一），四川人民出版社、四川出版集團，2006 年版，第 253 頁。

4　《中華民國史》（第二冊・志一），四川人民出版社、四川出版集團，2006 年版，第 253 頁。

5　《中華民國史》（第二冊・志一），四川人民出版社、四川出版集團，2006 年版，第 253 頁。

四分之一，郵費減輕二分之一，庶商因得以稍蘇，而郵電兩項亦不致大受影響。除電費一項令行上海電報總局知照外，郵費一項，懇電袁大總統轉飭北京郵電總局帛黎遵照等情。相應電請查照，轉飭遵辦，並見復爲盼。孫文。[1]

袁世凱隨後即覆電孫中山表示同意：「孫大總統鑒、交通部：電悉。郵票事，飭據郵政總局復稱，帛黎全爲省費起見等語。已由郵部飭知郵局，將此項郵票即日停發矣。袁世凱。」[2]郵資的減免，對於民初報界乃至新聞界的發展都起到了促進作用，這再一次表明臨時政府對於新聞事業持開明態度，並且積極鼓勵支持其發展。

（三）各省的綱領性法令保障了地方新聞事業的發展

辛亥革命浪潮推過，南方各省紛紛宣布獨立，脫離清廷控制，並且頒布了自己的地方法規和規章。部分省份對新聞事業管理十分重視，有些甚至專門出臺一系列關於新聞管理的規章制度。

四川是一個典型代表。獨立後，四川發布過《蜀軍政府求言公告》、《四川獨立條約》，《大漢四川軍政府報律》等文件，展示出軍政府對於言論自由的認可，對新聞監督的開明接受。

「廣泛徵求群眾對政府的意見和要求，稱自軍政府成立以來，『先後所接條陳，不下數千，凡屬可行，無不虛衷採納。然亦有不合時務，窒礙難行者，以立意可嘉，亦不駁斥，以梗言路。此後如有美意良法，請投書禮賢館，並加注姓名、籍貫、住址，曾經擔任何種義務。倘可實行，立爲延見，諮詢一切』。蜀軍政府還公開表示『都督有博採輿論，擇善施行，以圖謀公共幸福之責』。」[3]

《四川獨立條約》第十條明確提出：「請帥即飭巡警署，不必干涉報館議論，以便先事開導，免致臨時惶駭。」[4]《大漢四川軍政府報律》共三十七條，其內容基本上是因襲《大清報律》的條規，僅略加修改而已，取消了《大清報律》中的第七條，即送審制度，僅規定所有報紙，在出版前必須向有關部

---

1 劉萍等主編：《辛亥革命資料選編‧第四卷》（下冊），社會科學文獻出版社，2012年版，第934～935頁。

2 劉萍、李學通主編：《辛亥革命資料選編‧第四卷》（下冊），社會科學文獻出版社，2012年版，第938頁。

3 王綠萍著：《四川近代新聞史》，四川大學出版社，2007年版，第314～315頁。

4 王綠萍著：《四川近代新聞史》，四川大學出版社，2007年版，第315頁。

門呈報登記，新聞報導必須屬實，不許揭載「挑激外交惡感之語；淆亂政聽之語；擾害公安之語；敗壞風俗之語」；「發行人或編輯人不得受人賄囑，顛倒是非。亦不得挾嫌誣衊、損人名譽」；「軍政機密事件報紙不得揭載」；「外交重要事件政府未發表以前，報紙不得揭載」等，如果違背，將受到處罰。[1]

四川軍政府還專門發出《嚴禁毆辱報館示》，明確宣布：

> 照得言論自由，本係報館天職。有時議論失當，或者記載不實，果然報館無理，懲戒自有報律。輕則勒令更正，重則告官處置。動輒辱罵毆打，殊非文明面目。特此申告軍民，切勿違法任意，有理反成無理，嚴辦絕不姑息。

引文表明新的政權對言論自由和維護新聞工作合法權益的重視。[2]都督府專門制定《都督府招待新聞記者簡章》，在都督府特設新聞記者室，為記者進入都督府進行採訪提供便利，並將都督府往來電報按時送交新聞記者抄閱。[3]

第三節　臨時政府新聞管理體制實踐的意義與侷限

一、對中國新聞法制的貢獻

經歷辛亥革命的洗禮，民初南方各省新聞事業發展迅速。為強化對新聞事業的管理，臨時政府採取了一系列措施：在中央，廢除清廷《大清報律》，頒布《中華民國臨時約法》，確認言論自由的基調，從源頭放開了輿論限制，給新聞出版事業法律上的保障，進一步推動新聞界的發展；以臨時大總統為統領；以內務部、交通部等中央部門為承管者；廢除《大清報律》中違反民主共和體制的條款，有選擇地沿用相關事務性管理條例；積極制定《民國暫行報律》等法律法規；佐以「減免郵資」等行政命令，制定並發布《臨時政府公報》共五十八期，樹立政府輿論權威，促進新聞宣傳事業的發展。在地方，由各地都督府負責掌一方新聞事業管理。除執行中央相關新聞宣傳管理政令外，各都督府亦會根據自身需要，採取諸如資助報刊創辦發行、安排記者專訪以佔領輿論陣地等舉措來協調地方新聞事業的發展。除積極促進配合以外，從中央至地方亦有相關管制措施，由《中華民國臨時約法》在內等法

1　王綠萍著：《四川近代新聞史》，四川大學出版社，2007年版，第315頁。
2　王綠萍著：《四川近代新聞史》，四川大學出版社，2007年版，第316頁。
3　王綠萍著：《四川近代新聞史》，四川大學出版社，2007年版，第316～317頁。

律法規從法律層面約束，加之行政命令管控和軍方的武力壓制，主要有取締、罰款、抓捕拘留甚至槍斃新聞工作者等懲罰措施。而一直爲清政府高壓管制的新聞事業，終於沒有了政府的嚴厲控制，各地各界言論呈井噴狀爆發。民國元年，很多學者稱之爲「中國報業的黃金年代」，得益於臨時政府十分寬鬆的管理環境，新聞事業飛速發展。

民國成立初期，一批報刊相繼出版，主要有《大共和日報》、《民權報》、《民聲日報》、《太平洋報》等。「北京是當時的政治文化中心，新創辦的報紙最多，有 50 多家，以下依次是上海 40 家，天津 35 家，廣州 30 家，浙江 20 多家，四川 20 多家，湖南 11 家，武漢 9 家。」[1] 據統計，中華民國元年，全國報紙陡增至 500 家，總銷數達 4200 萬份[2]，創歷史最高紀錄。這些報紙大部分是以刊載時事性政治材料爲主的日刊報紙。同年，中國報業俱進會成立，通訊社大量湧現。「武昌起義前夕，中國人自辦的通訊社主要有三家：1904 年創辦的中興通訊社、1908 年創辦的遠東通訊社、1911 年創辦的展民通訊社。民國成立後，由新聞法制的創建引發的辦報熱潮，促進了通訊事業的發展。在民國成立初的兩年時間裏，全國出現了公民通訊社、民國第一通訊社、上海通訊社、湖北通訊社、湖南通訊北京通訊社等多家地方性的通訊社。」[3] 通訊社的成批出現，是民國初期新聞事業得到蓬勃發展的又一表現。從業人員地位大爲提高。除原有的報界團體外，在邊遠偏僻的西南地區，報人也相繼建立起自己的團體組織，如貴州報界同盟會和四川報界公會。這些報界團體團結一致，或多或少都爲民國初期報紙的創立發行、報人的工作待遇提供了良好的環境和相對有力的保障，促進了新聞事業的進一步發展。

二、管理體制自身的內在侷限

民族資產階級的侷限性使得臨時政府處處受制於西方列強，民初新聞事業的發展很難擺脫列強陰影，飽受欺凌；臨時政府組成人員乃至革命黨人自身成分十分複雜，導致其無法政令統一，政府不能做出強有力的管控措施，不能有效節制言論，也不能適當引導輿論，甚至反受其掣肘，其權威力和公

---

1 趙建國著：《分解與重構：清季民初的報界團體》，方漢奇主編：《中國新聞傳播史》，中國人民大學出版社，2002 年版，第 152～153 頁。
2 方漢奇主編：《中國新聞事業通史》第一卷，中國人民大學出版社，1992 年版，第 1014～1015 頁。
3 穆中傑：《繼受與轉型：民國初年的新聞法制》，《新聞愛好者》，2011 年第 4 期。

信力被削弱，無法引領新聞事業的健康發展；法律法規的不健全、現有法律的執行不當，都使得臨時政府在輿論管控方面相對被動，新聞管理理念得不到貫徹。這些都嚴重影響了臨時政府新聞事業管理的實際效果，也在某種程度上對新聞事業發展起到了負面作用。

言論自由是新聞事業發展的根基，然而，過度的言論自由卻存在一定的隱患。人類發展的歷史長河中，每一個得以長久維持的社會秩序，都需要合理適度的監管，新聞亦是如此。民國初期，過度的自由給報界發展帶來了機遇，同時也埋下隱患。伴隨著大眾對時事新聞的高度關注，甚至出現了捏造假新聞的現象。更為緊要的是，臨時政府成立於風雨飄搖之中，帝國主義侵略者虎視眈眈，袁世凱等守舊勢力根深蒂固，即便是革命黨人內部，也是諸口不一。在民國成立後，本就存在的革命道路分歧愈發明顯。

民國實行議會制度，為爭取議會席位，湧現出許多政黨社團。而這些政黨背後，大都有自己的報紙，以宣傳自己，攻擊其他勢力。「國家學會有《國權報》，中華共和憲政會辦有《共和報》……這些報刊都具有濃厚的黨派性，政見不同，觀點各異，在宣傳上互相批評揭責，甚至互相攻訐，鬥爭十分激烈。」[1]於是各派背後的報紙言論傾向也隨著革命的發展而不斷改變。其中，《民立報》雖是同盟會的主要機關報，卻在剛從英國回來的章士釗主導下迅速轉向，於 1912 年 2 月 23 發表《民立報之宣言》的社論，公開宣稱不再具有同盟會機關報的政治傾向性，將性質由「黨報」提升為「國報」。其政治妥協傾向比較嚴重，尤其體現在對袁世凱的態度上，對袁主張採取「勿逼袁反」，甚至喊出「非袁不可」的口號，這與當時的孫中山、黃興態度一致。而以戴季陶為代表的一批青年革命黨人所主持的同盟會另一重要機關報《民權報》則完全不同。他們尖銳地揭露袁世凱假共和、真帝制的騙局，嚴厲批判臨時政府對袁世凱的妥協態度。更為棘手的是以《大共和日報》為代表的擁袁倒孫報刊活動。該報創刊於 1912 年 1 月 4 日，以「革命名宿」自喻的章太炎在發刊詞中公開提出「民主立憲，君主立憲，此為政體高下之分，而非政事美惡之別，專制非無良規，共和非無秕政。」並公開否認民主共和的優越性，否定臨時政府的進步性和革命性。[2]通過該報，章太炎等人更加露骨地和孫中山、同盟會作對，吹捧黎元洪、袁世凱，成為攻擊臨時政府的領頭羊。令人深省

1　馬光仁主編：《上海新聞通史》，復旦大學出版社，2014 年版，第 402 頁。
2　馬光仁主編：《上海新聞通史》，復旦大學出版社，2014 年版，第 403 頁。

的是，不管是哪一方的報紙，在《民國暫行報律》風波中，無一不對臨時政府提出質疑甚至聲討，給孫中山領導的臨時政府帶來了直接的巨大壓力。

臨時政府與報界的關係一直緊張微妙。隨著形勢的發展，報界對於政府的離心力與日俱增。「武昌起義後，清廷偏安北隅，號令不行，以前頒布的報律已廢弛無形，南方獨立各省忙於洗蕩舊污，對言論出版無力禁忌，限製辦報和束縛報人手腳的禁令完全解除。起義後的各地政府和臨時政府所頒發的法令都明令『人民有言論、著作、刊行及集會結社的自由』，『巡警署不許干涉報館議論』，各地革命黨人與報界保持著良好的關係」[1]。然而，民國初年，報界對於政界直言諷諫，昌言無忌，時常也會突破政界所能容忍的極限，難免招來政府的警覺和非難，引發多次糾紛，從而激化矛盾。尤其《民國暫行報律》風波之後，臨時政府及各地革命黨人與報界關係持續惡化，爲各界輿論支持的喪失埋下伏筆。

儘管言論自由是社會進步的必經之路，然而在民國初年的形勢下，臨時政府對於報界只能追捧，卻怯於監管，這對於一個剛剛成立的政權來說，顯然是不合適的。新政權的鞏固和發展需要強有力的輿論宣傳和合理恰當的新聞監管，而這些，當時的臨時政府都未能做到，這除了與它本身根基不強有關外，過度的言論自由也是其後期的失誤之一。如果說一開始，革命黨人確實積極支持維護報界的言論自由權及輿論監督權，那麼至此，情勢已經發生轉變，孫中山領導的臨時政府，相較於軍閥和舊官僚階級，仍舊比較弱勢。革命成果的維護、共和政體的推行，比原本想像的更爲艱難。臨時政府對於各方勢力均小心翼翼，唯恐失去支持，挑起紛爭。因此，在紛亂的輿論眾出年代，即便需要一個強有力的報律對報界予以約束監管，即便明知《民國暫行報律》內容確無明顯失當之處，以孫中山爲首的革命黨人仍然以其程序違法爲由將其撤銷，以表明極力維護言論自由的姿態，對各界人士的意見均悉心採納，生怕落下口實，動搖國本。

臨時政府允許人們自由言論，抨擊時弊，卻沒有對此項權利予以合理約束，而各界人士或眞或假、或極端或中肯的言論，讓本就舉步維艱的政府領導顯得更加脆弱不堪。在短短的 3 個多月裏，除了一個被取消的《民國暫行報律》及一些應對性的文件外，臨時政府並沒有在新聞監管方面取得更多的

---

1 朱英主編：《辛亥革命與近代中國社會變遷》，華中師範大學出版社，2011 年版，第 308 頁。

成就，而監管的缺乏卻也同時讓新聞事業的發展綻放出冶豔之花。

三、良法與善治的價值探究

辛亥的零星槍響，推倒了危如累卵的清王朝，臨時政府匆忙成立。前有封建頑固勢力的反撲，後有西方列強的虎視眈眈，臨時政府極盡所能地構建起一套體制架構，以維護革命成果，鞏固民主政權。新聞管理措施散雖見於各項政舉中，卻也自成體系：以《中華民國臨時約法》爲綱領，以中央和地方二級行政建制爲依託，以《大清報律》爲框架，以籌辦刊發官報爲嚮導，以減免郵資等舉措爲補充，著力開創民主初成時代新聞管理新局面。

經歷連年戰亂和封建壓迫、列強擄奪，民族資本主義發展緩慢，國內經濟凋敝，軍事落後，唯獨新聞事業，得益於西方文明侵入，反於變亂中越發興盛，有識之士爭相辦報，以筆代槍，盡抒己見，在這亂世之際，爭得一席施展之地。得益於辛亥革命對於封建政權的摧毀性打擊，來自封建勢力的言論管控壓力瞬間崩塌，同時臨時政府以《臨時約法》爲綱，承認並保護言論自由，新聞事業煥若新生，呈井噴式發展。

臨時政府通過《臨時約法》認可並保障「人民有言論、著作、刊行及集會結社之自由」，同時也聲明政府保留「本章所載民之權利，有認爲增進公益、維持治安或非常緊急必要時，得依法律限制之。」中央政府曾頒布《暫行報律》及減免郵資等舉措，並在不違背民主政體的前提下，有條件地沿用清廷舊制。此外，各地政權機關尤其是革命黨人掌權者，都在所頒布的法令和簽署的協定中寫有保護言論出版自由之類的條款。

無論是出於對言論自由的敬畏，抑或是由於政權自身的軟弱妥協，從種種舉措上來看，臨時政府在試圖建立一個自由新聞體制，在這個體制下，新聞人有著充分的發言權，充分履行傳遞信息、監督政府等職責，「無冕之王」應是實至名歸。然而事實並不盡如人意，過度的自由給報界發展帶來了機遇，同時也埋下隱患。伴隨著大眾對時事新聞的高度關注，甚至出現了捏造假新聞的現象。更爲緊要的是，臨時政府成立於風雨飄搖之中，帝國主義侵略者虎視眈眈，袁世凱等守舊勢力根深蒂固，即便是革命黨人內部，也是諸口不一。在民國成立後，本就存在的革命道路分歧愈發明顯，各項建制並不能穩定推進，即便有著先進的政治理念，亦是無法貫徹落實。

輿論如水，由於言論天然的恣意性，新聞事業更加需要適度的引導和宏

觀上的管理，以防過猶不及；政府與新聞事業的關係如堤壩與洪水，新聞事業需要政府的適當規範與引導才能順利傾泄而出，而政府則必須接受新聞輿論的浸潤甚至衝擊，才不至於蟲蠹風蝕。

人類發展的歷史長河中，每一個得以長久維持的社會秩序，都需要合理適度的監管，新聞亦是如此。緣何時逢亂世，卻造就中國新聞史上第一個新聞發展的黃金期？新聞宣傳該如何管理，新聞獨立該如何理解，如何維護，在研讀梳理臨時政府時期新聞管理史料的情況下，對上述問題的思考顯得更加急迫。

第三章　民國北洋政府時期的新聞管理體制

　　辛亥革命推翻了滿清政府，以孫中山為首的資產階級民主主義者建立了中華民國，從此中國結束了兩千多年的封建君主制度。對於中華民族來說，這是一個偉大的歷史轉折點。然而，辛亥革命從它成功的那一天起，就已孕育著失敗。革命者由於自身的弱點，未能把握住革命的成果，以孫中山為首的南京臨時政府很快讓位於以清廷內閣總理大臣、北洋軍閥首領袁世凱為首的北京政府。1912 年 2 月 15 日南京參議院正式選舉袁世凱為臨時大總統。3 月 10 日就任。4 月 1 日，根據南北議和條件，孫中山解除臨時大總統一職，隨後，在袁世凱密謀策劃及列強的支持下，政府機構由南京北遷，開府北京。1913 年 10 月 6 日，袁世凱當選為首任中華民國大總統，這標誌著民國北洋政府（亦稱北京政府）統治時期的開始。1916 年 6 月 6 日袁世凱去世，黎元洪、段祺瑞、徐世昌、馮國璋、曹錕等北洋軍閥先後執政。直至 1927 年 4 月蔣介石在南京成立中華民國國民政府，1928 年 6 月奉系軍閥張作霖退出北京，北洋政府時期終結。北洋政府大致可以根據各個軍閥的輪番統治分為四個時期：袁世凱統治時期、皖系軍閥統治時期、直系軍閥統治時期、奉系軍閥統治時期。

第一節　民國北洋政府時期新聞管理體制的背景

一、政治背景

（一）以宣誓效忠憲法開道的袁世凱獨裁政體

《中華民國臨時約法》是中國有史以來頒布的第一部具有比較完備形態

的憲法。毛澤東曾經評價說：「民國元年的《中華民國臨時約法》，在那個時期是一個比較好的東西；當然，是不完全的，有缺點的，是資產階級性的，但它帶有革命性、民主性。」[1]由孫中山任臨時大總統時，南京臨時參議院起草並三讀通過的《中華民國臨時約法》一個重要特點是：臨時大總統的許多權力受到參議院的制約，國務院對總統行使權力也有重要的制約作用，國家主要行政權在國務院而不在大總統。

袁世凱爲獲取以孫中山爲代表的南京民國政府的信任，他在清帝退位時，曾高調致電南京政府「共和爲最良國體，……從此努力進行，務令達到圓滿地位，永不使君主政體再行於中國」[2]，但在其就任臨時大總統的當日，卻下令「暫用」前清法律。令稱：「現在民國法律未經議定頒布，所有從前施行之法律及新刑律，除與民國國體牴觸各條應失效力外，餘均暫行援用，以資遵行。」[3]袁世凱任職期間，視《臨時約法》爲其統治之障礙：「臨時約法……必不適用於正式政府也。既其內容規定，束縛政府，使對於內政外交及緊急事變，幾無發展伸縮之餘地。本大總統以種種往事之經驗，身受其苦痛」[4]。不僅視國民黨爲主要敵對派，對其他黨派同樣防範甚嚴。一直試圖將政黨、將代議制國會瓦解、扼殺。他收買議員、暗殺宋教仁、鎮壓國民黨二次革命、解散國民黨；在迫使國會選舉自己爲民國正式大總統後，借由解散國會、摧毀所有行政單位的地區議會及全部的民選議會；設立袁氏御用「政治會議」、「約法會議」和「參議院」機構；將內閣制的《臨時約法》修改爲總統制的《中華民國約法》，通過這種種步驟，獨攬大權，走向獨裁。最後竟以「國民厭棄共和、趨向君憲，則是民意已改，國體已變……凡此皆國民之所自爲」，「國民責備愈嚴，期望愈切，竟使予無以自解，並無可諉避」[5]這種荒唐的理由，爲自己恢復帝制開道。而事實上當時的「民意」，擁戴民主共和，反對帝制，已然成爲無須探討的共識了。梁啓超曾對此有過絕妙的評價：「自國體問題發生以來，所謂討論者，皆袁氏自討自論；所謂贊成者，皆袁氏自贊自成；所謂請願者，皆袁氏自請自願；所謂表決者，皆袁氏自表自決；所謂擁戴者，

1　《毛澤東選集》第 5 卷，人民出版社，1977 年版，第 127 頁。
2　袁世凱：《電告南京政府清帝辭位》，載《政府公報》第 15 號，1912 年 2 月 14 日出版。
3　《中華民國實錄‧際會風雲（一卷上）》，吉林人民出版社，1997 年版，第 40 頁。
4　《政府公報》，1913 年 12 月 15 日。
5　《政府公報》，1913 年 12 月 13 日。

皆袁氏自擁自戴。」[1]所以，有評論說：「在中國人心目中，袁世凱是一個背信棄義的傢伙，他在 1898 年背叛了改良派；在辛亥革命中背叛了清廷；在就任民國總統後又背叛了民國。」[2]正是這樣一位背信棄義者，一旦公然恢復君主制時，就遭到了眾叛親離。

（二）憲法名存實亡：以武力為核心的北洋軍閥執政

袁世凱之死揭開了北洋軍閥割據的序幕。北洋軍閥集團分裂成皖、直、奉三大派系，帝國主義列強為了各國的利益，各自尋找在中國的勢力代理，各派軍閥也紛紛投靠帝國主義，尋找政治與經濟上的靠山。從形式上看，北洋政府的組織機構是合乎憲法的，但其實質卻是以某一軍隊為核心組成的派系執政，這些派系完全越過官方機構，自行其事。

1916 年，皖系軍閥段祺瑞以國務總理的身份把持北京政府，但他顯然不能解決北洋軍閥內部的矛盾，同時也難以協調北洋派與其他派別的關係。直到 1920 年 7 月直皖戰爭爆發，皖系軍閥統治時期結束。

1920 年，打著反對皖系武力統治的旗號拉開戰局的直系曹錕、吳佩孚成了北京政府的新主人。但他們同樣用武力來替代政治，於是，一切非直系的各路人士紛紛以「民主」、「自治」等名義與之對抗。其中，率先拉起反旗的是昔日倒皖的盟友奉系。直、奉倒皖後，原本指望共同控制北京政府，卻因組閣問題上的利益分配不均導致矛盾，於是，1922 年 4 月，第一次直奉戰爭爆發，戰爭的結果是直系獨佔中央政權。1924 年 9 月，第二次直奉戰爭再次爆發，奉軍大舉進攻，直軍作戰不利。10 月，馮玉祥發動北京政變，直系軍閥統治時期告終。

1924 年，奉系控制了北京政權，抬出皖系首領段祺瑞為臨時執政，真正操縱者則是奉系軍閥。1926 年 4 月，段祺瑞下臺，時值南方國民革命興起，奉直兩系在面對國民革命軍的共同目標下聯手。暫時建立了他們在中國中部和北部的統治，直至北伐軍最終統一中國。

各派軍閥之間爭權奪利，縱橫捭闔，敵與友之間無一定之分，其主要目標是通過戰爭決定由誰來控制全國政權。致使北京政權在軍閥時代的 12 年間動盪不定，7 位總統更替上臺，走馬燈似的輪流執政制最終使得名義上的憲政

1　梁啟超：《袁世凱之解剖》，《飲冰室合集・文集之三十四》，第 19 頁。
2　費正清主編：《劍橋中華民國史》第一部，上海人民出版社，1991 年第 1 版，第 250 頁。

蕩然無存。

1916 年至 1928 年期間，從表面上看，北洋政府基本是參照《中華民國臨時約法》運作。根據臨時約法，國會的主要任務是起草一部憲法，此後歷屆立法機構均在從事著這一項工作。1913 年至 1914 年的會議，圍繞憲法草案花費了大量時間，1916 年至 1917 年間，北京與廣東兩地政府均宣稱在爲起草憲法工作。1922 年，國會重開後，1923 年 10 月 10 日，總統曹錕頒布了憲法，後稱爲「曹錕憲法」。1924 年北京政變後曹錕下臺，一個臨時性文件《中華民國臨時政府條例》取代了原憲法，同時憲法起草委員會再次繼續起草憲法。1927 年至 1928 年，張作霖爲自己的政權頒發了一個代替憲法的文件《中華民國軍政府組織令》。

北洋政府直至覆滅，都似乎在堅守著法統。這種形式上的堅守，主要原因之一在於，北洋政府始終是一種軍事專制，軍閥們依仗武力輪換坐莊，上臺的軍閥們都試圖將自己原本統轄一方的勢力，擴大到全國，所以都會表示支持國會、支持內閣，其目的無非想迎合民意，無非想證明自己的統治合法，使自己的位置坐穩。[1]但實質上，北洋政府的每一屆每一任掌權者的行爲都在證明著他們對憲法的藐視乃至無視，尤其在新聞法制管理方面。

二、新聞業背景

（一）民國初年新聞業短暫繁榮

民國初年，中國新聞報業一度呈現出空前的繁榮，報紙數量急劇增加。據戈公振《中國報學史》載，革命之後，全國報社達 500 多家，總銷數達 4200 萬份。黃遠生在《北京之黨會與報館》一文中提到，從 1911 年 12 月至 1912 年 10 月，向內務部登記備案的報館就有 90 多家。[2]這個時期，作爲政治中心的北京，報刊發展尤其迅速，約占全國報紙總數的五分之一。原報業中心上海、天津、廣州等都市，報紙數量也有了很大幅度的增加。南方光復省市如武漢、長沙等，報紙數量的增加也很快。這些報紙，有團體辦的、政黨辦的、各級政府辦的，如《民立報》、《天鐸報》、《中華民報》、《民國新聞》、《民權報》《亞東新報》《民意報》《民生報》等；另一派則以擁袁爲旗幟，如《時報》、

---

1 費正清主編：《劍橋中華民國史》第一部，上海人民出版社，1991 年 11 月第 1 版，第 278、279 頁。

2 戈公振：《中國報學史》，三聯書店，1955 年版，第 178 頁～181 頁。

《亞細亞日報》、《神州日報》、《民聲日報》、《時事新報》、《庸言》等。也有一些鼓吹實業、教育的報刊，如《實業雜誌》、《商業日報》、《經濟雜誌》等，此外，提倡女權、鼓吹婦女參政、文藝性、學術性和商業性的報刊也紛紛創辦，如《神州女報》、《女權月報》、《自治學生》等，也有以低級趣味迎合市民讀者的黃色小報，林林總總，門類繁多。

此外，國人自辦通訊社也大量湧現。1872 年，英國路透社就在上海設立遠東分社，這是在中國最早出現的通訊社。辛亥革命前，國人自辦的通訊社約有三家：最早的自辦通訊社據說是 1904 年 1 月 17 日在廣州創立的中興通訊社，由駱俠挺創辦；其次是 1908 年清政府駐外使館隨員王慕陶在比利時創辦的遠東通訊社；1911 年 2 月楊實公在廣州創辦的展民通訊社。

1912 年到 1913 年，全國各地出現了許多新創辦的通訊社。較著名的有楊公民在廣州創辦的公民通訊社；李卓民在上海創辦的上海通訊社，冉劍虹在武漢創辦的湖北通訊社；李抱一等在長沙創辦的湖南通訊社；張珍在北京創辦的北京通訊社等。通訊社的出現改變了中國只有報刊這一新聞傳播工具的局面。

（二）報界呈現激烈的黨派鬥爭

《臨時約法》的核心即議會政治，議會政治的重心在政黨制衡。於是政黨林立「如春草怒生」。各政治團體、各黨派紛紛創辦報刊，以之作爲政治活動的工具，作爲參政、議政、擴大自己政治勢力的有力武器。這也是報刊在民國初年繁榮興盛的重要原因之一。「在建設民主政治的口號下，中國社會刮起了一股結黨結社風，短時間裏驟然出現了 300 多個資產階級、小資產階級的政黨、政團。這些政黨、政團，……都竟相利用報刊爲自己做宣傳，短時間內形成了一個政黨報刊大量出版的熱潮。」[1]

以同盟會─國民黨系統在上海與北京兩地的報刊爲例，就有《民立報》、《天鐸報》、《大陸報》（英文）、《太平洋報》、《民國西報》（英文）、《民權報》、《中華民報》、《民國新聞》等（以上均在上海出版）；《國風日報》、《國光新聞》、《民國報》、《亞東新報》、《民主報》、《民立報》、《中央新聞》（以上均在北京出版）等報紙。

隨著袁世凱破壞民主的態度越來越明確，這些派系紛呈的政黨報刊，逐

1　方漢奇：《中國新聞事業通史》第一卷，中國人民大學出版社，第 1021 頁。

步形成了界限分明的擁袁及反袁兩派。擁袁派為袁政府大肆宣傳、為袁世凱在不同時期的各項決策鳴鑼開道，製造輿論。反袁派以同盟會——國民黨系統為代表。擁護共和，反對專制，反對袁世凱試圖建立的總統負責制、反對袁世凱專權。以同盟會——國民黨系統為代表的反袁報報刊，令袁世凱極端地憤怒，這也為袁世凱在 1913 年「掃蕩」報界埋下了契機。

第二節　袁世凱時期的新聞立法及管理

一、「癸丑報災」是袁世凱對新聞界大開殺戒的亮相

　　袁世凱的政治方針，簡而言之，是削減社會自治領域，強化政府可控領域。對於新聞輿論界則是採用鉗制方式。在袁世凱就任前，新聞界根據臨時約法，幾乎完全擺脫中央的控制。所以，袁世凱就任後，在輿論界，以武力鎮壓為基礎，迫害國民黨人與民主人士，同時，傾全力整頓其勢力所及之報紙，無法無度，幾可用「鎮壓」或「掃蕩」來形容，由此形成了新聞界有史以來最大的一次浩劫，即「癸丑報災」。

　　1913 年 3 月 20 日，袁世凱為阻止國民黨進入內閣執掌政權，派人暗殺了國民黨的領導人宋教仁。宋教仁案發生後，各地國民黨系統的報刊都以大量篇幅報導事件真相，揭露袁世凱的政治野心。上海《民立報》從宋案發生的第二天起，每日用整版篇幅刊登有關此案的報導，發表悼念宋教仁的詩詞和文章，介紹宋的生平以及宋的政治主張和革命思想。4 月 26 日，該報與上海各反袁報紙一起公布了宋案的證據，以確鑿的事實，證明袁世凱是刺殺宋教仁的元兇，引起了強烈的社會反響。此後，還發表評論揭露袁世凱的罪狀，號召人民與袁世凱的專制作鬥爭。上海的《中華民報》也是此次反袁活動中一員驍將，在宋案證據尚未公布之前，該報就以《強盜政府》為題發表社論，指責袁世凱「實全國人民之公敵也，手不操戈矛之大盜也」。在袁世凱的政治權利中心北京，國民黨的報紙同樣以無畏的精神揭露袁政府的罪行。《民國報》在宋教仁被刺的第二天，就以《宋君教仁遇害感言》為題指出：「擊宋君者非亡命之暴徒，乃吾人之政敵也」；《國風日報》、《國光新報》也都發表評論，抨擊政府的暗殺罪行。

　　為鉗制輿論，從宋教仁被殺的第二天開始，袁政府便實行了新聞預檢制。二次革命後，國民黨的地盤幾乎全部喪失，國民黨被稱為亂黨，因此，國民

黨系統的報業也就遭到了袁政府空前的洗劫。北京、天津、武漢、廣州、長沙等地的國民黨報刊全被查封。其中廣州一地，軍閥龍濟光一次就查封了《中國日報》、《平民報》、《民生報》、《中原報》、《討袁報》、《覺魂報》六家報紙。北京《正宗愛國報》社長丁寶臣，只因該報一篇時評中寫了「軍人爲國家賣命，非爲個人賣命。若爲個人，可謀生之處甚多，何必從軍」這樣的話，竟被視爲「跡近通匪，煽惑軍心」，被陸軍執法處槍決。《國風日報》因爲刊登了「告誡軍人職務」一文，警察廳巡官帶著傳票、憲兵及警察，將報社團團包圍，逮捕了社長及主筆，國風社當日停刊。

上海因爲是租界，袁世凱的行政權力不能直接施展，袁便採用禁售、禁郵的方法，限制上海國民黨報紙在內地發行，使其無法承擔經濟上的損失，迫使其自動停刊。《民立報》、《民權報》、《天鐸報》等正是因此在經濟上難以爲繼，被迫停刊。袁世凱還勾結租界當局對一些尙存的報刊尋釁迫害，直至停刊。

這一年的年底，經過袁政權清洗、鎮壓後的報界，不僅是國民黨言論界人士幾被殺盡趕絕，京中稍帶國民黨色彩的報紙也難以生存，凡不能順應袁政府的報紙，一律遭禁，北京得以繼續出版的報紙只剩下 139 家，和民國元年的 500 家相比，銳減了三分之二。殘存的報刊也都寒蟬無言，萬馬齊喑了。1913 年是陰曆癸丑年，人們便將這一次大劫難稱爲「癸丑報災」。如劉墨鋟在《報紙史之我聞》中言：「癸丑年（即民國二年）袁世凱封報館，停止郵權，洪憲時立報律，要保證金，設種種取締方法，意在掃除報館，掩沒輿論，以遂其私」[1]。「癸丑報災」爲袁世凱「掩沒輿論，以遂其私」的一系列法規法令的出臺起到了掃清障礙、鋪平道路的作用。

二、創辦御用報刊、收買報紙報人以統一新聞輿論

清除「異黨」之後，袁氏黨人採取了創辦御用報刊，「自作新聲」；收買報紙與報人，讓他們「依聲塡詞」的多種方式來統一輿論。

首先是羅致了一批文人，先後辦了《國權報》、《金鋼報》、《亞細亞日報》，還在上海接辦了《神州日報》。其中最有影響的是《亞細亞日報》與《神州日報》，前者是袁世凱御用報紙中最得力的干將，它分別在北京、上海兩地出版，

1　劉墨鋟：《報紙史之我聞》，周谷城主編《民國叢書‧第二編 48 冊》，上海書店，1999 年第二版，第 280 頁。

赤裸裸地在全國報紙中率先爲袁恢復帝制作輿論宣傳。

袁世凱時期，由袁黨直接創辦的報刊不是很多，但爲他所直接、間接收買以及拿袁氏「津貼」的報刊卻遍及報界。1913 年 5 月，袁世凱政權將統一黨、共和黨、民主黨三黨合一，稱之爲進步黨。這三黨所屬的報紙，也就統統成爲袁世凱政權的報紙了。這些報紙也就按照袁世凱政權的要求，「依聲塡詞」，極力爲袁世凱作輿論宣傳。

據不完全統計，在袁世凱統治時期，直接被收買或間接被收買者達 125 家。袁氏黨人慷民脂民膏之慨，利用政府的大量金錢，使報紙與報人爲己所用。北京、上海、廣州、長沙、甚至一些海外的華僑報紙，都接受過袁世凱的「津貼」。如北京的《國華報》、《黃鍾日報》、《新社會報》、《國權報》、《京津時報》、《大自由報》、上海的《大共和日報》，《時事新報》，長沙的《大公報》，廣州的《華國報》等。對於被收買的對象，袁政府也是視對方的身價付款，爲請北京某報「轉移論調」，開價就是 10 萬；袁世凱的一位美國顧問寫了一篇鼓吹帝制的文章，袁世凱立酬 10 萬；收買長沙《大公報》則僅用了 3 千。此外長期發點兒乾薪，臨時送些宣傳費、著作費等等，均無非巧立名目達行賄之實，目的是讓這些報紙報人按袁氏之意作文，配合御用報刊，收異曲同工之效。

在完成了上述步驟後，接下來，袁政府就開始制定各種法律，爲本不合法的新聞管制提供「合法」的依據。此外各級官署還擅自制訂一些地方規定，對新聞界橫加干涉。即使一些政治上非常保守的報紙，也會因極小的冒犯而罹禍，據方漢奇先生言，袁時期「全國報紙至少有 71 家被封，49 家受傳訊，9 家被反動軍警搗毀，新聞記者至少有 24 人被殺，60 人被捕入獄。從 1913 年的「癸丑報災」，到 1916 年袁世凱爲推行帝制而實行的對輿論的殘酷壓制，全國報紙總數始終在 130～150 家上下，幾乎沒有增長，形成了民國以後持續了四年之久的新聞出版事業的低潮」，從而成爲新聞史上非常黑暗的時期。[1]

三、制定頒布報紙條例、出版法等法規法令

「癸丑報災」前，袁世凱就曾經下令：

> 所有前清時規定之《法院編制法》、《商律》、《違警律》及宣統

---

[1] 方漢奇：《中國近代報刊史》，山西教育出版社，1981 年版，1991 年 11 月第 4 次印刷版，第 720 頁。

三年頒布之《新刑律》、《刑事民事訴訟律草案》，閉幕式先後頒布之禁煙條件、國籍條例等，除與民主國體牴觸之處應行廢止外，其餘均准暫時適用。惟民律草案，前清時並未宣布，無所援用，嗣後凡關民事案件，就仍然前清現行律中規定各條辦理。[1]

這一規定，也實施於新聞法制管理中。就是說，南京臨時政府一度張揚的「人民有言論、著作、進行、集會、結社、書信秘密、居住、遷徙、信教之自由」已經被悄然剝奪。

1913 年 3 月 11 日，京師警察廳向北京各報轉發了袁政府陸軍部、內務部對各報新聞實行檢閱簽字辦法的命令；同年 5 月，因宋教仁一案，袁世凱通令全國，對於未經審判的案件，各報不得登載；5 月，交通部通令各報：凡礙及國家治安或滋生亂事的新聞電報一律扣發；6 月，內務部通令全國各報，不得對政府善後大借款事，「肆意詆毀」、「痛加誣衊」；11 月，內務部發訓令：如遇有意煽惑，登載報紙或印刷品，或散發傳單，是即以亂黨自居。應嚴加取締，並就近知照該地郵局不准遞送。[2]

1914 年即民國三年四月二日，袁世凱政府為使控制新聞事業合法化，頒布了專門針對報業的法令《報紙條例》。《報紙條例》全文如下[3]：

第一條　用機械或印版及其他化學材料印刷之文字圖畫，以一定名稱繼續發行者，均稱為報紙。

第二條　報紙分左列六種：一、日刊；二、不定期刊；三、週刊；四、旬刊；五、月刊；六、年刊。

第三條　發行報紙，應由發行人開具左列各款，呈請該管警察官署認可：一、名稱；二、體例；三、發行時期；四、發行人、編輯人、印刷人之姓名、年齡、籍貫、履歷、住址；五、發行所、印刷所之名稱、地址。警察官署認可後，給予執照，並將發行人原呈及認可理由呈報本管長官，匯呈內務部備案。

第四條　本國人民年滿三十歲以上，無左列情事之一者，得充報紙發行人、編輯人、印刷人：一、國內無住所或居所者；二、精神病者；三、褫奪公權尚未復權者；四、海陸軍軍人；五、行政司

1　懷效鋒：《中國法制史》，中國政法大學出版社，2002 年版，第 358 頁。
2　倪延年：《中國新聞法制史》，南京師範大學出版社，2013 年版，第 155 頁。
3　《報紙條例》全文分別載於《申報》1914 年（中華民國三年）4 月 6 日第 11 版、《申報》1914 年（中華民國三年）4 月 7 日第 11 版。

法官吏；六、學校學生。

第五條　編輯人、印刷人不得以一人兼充。

第六條　發行人應於警察官署認可後，報紙發行二十日前，依左列各款規定，分別繳納保押費：一、日刊者，三百五十元；二、不定期刊者，三百元；三、週刊者，二百五十元；四、旬刊者，二百元；五、月刊者，一百五十元；六、年刊者，一百元。在京師及其他都會商埠地方發行者，加倍繳納保押費。專載學術、藝事、統計、官文書、物價、報告之報紙，得免繳保押費。保押費於禁止發行或自行停版後還付之。

第七條　第三條所列各款，於呈請警察官署認可後有變更時，應於十日內另行呈請認可。

第八條　每號報紙，應載明發行人、編輯人、印刷人之姓名、住址。

第九條　每號報紙，應於發行日遞送該管警察官署存查。

第十條　左列各款報紙不得登載：一、淆亂政體者；二、妨害治安者；三、敗壞風俗者；四、外交、軍事之秘密及其他政務，經該管官署禁止登載者；五、預審未經公判之案件及訴訟之禁止旁聽者；六、國會及其他官署會議，按照法令禁止旁聽者；七、煽動、曲庇、讚賞、救護犯罪人、刑事被告人或陷害刑事被告人者；八、攻訐個人陰私、損害其名譽者。

第十一條　在外國發行之報紙，有登載第十條第一款至第三款之事件者，不得在國內發賣或散佈。

第十二條　報紙登載錯誤，經本人或關係人開具姓名、住址、事由，請求更正，或將更正辯明書請求登載者，應於次回或第三回發行之報紙照登。登載更正或更正辯明書，其字形大小、次序先後，須與錯誤原文相同。更正辯明書逾原文二倍者，得計所逾字數，照該報告白定例收費。更正辯明書有違背法令者，不得登載。

第十三條　登載錯誤事項，由他報抄襲而來者，雖無本人或關係人之請求，若經原報更正或登載更正辯明書後，應於次回或第三回發行之報紙分別登載。但不得收費。

第十四條　論說譯著係一種報紙之所創有，注明不許轉載者，

他報不得抄襲。

第十五條　不照第三條、第七條之規定呈請認可發行報紙者，科發行人二百元以下、二十元以上之罰金；至呈報之日止，停止其發行。呈報不實者，科發行人二百元以下、二十元以上之罰金；至呈報更正之日止，停止其發行。

第十六條　不具第四條第一項之資格，或有第四條第一項各款情事之一充發行人、編輯人、印刷人者，科發行人以一百元以下、十元以上之罰金。其編輯人、印刷人詐稱者同。

第十七條　不照第六條規定繳納保押費發行報紙者，科發行人以一百元以下、十元以上之罰金；至繳足保押費之日止，停止其發行。

第十八條　第六條第三款所指各報，其登載事件，有出於範圍外者，科編輯人以五十元以下、五元以上之罰金。

第十九條　違第八條、第九條之規定者，科發行人以五十元以下、五元以上之罰金。

第二十條　發行人於呈請認可領取執照後，逾二個月不發行的報紙，或發行後中止逾二個月而不聲明者，取銷其認可，並注銷執照。

第二十一條　第十五條至第十九條之罰金及停止發行之處分，由該管警察官署判定執行之，罰金處分，自該管警察官署判定之日起，逾十日不繳納者，將保押費抵充，不足者仍行補繳。保押費已被抵充罰金者，該發行人應於接到該管官署命令後十日以內，補繳或補足保押費。違者至補繳或補足之日止，該管警察官署得以命令停止發行。

第二十二條　登載第十條第一款之事件者，禁止其發行，沒收其報紙及營業器具，處發行人、編輯人、印刷人以四等或五等有期徒刑；但印刷人實不知情者，免其處罰。

第二十三條　登載第十條第二款至第七款之事件者，停止其發行，科發行人、編輯人以五等有期徒刑。前項停止發行，日刊者停止十日以上一月以下；不定期刊、週刊、旬刊、月刊者，停止二次以上、十次以下；年刊者，停止一次。

第二十四條　登載第十條第八款之事件，經被害人告訴者，科編輯人二百元以下、二十元以上之罰金。前項之登載，若編輯人係受人囑託者，科囑託人以編輯人同等之罰金。

前項之囑託，有賄賂情事者，按照賄賂之數，各科十倍以下罰金，並沒收其賄賂。前項賄賂十倍之數，不滿二百元者，仍各科二百元以下之罰金。

第二十五條　違第十一條之規定，發賣或散佈外國報紙者，科發賣人或散佈人以二百元以下，二十元以上之罰金，並沒收其報紙。

第二十六條　違第十二條第一項、第二項或第十三條之規定，經被告人告訴者，科編輯人以五十元以下、五元以上之罰金。

第二十七條　違第十四條之規定，鈔襲他報之論說譯著，經被害人告訴者，處編輯人以五十元以下、五元以上之罰金。

第二十八條　第二十二條至第二十七條之處罰，由司法官署審判執行之。

第二十九條　報紙內撰登論說、記事，填注名號者，其責任與編輯人同。

第三十條　本條例施行前所發行之報紙，應按照本條例第三條之規定，補行呈請該管警察署認可，並按照第六條之規定，補繳保押費。

第三十一條　本條例施行前所發行之報紙，其發行人有本條例第四條情事之一者，由該管警察官署禁止其發行。

編輯人、印刷人有本條例第四條情事之一者，由發行人另行聘雇，另請該管警察官署認可。違反前項規定者，至另行聘雇呈請認可之日止，由該管警察官署禁止其發行。

第三十二條　應受本條例各條之處罰者，不適用刑律自首減輕、再犯加重、數罪俱發之規定。

第三十三條　關於本條例之公訴期限，以六個月爲斷。

第三十四條　本條例所定屬於警察官署權限之事項，其未設警察官署地方，以縣知事處理之。

第三十五條　本條例自公布日施行。

《報紙條例》主要規定：發行報紙必須經當地警察官署許可；禁止 30 歲

以下、曾受監禁之罪者、軍人、官吏、學生等擔任報紙發行人、編輯、印刷人；禁止報紙登載「淆亂政體」、「妨害治安」、「敗壞風俗」以及各級官署禁止刊載的一切文字；報紙發行前須將報樣送警察機關備案等等[1]。其大多限制條款沿襲《大清報律》，且更細更嚴。如僅以辦報人的年齡看，《大清報律》規定：「年滿二十歲以上之本國人」（第二條第一點）即可辦報；《報紙條例》規定：「本國人民年滿三十歲以上」（第四條）

1914 年 12 月，袁世凱政府頒布了《出版法》。

除一些例行規定外，《出版法》對所有文字、圖畫印刷品也都制訂了類似的禁止規定，與《報紙條例》幾乎完全相同。僅舉一例：《出版法》第十一條[2]與《報紙條例》第十條。

《出版法》第十一條的規定是：

> 文書圖畫有下列各款情事之一者，不得出版：一、淆亂政體者；二、妨害治安者；三、敗壞風俗者；四、煽動、曲庇犯罪人、刑事被告人或陷害被告人者；五、輕罪、重罪之預審案件未經公判者；六、訴訟或會議事件之禁止旁聽者；七、揭載軍事、外交及其他官署機密之文書圖畫者。但得該官署許可時，不在此限；八、攻訐個人陰私、損害其名譽者。

《報紙條例》第十條的規定是：

> 左列各款報紙不得登載：一、淆亂政體者；二、妨害治安者；三、敗壞風俗者；四、外交、軍事之秘密及其他政務，經該管官署禁止登載者；五、預審未經公判之案件及訴訟之禁止旁聽者；六、國會及其他官署會議，按照法令禁止旁聽者；七、煽動、曲庇、讚賞、救護犯罪人、刑事被告人或陷害刑事被告人者；八、攻訐個人陰私、損害其名譽者。

1915 年即民國四年 2 月 5 日，袁政府頒布《新聞電報章程》。[3]該章程共十六條。界定了何為電報，即：「電報局由電線傳遞刊登報紙之新聞消息，准作為新聞電報」（第一條）；規定了要求發寄新聞電報的報館登記程序、發新

1　劉哲民：《近現代出版新聞法規彙編》，學林出版社，1992 年第 1 版。見 86 頁《報紙條例》第三條、第四條、第九條、第十條。
2　劉哲民：《近現代出版新聞法規彙編》，學林出版社，1992 年第 1 版，第 54 頁。
3　劉哲民：《近現代出版新聞法規彙編》，1992 年第 1 版，第 94～96 頁。

聞電報程序（第二條、第三條、第四條、第十四條）、發寄新聞電報的形式及內容要求（第五條、第七條）、價格（第六條、第八條、第九條、第十條、第十一條、第十二條、第十三條）等若干條款。

1915 年 7 月 10 日，以「民國四年七月十日大總統制定公布」的表述，頒布了《修正報紙條例》[1]。《修正報紙條例》共三十四條。與《報紙條例》相比，《修正報紙條例》中，似乎在強化政府官員對報紙管理的權威性，如、凡原條例中表述爲「呈請」二字的修正爲「稟請」、表述爲「呈報」二字的修正爲「稟報」（第三條第一項、第二項、第七條、第十五條一項、二項、第二十條、第三十條、第三下一條）。「呈請」與「稟請」均表示下對上恭敬的請示。「呈」字使用面廣，既可以表達下對上一種恭敬，也可以是平等身份中使用的一種禮節、禮貌用詞，通常說「呈上」、「轉呈」、「XX 呈」；「稟」字使用面窄，一般只用於正式場合，表達下對上的一種恭敬、規範、莊重的態度，平等身份不使用該詞。「呈」的本義是「露出，送上」；「稟」在古義上是官府賞賜穀物，故引申爲賜予、又引申爲承受之意，這其中就有「當面」領受的隱義在內。所以，當「呈」字改爲「稟」字後，所想表達的自然是要求辦報人對官府的恭順及對其權威的認同。

除上述大量地規定「呈請」修正爲「稟請」外，與《報紙條例》相比，《修正報紙條例》中另一主要的「修正」，就是進一步強化了警察官署的功能。

除上述介紹的這些直接法外，在《戒嚴法》、《治安警察法》、《檢查扣留煽動郵件章程》等間接法令中、在《陸軍部解釋報紙條例第十條第四款軍事秘密之範圍》、《報紙條例未判案件包括於檢廳偵查內函》、《報紙侮辱公署依刑律處斷電》等單項規定細則中，也能看到政府對條例限制範圍的擴大以及解釋條例的隨意性，從而苛刻地限制了新聞出版事業的發展。

第三節　北洋軍閥輪流執政時期的新聞立法及管理

一、伴隨「憲政」名義的軍閥派系專政時代

1916 年 3 月，袁世凱的帝制鬧劇落下帷幕。6 月 6 日袁世凱身亡。軍閥割據時代開始，之所以稱其爲軍閥割據時代，是因爲無論哪位軍閥上臺，儘管都以中華民國的名義，但實質上均未能將中國統一，各個軍閥仍然盤據於

1　劉哲民：《近現代出版新聞法規彙編》，1992 年第 1 版，第 97～98 頁。

自己的地盤。

　　1916 年至 1928 年這一階段的大多時間，北洋政府表面似乎都是按照《中華民國臨時約法》運作的。根據《中華民國臨時約法》，國會的主要任務是起草一部永久性的憲法。每一屆上臺的軍閥都在積極忙著籌備國會，完成修憲、立憲的工作。1916 年 8 月 1 日至 1917 年 6 月 12 日，新政府宣布，被袁世凱解散的國會重開（6 月 13 日被復辟後的張勳解散），召開了第一屆國會第二次會議。1917 年 11 月 10 日年段祺瑞召集臨時參議院，準備制定新的國會法。新選舉出的國會又被稱爲安福國會，1920 年 8 月 30 日直隸—安福戰爭後解散。1921 年夏，徐世昌指令成立了「新新」國會，只是這一「新新」國會一直未召開過會議。

　　1922 年曹錕在皖、直、奉戰爭中勝出，於 1922 年 8 月 1 日重開國會，召開了第一次國會第三次會議。其目的在於以合法名義出任總統。1923 年 10 月 10 日出任總統第一天的曹錕，即頒布了中國歷史上第一部憲法：《中華民國憲法》，時稱「曹錕憲法」或「賄選憲法」。1924 年，曹錕下臺，段祺瑞重新執政，召開善後會議，建立臨時立法機關即臨時參政院，以《中華民國臨時政府條例》取代了曹錕憲法，同時，國憲起草委員會，擬重新制定憲法，1925 年 8 月 3 日～1925 年 12 月 12 日，國憲起草委員會擬定了一份新的憲法草案。隨著一場新的政變，段祺瑞執政階段擬定的憲法也終結了其使用的合法性，1926 年 4 月 9 日段祺瑞再次下臺。北京經歷了數星期的無政府狀態，有數個攝政內閣組成，以期行使執政職權。最終由張作霖於 1927 年 6 月 18 日以其軍事力量作後盾，自任安國軍政府大元帥，並任命了一個以其親信爲主體的內閣。並爲自己炮製了一個代替憲法的《中華民國軍政府組織令》。

　　表面上看，除張勳外，各個軍閥執政的政府組織機構都是基本合乎憲法的：立法、行政、司法三權分立，且形式上都是按照法定程序進行。但實質上，憲政的形式和派系的實體相互滲透，每一個派系大多以一個軍閥爲核心，越過官方機構構成一個實際上的權力團體。

　　首先段祺瑞取袁世凱而代之，成爲北洋軍閥的領袖，而北洋軍閥內部則分裂成直、皖兩系，同時北方奉系崛起。三方均以武力開道，哪一系獲得戰爭的勝利，哪一系的首領就成爲北京政府中的實際掌權人。這一階段的政治特色是：一方面總統走馬燈似地更替，另一方面實際掌權人都是有軍權的人。前後總統和代理執政者共有 15 位，從他們的身份歸屬看，大約可分爲皖系統

治時期（1916～1920）、直系統治時期（1920～1924）、奉系統治時期（1924
～1928）。由於這三個統治時期，各派系或因利益而勾連，或因矛盾而戰爭，
錯綜複雜。如果從新聞管理角度看，則這三個階段共性爲多，故本文將其視
爲一個整體，不以總統任期爲界。

二、這一時期的新聞管理法規、條例

袁世凱時期，「癸丑報災」肆虐新聞界於前，《報紙條例》鉗制報業之口
於後，新聞界早已呈川壅欲潰之勢。袁世凱的繼任者上臺之始，便做了一些
安撫民心的舉措。

1916年6月，繼任大總統黎元洪申令恢復《中華民國臨時約法》，命令各
省取消報紙保證金，停止全國郵函檢查。同年7月17日，按照《臨時約法》
規定，申令廢止《報紙條例》。全文如下[1]：

> 大總統申令廢止報紙條例
>
> 民國五年七月十七日
>
> 報紙條例應即廢止。
>
> 此令。
>
> 　　大總統印
>
> 　　中華民國五年七月十六日
>
> 　　國務總理　段祺瑞
>
> 　　內務總長　許世英

1916年9月，北洋政府內務部警政司擬定《檢閱報紙現行辦法》10條，
其中規定政府有關部門，每天須購買、檢閱各類報紙，如有不實之處，即
令該報紙更正。這些條例類似西方資本主義國家所實行的「追懲」制度。
從歷史眼光來看，較之《報紙條例》，這些條規在客觀上有利於當時報業的
復蘇。

1918年10月17日，徐世昌任總統期間，法制局向新國會提請了《報紙
法案》，對於民主自由而言，這一法案又是一次新的倒退。該法案共三十三條，
大量保留了袁世凱政府《報紙條例》的內容。《申報》於1918年10月26日
向社會批露，遭致新聞界、報刊界及社會其他各界一致反對。爲能與前文所
錄《報紙條例》作一清晰比較，將《報紙法案》全文記錄如下：

1　劉哲民：《近現代出版新聞法規彙編》，學林出版社，1992年第1版，第99頁。

　　第一條　用機械或印版、化學材料及其他方法印刷之文字圖畫，以一定名稱繼續發行者，均稱爲報紙。

　　第二條　報紙之各類如左：①日刊；②週刊；③旬刊；④月刊；⑤季刊；⑥年刊。

　　第三條　發行報紙應由發行人開具左列各款，呈請該管警察官署核准：名稱；體例；發行時期；發行人、編輯人、印刷人之姓名、年齡、籍貫、履歷、住址；發行所、印刷所之名稱、地址。

　　警察官署核准後給予執照，並將發行人原呈及核准理由呈報本管長官，匯呈內務部備案。官署刊行之公報不適用前二項之規定。

　　第四條　中華民國人民年滿二十五歲以上，無左列情事之一者得充報紙發行人、編輯人、印刷人：①國內無住所或居所者；②精神病者；③褫奪公權尚未復權者；④現役海陸軍軍人；⑤現任行政司法官吏；⑥學校學生。

　　第五條　編輯人、印刷人不得一人兼充。

　　第六條　第三條所列各款經警察官署認可後，復如有變更時，應另行呈請核准。

　　第七條　每號報紙，應載明發行人、編輯人、印刷人之姓名、住址。

　　第八條　每號報紙應於發行時檢具全份，遞送該管警察官署備查。

　　第九條　左列各款事件，報紙不得登載：①淆亂國憲者；②洩漏外交軍事秘密者；③妨害治安者；④敗壞風俗者⑤國會會議事件按照法令禁止旁聽者；⑥預審未經公判之案件及訴訟之禁止旁聽者；⑦行政事件經該管官署預行指定範圍臨時禁止登載者；⑧煽動、曲庇、讚賞、救護犯罪人、刑事被告人或陷害刑事被告人者；⑨記載他人之私事而損害其名譽者。

　　第十條　外國報紙有登載前條第一款至第八款之事件者，不得在國內發賣或散佈。

　　第十一條　報紙登載錯誤，經本人或關係人開具姓名、住址、事由，請求更正，或將更正辯明書請求登載者，如係日報，應於接到事件後次回或第三回發行之報紙照登；如係週刊、旬刊、月刊、

季刊及年刊之報紙，應於接到事件後次日或第三日於該地通行之日報照登。且刊之報紙登載更正或更正辯明書，其字形大小須與錯誤登載之原文相同。更正或更正辯明書逾原文二倍者，得計所逾字數，照該報告白定例收費。更正或更正辯明書有第九條所列各款事件之一者，不得登載。

第十二條　登載錯誤事件係抄襲他報，若經原報更正或登載更正辯明書後，雖無本人或關係人之請求，亦於發行之報紙登載之，但不得收費。

第十三條　違反第三條、第五條之規定發行報紙者，處發行人二百元以下、二十元以上之罰金；並停止其發行至呈報日為止。

第十四條　呈報不實者，處發行人二百元以下、二十元以上之罰金，並停止發行至呈報更正之日為止。

第十五條　違反第四條之規定，在發行人處以一百元以下、十元以上之罰金；在編輯人或印刷人者處發行人、編輯人或印刷人一百元以下、十元以上之罰金。依前項規定處罰者，並停止其報紙之發行至另行聘雇請核准之日為止。

第十六條　違反第七條第八項之規定者，處發行人以五十元以下、五元以上之罰金。

第十七條　發行人於呈請核准領取執照後，逾二個月不發行報紙或發行中止逾二個月，並不聲明理由者，取消其核准並將執照注銷。

第十八條　第十四條至第十六條之罰金及停止發行之處分，由該管警察官署判定執行。

第十九條　登載第九條第一款至第二款之事件者，禁止其發行，沒收其報紙及營業器具，處發行人、編輯人、印刷人以四等或五等有期徒刑，但印刷人實不知情者免其處罰。

第二十條　登載第九條第三款至第八款之事件者，停止其發行，處發行人、編輯人以五等有期徒刑或拘役，或三百元以下、三十元以上之罰金；前款停止發行，日刊者停止一月以下、十日以上；週刊、旬刊、月刊者停止十次以下、二次以上；季刊、年刊者停止一次。

　　第二十一條　登載第九條第九款之事件，經被害人告訴者，科編輯人以拘役或二百元以下、二十元以上之罰金。前項之登載者，若編輯人係受人囑託者，其囑託人之處罰與編輯人同；前項之囑有賄賂情事者，各處五等有期徒刑或拘役，或三百元以下罰金，並沒收其賄賂。

　　第二十二條　違反第十條之規定，發賣或散佈外國報紙者，處發行人或散佈人以二百元以下，二十元以上之罰金，並沒收其報紙。

　　第二十三條　違反第十一條第四項之規定者，處編輯人、發行人以二百元以下、二十元以上之罰金。

　　第二十四條　違反第十一條第一項、第二項或第十二條之規定，經被害人告訴者，處編輯人以五十元以下、五元以上之罰金。

　　第二十五條　違反第十三條之規定，抄襲他報之論說譯著，經被害人告訴者，處編輯人以五十元以下、五元以上之罰金。

　　第二十六條　第十九條至第二十五條之處罰，由司法官署審判執行之。

　　第二十七條　報紙登載第九條第一款至第八款事件之一者，警察官署認為有重大之危害時，得以報告警察廳令其停止其發行。警察官署須於前項處分後十二小時以內報告檢察廳，檢察廳於批覆前項報告三日內認為無庸提起公訴時，須通知警察官署解除停止發行之處分。警察官署認為無停止發行之必要時亦同。

　　第二十八條　報紙內撰登論說記事填注名姓者，及更正或更正辨明書之請求登載者，其責任與編輯人同。

　　第二十九條　本法施行前所發行之報紙，應依本法第三條之規定，補行呈請該管警察官署核准。

　　第三十條　因違反本法之規定處罰者，不適用刑律自首減輕、再犯加重、數罪併發之規定。

　　第三十一條　關於本法之公訴期限，以六個月為限。

　　第三十二條　本法所定屬於警察官署權限之事項，其未設警察官署地方，以縣知事處理之。

　　第三十三條　本法自公布日施行。

　　《申報》將法制局起草的《報紙法案》公布於報，加了一個編者案：「法制局起草之報紙法案，自通過各議後前日已諮交新國會取決。原案所具理由詳昨報，茲錄條文於下，以視袁政府之報紙條例相差固無幾也。」[1]顯然，《申報》登載《報紙法案》的目的非常明確，它試圖告訴民眾，這一《報紙法案》其實與已經被廢除的袁世凱時期的《報紙條例》「相差固無幾也。」我們通過前後兩個條例的比對，的確可以很清楚地看出，這二者之間的相似度在 90% 以上。

　　最引人注目的修改是第四條，即對申請辦報者的年齡要求。袁時期的是三十歲始可申請辦報，而本時期則改爲二十五歲。從允許辦報的年齡，似乎寬鬆了，但如果我們翻閱一下《大清報律》，就會發現，封建時代的《大清報律》規定的年齡是二十歲。三部法律相比，這兩部民國時期的報律反而嚴苛於大清。《報紙法案》一經《申報》透露於社會，立即遭到以新聞界爲首的社會各界輿論的一致反對，眾議院議決將《報紙法》「交法制股審查」，但最終未能出臺。

　　陸續出版的單項法規也不少，1918 年 10 月 25 日，內務部僅針對新聞營業頒布了《管理新聞營業規則》單行條例，強調所有的新聞出版物都必須先向警察官署呈報批准才能出版，否則，警察官署有權禁止印刷。1925 年又制定了《管理新聞營業條例》，其中規定創辦報紙者須覓具殷實鋪保並須取得房主同意，增加了新聞出版的難度，使報紙的出版受到新的限制。

　　除上述直接法外，北洋政府兩次修改袁政府時期頒發的《陸軍刑事條例》，其中間接涉及到新聞管理事項。如：1918 年 4 月，黎元洪、段祺瑞政府曾對袁世凱政府頒布的《陸軍刑事條例》進行了第一次修正，1921 年 8 月徐世昌政府又對《陸軍刑事條例》進行了第二次修正。其中涉及新聞管理的部分均非常嚴苛，如，凡「意圖使軍隊暴動而煽惑之者」，「控報軍情或僞造關於軍事上之命令者」，即處以死刑；凡「預備或陰謀犯前述罪行者」，則「處以三等至五等有期徒刑」。這些條例雖未出現在直接法或單項法中，但它的存在，卻能嚴重影響新聞業的正常發展。

　　隨著無線電技術在中國的發展和普及。無線電廣播的法規也開始出現。

　　1924 年 8 月，北洋政府交通部頒布了中國歷史上第一個關於無線電廣播事業的法規《裝用廣播無線電接收機暫行規則》，規則共 23 條，內容明確規

1　《申報》，1918 年 10 月 26 日。

定允許民間裝設無線電接收機，同時規定了無線電接收設備在安裝時涉及的如何領取執照、何處安裝、收聽內容限定、收費問題、違規的處罰方法等項。規則要求：裝用接收機須經交通部批准；接收機須安裝在指定地點，不能安裝在軍事海防及政府禁區；安裝要請有實力的擔保人出具證書；管制內容，不能牟利，不得私自洩露電信；每年要繳納執照費；違背條例者要給予處罰等。

　　奉系軍閥入關以後，曾大力發展軍事通信的無線電事業，並陸續頒發了《無線電廣播條例》、《裝設廣播無線電收聽器規則》、《運銷廣播無線電收聽器規則》等規定。上述條例、規定，規範並促進了當時還處在萌芽時期的無線電事業。

第四節　關於北洋政府時期新聞立法及管理的思考

一、新聞法規較之清代報律更為嚴苛

　　清末時期，儘管清政府一再禁止民間辦報，但意在改良或推翻清政府的政黨報卻一再掀起辦報熱潮，由於租界的庇護，清廷往往很難按照自己的意願管理尤其是處罰新聞報刊。1903 年，「沈藎案」與「蘇報案」兩案完全不同的結局，清廷在後者處理上的大費周張，與租界迂迴曲折的交涉，都使得清廷有切齒之痛，從而對管理新聞業有了認真的反思，並最終決定制定報律。

　　1908 年，清政府參照日本《新聞紙條例》頒布了《大清報律》，《大清報律》含「正文」及「附則」共 45 條（1910 年，對《大清報律》進行修訂並更名《欽定報律》，1911 年頒行）。

　　早期的律法，主要是對報刊的註冊、禁載、處罰等作了基本的規定。《大清報律》和《欽定報律》內容則更為嚴細，內容涉及報刊的創辦手續、編輯、稿件審查、出版、發行、禁載、違禁處罰、職業道德等。其中增加了保押金制度和事前檢查制度，在禁載內容和處罰方面的規定尤為詳細。清末報律從《報章應守規則》、《報館暫行條例》、《大清印刷物專律》的簡單粗略到《大清報律》和《欽定報律》細化完備，體現了清政府在新聞管控頂層設計方面的逐漸細化的過程，是中國第一部內容完備的新聞法。其規定從理論意義上說，覆蓋全國，是具有普通意義的新聞法規，從中國傳統律法來看，清末的新聞立法在體系及內容上都具有創新性和進步性。

　　北洋時期的新聞律法，基本上沿襲了清末的《大清報律》，但其中法學者對其評價的最大焦點是：註冊登記制與批准制。清代採取的是註冊登記制，即辦報人只要註冊報備即可辦報。而北洋政府的報紙條例，則是採用的批准制，即將申請提交，有關方面批覆方可辦報。

　　法學學者將新聞法規對報刊的出版管理制度分爲兩種，即預防制和追懲制。一是事先預防，一是事後懲罰。後者無須登記報備，更無須某管理部門批准，也不必在出版過程中接受檢查。只有當報刊違法行爲成爲事實時，才受到相關規定的懲處。

　　當然，有學者認爲，晚清的兩個報律，雖然使用的是註冊登記制，但同時附加了保證金，所以仍然非常苛刻。但無論如何，批准制則有條件、要被審核，所以隨時會出現被否決的可能，而註冊制只是報備，這兩者是有較大區別的，保證金則是從另一方面，即創辦者的財力方面提出的另一種要求，只要符合額定錢數，不會出現被否定的可能。

　　世界各國的新聞法規對報刊的出版管理一般有兩種制度，即預防制和追懲制。預防制是事先限制，追懲制是事後懲罰。

　　《大清報律》的註冊登記制，主要參照、採用日本 1883 年的《新聞紙條例》，北洋政府時期的《報紙條例》及《修正報紙條例》，則主要參照、採用的是《大清報律》，它們的管理制度均屬於預防制。而在預防制中，又可以分爲三種：註冊登記制；保證金制；批准制。[1]清廷所採用的是註冊登記制，北洋政府採用的是批准制，兩者都同時採用了保證金制。從嚴苛程度來看，批准制最嚴，其次爲保證金制，再次爲註冊登記制。所以，從出版管理制度的苛刻程度上看，《大清報律》和《報紙條例》都屬於預防制，還都將保證金制作爲附屬條例，應當都很嚴苛，而北洋政府的新聞法規較之清政府則更甚。

　　同時，在對辦報人進行資格審查方面，追懲制一般沒有對辦報人的資格作出規定，而預防制則大多會作出規定，《大清報律》和《報紙條例》也不例外。二者相比較，《報紙條例》內容更嚴格。在報紙內容的限定方面，《報紙條例》也限定得更多更細，面更廣，於是能允許報導的內容也就更少些了。

1　有學者將事前檢查制也歸入預防制，但如果從創辦制度來看，只有註冊登記、保證金、批准制才對能否創辦一份報刊有決定權，而事前檢查制則是在創辦後，要求將發表的稿件先交管理部門檢查，合格的放行，不合格的撤回換稿，這是就具體某篇報導而立言的管理制度，雖然也是預防的一種方式，但非對創辦報刊與否的管理，故本文不將其納入這一系列中。

當然，我們應當看到的是，清廷制定報律的初衷是保障自己的權力，鞏固自己的統治地位，強化政府對新聞輿論的管控，同時，意圖通過立法與現實中強大的租界有合法的對接。但是，在其權力不受控制的區域，清廷仍然肆意妄為，官員依然可以不經過法律程序隨意查封報刊、處罰報人。1908 年，北京《京華報》、漢口《江漢日報》、汕頭《雙日畫報》等多家報紙就是因為揭露清廷對革命黨人的迫害而被查封。1910 年，清廷又以「淆亂政體，擾亂治安」為由，武裝包圍湖北《大江報》報社，逮捕主筆，查封報社，並「永禁發行」。完全無視《欽定憲法大綱》中「言論自由」的規定。其行為與北洋軍閥時期無二。

二、無視法規法令的新聞管理

較之清律，北洋時期制定的新聞法規法令更為嚴苛，但它最主要的倒退在於司法踐行中法行不一。

在袁時期的報紙條例制定中，我們可以看到，袁政府通過制定法令法規，強化行政官員和政府部門的權力，比如在《修正報紙條例》中，對警察署權力的加強與擴大。在整個北洋軍閥時期，同樣如此，政府不僅僅通過法規法令強化行政官員的權力，同時，濫用法規法令、藐視乃至無視法規法令，也是其行為常態。

政府的一紙公文（諸如命令、通行、訓令之類）其實際效力常常高於法律法規，如 1913 年陸軍部致函內務部，要求「對於外交軍事秘密事件，一概不許登載」，如有違抗「立即飭員究辦」，「決不畏摧殘輿論之讕言」[1]宋教仁被刺後，為壓制各報對此案件真相的報導，1913 年 5 月，袁世凱政府通令全國，「凡罪案未經審判以前，照律不得登載新聞」；5 月，交通部通令各報：凡礙及國家治安或滋生亂事的新聞電報，將依通例一律扣發；6 月，內務部通令全國各報，不得對政府善後大借款事，「肆意詆毀」、「痛加誣衊」；11 月，內務部發訓令：如遇有意煽惑，登載報紙或印刷品，或散發傳單，是即以亂黨視之，嚴加取締，並就近知照該地郵局不准遞送。對於郵電的管理，也幾乎完全靠政府公文等行事。行前呈送警廳備案的規定，在很多地方乾脆變成了預審制。保證金的數量也隨意加碼，交不起被勒令停刊，停刊後不依法退還押金。

1　《申報》，1913 年 3 月 28 日。

1925 年「五卅慘案」事件後，在沒有經過任何法律程序的情況下，段祺瑞政府一次下令封殺了北京 19 種報刊。

尤其令人髮指的是，掌握國家政權的要員，對於有正義感的新聞界報人，只是因為他們盡了報人的職責，報導了對國事的態度，觸怒了當局，便完全無視國家大法，無視法規法令，不守法律程序，隨意裁決。

現代新聞史上著名的兩位報人邵飄萍和林白水，正是因為揭露軍閥混戰及賣國行徑，於 1926 年被不審而殺，這兩樁震驚新聞界震驚社會的事件，便是北洋軍閥時期權大於法的明證。

當時，邵飄萍任京報社長，《京報》曾刊登了一版軍閥的照片（1925 年12 月），分別題上「一世梟雄眾叛親離之張作霖」、「魯民公敵之張宗昌」、「國民公敵之李景林」等字樣。同時，邵飄萍曾發文建議馮玉祥遠離軍閥爭奪北京之戰、聲援郭松齡倒戈、反對張作霖的「討赤」行徑，並多次指責張作霖親日賣國。1926 年 4 月，張作霖的軍隊控制了北京，張派人查禁了《京報》館，懸賞捕殺邵飄萍，邵飄萍避居東郊民巷俄國使館。被軍閥收買了的邵飄萍舊交、《大陸報》社長，將邵飄萍騙出使館，預伏的軍警將其截捕。26 日凌晨 1 時許，不經審訊，將邵飄萍押赴天橋槍決。警廳宣布他的罪行為：「京報社長邵振青，勾結赤俄，宣傳赤化，罪大惡極，實無可恕，著即執行槍決，以照炯戒，此令。」

與邵飄萍事件相隔不到百日，同年 8 月 6 日，《社會日報》主筆林白水也遭到了同樣的命運。起因仍然是開罪於軍閥：林白水先後創辦過 10 種報刊，5 次被清政府和軍閥查封，自己也三陷囹圄。1921 年，林白水等在北京創辦了《新社會報》，翌年在報上刊登了吳佩孚諸多黑幕消息，從而被勒令停刊。復刊後，《新社會報》易名為《社會日報》，又撰文譏諷受賄議員賄選曹錕總統一事，報館遭再次封閉，直至曹錕坐穩總統位，才允其復刊。

1926 年 4 月 16 日，直奉軍閥進城，林白水仍舊發表時評讚揚馮玉祥的部隊撤出北京時秩序井然，並聲明：「我這些說話，是著眼於國家利益，社會安危，與軍閥個人，某些黨派，可是毫無關係。」10 天之後，邵飄萍遇害，林白水發表時評《代小百姓告哀》：「赤黨之洪水猛獸未見，而不赤之洪水猛獸先來！」隨後又在頭版頭條發表《敬告奉直當局》：「吾人敢斷定討赤事業必無結果，徒使人民塗炭，斷喪國家元氣，糜費無數國幣，犧牲戰士生命？？」1926 年 8 月，林白水又發表《官僚之運氣》一文，諷刺一心想作財政部部長

的潘復，緊跟張宗昌，爲虎作倀：「某君者，人皆號之爲某軍閥之腎囊，因其終日係在某軍閥之胯下，亦步亦趨，不離晷刻」，潘復看了文章後，惱羞成怒，在張面前哭訴一番，張宗昌一直因林白水曾譏諷他是魚肉百姓的「魚肉將軍」、善於逃跑的「長腿將軍」而懷恨在心，此時遂下定殺林白水的決心。8月5日晚，京畿憲兵司令王琦奉張宗昌之命，乘車來到報館，將林白水強行推進汽車，押至憲兵二營。6日清晨，林白水被憲兵拉到天橋，就地槍殺。天亮後，天橋派出所張貼出了京畿憲兵司令部發的告示：奉直魯聯軍總司令張（宗昌）諭：《社會日報》經理林白水通敵有證，著即槍斃，等因奉此，應即執行，此布。

據說，林白水被王琦拉走後，報館編輯趕緊打電話四處求援，林白水的好友薛大可、楊度、葉恭綽等人四處求情，但當「緩刑」的命令傳到時，林白水已成刀下冤魂。

又據說，因爲潘復聽說要緩刑，立即聯繫王琦，王琦是其舊交，且受恩於潘，故答應提前處決，以免生變。

「萍水相逢百日間」，兩位報界名流百日之內相繼喋血，兩椿血案均不循法度，隨意捕人乃至槍殺。林案又因人求情而決定「緩刑」，而潘復、王琦又可以越權擅決。這一切舉措中，看不到合法的程序，無法規、無法度，僅憑掌權人、掌事人一句話而已。

三、新聞立法顯示出獨裁專制的警察國家特徵

民國初年，袁世凱政府的法規尚未確立，所以新聞出版雖會偶爾受到地方政府的打壓，但總體來說，新聞出版幾乎擺脫了中央的控制。北洋政府時期，爲打擊異黨，政府曾頒發多項通令、指令，1913年3月，京師警察廳向北京各報轉發了袁政府陸軍部、內務部對各報新聞實行檢閱簽字辦法的命令；[1]爲強化警察官署的權力，北洋政府內務部警政司或警察廳常常制訂、修改各類法令法規，如《檢閱報紙現行辦法》、《管理新聞事業條例》等。

前面曾提到袁世凱時期的《修正報紙條例》，其中有一主要「修正」，就是進一步強化了警察官署的功能，《報紙條例》中，警察官署掌握著批准報紙能否創辦的權力，在《修正報紙條例》中，我們則看到，報紙的生存與死亡完全由警察官署掌控。

1　倪延年：《中國新聞法制史》，南京師範大學出版社，2013年版，第155頁。

如第二十二條（修正爲第二十一條）增加了第二項：「警察官署因維持治安之必要，對於前項之報紙，得停止發行。」

如第二十三條（修正爲第二十二條）。增加了第三項：「警察官署因維持治安之必要，對於第一項之報紙，得先命令其停止發行。」

如《修正報紙條例》中增加的第三十條：違犯本條例者，依違令罰法第三條之規定，第二十一條第一項、第二十二條第一項之處罰，由法院審判。其他各條之處罰，由該管警察官署即決，並執行之。

罰金處分，自該管警察官署即決之日起，逾十日不繳納者，將保押費抵充，不足者仍行補繳。

保押費已被抵充罰金者，該發行人應於接到該管官署命令後十日內補繳，或補足保押費。違者至補繳或補足之日止，該管警察官署得以命令停止發行。

按照慣例，警察官署維持治安，而法院則是司法審判機關。但在袁政府時期的報紙條例，尤其是修正條例中，警察官署對於報刊的權力卻是直接從刑偵到判決。

通過立法，警察官署的權力以法律形式固定下來。凡有所謂不合法規的新聞報導，警察當局馬上可以採取各種「裁立決」的舉措，不必交由法院等審判機關來裁決。1917 年，北京京師警察廳宣布實行郵電檢查。1918 年，北洋政府設立「新聞檢查局」。1919 年，北京京師警察廳宣布從即日起，每天派官員到報館檢查新聞稿件，未經檢查，不許登載。即使逃脫了檢查一關，還有在郵發過程中被扣壓的可能，尤其是 1919 年，西方思潮湧入中國後，當局更是以搜捕異端分子爲由，要求郵件送交警察局拆閱，「成千上萬的便衣警察和密探走街串巷，到處搜捕異端份子。鐵路旅客更是苦不堪言，警察隨時可以以搜查密件爲由，將他們的行李翻得亂七八糟。」[1]

在後袁政府時代，官員和警察的權力，一方面借助法規法令支撐，另一方面，軍閥統治下的北洋政府，無視法規法令，顯現出獨裁專制的警察國家的各種特徵。

四、制頒法規法令使新聞活動至少在形式上有章可循有法可依

儘管我們前面對北洋時期的新聞制度及管理作出較多負面的評價，但如

---

1 費正清主編、章建剛等譯：《劍橋中華民國史》，上海人民出版社，1991 年版，1992 年 5 月第二次印刷，第 257 頁。

果從中國幾千年的封建帝國史、從社會發展的歷程來看，新聞法令法規的制定是社會發展的必然，也是社會發展的需要。

　　新聞法規法令制定的初衷，從管理者角度言是爲了鉗制進步輿論，但從當時的情況看，被管理者也有這方面的需求。由於無法可依，封館、捕人、處罰、乃至殺頭，都是由管理者隨意裁決。於是有報人呼籲「勒以章程，咸納軌物」，期待有章可循、有法可依。《申報》亦曾撰《書本報所登嚴禁國民報示後》一文，針對清府官員對所謂「妄登邪說，煽惑人心」的國民報，既想處置，又擔心租界不允，故只能嚴禁發賣者發賣，嚴禁購報者購買的可笑處置方法，給予了評論。並指出，有關部門應當「參酌中西，詳定律例」、「中國未有報律，故終無法以處之，……必欲整頓各報，非修訂報律不可。」[1]

　　在近現代新聞史上，也確實有民眾以法律法規爲依據，在法庭上獲得勝訴的例子。

　　1914 年 11 月 6 日，曾在日本專修法律的黃遠生在《申報》上撰文《報紙條例第一次之適用》[2]，介紹了他以律師的身份，如何運用《報紙條例》，反擊警察廳的起訴，並獲得勝利的案件。

　　1914 年 8 月 6 日，北京警察廳曾「準外交部陸軍部諮通飭」各報館：「關於歐美戰事消息，除譯登外電、外報仍須將名目載明外，其稍涉影響、無確切根據之詞一律不許登載」。

　　8 月 12 日，北京《亞細亞報》於要聞欄登載了二則消息，「一系日本人在營口之戒備」，「一系美領事在東三省警告美僑之命令」。經警察廳審查，認爲「二則均未指出明確根據」，違背了《報紙條例》第十條第四款（外交、軍事之秘密及其他政務，經該管官署禁止登載者），及第二十三條規定（登載第十條第二款至第七款之事件者，停止其發行，科發行人、編輯人以五等有期徒刑。前項停止發行，日刊者停止十日以上一月以下；不定期刊、週刊、旬刊、月刊者，停止二次以上、十次以下；年刊者，停止一次）。故起訴到同級檢查廳，告該報館發行人薛伯平、編輯人周孝懷違背《報紙條例》。

　　辯護人律師黃遠生爲他們進行了辯護：「律師黃遠庸今因《亞細亞報》被訴，違背《報紙條例》，受該館委任爲其辯護人，歷經兩次出庭辯護在案，茲

1　《申報》，1903 年 10 月 28 日，《書本報所登嚴禁國民報示後》。

2　《申報》，1914 年（民國 3 年）11 月 6 日《報紙條例第一次之適用》，餘下凡涉及此案件的引文均出於本文。文中標點爲筆者所加。

特提出書面將曾經陳述之意旨約言如左。本案辯護理由至為簡單，查起訴理由，以違背《報紙條例》第十款第四項為根據，該項明載：外交軍事之秘密及其他政務，經該管官署禁止登載者。故其犯罪特別要素有三：（一）中國之外交軍事及其他政務。若其事屬外國所治，則在中國法律上不得名為外交軍事，等等猶之。外國衙署只能名為一種建築物，不得名為外交部、陸海軍部也。外國審判衙門之判決，只得名為一種事實或記載，不得名為判決也。（二）屬於中國外交軍事等之秘密。此所謂秘密，必有一定具體的事實或範圍，不能概括而無限制。譬如陸軍部，固得有權於一定之事實，或於一定之範圍（雖非臨時發生具體的事實，而關於要塞動員種種之範圍內預先禁止登載者），而決不能下一命令謂凡陸軍部所管均不得登載，如此則非法所許。（三）則必經該管官署預先禁止登載者。該管官署云者，外交則有外交之該管官署，陸海軍則有陸海部該管官署，其他稱是若。警察廳乃係本法所載執行機關（第七條第八條第二十一條），非禁止機關，該管字義甚明，且警察官署在事實上亦決不能通知所有一切政務之秘密而能預先禁止，其所得預先禁止者，則該管之警務秘密也。以上解釋者，若果不誤，則《亞細亞報》八月十二日所載「日兵準備」及「美國人之戒備」二則無一合於犯罪條件，蓋「日兵準備」云云乃日本陸海軍部所管，非吾國之軍事，「美國人之戒備」乃美國領事一種命令，為美國外交部所管，絕非吾國之外交。其為秘密與否，固無由知，其載於犯罪條件，根本缺乏，固無從發生本條例之責任也。

　　針對該管官署起訴之由：「二則均未指出明確根據」，黃遠生的辯護是：「故八月六日北京警察廳准外交部陸軍部，諮通飭各報館，『關於歐美戰事消息，除譯登外電、外報仍須將名目載明外，其稍涉影響、無確切根據之詞一律不許登載』之曉諭，只能認為官廳對於報館一種之好意勸告，不能認為在本項條例範圍內之行政命令，蓋此項曉諭若使合於條例明文，則固不待待頒禁令，若使不合於條例明文，則違反此項勸告者，固不能認為違犯《報紙條例》，若不能認為違犯《報紙條例》，則即令違背此種勸告，在法律之獨立解釋上固無從認為犯罪，況警諭所注意者，乃係歐美戰事，該報所載一系」日本人在營口之戒備」，一系「美領事在東三省警告美僑之命令」，事在東方，無關歐美，尤與戰事兩不相涉，故該報所登不特不違犯《報紙條例》者，並未違犯此項好意之勸告也。故本辯護人以為法庭並無命令被告人提出根據之必要，蓋既不違法，則何須舉證，若使違法，則雖有根據明其新聞之所來，則亦證明其

犯罪之原因而已，若無根據則有罪，有根據則無罪，在《報紙條例》之獨立解釋上固有所不許也。」。

經黃遠生的兩次出庭辯護，法庭最終宣判：「薛伯平無罪，周孝懷無罪」。

黃遠生很興奮地說：「前以違背《報紙條例》被訴……茲經宣告無罪，此為報館案適用新頒布之《報紙條例》之第一次。」

此案件的勝利固然與黃的法律專業知識過硬，且能言善辯有關，但若無法律條文，則也無可依據。

五、新聞立法活動延續了晚清開啟的新聞法制現代化進程

1906 年，清政府頒布了由商部、巡警部、學部共同制定的《大清印刷物專律》。同年，為管制報刊的革命輿論傳播活動，清政府命京師巡警總廳頒布了《報章應守規則》9 條作為「專律」的補充。1907 年，因民間報館日益增多，民政部頒行了《報館暫行條例》。1908 年，清政府參照日本《新聞紙條例》頒布了《大清報律》。1910 年，民政部再次對《大清報律》進行修訂，經資政院覆議後改名《欽定報律》於 1911 年頒行。

前文已述，清末政府的立法是一種被迫行為，革命熱潮風起雲湧，半殖民地的狀態使得清政府很難對租界的各類傳播革命與新思潮的新聞媒介進行有效治理，為了通過法律法規來制約租界防範革命輿論的傳播，清政府不得不制定了能與租界的西方現代化管理模式對話的相關法律法規。但從客觀上說，它已經從形式上完成了中國從封建帝王的一言九鼎到以法制約的過渡。

袁世凱任大總統以來，迫於當時的國際思潮與中國的國情，他所打旗號正是贊成民主共和，所以，他在新聞出版方面同樣制定了一系列的法律法規，發布了諸多的命令、通告和訓令，使有關部門在形式上有了執法依據，北洋軍閥輪流執政階段，是伴隨「憲政」名義的軍閥派系專政時代，從黎元洪開始，馮國璋、段祺瑞、曹錕及至張作霖，每任軍閥也都打著民國的旗號，運用共和政體的形式，因此，也都相繼對新聞法律體系給予修定或完善（儘管這一修定或完善的立足點是為軍閥服務，是為了文飾軍閥的專制，也是為了運用新聞法制來鉗制新聞媒介）。出臺了綜合性及專門性法規法令、如《出版法》、《著作權法》、《報紙條例》《新聞電報章程》、《電信條例》、《新聞電報法草案》，同時許多地方政府也制定了針對地方管理的相應條例。它們共同構成了那個時期的新聞法制體系。

　　爲此，我們認爲，北洋時期的新聞立法活動，延續了自晚清以來的新聞立法，使得中國自晚清開啓的中國法制現代化進程不曾中斷。從這些現存的法規法令中，我們可以探尋有幾千年歷史的封建帝國如何在新聞管理方面漸進完成法制化建設的過程、一窺那個時代統治者的新聞管理思想，同時也可以從正反兩方面得到借鑒，有一定的歷史價值。

第四章　民國南京政府的新聞管理體制

在三民主義新聞理論及戰時新聞統制理論的指導下，國民黨中央及南京國民政府根據抗日戰爭前、中、後三個不同階段社會時局的實際發布、修正及調整了一系列的新聞出版法律制度，並全面施行黨營傳媒指導與扶助政策、傳媒多元化所有權制、傳媒商業營業政策推動傳媒產業的發展。這一系列新聞出版法律制度施行之後，不僅國有黨營的傳媒體系全面建立，而且在新聞執法的過程中也查封了大量報紙、雜誌、通訊社、廣播無線電臺，也打擊與迫害了不少新聞人。

第一節　民國南京政府新聞管理體制的理論基礎

任何制度的建立都有其所依賴的理論基礎和指導思想。民國南京政府時期國統區政黨報紙、私人報紙、教會報紙、外商報紙等多元化報業企業經營管理制度形成的理論基礎就是三民主義新聞理論，同時對於處於戰亂時期新聞業特別管制的戰時新聞統制制度形成的基礎則是戰時新聞統制理論。

一、三民主義新聞理論

孫中山總理早在革命初期就根據世界各國社會歷史變化的規律提出了民族主義、民權主義、民生主義，簡稱「三民主義」。他認為「羅馬之亡，民族主義興，而歐洲各國以獨立。洎自帝其國，威行專制。在下者不堪其苦，則民權主義興起。十八世紀之末，十九世紀之初，專制仆而立憲政體殖焉。世界開化，人智益蒸，物質發抒，百年銳於千載。經濟問題，繼政治問題之後，

則民生主義躍躍然動。」[1]根據當時中國的實際國情分析了三民主義在中國實踐的具體問題，他認為「今者，中國以千年專制之毒而不解。異種殘之，外邦逼之。民族主義、民權主義，殆不可以須臾緩。而民生主義，歐洲所慮積重難返者，中國獨受病未深，而去之易。」[2]從此以後，三民主義逐步成了中國國民黨、中華民國的指導思想，統領全國政治、經濟、文化、社會的發展與建設。在此基礎上，全國新聞領域也逐漸形成了三民主義新聞理論，並以此作為新聞行業的指導理論。

（一）三民主義新聞理想：民族至上、國家至上

在外族入侵、面臨亡國滅種危機的近代中國，實現民族的獨立與解放是近代中國人的根本使命，也是三民主義指導思想的首要奮鬥目標和任務，更是三民主義新聞事業所追求的理想與目標。孫中山總理指出「中國人因為失去了民族思想，所以外國的政治力經濟力，才能夠打破了我們。」又指出「民族主義的目的是保持吾民族獨立的地位，發揚吾固有文化，且吸收世界文化而光大之。」[3]所以民族主義是三民主義指導思想的第一要素，也是三民主義新聞事業的職業理想與追求目標。馬星野對此的論述是「民族至上國家至上，這是中國新聞界的第一個指南針。」[4]即在新聞工作中新聞工作者的一切努力與追求都要以中華民族和中華民國的根本利益為服務宗旨與最高目標，不得有背叛和損害中華民族和中華民國尊嚴和權益的言行、舉止。他還進一步解釋說，「三民主義社會的新聞事業之目標，不是為資本家賺錢，不是為統治階級說謊，而是為著全社會中每個分子（國民），同全社會的整個生命（民族）服務。記載時事，領導輿論只是一個手段。解放民族建設文化才是目標。」[5]這就更明白具體地告訴我們，三民主義新聞事業的職業理想和追求目標是為國民服務、為民族服務，最終實現全民族的獨立與解放。

（二）三民主義新聞自由：全民自由、革命自由與批評自由

新聞自由就是本國公民依法享有言論、出版、結社以及新聞採訪、報

---

1 孫文：《〈民報〉發刊詞》，《民報》，1905 年 11 月 26 日。
2 孫文：《〈民報〉發刊詞》，《民報》，1905 年 11 月 26 日。
3 《孫中山全集》（第 7 卷），中華書局，1985 年版，第 60 頁。
4 馬星野：《三民主義的新聞事業建設》，《青年中國季刊》，1939 年第 1 期，第 159 ～168 頁。
5 馬星野：《三民主義的新聞事業建設》，《青年中國季刊》，1939 年第 1 期，第 159 ～168 頁。

導、出版、發行、傳播等方面的自由權利。新聞自由是民權的重要內容，也是三民主義憲法與法律必須保障的權利。與其他社會形態的新聞自由相比較，三民主義新聞自由的核心是全民自由、革命自由與批評自由。具體地說，首先，三民主義新聞自由的享有者是全民，是全民的新聞自由。根據孫中山三民主義的內涵，三民主義「主張全民政治，不是階級專政或財閥政治。」孫中山總理在中國國民黨第一次全國代表大會宣言中說過，「近世各國所爲民權制度，往往爲資產階級所有，或爲壓迫平民的工具。若國民黨之民權主義，則爲一般平民所共有的、非少數人所得兒私也。」[1]所以，作爲民權的重要內容之一的新聞自由也應該全民享有新聞自由，是一般平民所共有的新聞自由，而非資產階級、財閥集團所有。對此，馬星野認爲，「根據全民政治之意義，凡是鼓吹階級利益、少數人利益及派別利益的報紙，都要予以限制或不許其存在。」[2]另一方面，三民主義的全民新聞自由還強調對集體自由、國家自由與他人自由的尊重。因爲孫中山民權主義「主張擴大自由之意義，注重團體尤其是國家之自由，不注重個己的自由；注重個人對他人之義務，而不注重於爭個人之權利。」[3]馬星野對此的具體闡述是，「根據團體自由重於個人自由，對人義務重於個人權利之意義，則當報紙的記載自由及批評自由與國家利益、社會利益有衝突之時候，報紙要犧牲其自由；當報紙之記載權利與批評權利，侵入其他個人或團體之應有權利之時，報紙也應守著義務而犧牲其權利。」[4]可以說，三民主義全民新聞自由是爲全民享有或一般平民所有的新聞自由，是維護國家、集體、大家、他人新聞自由爲前提的新聞自由，反對鼓吹階級、種族、宗教的狹隘的少數人新聞自由。

其次，三民主義新聞自由是革命自由。由於近代中國長期倍受帝國主義的侵略，處於亡國滅種的危機之中，通過革命爭取民族的獨立與解放是時代的主題，所以孫中山總理說過：「凡是眞正反對帝國主義之個人及團體，均得

---

1 《中國國民黨第一次全國代表大會宣言》（1924 年 1 月 31 日）。
2 馬星野：《三民主義的新聞事業建設》，《青年中國季刊》，1939 年第 1 期，第 159～168 頁。
3 馬星野：《三民主義的新聞事業建設》，《青年中國季刊》，1939 年第 1 期，第 159～168 頁。
4 馬星野：《三民主義的新聞事業建設》，《青年中國季刊》，1939 年第 1 期，第 159～168 頁。

享有一切自由及權利，而賣國亡民以傚忠帝國主義及軍閥者無論其為團體或個人，皆不得享有此自由及權利。」[1]而體現在三民主義的民權當中則是「主張革命人權，不是天賦人權，凡是反革命者不許享有民權。」[2]也就是說，三民主義新聞自由是革命者的新聞自由，而反對革命的人不能享有。馬星野對此是這樣解釋的，「根據革命人權之意義，則凡是反革命的人，顯然不許其享有言論自由與出版自由，換言之，創辦報紙，記載時事與批評時事，只有服膺革命的人民才有此權利。」[3]

此外，三民主義新聞自由也是批評自由。新聞批評是三民主義民權的一項具體內容，也是處理政府與報紙之間關係的原則。孫中山三民主義民權主張權力分開，政府要有充分的治權，人民要有充分的政權。孫中山總理說過，「想造成新的國家，是要把國家的政治大權，分開成兩個。一個是政權，要把這個大權完全交到人民的手內，要人民有充分的政權，可以直接去管理國事。這個政權便是民權。一個是治權，要把這個大權完全交到政府的機關之內，要政府有很大的力量治理全國事務。這個治權便是政府權。」[4]所以報紙有獨立理性批評的自由權，且不受政府束縛。孫中山總理曾對新聞記者演說時說過：「報紙在專制時代，則利用攻擊，以政府非人民之政府。報紙在共和時代，則不利用攻擊，以政府乃人民之政府，政府的官吏乃人民之公僕。譬如設一公司，舉人司理，股東自言其司理人狡詐，生意安望興隆。如果政府做惡，人民當一致清除之。」[5]因此「根據權能分開之意義，則當政府行使其充分的治權的時候，報紙不能作不負責任之攻擊，當報紙領導人民，訓練人民行使其充分的政權的時候，政府也不許對報紙作不必要之束縛。」[6]具體而言「新聞紙之任務，一方面是把眾人之事，真真確確的報告給眾人，解釋給眾人。另一方面是把管理眾人之事的方針，明明白白的指示給眾人，領導著眾人去做。新聞事業之發展，為民權主義之最大保障，因此政府於報紙進行

---

1 《中國國民黨第一次全國代表大會宣言》（1924 年 1 月 31 日）。
2 馬星野：《三民主義的新聞事業建設》，《青年中國季刊》，1939 年第 1 期，第 159 ～168 頁。
3 馬星野：《三民主義的新聞事業建設》，《青年中國季刊》，1939 年第 1 期，第 159 ～168 頁。
4 孫中山：《民權主義第六講》，《孫中山全集》（上），三民公司，1927 年版。
5 孫中山：《孫先生之治粵談》，《民立報》（上海），1912 年 5 月 5 日。
6 馬星野：《三民主義的新聞事業建設》，《青年中國季刊》，1939 年第 1 期，第 159 ～168 頁。

這種任務之時，不可作不必要的束縛，而礙及民權之發展。」[1]

（三）三民主義新聞制度：國營為主，私營為輔

世界各國普遍通行的新聞制度主要有私人經營、國家經營與國家統制下私人經營三種。根據民權主義的原則，民生主義以生產工具國有為最後理想，然而在當時情形之下，民生主義對於一切產業主張發達國家資本，以謀生產技術之社會化；節制私人資本以謀生產要具之社會化；保護私人資本，以謀民族資本之發展。[2]所以中國報業最後也會走上純粹國營的道路。但是在當時供需嚴重不足的現實情況下，新聞事業「要發展國營的新聞事業，採取最新的科學方法，為將來純粹國營新聞事業奠定基礎。對於私營的新聞事業，凡是不合於需要及貽害國家民族及社會道德者要加以取締及撲滅。對於善良的私營新聞紙，國家要設法予以保護，使其欣欣向榮，為國營新聞事業之輔翼。」[3]也就是說，積極發展壯大國營新聞事業，充分引導和保護合法的私營新聞業，實現新聞事業「國營為主，私營為輔」的格局，以解決當時中國報紙的分配與生產問題。

具體而言，一方面，國家要有計劃地結合抗戰建國最迫切的需要採用最新的科學方法擴充與發展中央宣傳部和地方黨部直接管理創辦的黨報系統以及中央軍事委員會政治部管理創辦的軍隊報紙系統，使其在技術、內容、管理、營業等方面處於絕對領先地位，直接主導與引領國內其他報紙的發展。另一方面，在嚴格限制不良私營報業出版的同時，通過產業、價格、物質、新聞等多方面積極扶持合法正當良善的私營報業的出版與發行，以滿足人民對精神食糧的需求。

二、戰時新聞統制理論

民國時期的新聞業長期處於戰亂不斷之中，尤其是在抗日戰爭 8 年期間，國民政府為了「抗戰建國」，在全國範圍內實行戰時新聞統制政策。民國時期新聞學界主要圍繞戰時新聞統制的正當性、目標、核心內容及「言論自由」國家戰時新聞統制經驗借鑒努力建構戰時新聞統制理論，為民國時期戰亂中

---

1 馬星野：《三民主義的新聞事業建設》，《青年中國季刊》，1939 年第 1 期，第 159 〜168 頁。

2 孫中山：《民生主義第二講》《孫中山全集》（上），三民公司，1927 年版。

3 馬星野：《三民主義的新聞事業建設》，《青年中國季刊》，1939 年第 1 期，第 159 〜168 頁。

新聞統制實踐提供理論支撐及技術指導。

（一）戰時新聞統制的正當性和法理基礎

當時新聞學界討論最頻繁的問題就是戰時新聞統制的正當性與法理基礎。有學者從報紙的使命與任務來論證新聞戰時管制的合理性，認爲報紙「一面宣達政府政令，一面導揚民意，欲政府政令有效的宣達，就須時時把政令的作用和意義講解給老百姓知道，要導揚民意，就要充實人民的知識，使其對於政令有判斷力，才能產生合理的民意。」[1]所以他要求管制新聞應以不違反中央最高國策和三民主義原則的言論與消息爲限妥善處理宣傳與引導的關係以達到統制的效果，而非負面影響。[2]也有人在考察英美「言論自由」的報紙及德意蘇俄作爲政府公告機構的報紙體制之後認爲中國應採取折衷辦法，也即爲了抗戰的急需，在保留既有報業體制的同時報紙應自覺加強與政府的聯繫、遵守與執行國家的戰時管制政策。他認爲「爲吾國計，似應採取折衷辦法，吾國自有報紙以來，即爲代表民意的性質，現在大事更張，必有很多困難，制度無妨保存舊的，不過目下當此和平建國時期，亟需上下協力，和衷共濟，最好政府與報紙密切聯繫，言論上保持一致之方向，同時報紙對於民間困苦，亦應儘量闡揚，俾不致稍有所忽視。」[3]並建議在新聞界自當盡全力協助政府的同時，應在政府指導下共同研究決定具體的管制政策以提高管制效率。[4]還有學者認爲新聞統制是世界各國所採取的普遍政策，只不過是所採取的方式不同而已，但內容上分類的話，一般可以分爲積極與消極兩方面的統制以及其他形式的統制。具體而言，

> 不論哪個國家，甚至於所謂言論比較自由的英國和美國，對於新聞事業都有一種統制政策，不過所採取的方法，各有不同。大致說來，可以分爲兩類，其一是消極方面的統制，──即如新聞檢查，新聞登記，新聞電報管理等；其二是積極方面的統制，即爲新聞來源的統制，通訊社的國營或半官營。此外像報紙上言論的統制，新聞事業人才的統制，其他報業行政的統制，都是統制新聞事業的必須工作。[5]

1　鄭祖蔭：《談談新聞的管制》，《戰時記者》，1940 年第 3 卷第 2-3-4 期，第 14～15 頁。
2　鄭祖蔭：《談談新聞的管制》，《戰時記者》，1940 年第 3 卷第 2-3-4 期，第 14～15 頁。
3　關企予：《吾國新聞事業之過去與將來》，《記者月報》，1941 年第 2-3 期，第 1～6 頁。
4　關企予：《吾國新聞事業之過去與將來》，《記者月報》，1941 年第 2-3 期，第 1～6 頁。
5　趙占元：《國防新聞事業之統制》，汗血書店，1937 年版，第 83～84 頁。

這些研究都從報紙的使命、法律制度、世界各主要國家的通行做法等方面論證了戰時報業行政統制的合理性，爲國民政府戰時報業行政統制提供了理論支持。

（二）戰時新聞統制的目標與任務：一切爲了「抗戰建國」

在日本帝國主義全面侵華戰爭爆發以後，國民政府爲了實現抗日戰爭的勝利，保全民族與國家的命運，宣布全國處於戰時緊急狀態，在全國範圍內實施軍事總動員，及時提出了一切爲了「抗戰建國」的政治總綱領。在全國新聞領域全面實行戰時新聞統制政策。要求全國新聞媒體在思想上領導上要確定三民主義暨總理遺訓爲一級抗戰行動及建國的最高標準，在行動上領導上要全國抗戰力量及蔣中正委員長領導下集中全力奮勇前進，思想和行動的目標在於抗戰建國同時並進（也即一面抗戰一面建國），對外說明中國的立場並爭取精神的和物質的援助，最大目標在於瓦解日本軍隊及解除其國民之精神的武裝。[1]

在抗戰時期，爲了統一意志堅定信心、闡揚國策安定社會、暴露敵對爭取興國，要求全國新聞媒體徹底根絕敵人荒謬言論，決不有意無意間爲之傳播；竭力闡揚抗戰建國最高指導原則——三民主義，決不妄加非議；現行外交政策，表示絕對信任，決不隨便批評，同時於同盟國家之友情，亦不稍加傷害；保守軍事機密，決不洩露；協贊國策推行，決不攻訐；促進經濟建設，決不報導其進展實況，資敵研究或破壞；鼓舞士氣，不加刺激；激勵民心，勿令頹喪。[2]

（三）戰時新聞統制的核心內容：新聞檢查、國家經營與人才統制

戰時新聞統制是任何國家非常時期普遍採用的常見措施，也是最爲複雜繁瑣的行政手段。其核心內容主要是實行全國統一的新聞檢查制度、新聞事業由國家統一經營，新聞人才由國家統一管制。

1、實行戰時新聞檢查制度

新聞檢查是戰時報業統制的最重要最具體的措施。從報紙自身歷史來看，新聞檢查的正當性不容置疑，從抗戰、國家、社會、民族、宣傳等方面現實需要來說更是刻不容緩。

---

1 上官和：《論三民主義新聞政策》，《大路月刊》，1942 年第 7 卷第 5 期，第 9～17 頁。
2 李中襄：《戰時宣傳與新聞檢查》，《中國新聞學會年刊》，1944 年版，第 53～56 頁。

首先，有人通過回顧新聞檢查產生的歷史來佐證新聞檢查的合理性與正當性。從報紙自身歷史來看，新聞檢查是隨報紙的產生隨即出現的，他認為「是以印刷機發明，便產生新聞紙，而新聞檢查亦隨之而產生，故有『檢查制度比印刷術只後三日』之說，而檢查制度之於印刷術，有如忠實之侍從，無往而不相隨。」[1] 而國內抗戰時期新聞檢查制度的產生也是一個自然、漸進的過程，其實在新聞檢查所成立之前上海市政府就曾派專人和各報社進行聯絡工作，凡政府方面對於新聞有意見時，都由這專員隨時通知各報，並經常與各報洽商新聞的刊載與取決言論的向背，在雙方諒解合作下口頭取決一切，但並不採取任何檢查形式的。直到 1933 年 1 月 19 日中國國民黨第四屆中央執行委員會第五十四次常務會議通過重要都市新聞檢查辦法以後在京滬等重要都市成立了新聞檢查所。之後，雖然新聞界反映強烈、意見不少，但政府方面為了進一步統制新聞，於是把新聞檢查所於 1936 年 5 月由中央黨部宣傳委員會改為軍事委員會管轄。[2] 由此可見，新聞檢查對於報業來說是伴隨著產生的自然結果，又是情理之中的現象。

其次，許多學者從抗戰、國家、社會、民族、宣傳等多方面的需要反覆論證了戰時新聞檢查的重要性與必要性。有人認為新聞檢查的目的就是由政府部門統制新聞信息的發布以保守國家機密，他的觀點是「檢查的目的就是使一般不利於國家民族生存的消息意見，整部或一部分的禁止發表，以保守國防上所需要的秘密。不過何者為政府應守之秘密，亦唯政府機關知之最詳，所以檢查新聞的執行，有由政府統制之必要。」[3] 汪惠吉認為新聞檢查是戰時宣傳戰的總樞紐，他強調「新聞檢查這一種制度，施用在戰時，有它特殊的意義，其功用直等於操握一國宣傳戰的總樞紐。」[4] 有人認為戰時新聞檢查的目的與任務是：統一意志堅定信心；闡揚國策安定社會；暴露敵對爭取興國。所以新聞檢查的標準與原則是：徹底根絕敵人荒謬言論，決不有意無意間為之傳播；竭力闡揚抗戰建國最高指導原則——三民主義，決不妄加非議；現行外交政策，表示絕對信任，決不隨便批評，同時於同盟國家之友情，亦不

1 振華：《新聞檢查之理論的基礎》，《中興週刊》，1937 年第 7 卷第 176 期，第 4～7 頁。
2 宗蘭：《中國的新聞檢查制度》，《上海記者》，1942 年第 1 卷第 1 期，第 3～4 頁。
3 趙占元：《國防新聞事業之統制》，汗血書店，1937 年版，第 85 頁。
4 汪惠吉：《我國戰時新聞檢查制度概述》，《新聞學季刊》，1941 年第 1 卷第 4 期，第 34～39 頁。

稍加傷害；保守軍事機密，決不洩露；協贊國策推行，決不攻訐；促進經濟建設，決不報導其進展實況，資敵研究或破壞；鼓舞士氣，不加刺激；激勵民心，勿令頹喪。[1]有人認為新聞檢查是指導新聞界形成國家民族所需要的輿論與指示新聞界保守國家的秘密，這在從一定程度上說，新聞檢查也是保障新聞自由。[2]還有人認為從社會國家民族的利益出發，新聞檢查都是非常必要的。具體而言，再加上「新聞紙是社會上一種普遍的有力的教育，經過刺激與反刺激的作用，給予個人社會及國家民族的影響甚大。」[3]所以新聞檢查不可避免而且很有必要。同時從社會國家民族利益出發，在抗戰時期實行新聞檢查更是毫無疑慮的。他的解釋是：

> 新聞檢查之最大的意義在根據國家的新聞政策，防範不適當的新聞的刺激，以免引起本國或國際不利的反應，這是從消極的觀點而論。若從積極的觀點而論，則新聞檢查乃根據國家的新聞政策，指導新聞界以適當的新聞的刺激，以引起國內或國際的有利的反應，健全個人，促進社會，繁榮國家民族。總之，新聞檢查乃完全以社會國家民族的利益為出發點，其根本意義也就在此。[4]

而且嚴屬的新聞管理包括嚴屬的統制、限制報紙的言論、集中消息來源，統一宣傳，以發生整個力量。[5]

2、戰時新聞事業國家經營

實行戰時報業國家統一經營也是在抗戰時期國內比較盛行的一種報業戰時行政統制的主張。有人強調新聞事業國營論，認為「吾人先當認清：新聞事業是國家的，不是地方的；是社會的，不是個人的；是神聖的，不是職業的。基此認識則新聞應歸國營，自無疑義。」國營化的辦法除了登記立案及檢查之外，應先定合時宜的新聞管理政策，使全國報館、通訊社合理分布與調節，新聞從業人員適當訓練與使用，電訊、報紙為及時供應與傳遞。[6]也有人認為「報業行政統制的徹底化，當然是國營。」[7]

1　李中襄：《戰時宣傳與新聞檢查》，《中國新聞學會年刊》，1944年版，第53～56頁。
2　振華：《新聞檢查之理論的基礎》（續），《中興週刊》，1937年第7卷第177期，第7～11頁。
3　振華：《新聞檢查之理論的基礎》，《中興週刊》，1937年第7卷第176期，第4～7頁。
4　振華：《新聞檢查之理論的基礎》，《中興週刊》，1937年第7卷第176期，第4～7頁。
5　振華：《新聞檢查之理論的基礎》，《中興週刊》，1937年第7卷第176期，第4～7頁。
6　彭國棟：《新聞國營論》，《戰時記者》，1941年第3卷第6期，第4～5頁。
7　趙占元：《國防新聞事業之統制》，汗血書店，1937年版，第136～137頁。

3、戰時新聞人才國家統制

「統制新聞事業人才，也是統制新聞事業之必要手段，也可說是達到新聞統制目標的一條捷徑。」[1]那麼又如何在戰時實行新聞人才的統制呢？其根本方法就是大力培養戰時急需的新聞人才，而直接的辦法就是規範與保障現有的新聞從業人員。有人認爲治本的方法是由中央黨部、中央宣傳部等黨政機構創辦一所新聞院校培養戰時急需的新聞專業人才以彌補戰時新聞人才的缺乏，治標的方法是通過制定新聞記者資格條件來規範現有新聞從業人員以及通過職業保障、嚴密監察和職業公會等方面強化對現有新聞記者的管理。[2]

（四）他山之石：英美等「言論自由」國家戰時新聞統制的經驗借鑒

爲了從理論上論證抗戰時期報業統制經營的合理性，當時很多學者紛紛從英美等西方發達國家的戰時報業強行管制的實踐與理論中尋找依據以及可以借鑒的經驗與措施。其中英國政府在戰時對報業實行剛性強制管制與柔性彈性管制相結合的統制經營政策。據記載，在第一次世界大戰中，英國嚴格施行新聞檢查，其中許多雜誌因爲對於兵役問題發表主張而受處分，言論家如羅素等，亦因發表不利於徵兵的意見而受處分。而在第二次世界大戰爆發之前，英國因國際情勢之關係，張伯倫政府已開始用種種方法，限制出版自由，可以說戰事發生之前英國事實上已實行出版統制。「凡有關國防外交的消息，政府不願意各報披露及批評者，則以通知書送各報館，請勿登載，此項通知書，稱爲『D，Notes』，也即危險 Danger 之意。當時新聞檢查步驟甚爲零亂，……1939 年 8 月，戰事即將爆發，英國國會通過了一個非常時期授權法案，給張伯倫政府以處置非常事變的許多特權。」[3]直到第二次世界戰爭爆發以後，英國執行更爲嚴厲的新聞檢查，嚴格限制戰地新聞，除官方發表外，幾乎無法採訪，海軍部也曾下令不許新聞記者拍照，駐法德英國空軍司令部還曾要求本國各報召回戰地記者，且該司令部不許任何記者進門。[4]英國新聞檢查範圍限於國內發行刊物的自行檢查與向國外發行刊物的強制

1　趙占元：《國防新聞事業之統制》，汗血書店，1937 年版，第 132 頁。
2　趙占元：《國防新聞事業之統制》，汗血書店，1937 年版，第 132～136 頁。
3　馬星野：《ABC 三國出版自由之比較》，《中國新聞學會年刊》，1942 年版，第 22～32 頁。
4　馬星野：《ABC 三國出版自由之比較》，《中國新聞學會年刊》，1942 年版，第 22～32 頁。

檢查二類[1]（詳見表 4.1.1），而且對文字、照片、書籍及期刊、專門性材料、電影公司以及政府任何部門所拍攝之影片、通訊社、對外電訊、無線電話、郵寄新聞稿件、廣播等都有專門的檢查程序[2]（詳見表 4.1.2）。

表 4.1.1　英國戰時自行檢查與強制檢查

新聞檢查類型	新聞檢查範圍	新聞檢查標準與例外[3]
自行送檢	登載於全國性或地方性報紙上之稿件；登載於全國性或地方性報紙上之照片；刊行於書籍或期刊之稿件與照片；刊登於商業專門刊物（包括公司報告及損益對照表）上之稿件與照片；直接間接與戰爭有關之影片；通訊社對報館所發行之稿件。	1939 年國防律，第三條，第一款規定：凡於敵方有利的消息，報紙應加注意，不得隨意發表。
強制檢查	拍往國外之電訊，包括拍往國外之刊登之新聞（即新聞電訊）；報館或其代表人往返之事務電（即半新聞電訊）；對外傳達新聞之長途電話或無線電話；由郵局寄往國外刊登之新聞；廣播。	凡在國內報紙披露之新聞，不問曾經檢查與否，皆可自由發至國外。例外：一、凡足以引起反軸心國家間糾紛之報導，皆得予以扣留，惟必須提交新聞檢查局長或副局長決定。二、反軸心國家間，或與中立國家，撤換使節之消息，如未經正式發表，或未居成熟時機，即予披露，或將影響其進行，故得加以檢扣，惟必須提交新聞檢查局長或副局長決定之。

表 4.1.2　英國戰時新聞檢查程序

新聞檢查物	新　聞　檢　查　手　續
國內新聞檢查	所有稿件，均具原稿兩份，送交倫敦馬爾勒街貴族院內之新聞檢查局。或具原稿三份，送交任何一處之分局（其中一份由該地分局存案）。
圖片	各報或圖片社，將原稿二份，送交情報部、新聞檢查局圖片課。或將原稿三份，送交地方檢查機關。

1　本會出版組譯：《英國現行新聞檢查制度》，《中國新聞學會年刊》，1944 年版，第74～77 頁。
2　祖勳：《戰時英美新聞檢查》，《常識》，1944 年第 4 期，第 23～25 頁。
3　祖勳：《戰時英美新聞檢查》，《常識》，1944 年第 4 期，第 23～25 頁。

書籍刊物檢查	送交情報部、新聞檢查局、郵政檢查課內之書刊檢查分組。初級檢查人員，遇有不能解決之點時，可向該組高級人員及業務副局長請示。
有關技術之稿件	舉凡與工業出產、運輸航空、公共事業、公司報告、收支對照表及其他準備公開發表之材料，送交檢查局內之技術課。
影片	凡影片公司、各政府機關之攝影部門及各政府機關委託影片公司攝製之影片皆自動送檢。
通訊社	凡在情報部大廈中設有辦公室，而與其在佛立特街之本社，互通電話，並自有電報設備之通訊社，例如路透社、新聞聯合社、英國聯合社等，須由其職員將稿件二份送檢。
拍至國外之電報	通訊員可送交情報部，由該部交電報公司發出，或由通訊員直接交電報公司發出。
電話	無線電話只准許通往美國。且僅限於：關於報紙事務之通話；述讀經過檢查之書局新聞；解讀國外通至本國之新聞。
郵政	郵寄稿件送檢之手續：通訊員將稿件送交檢查；由通訊員以平常郵寄方式發出，但如遇抽檢，乃由非新聞檢查人員，送交新聞檢查人員檢查。
英國廣播公司	廣播大廈中設有廣播公司檢查組，以供諮詢及從事合作事宜。

此外，還通過「新聞主辦人聯合會」的合作實行新聞的軟性鉗制。政府只要感到某項問題或將嚴重影響到戰時政策時，不論在何時即可要求該聯合會勸告各會員不要去討論這項問題，或把這項問題盡可能地輕描淡寫。但自戰事爆發後，政府和「新聞主辦人聯合會」的代表成立了特別聯合委員會，逐日解決某項論題應否禁刊的問題。還在 1942 年初，邱吉爾首相提出並由國會通過的一則《新聞法案》，以加強對戰時報業的管制。[1] 這一切強行管制措施致使新聞事業受到很大的影響，各通訊社及報社受很大打擊，其中英國的中央通訊社於 1938 年 12 月即停止發行主要新聞稿，離職的記者 70 餘人。各報以新聞稀少，費用加大，只有減少篇幅，增加報價，《每日快報》於 1939 年 11 月首先加價，各報相繼跟進。戰事爆發後一個月，倫敦四大報，廣告收入減少百分之三十。[2] 後來報業經營資金的籌集也受到嚴格管制，根據 1946 年英國議會通過的貸款（管制與擔保）法案，凡欲以發行股票或債票的方式而貸

---

1 亞浦夏根（K.H.Abshagen）：《英國新聞紙面面觀》，學鳴譯，《上海記者》，1944 年第 2 卷第 5-6 期，第 17～21 頁。

2 馬星野：《ABC 三國出版自由之比較》，《中國新聞學會年刊》，1942 年版，第 22～32 頁。

款或徵集資金者，必須有財政部的特許，且資本之來源應在報紙上公布，關於外國資本的投資，須著眼於收支的平衡。[1]甚至英國政府還實行戰時經濟措施，實行戰時新聞紙張的配給限制，限制各種企業資本與利潤的膨脹。所以有學者把戰時英國報業呈現的特點概括爲：報紙的收入以發行爲主；報紙的廣告收入大受限制；政府稅收的增加和報紙利得的減低；英國政府戰後繼續實行報業管制也使每個報紙都有平均的發展機會。[2]

　　而美國在戰時也嚴格管制報業經營。有記載顯示，在 1941 年 12 月 8 日美日戰爭爆發後，美國就立即施行新聞統制。羅斯福總統所採取九項戰時措施之中，其中第五、第六兩項是關於新聞統制的，如發至國外電訊，一律加以檢查；業餘無線電臺，非經特別許可，不得使用。而且羅斯福總統通過發表爐邊談話確定新聞發表「必經官方證實，且其發表不至直接間接有利於敵人」兩項原則。後來美國國會授權羅斯福總統合併美國郵電通訊，建立檢查制度，總統並宣布：「美國領土內實行半自動半強迫之檢查制度，檢查發出之電報、信件及無線電廣播，以防軍事情報資敵，實爲必要之舉」。[3]其中 1943年《美國報業戰時實施條例》就明確規定：該條例的一切要求，適用於一切廣告品、新聞信、公司及商業報告、致編者函、個人及社交新聞（此等新聞常透露軍事或外交行動，或本條例所限制之事物），以及論述新聞及傳聞之評論家及專欄作家等。報紙、雜誌，以及其他一切發表之媒介除經主管當局准許發表者外，應勿發表之特殊情報，可歸爲下列各項：武裝部隊；艦船之行動，貨物，等等；艦船因敵方攻擊而沉沒或受創等等；空襲；海陸軍隨軍記者；飛機；要塞與空軍設備；破壞；氣候；謠言；戰區訪問記與函件；照片與地圖；軍事情報；戰俘、被扣僑民，非軍人罪犯；發來美國之戰事消息；一般問題。[4]所以，有人把美國戰時報業統制經營的特點概括爲：「美國的戰時新聞檢查，不論對作戰有無利害關係，非經相當時日，或事件本身作用喪失時，是不能通過的。」[5]

1　《報學雜誌》，1948 年創刊號，第 50 頁。

2　田玉振：《英國對報業的管制》，《報學雜誌》，1948 年第 1 卷第 4 期，第 24～25 頁。

3　馬星野：《ABC 三國出版自由之比較》，《中國新聞學會年刊》，1942 年版，第 22～32 頁。

4　《美國報業戰時實施條例》（1943 年 2 月日修正本），《中國新聞學會年刊》，1944 年版，第 68～73 頁。

5　祖勳：《戰時英美新聞檢查》，《常識》，1944 年第 4 期，第 23～25 頁。

　　總而言之，在戰爭戡亂時期，即使一直號稱為世界「自由」、「民主」程度最高的英國、美國等西方發達的資本主義國家為了戰爭的勝利以及國家利益、民族利益也只能施行報業戰時統制，無法像和平時期一樣保證公民正常自由、民主權利的實現。

第二節　民國南京政府新聞法制的建立與演變

　　自從中華民國中央政府南遷以來，蔣中正領導的國民黨中央及南京國民政府就一直不斷加強對新聞出版宣傳的管理及立法。縱觀國民政府在1927～1949 年之間的新聞出版管理法制來看，隨著國家政局的變化國統區新聞業管理體制也歷經了抗戰前以「三民主義」為最高理想的新聞統一監管制度基本形成（1927～1937）、戰時新聞統制與新聞檢查制度全面實施（1937～1945）及戰後民主新聞監管體制逐步調整（1945～1949）三個階段的發展與演變。

一、戰前基本形成了統一的新聞監管制度（1927～1937）

　　為了形成統一有力的新聞輿論，國民黨五屆三中全會對抗戰前十年的新聞管理政策作了一次總結，並議決通過了綱領性方針、政策。根據會議精神，全國新聞工作的指導思想是「全國報業以奉行總理遺教，建立三民主義之文化為其最高理想，一切紀述作品以及對社會之服務均須以三民主義為準繩」。全國新聞工作的目標是：

> 全國報業應注意對於國民之教化，促向左列之目標邁進：發揚民族精神，勵行對外國策，以完成民族之獨立；增進國民智識，充實政治能力，以實現民權之使用；改良奢侈風俗，努力經濟建設，以促進民主之發展。」全國新聞工作的立場是「帝國主義者憑藉不平等條約，在我國內所散播之惡意宣傳，全國報業應基於國家立場，聯合樹立新聞上之國防以制止之。」「國族利益高於一切，全國報業言論之方針、業務之進行，絕對不得妨障國族的利益。」全國新聞工作的方法是「關於報業人才應積極培植之，服務報業之人員並須施行登記，予以法律上之保障。」並「對於全國報業應施行有效的統制，分別給予切實之扶助或嚴厲之取締，並於必要時收歸國家經

營之。[1]

即爲了國家、民族的最高利益，堅持以三民主義指導思想，在人民享有基本新聞言論自由權的基礎上，通過新聞管理黨政雙重組織機制、新聞行業准入機制、新聞內容審查機制、新聞傳遞優惠機制、新聞事後獎罰分明機制全面實現新聞輿論的統一監管。

（一）抗戰前國統區基本建立了統一的新聞自由保護制度

新聞自由權是新聞業存在與發展根本。只有人民的新聞自由權利得到保障才有整個新聞業發展與繁榮。南京國民政府時期新聞業管理當中最根本的就是對人民新聞言論自由權的保護。自從南京國民政府成立以來，國民黨中央及中央政府在憲法、民法、刑法等國家基本法層面建立了統一的新聞自由保護制度。

首先，通過憲法性質的《中華民國訓政時期約法》及《中華民國憲法》（草案）從國家根本大法的層面明確人民享有新聞言論自由權，並受法律和政府的保護。1931 年 5 月 5 日國民大會通過的《中華民國訓政時期約法》第十五條規定「人民有發表言論及刊行著作之自由，非依法律不得停止或限制之。」第八條規定「人民非依法律，不得逮捕、拘禁、審問、處罰。人民因犯罪嫌疑被逮捕、拘禁者，其執行逮捕或拘禁之機關，至遲於二十四小時內移送審判機關審問。本人或他人並得依法請求於二十四小時內提審。」第十三條規定「人民有通信、通電秘密之自由，非依法律不得停止或限制之。」第十四條規定「人民有結社集會之自由，非依法律不得停止或限制之。」第十六條規定「人民之財產，非依法律不得查封或沒收。」第十七條規定：「人民財產所有權之行使，在不妨害公共利益之範圍內，受法律之保護。」第十八條規定：「人民財產，因公共利益之必要，得依法律徵用或徵收之。」第四十七條規定「三民主義爲中華民國教育之根本原則。」1936 年 5 月 5 日由國民政府公布的《中華民國憲法草案》（即五五憲法草案）更明確了保護人民新聞言論自由的權利。第一條規定「中華民國爲三民主義共和國。」第九條規定「人民有身體之自由，非依法律不得逮捕、拘禁、審問或處罰。人民因犯罪嫌疑被逮捕、拘禁者，其執行機關，應即將逮捕或拘禁原因，告知本人及其親屬，

1　《國民黨五屆三中全會通過的新聞政策》（1937 年 2 月 29 日）中國第二歷史檔案館編：《中華民國檔案資料彙編》（第五輯第一編文化（一）），江蘇古籍出版社，第92 頁。

並至遲於二十四小時內，移送於該管法院審問。本人或他人，亦得聲請該管法院，於二十四小時內，向執行機關提審。」第十三條規定「人民有言論、著作及出版之自由。」第十七條規定「人民之財產，非依法律，不得徵用、徵收、查封或沒收。」第二十四條規定：「凡人民之其他自由及權利，不妨害社會秩序、公共利益者，均受憲法之保障，非依法律，不得限制之。」第二十五條規定「凡限制人民自由或權利之法律，以保障國家安全，避免緊急危難，維持社會秩序，或增進公共利益所必要者為限。」可見，國民政府在國家政治活動中不僅非常重視人民的新聞言論自由權，而且為之提供了最高立法層面的保護。

其次，在民法、著作權法等國家基本法層面也對人民新聞言論自由權提供保護。其中 1929 年《中華民國民法》「第九節出版」共 13 條專門關於出版的內容條款，為新聞出版業提供民事權利的法律保護。其中該法第 515 條

> 稱出版者，謂當事人約定，一方以文學、科學、藝術或其他之著作，作為出版而交付於他方，他方擔任印刷或以其他方法重製及發行之契約。投稿於新聞紙或雜誌經刊登者，推定成立出版契約；出版權於出版權授予人依出版契約將著作交付於出版人時，授予出版人。依前項規定與出版人之出版權於出版契約終了時消滅。」第 516 條「著作財產權人之權利，於合法授權實行之必要範圍內，由出版人行使。出版權授予人，應擔保於契約成立時有出版授予之權利，如著作受法律上保護者，並應擔保該著作有著作權。出版權授予人，已將著作之全部或一部，交付第三人出版，或經第三人公開發表，為其所明知者，應於契約成立前將其情事告知出版人。

1928 年《著作權法》（民國 17 年 5 月 14 日國民政府公布並施行）則對新聞從業者的新聞作品著作權提供專門的保護。著作權是新聞業和新聞人的基本權利和核心利益。新聞著作權的保護是新聞業發展的基本條件。該法把新聞業中論著、說部、圖畫、照片、文學藝術作品等都列入著作權保護的範圍。規定：「就下列著作物，依本法註冊，專有重製之利益者，為有著作權：書籍、論著及說部；樂譜、劇本；圖畫、字帖；照片、雕刻、模型；其他關於文藝學術或美術之著作物。其中樂譜、劇本有著作權者，並得專有公開演奏或排演之權。」著作權由內政部統一管理，第二條規定：「著作物之註冊，由國民政府內政部掌管之。內政部對於依法令應受大學院審查之教科圖書，於未經

大學院審查前，不予註冊。」著作權人享有著作權終身及死後三十年，第三條規定：「著作權歸著作人終身有之。並得於著作人亡故後，由承繼人繼續享有三十年；但別有規定者，不在此限。」

此外，國民政府還曾經通過《保障輿論令》、《保障新聞事業人員令》、《對於報館之健全輿論應予保護令》（民國 24 年 2 月 1 日軍事委員會、行政院會同令飭各省政府）、《報館對於黨政之設施應守秘密者外均得自由刊布令》（民國 24 年 2 月 11 日國民政府訓令直轄各機關）等長官手令和行政命令的方式統一保護新聞自由權。

（二）抗戰前國統區新聞業統一的黨政雙重管理的組織制度基本形成

根據中華民國南京國民政府的政治體制，國民黨中央執行委員會政治會議是國統區政權的最高決策與領導機構，也是新聞管理的最高決策機構。根據 1928 年 3 月 1 日公布施行的《立法程序法》，在國家立法過程中，國民黨中央執行委員會政治會議決定立法原則，立法院根據立法原則擬定法案，法案通過以後由國民政府公布，然後由司法院、監察院、行政院相關部門執行。該法第三條規定：「中央政治會議議決的一切法律，由中央執行委員會交國民政府公布之。」[1]為了更有效更專業地對新聞事業進行統一管理，國民黨中央執行委員會還成立專門的委員會，如國民黨中央宣傳部或國民黨中央執行委員會宣傳委會或國民黨中央執行委員會文化事業計劃委員會專門統一規劃、指導與決策對包括新聞、出版、廣播、電影等在內的文化事業的管理。其中國民黨中央執行委員會文化事業計劃委員會下設國民黨中央圖書雜誌審查委員會、國民黨中央宣傳部委員會電影事業指導委員會、國民黨中央廣播事業指導委員會對出版、電影、廣播分別統一規劃、指導。從而在政黨團體與政府行政部門都建立一套相互獨立又相互支持的新聞管理機構。

1、建立了以國民黨中央宣傳部為核心的黨部新聞管理系統

在國民黨黨部的新聞管理系統內，國民黨中央執行委員會宣傳部及地方各級黨部宣傳部是指揮和領導機構，各級新聞檢查處、所、室是執行機構，中央通訊社、中央日報及中央廣播電臺是具體的新聞行業主導機構。

首先，在國民黨中央執行委員會下設國民黨中央執行委員會宣傳部直接

1　《中華民國現行法規大全》，商務印書館，1936 年版，第 573 頁。

指揮、領導與管理全國新聞宣傳業務，在地方各級黨部也設立宣傳部專門負責指導與管理所轄地的新聞宣傳業務。根據 1928 年《審查刊物條例》、《指導普通刊物條例》和 1929 年《宣傳品審查條例》、《省及特別市黨部宣傳工作實施方案》（民國 18 年 1 月 24 日第二屆中央執委會第 192 次常務會議通過）的規定，省及特別市黨部則統籌管理黨報、通訊社、郵電檢查所、無線電收音室、新聞檢查所等，中央和地方黨部均對所轄地普通刊物享有審查決定權，但地方黨部審查的結果須呈送中央宣傳部備案。而只有中央宣傳部對宣傳刊物享有審查權。由此可知，國民黨中央執行委員會宣傳部簡稱中宣部，是國民黨新聞出版和宣傳工作的最高領導與管理機構。該機構原本在 1924 年 1 月 20 日國民黨第一次全國代表大會上決議設立國民黨中央宣傳部負責黨內宣傳、文宣及對外發言的工作。1928 年 3 月，國民黨中央常務委員會通過《中央執行委員會宣傳部組織條例》，正式確立中宣部的架構。此時中宣部下設普通宣傳、特種宣傳、國際宣傳、徵審、出版、總務六科，附設中央圖書館、中央日報社以及中央通訊社等三個單位。1928 年 11 月國民黨中宣布改組，增加了指導科，以負責黨內外新聞出版的指導工作，下設指導股、審查股、海外股、徵集科。1929 年，在指導科下設登記股，後增設新聞科負責報刊登記、審查工作。1931 年國民黨中央將宣傳部改爲中央宣傳委員會，下設指導、新聞、國際、文藝、編審、總務六科。新聞科下設管理股和審查股，管理股負責規劃直轄黨報及通訊社各項業務之進行，指導黨報及與黨有關各報紙通訊社之言論記載，考核直轄黨報及通訊社之工作及與黨有關各報紙及通訊社之宣傳效能；審查股負責登記一般報社及通訊社，徵集審查一般報紙及通訊稿，規劃關於聯絡及扶助一般新聞事業。編審科下設徵審股主要負責徵集各種有關宣傳資料之書籍雜誌及一切反動宣傳品，審查不屬於新聞文藝刊物之一切書籍刊物，規劃關於聯絡出版機關並扶助其事業之發展。1935 年國民黨宣傳委員會在國民黨第五次全國代表大會後爲精簡人事、集中事權重新恢復爲國民黨中央宣傳部，下設新聞事業處和出版事業處分管新聞、出版事務。1936 年抗日戰爭爆發後，國民黨中央宣傳部下設機構改組爲宣傳指導、新聞事業、電影事業、國際宣傳和總務五處，新聞事業處專門負責統籌管理新聞出版相關事宜，下設指導和徵審科。指導科負責指導、規劃黨報及與黨有關各種報社之言論記載，考覈其工作效能，規劃直轄黨報通訊社各項業務的進行，並聯絡、扶助一般新聞事業。徵審科主要負責徵集審查報紙及通訊稿，負責登

記一般報社及通訊社，並調查全國新聞事業狀況。

其次，設立國民黨中央新聞檢查處作爲全國新聞管理的直接執行機構。1933 年設立國民黨中央新聞檢查處，直接隸屬國民黨中央執行委員會，由當時中央宣傳委員會主任葉楚傖兼任處長。1933 年 9 月，國民黨中央新聞檢查處根據《重要都市檢查辦法》在南京、上海、北平、天津、漢口等重要都市設立新聞檢查所，各重要縣市設立新聞檢查室。根據 1934 年《檢查新聞辦法大綱》，中央及各地新聞檢查處的工作主要是「掌理全國各大都市新聞檢查事宜」，「對各地電報檢查機關應取嚴密之聯絡」，「對各地新聞檢查所有所指示，應隨時抄送中宣會參考」，「處理所有關於各地報社違犯檢查辦法之處分及糾正」。檢查的內容只要是「軍事、外交、地方治安及有關之各項消息」。

此外，通過授權中央通訊社、中央日報、中央廣播電臺統一發布和報導國內外重大新聞，從而壟斷國內外主要重大新聞來源，控制國內重大新聞的發布，同時對黨國政要及各方面的消息負有迅速宣傳與精密審查的重任，進而引領全國新聞業的發展。

2、設置以行政院內政部、新聞局為最高管理機構的新聞業行政管理系統

自民國以來，行政院內政部便一直是國民政府行政院新聞出版的國家部級直屬管理機構，負責新聞出版事務管理。根據《出版法》、《著作權法》的規定，行政院內政部主要負責出版品、著作權的登記註冊和審查，審查非涉及黨義黨務的內容。內政部下設「內政部警政司」，這既是管理全國警察的最高機關，也是負責管轄出版物登記及著作權等國家機關。而在抗戰勝利以後，國民政府在內政部的基礎上增設行政院新聞局分擔了中宣部的部分行政職能。1947 年 5 月，國民黨中宣部將其部分業務劃歸行政院新聞局辦理。主要負責政令宣傳，圖書雜誌審查登記，對報紙、通訊社的指導、聯絡，新聞紙審查登記及注銷，國際宣傳。[1]

（三）抗戰前國統區統一設置了較為嚴格的新聞准入制度

爲了行業的有序競爭與良性發展，世界各國政府都會建立和評估該行業的准入機制，設置相應的准入資格、條件或門檻，比如實行許可證、申請營業執照或政府部門直接審批、行政登記等。南京國民政府爲了統一輿論、有

1　行政院新聞局編：《新聞局業務統計概要》，1948 年版，第 34～38 頁。

效管理全國新聞事業，對報紙、期刊實行登記制、發行許可證制，對廣播無線電臺實行創辦、收聽執照制。

1、對著作權、報紙、雜誌實行出版登記與發放許可證制度

著作權的登記是報紙、雜誌出版權益保障的基礎。爲了保護報紙、雜誌的新聞宣傳作品的著作權，南京國民政府對社會所有著作權進行註冊登記並頒發執照，1928 年 5 月 14 日《著作權法施行細則》第七條規定：「著作物之註冊，由內政部將應登記之事項，登記著作物註冊簿上爲之。著作物註冊後，應由內政部發給執照，並刊登政府公報公告之。」

對報紙、雜誌的出版統一進行登記與發放出版發行許可證制度。起初在出版法未頒布以前，國民黨第三屆中央執委會第 33 次常務會議於 1929 年 9 月 5 日通過了《日報登記辦法》，該辦法並於同年 9 月 23 日第 37 次常務會議修正，當時全國報紙均按照該辦法申請審核登記。國民政府於 1930 年 12 月 16 日頒布《中華民國出版法》，該法對報紙、雜誌的創辦程序、申請條件、刊物內容、形式都有統一的規定。首先規定報紙或雜誌必須申請登記方可公開發行售賣。該法第七條規定：

> 爲新聞紙或雜誌之發行者，應於首次發行期十五日前，以書面陳明下列各款事項，呈由發行所所在地所屬省政府或隸屬於行政院之市政府，轉內政部聲（申）請登記。登記的內容有：新聞紙或雜誌之名稱；有無關於黨義黨務或政治事項之登載；刊期；首次發行之年月日；發行所及印刷所之名稱及所在地；發行人及編輯人之姓名、年齡及住所，其各版之編輯人互異者，並各該版編輯人之姓名、年齡及住所；其中新聞紙或雜誌在本法施行前已開始發行者，應於本法施行後二個月內，聲請爲前項之登記；新聞紙或雜誌有關於黨義或黨務事項之登載者，並應經由省黨部或等於省黨部之黨部向中央黨部宣傳部聲請登記。

對於公開銷售發行報紙、雜誌的內容、形式也要求與申請登記內容相符合，規定必須明確記載發行人或編輯人姓名、發行時間、發行印刷機構名稱、地點。該法第十二條規定：「新聞紙或雜誌應記載發行人及編輯人之姓名、發行年月日、發行所印刷所之名稱及所在地。」並對於停止出版發行的報紙、雜誌實行注銷制，該法第十一條規定：「新聞紙或雜誌廢止發行者，原發行人應按照登記時之程序，聲請注銷登記。其中新聞紙逾所定刊期已滿二個月，

雜誌逾所定刊期已滿四個月，尚未發行者，視爲發行之廢止。」在此基礎上，
還對報紙、雜誌發行人或編輯人身份也有明確資格限制，該法第十條規定：「下
列各款之人，不得爲新聞紙或雜誌之發行人或編輯人：在國內無住所者；禁
治產者；被處徒刑或一月以上之拘役在執行中者；剝奪公權尚未復權者。」
又對報紙、雜誌的創辦實行繳納保證金制度，其中 1933 年國民黨西南執行部
通過的《定期出版物保證辦法》規定有現金保證和商店保證，其中新聞日報
現金保證金要求一千元，小報現金保證金也爲一千元，雜誌現金保證金爲二
百元至一千元。[1] 此外，對於各級各類黨報的設置與創辦也有相應的規定，國
民黨中央通過《設置黨報條例》、《指導黨報條例》與《補助黨報條例》規範、
指導與扶助全國黨報的設置與發展（詳見下文「黨報扶助政策」）。

2、對廣播無線電臺的創辦、使用實行營業執照與收聽執照制度

　　爲了進一步加強對全國廣播無線電臺的有序管理，國民政府建設委員會
於 1928 年 12 月 13 日制定《中華民國廣播無線電臺條例》。該條例對廣播無
線電臺的創辦實行營業執照、付費收聽推行收聽執照制度。該法規定廣播無
線電臺分爲免費收聽（甲）與付費收聽（乙）兩種。同時對廣播無線電臺的
創辦也設置了較爲嚴格的條件。一方面，嚴格控制廣播電臺頻率及乙種廣播
無線電臺的數量，該法第四條「廣播電臺之周率（波長）應遵照中華民國無
線電周率（波長）分配表之規定。」第二條規定：「乙種（付費收聽）廣播電
臺每地限設一臺。」另一方面，任何公眾團體或私人創設廣播無線電臺都事
前申請獲得營造證，然後在廣播電臺工程建設通過驗收後，領取廣播無線臺
營業執照，該營業執照有效期五年。該法第三條規定「廣播電臺得由中華民
國政府機關公眾或私人團體或私人設立，但事前須經國民政府建設委員會無
線電管理處之特許，違者由當地負責機關制止其設立。」第五條規定：「凡公
眾團體或私人之欲設廣播電臺者，應備文向無線電管理處請求批准。」第七
條規定：「無線電管理處對於請求內所開各項審查合格者，或經處更正後認爲
合格者，得給予廣播電臺營造證。」第八條規定：「請求人於領得營造證一年
內，應將廣播電臺建造完備，呈請無線電管理處派員查驗，違者注銷其營造
證。」第九條規定：「廣播無線電臺經無線電管理處派員查驗後，如與營造證

1　《定期出版物保證辦法》(民國 22 年 1 月 16 日西南執行部第 52 次常會議決通過)，
　　轉引自劉哲民編：《近現代出版新聞法規彙編》，學林出版社，1992 年版，第 455
　　～457 頁。

所開各項並無不合者，得由處發給廣播無線電臺執照，隨繳執照費，甲種廣播電臺四十元，乙種廣播電臺一百元。」第十條規定「廣播電臺之執照自發給之日起，以五年爲有效期間，逾期須另換新照。」

之後，國民政府有關部門繼續出臺了一系列管理廣播無線臺的行政法規，如 1929 年 4 月交通部制定了《廣播無線電臺及其裝設及使用暫行章程》，該法第 16 條規定：「廣播無線電臺除供作廣播新聞、講演、商情、歌曲、音樂等項外，不得作其他任何通行之用。」還有交通部頒布《廣播無線電收聽機裝設及使用暫行章程》、《裝設廣播無線電收音機登記暫行章程》（1931 年 4 月交通部制定）、《民營廣播無線電臺暫行取締規則》（1932 年 11 月交通部國際電信局發布）等。1935 年 8 月交通部通令全國實行收音機登記，由交通部發給執照方可收聽，違者按《電訊條例》處罰。1936 年 4 月，國民黨中央廣播事業管理處決定全國各地公、私營廣播無線電臺在規定時間一律轉播中央廣播電臺的節目。通過這一系列法規的實施，國民政府不僅統一、規範了全國廣播無線電臺，甚至逐步壟斷廣播無線電臺的廣播與節目。

在對報紙、雜誌、廣播無線電臺實行行業准入制之外，還對外籍新聞記者及軍事採訪也加強規範和統一登記或許可。其中外籍新聞記者必須向外交部情報司註冊登記方可在國內進行新聞活動，《頒發外籍新聞記者註冊證規則》（民國 22 年 3 月 16 日外交部公布）第一條規定：「凡外籍新聞記者如欲在中國境內執行記者職務，應呈請本部情報司發給註冊證。」[1] 還頒布《新聞記者隨軍規則》統一規範新聞記者的隨軍採訪活動。

（四）抗戰前國統區逐步建立了統一的嚴厲的新聞宣傳審查制度

爲了進一步統一與控制新聞輿論，國民黨中央執行委員會宣傳部聯合各政府相關部門發布了一系列有關新聞審查的法律制度，在新聞審查內容標準及審查程序、審查的實施等方面逐步建立了一套統一的嚴厲的新聞宣傳審查制度。

1、對所有宣傳品實行審查制度

首先，宣傳品審查的範圍。1929 年 1 月 10 日公布的《宣傳品審查條例》（國民黨第 2 屆中央執委會第 190 次常務會議議決）第二條規定：「審查各種宣傳品之範圍如下：各級黨部之宣傳品；各級宣傳機關關於黨政之宣傳品；

1　《頒發外籍新聞記者註冊證規則》（民國 22 年 3 月 16 日外交部公布），轉引自劉哲民編：《近現代出版新聞法規彙編》，學林出版社，1992 年版，第 515 頁。

黨內外之報紙及通訊稿；有關黨政宣傳之定期刊物；有關黨政之書籍；有關黨政宣傳之各種戲曲、電影；其他有關黨政之一切傳單、標語、公文函件、通電等宣傳品。」

其次，規定了審查的程序。「審查之宣傳品，其徵集之手續如下：各級黨部及黨員印行之宣傳品及與有關之刊物，均須一律呈送中央宣傳部審查；凡不屬本黨而與黨政有關之各種宣傳品，除由中央宣傳部調查徵集外，其關係重大者，各級黨部須隨時查察徵集，呈送中央宣傳部審查。」對於一般出版物的審查程序，1931 年《出版法》第十條規定：「新聞紙或雜誌之發行人，應於發行時以二份寄送內政部。一份寄送發行所所在地所屬省政府或市政府，一份寄送發行所所在地之檢察署。其中新聞紙或雜誌有關於黨義、黨務事項之登載者，並應以一份寄送省黨部或等於省黨部之黨部，一份寄送中央黨部宣傳部。」

再次，並不斷適時修改完善宣傳品審查標準。除了在刑法等規定的言論自由範圍之外，在《出版法》及《宣傳品審查條例》、《宣傳品審查標準》、《新聞檢查標準》等專門法規中系統全面規定了新聞審查的基本標準及具體要求。絕對禁載標準是意圖破壞國民黨或三民主義，顛覆和損害國民政府或中華民國利益，破壞公共秩序和妨害善良風俗。其中 1931 年《出版法》第十九條規定「出版品不得為下列各款之記載：意圖破壞中國國民黨或三民主義者；意圖顛覆國民政府或損害中華民國利益者；意圖破壞公共秩序者；妨害善良風俗者。」第二十條規定：「出版品不得登載禁止公開訴訟事件之辯論。」第二十一條規定「戰時或遇有變亂及其他特殊必要時，得依國民政府命令之規定，禁止或限制出版品關於軍事或外交事項之登載。」1931 年《出版法施行細則》對黨義、黨務內容出版品作了詳細解釋與規定，第二條規定：「下列性質之文書、圖畫，均屬有關黨義黨務事項之出版品，適用出版法第七條、第十三條及第十五條之規定：引用或闡發中國國民黨黨義者；記載有關中國國民黨黨義、黨務或黨史者；所載未直接涉及中國國民黨黨務、黨史，但與中國國民黨黨義、黨務、黨史有理論上或實際上之關係者；涉及中國國民黨主義或政綱、政策之實際推行者。」1929 年 1 月 10 日公布的《宣傳品審查條例》對新聞審查的標準作了更明確的規定。1932 年 11 月 24 日國民黨中央執委會第 48 次常務會修正通過了《宣傳品審查標準》，對《宣傳品審查條例》中關於宣傳品審查標準作了進一步修正，標準更為科學，操作性強。該標準規定：

「適當的宣傳：闡揚總理遺教者；闡揚本黨主義者；闡揚本黨政綱，政策者；闡揚本黨決議案者；闡揚本黨現行法令者；闡揚一切經中央決定之黨務，政治策略者。」其中應當禁止的謬誤新聞宣傳品的內容標準即「謬誤的宣傳品：曲解本黨主義、政綱及決議者；誤解本黨主義、政綱、政策及決議者；思想怪癖或提倡迷信，足以影響社會者；記載失實，足以影響視聽者；對法律認可之宗教，非從事學理探討，徒事詆毀者。」還有應絕對禁止的反動新聞宣傳品的內容標準：「反動的宣傳品：為其他國家宣傳危害中華民國者；宣傳共產主義及鼓動階級鬥爭者；宣傳國家主義、無政府主義及其他主義而有危害黨國之言論者；對本黨主義、政綱、政策及決議惡意詆毀者；對本黨及政府之設施惡意詆毀者；挑撥離間分化本黨，危害統一者；誣衊中央，妄造謠言，淆亂人心者；挑撥離間及分化國族間各部分者。」國民黨中央委員長蔣中正還對新聞審查的要求及言論自由之限度發表談話說明，稱：「關於開放言論，除刑法及出版法已有規定外，只對於下列三種，不能不禁止：一、宣傳赤化與危害國家，擾亂地方治安之言論與記載。二、洩露軍事外交之機密。三、有意顛倒是非，捏造毫無事實根據之謠言。……希望全國一致尊重合法之言論自由。」[1]還對各種新聞宣傳品的審查處理標準也作了統一規，該條例第七條規定：「各種宣傳品經審查後之處理法如下：對於本黨主義、政綱、政策、決議案及一切黨政事實，能正確認識而有所闡發貢獻者，得嘉獎提倡之；謬誤者糾正或訓斥之；反動者查禁、查封或究辦之。」

此外，南京國民政府還出臺了《審查刊物條例》（草案）（民國 17 年 6 月 9 日國民黨中央第 144 次常會決議通過）、《指導普通刊物條例》（草案）（民國 17 年 6 月國民黨中央常務會議通過）等針對性強的法規進一步深化對所有宣傳品的審查。

2、在重要都市及省市建立新聞檢查所重點推行新聞檢查制度

為了進一步控制新聞輿論，南京國民政府在重要都市及省市設立新聞檢查所積極強化對新聞紙專門檢查。根據 1933 年《重要都市新聞檢查辦法》（民國 22 年 1 月 19 日國民黨第 4 屆中央執行委員會第 54 次常委會通過，民國 22 年 8 月 21 日第 89 次常務會議修正），在「各重要都市如南京、上海、北平、天津、漢口，遇有檢查新聞必要時，經中央執行委員會常務會議核准，得設

1　馬星野：《三民主義的新聞事業建設》，《青年中國季刊》，1939 年第 1 期，第 159～168 頁。

立新聞檢查所，受中央宣傳委員會之指導，主持各該地新聞檢查事宜。」特別是加強首都南京的新聞檢查，該辦法規定：「首都新聞檢查所，由中央宣傳委員會會同軍事委員會及行政院派員組織之。新聞團體得派代表一人參加。其他各地新聞檢查所，應由中央宣傳委員會（或當地高級黨部）會同當地高級政府及高級軍事機關派員組織之，當地新聞團體得派代表一人參加。」並出臺了《新聞檢查標準》、《檢查新聞辦法大綱》（民國 23 年 8 月 9 日國民黨第 4 屆中央執委會第 133 次常務會議核准備案）、《各省市新聞檢查所新聞檢查規程》（頒布年月不詳）、《各省市新聞檢查所新聞檢查違檢懲罰暫行辦法》（頒布年月不詳）、《取締刊登軍事新聞及廣告暫行辦法》（民國 24 年 3 月 20 日軍事委員會委員長行營公布）及限制空軍新聞發布的《航空委員會航空新聞取締辦法》（頒布年月不詳）等等法規進一步深化新聞檢查的操作與實施。其中《新聞檢查標準》關於軍事、外交、地方治安、社會風化新聞應扣留或刪改的具體標準。[1]該標準在 1937 年 8 月 12 日國民黨第 5 屆中央執委會第 50 次常會再次修正。

3、對廣播無線電臺實施新聞檢查制度

廣播無線電臺是當時最新的新聞宣傳媒介與技術，影響力大，而且政府、公眾團體及私人創辦的公益或商業廣播無線電臺都廣為存在。為了加強對全國廣播無線電臺新聞宣傳內容的統一管理，對全國廣播無線電臺的業務、內容、臨時檢查等都進行明確規定。1928 年 12 月 13 日國民政府建設委員會制定《中華民國廣播無線電臺條例》，該條例第十一條規定：「廣播電臺之業務以左列各項為限：公益演講；新聞、商情、氣象等項之報告；音樂、歌曲及其他娛樂節目；商業廣告，但不得逾每日廣播時間十分之一。」並對廣播內容標準也作了規定，該條例第十二條規定：「廣播電臺不得廣播一切違背黨義、危害治安、有傷風化之一切事項，違者送交法庭訊辦。」有關政府部門對廣播無線電臺的特殊管制也作明文規定，該條例第十三條規定：「政府如有緊急事件須即廣播者，私家廣播電臺應為盡先廣播，不得拒絕，帶得酌量收費。」第十四條規定：「無線電管理處於必要時得收管或停止私家廣播電臺。」第十五條規定：「廣播電臺對於無線電管理處稽察員隨時入臺檢查時不得拒

---

1 《新聞檢查標準》（民國 22 年 1 月 19 日國民黨第 4 屆中央執委會第 54 次常務會議通過，同年 10 月 5 日第 91 次常務會議修正通過），劉哲民編：《近現代出版新聞法規彙編》，學林出版社，1992 年版，第 538～539 頁。

絕。」第十六條規定：「廣播電臺執照不准移轉於其他廣播電臺，違者注銷其執照。」第十七條規定：「廣播電臺對於執照內所開各項非先得無線電管理處之許可，不得任意更換，違者撤銷其執照。」

（五）抗戰前國統區確立了統一的優惠的新聞傳遞制度

新聞業的發展始終需要社會交通運輸、郵政電信的支持，尤其在報社、雜誌社、通訊社經濟、技術能力較爲弱小的條件下，郵運直接決定新聞業公司的生死存亡。南京民國政府爲了支持新聞業發展，在電報、郵寄及空運等方面逐步推行了系列優惠的新聞郵運制度與措施。

首先，國民政府對新聞電報的傳輸發布了統一的優惠的法規。1934 年交通部《新聞電報規則》詳細規定了新聞電報的範圍、收發規則、收費標準、處罰罰則等。對國內外新聞記者電報新聞的收發實行電報憑照制度，加強新聞電報的統一管理，該法第二條規定：「新聞記者發寄新聞電報，須經交通部核准，並發給新聞電報憑照，方可照發。請領憑照時，應填具聲請書，並附繳憑照費國幣二元，印花稅國幣一元，呈請交通部核辦。」第三條規定：「外籍新聞記者，以及代表外國新聞機關之本國新聞記者，請領憑照時，應先向外交部領取註冊書，連同前條聲請書，一併呈交交通部核辦。」同時推行優惠方便的資費制度，該法規定新聞電報付費按照程序與規定可以收報人付費，也可以發報人付費。且新聞電報按照國內國際與是否加急等差異分類收費。國內新聞電報分爲尋常新聞電報與加急新聞電報，國際新聞電報分爲尋常新聞電報、加急新聞電報與遲緩新聞電報，按照新聞電報的遲緩、尋常、加急依次增加資費，其中遲緩與尋常新聞電報依特定價收費，加急新聞電報按尋常電報價格收費。還就電報文字的使用範圍也有明確規定，該法規定國內新聞電報應用中文、英文及羅馬字拼音明語書寫，國際新聞電報則限定使用中文、法文、英文、收報局所在國家指定準用文字以及收報新聞機關發刊之文字。[1]

其次，國民政府還對新聞業的郵政服務也實行了統一的優惠措施。起初中華民國郵政總局在 1933 年頒行《中華郵政新聞紙章程總則》十一條，明確規定新聞紙類郵寄品的範圍、分類、郵資標準、掛號郵寄制度等。新聞紙須先郵務管理局掛號，才能作爲新聞紙類郵寄，並可享受郵資優惠，否則按普

1　《新聞電報規則》（民國 23 年 5 月 21 日交通部修正公布），劉哲民編：《近現代出版新聞法規彙編》，學林出版社，1992 年版，第 471～475 頁。

通印刷物繳納郵資。[1]後來又對郵局代訂報紙、雜誌也推出了統一的優惠措施。
1934 年 4 月 1 日交通部公布《郵局代訂刊物簡章》，就代訂報紙、雜誌的條件、
價格優惠等作了統一規定。按規定，所有辦理郵局代訂的報紙、雜誌都要向
郵政管理局申請登記，該規定第二條規定：「凡欲作為郵局代訂刊物者，應由
發行人依式填具郵局製就之聲請書，附繳登記費國幣十元，向該管郵政管理
局聲請登記。」同時對於申請代訂的刊物在發行區域、存在時間和總發行數
量都有統一的限制，該規定第一條規定：「郵局代訂之刊物，以具備下列各款
者為限：甲、在設有中華郵政局、所之地方出版者（現在先就設有郵局各地
試辦）；乙、新聞紙、雜誌發行滿一年者；丙、曾在郵局掛號，認為新聞紙類
者；丁、每期發行數目新聞紙在五千份以上，雜誌在一千份以上者。」其收
費優惠也有統一的規定，該規定第七條規定：「郵寄代訂刊物，應按該刊物售
價扣除手續費，計雜誌百分之十五，新聞紙百分之三十，其餘數即匯寄發行
人。由發行人繕具訂單，寄回存查。」在此基礎上，交通部還發布了《郵局
代訂刊物辦事細則》（民國 23 年 4 月 1 日）、《郵局代購書籍章程》（民國 23
年 9 月 12 日）等規章進一步推進了新聞業統一優惠制度的實施。此外，為了
促進新聞事業的運輸與發行，交通部於 1933 年 4 月還制定了《航空載報減收
運費規定》，對報紙、雜誌空運實施優惠政策，降低發行成本。按該規定，「郵
局收取新聞紙航空寄費，原係每一航區十二公分，銀洋一角五分。現改為不
論航區，每五十公分，收取一角五分。又郵局給付主管歐亞兩航空公司之新
聞紙運費，原係每一航區每公斤七元五角，現自同日起。改為不論航區，每
公斤給付三元。」[2]

（六）抗戰前國統區建立了統一的明晰的新聞獎懲制度

為了有效統一管理和控制全國新聞輿論，國民政府還就新聞報導的事後
獎勵或追懲制定了相應制度標準，加強了新聞報導的事後管理。

1、對有關國民黨或三民主義的優秀新聞宣傳品加以獎勵

為了進一步闡發與弘揚國民黨黨義或三民主義指導思想或孫中山遺教，
國民黨中宣部、國民政府頒布法規對有關國民黨或三民主義的優秀新聞宣傳
作品給予獎勵。根據《黨義著述獎勵辦法》（民國 20 年 3 月 19 日中央第 132

1　《中華郵政新聞紙章程總則》，《江蘇月報》，1934 年第 3 期，第 23～25 頁。
2　《交通部航空載報減收運費規定》，趙君豪：《中國近代之報業》，周谷城主編：《民
　國叢書》（第 2 編），第 49 冊，上海書店，1990 年版，第 311 頁。

次常務會議通過），獎勵的：「黨義著述包含下列各項：闡發本黨黨義之著述；闡發本黨政綱、政策之著作；闡發本黨史實之著作；闡發本黨主義、政綱、政策及史實之譯著；與本黨主義、政策、政綱、史實有關之文藝及社會科學作品。」給予獎勵的標準：「凡合於下列標準之一項或數項之著作，得請中央給予獎勵：於本黨主義、政綱、政策、史實有特殊之貢獻者；能將黨義描寫為優良文藝作品者；對於本黨主義、政綱、政策為有系統之解釋者；依據本黨主義、政綱、政策、史實對反動作品加以精密批評者。」給予「獎勵之辦法得為下列之一種或數種：給予獎狀；介紹刊布；通令全國作為學校之黨義課程參考書或黨員必讀書籍；給予獎金，其金額分為五等：甲等二千元，乙等一千元，丙等五百元，丁等三百元，戊等二百元。凡得獎之著作，雖取得獎金，其版權仍舊歸作者所有。」此外，國民黨中央宣傳部還曾公布《中央宣傳部獎勵翻印總理遺教辦法》獎勵有關孫中山遺教研究的優秀著述。

地方政府也出臺過一些地方行政條例獎勵優良報紙的創辦。比如 1927 年 11 上海市教育局曾實行《小報審查條例》，該條例第五條規定：「凡出版小報有下列各款之一，經本局審查合格者，准其發行銷售，並褒獎之。宣傳中國國民黨黨義，引導民眾努力國民革命者；研究生活問題及風俗習慣，而有領導民眾除舊革新之志趣者；傳播知識或學術，而有益於全社會或某社會者；發揮文學美術，予民眾或一部分人以精神上之愉快者。」[1]

2、對於違法違規的新聞宣傳媒體和當事人實行嚴格的事後懲罰制度

南京國民政府對違法違規的新聞宣傳的事後懲罰和處罰不僅有刑法等一般法律的處罰罰則，還有《著作權法》、《出版法》等新聞出版專門法規的懲罰規定以及地方政府出臺的一些地方性懲罰法規。

首先，刑法對新聞宣傳的犯罪行為追究刑事責任。1928 年《中華民國刑法》第 160 條規定「以文字、圖畫、演說或他法，公然為下列行為之一者：煽惑他人犯罪者；煽惑他人違背法令，或抗拒合法之命令者；頌揚他人所犯之罪，致生危害於公安者。」1935 年《中華民國刑法》第 310 條規定：「意圖散佈於眾而指摘或傳述足以毀損他人名譽之事者，為誹謗罪。處以一年以下有期徒刑、拘役或五百元以下罰金。散佈文字、圖畫犯前款識罪者，處以二年以下有期徒刑、拘役或一千元以下罰金。對於所誹謗之事，能證明其為真

---

1 湯炳正：《小型報的缺點及其改善辦法》，《報學季刊》，1935 年第 1 卷第 4 期，第 9
　　～16 頁。

實者，不罰，但涉於私德而與公共利益無關者，不在此限。」1935 年《中華民國刑法》第 311 條規定：「以善意發表言論，而有左列情形之一者，不罰：因自衛、自辯或保護合法之利益者；公務員因職務而報告者；對於可受公評之事，而適當之評論者；對於中央及地方之會議或法院或公眾集會之記事，而爲適當之載述者。」1931 年《危害民國緊急治罪法》也規定「以文字圖書或演說爲叛國之宣傳處死刑或無期刑法」、「與叛徒勾結或擾亂治安或爲之輾轉宣傳等行爲，處無期或十年以上有期徒刑。等刑事處罰。」[1] 還 1934 年《戒嚴法》、1936 年《維持治安緊急辦法》等對新聞宣傳犯罪行爲都有相應刑事處罰規定。

　　其次，新聞出版宣傳專門法規也明確規定對新聞宣傳犯罪行爲的事後懲罰。1928 年《著作權法》對著作權糾紛或問題的處罰規定。對於翻譯作品版權，該法第七條規定：「從一種文字著作以他種文字翻譯成書者，得享有著作權二十年，但不得禁止他人就原著另譯。其譯文無甚差別者，不在此限。」對於不享有版權的作品，該法第二十條規定：「下列著作物，不得享有著作權：法令、約章及文書案牘；各種勸誡及宣傳文字；公開演說而非純屬學術性質者。」對於作品的轉載，該法第二十一條規定：「揭載於報紙、雜誌之事項，得注明不許轉載。其未經注明不許轉載者，轉載人須注明其原載之報紙或雜誌。」絕對禁止的犯罪行爲，第二十二條規定：「內政部於著作物呈請註冊時，發現其有下列情事之一者，得拒絕註冊：顯違黨義者；其他經法律規定禁止發行者。」第二十三條規定：「著作權經註冊後，其權利人得對於他人之翻印、仿製或以其他方法侵害利益，提起訴訟。」第三十三條規定：「翻印、仿製及以其他方法侵害他人之著作權者，處五百元以下、五十元以上之罰金。其知情代爲出售者亦同。」1930 年 12 月 16 日國民政府公布《出版法》第二十二條規定：「不爲第七條或第八條之聲請登記，或就應登記之事項爲不實之陳述而發行新聞紙或雜誌者，省政府或市政府得於其爲合法之聲請登記前，停止該新聞紙或雜誌之發行。」第二十三條規定：「內政部認出版品載有第十九條各款所列事項之一，或違背第二十一條所定禁止或限制之事項者，得指明該事項，禁止出版品之出售及散佈，並得於必要時扣押之。」第二十七條規定：「不爲第七條或第八條之聲請登記而發行新聞紙或雜誌者，處二百元以下之罰金；」第二十八條規定：「第十條各款所列之人發行或編輯新聞紙或雜誌者，

1　《危害民國緊急治罪法》，《立法院公報》，1931 年第 27 期，第 110～177 頁。

處二百元以下之罰金。」還有《查禁反動刊物令》（民國 18 年 6 月 4 日國府訓令直轄各機關）、《取締銷售共產書籍辦法》、《取締銷售共產書籍辦法令》（民國 18 年 6 月 22 日國民政府公布）、《檢查書店發售違禁出版品辦法》（民國 26 年 8 月 12 日國民黨第 5 屆中央常委會第 50 次會議通過）、《取締發售業經查禁出版品辦法》（民國 23 年 7 月 17 日內政部公布）、《取締不良小報暫行辦法》（民國 22 年 10 月 12 日國民黨第 4 屆中央執委會第 92 次常務會議通過，同年 10 月 30 日國民政府訓令行政院）、《新聞不服檢查者，軍政機關得予以一日至一星期停版處分令》（民國 23 年 2 月 21 日國民政府訓令部令行政院軍事委員會）等法規對新聞宣傳犯罪行為的事後處罰進行更為具體的規定。

此外，還有些地方新聞出版的法規也對新聞宣傳犯罪行為的事後處罰作了明確規定。比如 1930 年國民黨浙江省黨部宣傳部曾發布《取締杭州各報社會新聞辦法》、1930 年 6 月上海市政府曾公布《上海特別市取締報紙違禁廣告規則》，1936 年又頒布《上海市取締報紙雜誌登載晦淫及不良廣告暫行規則》等地方新聞法規對新聞宣傳違法行為的行政處罰業有明確規定。其中 1927 年 11 上海市教育局曾實行《小報審查條例》第七條規定：「審查結果認為有下列各項之一者，禁止其發行或銷行，並得懲戒發行人或編輯人。違反黨義，煽惑輿論者；詭詞誨盜，有防治安者；跡涉淫褻，足以誘惑青年者；摘人隱私，毀人名譽，專事詿訕謾罵者；專載妄誕，以淆惑觀聽者；專事投機，意在敲詐者；文辭隱晦，適合上述六項惡意之一者。」[1]

二、戰時新聞統制與新聞檢查制度全面實施（1937～1945）

隨著日本帝國主義全面侵華戰爭的爆發，中華民族面臨亡國滅種的空前危機，整個國家處於戰亂緊急狀態，南京國民政府為了抗戰的勝利宣布全國處於戰爭非常時期，並通過了系列抗日戰爭動員令，同時全國各領域進入戰時緊急管制。1938 年 3 月國民黨臨時全國代表大會公布《抗戰建國綱領》，該綱領「確定三民主義暨總理遺教為一般抗戰行動及建國之最高準繩。」該綱領第二十六條規定：「在抗戰期間，於不違反三民主義最高原則及法令範圍內，對於言論、出版、集會、結社，當以合法之充分保障。」之後，1939 年 3 月 12 日國民黨中央公布《國民精神總動員綱領》，確定抗戰時期一切新聞宣

1　湯炳正：《小型報的缺點及其改善辦法》，《報學季刊》，1935 年第 1 卷第 4 期，第 9 ～16 頁。

傳的共同目標是「國家至上民族至上，軍事第一勝利第一；意志集中力量集中」。抗戰時期一切新聞言論的準繩是「不違反國民革命最高原則之三民主義；不鼓吹超越民族之理想及損害國家絕對性之言論；不破壞軍政軍令及行政系統之統一；不利用抗戰形勢以達成國家民族利益以外之任何企圖」。並為了抗日戰爭實際需要，1942 年 2 月 29 日國民政府頒布《國家總動員法》，宣布在全國範圍內施行戰時緊急管制。該法第二十二條規定：「本法實施後，政府於必要時，得對報館及通訊社之設立，報紙通訊稿及其他出版物之紀載，加以限制、聽止，或命令其為一定之紀載。」該法第二十三條規定：「本法實施後，政府於必要時，得對人民之言論、出版、著作、通訊、集會、結社，加以限制。」在此基礎上，國民政府還通過國家基本法、新聞出版專門法、新聞出版行政命令等多層次全面建立了包括戰時新聞業准入限制、新聞黨政軍協調管理組織機制、新聞出版檢查、新聞出版的獎罰制度等在內一系列戰時新聞統制與新聞檢查制度。

（一）執行戰時新聞業准入嚴格限制的制度

抗日戰爭全面爆發以後，為了動員全民抗戰，對侵華日軍進行輿論鬥爭，國民政府抗戰前已有的相關法律制度的基礎上，修正和新出臺了一系列新聞出版法規，進一步嚴格限制新聞業發行人或編輯人及新聞記者、註冊資本、地域分布數量限制等准入條件。

首先，曾一度整治、暫緩而後則更為嚴控報社、通訊社、雜誌社的申請登記。1938 年 9 月 22 日《抗戰時期報社通訊社聲請登記及變更登記暫行辦法》（第 5 屆中央常務委員會第 94 次會議通過）規定：凡聲請登記之報社或通訊社，非領有內政部發給登記證，不得發行；內政部對於報社或通訊社之聲請登記案件，得斟酌當地實際情形，暫緩辦理；凡報社或通訊社之遷地出版者，非經內政部發有新登記證，不得發行；各地經核准登記之報社及通訊社，其設備低劣、內容簡陋者，由地方政府會商當地黨部依法嚴加考核，轉報內政部切實取締。[1] 之後，國民政府嚴屬控制報社、通訊社、雜誌社的申請登記。1943 年 32 年 4 月 15 日《非常時期報社通訊社雜誌社登記管制暫行辦法》（國民政府行政院公布施行）第一條規定：「凡報社、通訊社、雜誌社之聲請登記，

1　《抗戰時期報社通訊社聲請登記及變更登記暫行辦法》（民國 27 年 9 月 22 日第 5
　　屆中央常務委員會第 94 次會議通過）劉哲民編：《近現代出版新聞法規彙編》，學
　　林出版社，1992 年，第 488 頁。

或遷地出版聲請變更登記者，非經內政部會同中央宣傳部核准，由內政部發給登記證後，不得發行。違反前先規定者，由地方主管官署或當地新聞檢查機關、圖書雜誌審查機關通知地方主管官署，會同同級黨部，依法嚴加取締。並分別轉報內部及中央宣傳部。」該辦法第二條規定：「地方主管官署於依法核轉報社、通訊社、雜誌社之登記，或變更登記聲請時，應於十日內會同同級黨部加具考查意見，轉呈省政府或直隸於行政院之市政府。省政府或直隸於行政院之市政府，接到前項核轉登記，或變更登記之聲請時，應於十五日內會同同級黨部加具覆核意見，並加蓋印信，轉送內政部。其聲請者係報社或雜誌社時，並得由省政府或直隸於行政院之市政府，送交當地新聞檢查機關或圖書雜誌審查機關簽注意見，仍依覆核限期及程序辦理之。內政部接到第二項登記文件，應會同中央宣傳部審查，並與中央圖書雜誌審查委員會、軍事委員會戰時新聞檢查局取得密切之聯繫。」而且對軍辦報社、通訊社、雜誌社的登記也嚴加控制，1943 年《非常時期軍辦報社通訊社雜誌社登記管制暫行辦法》第二條規定：「凡軍辦報社、通訊社、雜誌社之聲請登記者，應由發行人填具聲請登記書三份（發行人如有二人以上時，應互推一人具名為之），呈由軍事委員會政治部、核轉內政部，會同中央宣傳部核發登記。」

其次，在原有報紙、通訊社、雜誌發行人、編輯人的資格准入條件的基礎上，進一步在經歷及新聞記者資格等方面都有更嚴格的限制。在修正《出版法》及《出版法施行細則》，1937 年 7 月 8 日《出版法》（修正）第十四條規定：「有下列情形之一者，得禁止其為新聞紙或雜誌之發行人或編輯人：因違反第二十一條之規定受刑事處分者；因貪污或詐欺行為受刑事處分者。」發行人或編輯人經歷限制，1937 年 7 月 28 日《出版法實行細則》（修正）第七條規定：「出版法第九條第二項第六款所定登記聲請書應載明之經歷，如為新聞紙之發行人時，以具有下列資格之一者為合格：在教育部認可之國內外大學或專科學校畢業，得由證書者；在教育部認可之高級中學畢業，並服務新聞事業三年以上，有證書者；在新聞事業之主管機關服務三年以上，有證明文件者；服務新聞事業五年以上，有相當證明者。」1943 年 2 月 15 日《新聞記者法》及《新聞記者法施行細則》（民國 33 年 8 月 19 日社會部、內政部會令公布）關於新聞記者資格證書及其經歷的限制條件，該法第一條規定「本法所稱新聞記者，謂在日報社或通訊社擔任發行人、撰述、編輯、採訪或主辦發行及廣告之人。」該法第二條規定：「依本法聲請核准領有新聞記者證書

者，得在日報社或通訊社執行新聞記者之職務。」申請新聞記者的經歷要求，第三條規定：具有下列各款資格之一者，得申請給予新聞記者證書：在教育部認可之國內外大學或獨立學院之新聞學系或新聞專科學校畢業，得有證書者；除前款外，在教育部認可之國內外大學、獨立學院或專門學校，修習文學、教育、社會、政治、經濟或法律各學科畢業，得有證書者；曾在公立或經立案之大學、獨立學院、專門學校任前二款各學科教授一年以上者；在教育部認可之高級中學畢業或舊制中學畢業，並曾執行新聞記者二年以上，有證明文件者；曾執行新聞記者職務三年以上，有證明文件者。

　　關於撤銷新聞記者證書的條件限制，該法第四規定：「有下列情形之一者，不得給予新聞記者證書；其已領有新聞記者證書者，撤銷其證書：背叛中華民國，證據確實者；因違反第二十一條之規定，或因貪污或詐欺行為被處徒刑者；禁治產者；被剝奪公權者；受新聞記者公會之會員除名處分者；在國內無住所者。」關於新聞記者執業限制，該法第七條：「新聞記者應加入其執行職務地之新聞記者公會或聯合公會，其地無公會者應加入其鄰近市、縣新聞記者公會。」

　　再次，不斷提高報社、通訊社、雜誌社的註冊資本與嚴格控制地域分布。關於報紙、通訊社、雜誌社申請登記時資本及經濟狀況限制，1937 年 7 月 28 日《出版法實行細則》（修正）第六條規定：出版法第九條第二項第三款所定登記聲請書，應載明之資本數目，如係刊行新聞者，得依照下列規定定其額數：在人口百萬以上之省政府或市政府所在地，刊行報紙者一萬元以上，刊行通訊稿者三千元以上；在人口未滿百萬之省政府或市政府所在地，刊行報紙者六千元以上，刊行通訊稿者一千元以上；在特區行政公署縣政府或設治局所在地，刊行報紙者一千元以上，刊行通訊稿者二百元以上。但該地向無報社或通訊社之設立而創辦刊報紙者，得減低至五百元以上，刊行通訊稿者，得減低至一百元以上。新聞紙在前項第一款所定區域以外之地方刊行者，其資本額數得由省政府或特區行政公署酌定，分別諮呈內政部查核備案。之後對報社、通訊社、雜誌社註冊資本要求又大大提高，1943 年 4 月 15 日《非常時期報社通訊社雜誌社登記管制暫行辦法》（國民政府行政院公布施行）第三條規定：「報社、通訊社、雜誌社之資本，暫以下列規定定期額數，並得由地方主管官署於考查時令其呈驗證件：在人口百萬以上之省政府或市政府所在地，刊行報紙者五萬元以上，刊行通訊稿者一萬五千元以上，刊行雜誌者二

萬元以上；在人口未滿百萬之省政府或市政府所在地，刊行報紙者三萬元以上，刊行通訊稿者五千元以上，刊行雜誌者一萬元以上；在縣政府或設治局所在地，刊行報紙者五千元以上，刊行通訊稿者一千元以上，刊行雜誌者二千元以上。」同時，還嚴格控制報社、通訊社和雜誌社的地域分布，該辦法第五條規定：「報社、通訊社之設立按分布規定調整之：在人口五十萬以上之省政府或市政府所在地，及其近郊地區，以報社五家、通訊社三家為原則。逾額得限制增設；在人口未滿五十萬之省政府或市政府所在地，及其近郊地區，以報社三家、通訊社二家為原則。逾額得限制增設；在前二款以外之重要城市，以報社二家、通訊社一家為原則。逾額得限制增設；在縣政府或設治局所在地，以有一家為原則。」該辦法第六條規定：「雜誌社得由中央宣傳部、內政部參酌前條關於報社之規定，調整其分布。」

（二）建立戰時新聞黨政軍協調管理組織制度

為了全面抗戰軍事動員和輿論動員的需要，國民政府在原有新聞宣傳主管機構的基礎上對新聞出版、戰爭宣傳的管理機構進行了重大調整。一方面對原有中央宣傳部的組織機構不斷加強，中宣部作為戰時新聞宣傳的業務指導機構，主要向全國新聞宣傳部門發布宣傳通報（主要有國內外大勢分析，供宣傳工作人員的參考情報，宣傳工作）、宣傳通訊（主要有宣傳指示、時局分析、大事記、重要參考資料、查禁之書志）、每週的情報、宣傳大綱、臨時指示電。中央宣傳部內部分為七個處級機構：普通宣傳處、國際宣傳處、藝術宣傳處、新聞事業處、出版事業處、廣播事業處、總務處。各處職能見表4.2.1。

表 4.2.1　1942 年中央宣傳部內部機構[1]

中央宣傳部處級機構	主　要　職　能
普通宣傳處	指示各級黨部的宣傳工作、戰地宣傳工作、通俗宣傳。
國際宣傳處	掌理對外的一切宣傳和對外廣播。
藝術宣傳處	管理電影與記錄片。
新聞事業處	指導全國的新聞政策，管理黨報。
出版事業處	掌理本黨的出版政策和出版的事業。

1　許孝炎：《本黨的宣傳機構及其運用》，《新聞學季刊》，1942 年第 2 卷第 2 期，第 1～5 頁。

廣播事業處	管理廣播事業
總務處管制機構	新聞檢查局，中央圖書雜誌審查委員會。

　　另一方面，在原有新聞檢查的基礎上，設立戰時新聞檢查局領導全國新聞檢查機構執行新聞檢查。根據 1939 年 5 月 26 日《戰時新聞檢查辦法》（軍事委員會擬定，1939 年 6 月 1 日行政院訓令通行），遵照蔣中正委員長手令，將軍事委員會新聞檢查機構改組，設立戰時新聞檢查局，集中管理戰時全國新聞檢查事宜。戰時新聞檢查局隸屬於中央軍事委員會，其組織訓練及技術上的責任由中央宣傳部負責。戰時新聞檢查局局長，由中央宣傳部、軍事委員會派員分別擔任。其經費以原有中央檢查新聞經費為基礎，並由中央軍事委員會彌補不足。各地新聞檢查所人事與經費由戰時新聞檢查局統籌辦理。其職員以調用為主，必要時得遴選適當人才專任。戰時新聞檢查所依照中央核定的「新聞檢查標準」、「戰時新聞禁載標準」及中央宣傳部與戰時新聞檢查局臨時指示執行新聞檢查。[1]

　　再者，還有行政院圖書雜誌審查委員會、行政院非常時期電影檢查所、內政部地圖審查委員會、教育部國立編譯館、各地警察局等都直接參與執行新聞宣傳的檢查。各機構職能見表 4.2.2。後來，為了依法保障人民言論自由，改善出版檢查制度，國民黨中央決定將已有的各出版審查檢查機關合併設立戰時出版指導機關，機關隸屬行政院。戰時出版指導機關的組織條例及戰時出版審查標準交國民黨中央常務委員會審議後施行，戰時出版指導機關的經費由裁併的各出版檢查原有經費和公糧一併劃歸。[2]本案係全會黨務組根據中央宣傳部提出之《出版檢查工作報告及檢討》，詳細討論，擬具審查意見四項，提經大會修正通過：一、應根據本黨依法保障人民言論自由之政策，改善出版檢查制度。二、將現有各出版審查檢查機關，合併設立戰時出版指導機關，錄屬於行政院。三、戰時出版指導機關之組織條例，及戰時出版審查標準，交常委會於六月三十日以前審慎議定，期於七月一日實行。四、出版指導機關設立時，將應行裁併之出版檢查原有經費及公糧等，一併劃歸該出版指導機關。

1　《戰時新聞檢查辦法》（民國 28 年 5 月 26 日軍事委員會擬定，同年 6 月 1 日行政院訓令通行），劉哲民編：《近現代出版新聞法規彙編》，學林出版社，1992 年版，第 554 頁。

2　《十二中全會改進出版檢查制度決議案》（民國 33 年 5 月 20 通過），《中國新聞學會年刊》，1944 年版，第 67 頁。

表 4.2.2　新聞出版檢查機構及其檢查內容[1]

戰時新聞出版檢查機構	負責檢查的內容
軍事委員會戰時新聞檢查局	新聞及新聞評述
行政院圖書雜誌審查委員會	圖書、雜誌、戲劇
中央宣傳部國際處	外文電訊、外文雜誌
軍令部戰令發布組	戰訊
行政院非常時期電影檢查所	電影
內政部地圖審查委員會	地圖
教育部國立編譯館	教科書
各地警察局	壁報、傳單與標語

此外，國民政府還統一指定相應機構及人員負責與控制新聞的發布。根據 1929 年 9 月 15 日《對於新聞發布統製辦法》（國防最高委員會頒布），無論任何機關團體人員，非因職務或業務上之必要，應儘量避免與外人接觸，遇有接觸之必要時，亦不得告知任何政治消息，或表示政治意見；各中央政治機關對外發表消息及一切文告，應送由外交部情報司或中央宣傳部國際宣傳處代為發表；中央各院、部、會得指定一、二人專負接待一般外賓發言之責，但其談論範圍，應先得該主管長官之指示。[2]

（三）實施以「勝利第一、軍事第一」核心的戰時新聞出版內容檢查制度

為了適用全面抗戰的實際需要，國民政府根據「勝利第一軍事第一」的原則與要求先後對原有的新聞出版審查標準、新聞檢查標準、新聞檢查辦法及違檢處罰法規進行修正，並頒布了一系列新的新聞出版審查法規。

首先在 1937 年《出版法》（修正）的基礎上，1938 年 7 月 21 日國民黨中央發布《修正抗戰期間圖書雜誌審查標準》（國民黨第五屆中央執委會第 86 次常務會議通過），該標準對謬誤言論、反動言論做了詳細而明確的界定。

規定以下各類為「謬誤言論」：

1　「出版檢查工作報告及檢討」，國民黨黨史會藏，檔案號：5.3/233.24。
2　《對於新聞發布統製辦法》（民國 28 年 9 月 15 日國防最高委員會頒布），劉哲民編：《近現代出版新聞法規彙編》，學林出版社，1992 年版，第 555 頁。

　　一、曲解、誤解、割裂本黨主義及歷來宣言、政綱、政策與決議案者；

　　二、記載革命史蹟，敘述中央設施諸多失實，足以淆惑聽聞者。

　　三、立言態度完全以派系私利爲立場，足以妨礙民族利益高一一切之前提者。

　　四、其鼓吹之主張，不合抗戰要求，足以阻礙抗戰情緒，影響抗戰前途者。

　　五、故作悲觀消極論調，或誇大敵人，足以消滅抗戰必勝之信念者。

　　六、妨害善良風俗及其他之頹廢言論，足以懈怠抗敵情緒，貽社會不良影響者。

　　七、言論偏激狹隘，足以引起友邦反感，妨礙國防外交者。

規定以下各類爲「反動言論」：

　　一、惡意詆毀及違反三民主義與中央歷來宣言、政綱、政策者。

　　二、惡意抨擊本黨，詆毀政府，污蔑領袖與中央一切現行設施者。

　　三、披露軍事、外交秘密消息，關係國防計劃，而未經許可發表者。

　　四、爲敵人及傀儡僞組織或漢奸宣傳者。

　　五、鼓吹偏激思想，強調階級對立，足以破壞集中力量抗戰建國之神聖使命者。

　　六、鼓吹在中國境內實現國民政府以外之任何僞組織，國民革命軍以外之任何僞匪軍，及其他一切割裂整個國家民族之反動行爲者。

　　七、挑撥中央與地方感情，或離間黨政軍民各方面之關係，以遂其破壞全國統一之陰謀者。

　　妄造謠言，顛倒事實，足以動搖人心，淆亂視聽者。

　　1943 年 2 月 16 日中央圖書雜誌審查委員會發布《獎勵優良書刊劇本辦法》，該辦法對優良書刊劇本統一了標準，該辦法第二條規定：

　　業經原稿審查之圖書雜誌或劇本，合於下列之一項或數項者，得獎勵之：

一、對三民主義、國父遺教或總裁言行，確有闡揚理論之特殊貢獻者；

二、對中國國民黨政綱、政策或史實，確有精當之解釋或特殊之貢獻者；

三、對本國歷史、文化、學術思想為精密純正之闡揚，而有益抗戰建國者；

四、表彰抗戰事績，宣揚革命精神，足以激發國人忠黨愛國之熱忱者；

五、依據國策駁斥謬誤言論，直到青年思想，有助於抗戰建國者；

六、其他有利抗戰建國之社會科學、哲學、文藝或劇本。[1]

1943 年 10 月 4 日修正《戰時新聞禁載標準》（奉軍事委員會辦 42 政字第 44266 號指令核准施行，並報請中央宣傳部轉奉中央第 243 次常會備案），該標準對軍事、黨政、外交、財政經濟、交通運輸、社會禁載事項都有詳細規定。[2]1944 年 6 月 20 日國民政府公布《戰時出版品審查辦法及禁載標準》，該條例規定在修正出版法的基礎上，增加了系列涉及戰時國防機密緊急重要的禁載內容，該條列第十條規定：

戰時出版品之審查，除依據修正出版法第四章之規定外，其有下列各項情形之一者，應行禁止刊載：（一）違背我國立國之最高原則者，（二）危害國家利益破壞公共秩序者，（三）洩露國際間未至發表時期之會議談判締約及其他有關外交之機密者，（四）妨礙我國與友邦睦誼或同盟國之團結者，（五）洩露國軍之編制番號裝備駐防地點調動補充整訓情形及作戰計劃者，（六）洩露兵工廠軍需工業與重要國防工業場廠之地點設備製造生產量供應及運輸狀況者，（七）洩露飛機場要塞測量局重要電臺軍營倉庫軍訓機關及防禦工事所在地及內容者，（八）洩露戰役及與作戰有關之機密事項者，（九）洩露敵後我黨政軍教工作人員之姓名及活動情形者；（十）有礙糧政役

---

1 《獎勵優良書刊劇本辦法》（民國 32 年 2 月 16 日中央圖書雜誌審查委員會擬訂，行政院指令備案），劉哲民編：《近現代出版新聞法規彙編》，學林出版社，1992 年版，第 270～271 頁。

2 《戰時新聞禁載標準》（民國 32 年 10 月 4 日修正，奉軍事委員會辦 42 政字第 44266 號指令核准施行，並報請中央宣傳部轉奉中央第 243 次常會備案），劉哲民編：《近現代出版新聞法規彙編》，學林出版社，1992 年版，第 562～566 頁。

政與軍事工役之推行者,(十一)洩露戰時財政經濟情況,足資敵人利用影響抗戰者,(十二)洩露未經主管機關發表之各種會議演習校閱集訓之日期地點及參加人員者。

第十一條規定「前條各項禁載標準得由中央審查機關適應情勢變遷,隨時規定解釋事項,呈准公告施行;凡在施行日期以前者,不受新解釋之拘束。」此外,還軍事教育新聞的發表也制定了統一的標準,根據《國民軍事教育新聞發表標準》(頒布年月不詳)及《修正國民軍事教育新聞發表標準》(頒布年月不詳),凡屬國民軍事教育範圍內之法制計劃現狀及組織統計等新聞,無論任何人不得利用任何方法發表、宣傳、轉載、轉述。但是檢閱、會操、運動、典禮等新聞,以討論闡揚國民軍事教育理論爲目的等與上述各項無妨礙者,不在此限。[1]

其次採取事前與事後相結合的審查方式。1944年6月20日國民政府公布的《戰時出版品審查辦法及禁載標準》第三條規定:「審查方式採用事前審查與事後審查兩種,前者爲原稿審查,後者爲印成品審查。」第四條規定:「凡在國內放映之外國電影片或國產電影片及我國內出版之戲劇本,一律實行事前審查。」第六條規定:「凡圖書及不以論述軍事政治外交爲目的之雜誌,由著作人自行審查。」第七條規定:「著作人或發行人自行審查時,如有疑義,得自動將原稿送請審查機關審查之;經審查放行之件,著作人,或發行人不負法律上之責任。」第八條規定:「凡未自動送審或自動送審而不遵檢之出版品,如有違反現行法令時,著作人或發行人應負法律上之責任。」第九條規定:「凡未經事前審查之出版品,應由著作人或發行人將印成之出版品送審查機關爲事後之審查。」。第十二條規定:「對於解釋事項,送審人與審查機關意見如有不同時,得呈請上級機關裁定後再行檢放。」關於戰時書刊的審查,國民政府還頒布了《戰時書刊審查規則》,戰時圖書、雜誌及戲劇電影的劇本的審查由中央圖書雜誌審查委員會及其所屬各省市圖書雜誌審查處依法執行,凡以論述軍事政治及外交爲目的的圖書、雜誌或單篇文字均須原稿送審,凡不涉及軍事、政治及外交的圖書、雜誌則實行自願送審,違者依法處罰。[2]

1　《國民軍事教育新聞發表標準》(頒布年月不詳)、《修正國民軍事教育新聞發表標準》(頒布年月不詳)劉哲民編:《近現代出版新聞法規彙編》,學林出版社,1992年版,第506～507頁。

2　《國府新頒戰時出版品書刊審查兩項法規》,《中國新聞學會年刊》,1944年版,第65～67頁。

　　此外，國民政府及國民黨中央有關部門還發布了《戰時圖書雜誌原稿審查辦法》（民國 27 年 7 月 21 日國民黨第 5 屆中央常委會第 86 次會議通過，民國 27 年 12 月 22 日國民黨第 5 屆中央常委會第 106 次會議修正，民國 29 年 9 月 6 日國民政府公布）、《審查處理已出版書刊細則》（民國 31 年 3 月 7 日第 15 次中央圖書雜誌審查委員會會議通過）、《統一書刊審檢辦法》（民國 31 年 4 月 23 日）、《雜誌送審須知》（民國 31 年 4 月 23 日）、《演出劇本審查辦法》（民國 31 年 6 月 20 日）、《隨軍記者及攝影人員暫行規則》（民國 26 年 12 月 13 日行政院令頒）、《新聞電報規則》（民國 30 年 10 月 3 日財政部公布並同日施行）、《修正圖書雜誌劇本送審須知》（民國 33 年）、《圖書雜誌查禁解禁暫行辦法》（民國 28 年 5 月 4 日國民黨第 5 屆中央常務委員會第 120 次會議修正）、《調整出版品查禁手續令》（民國 28 年 10 月 24 日國民政府訓令行政院軍事委員會）、《處置漢奸汪精衛等以前著作辦法》（民國 28 年 12 月 1 日中央圖書雜誌審查委員會第 20 次會議通過）、《總裁著述及各種訓詞小冊普遍印行辦法》（民國 32 年 4 月 5 日國民黨第 5 屆中央常委會第 224 次會議備案）、《戰時空軍新聞限制事項》（民國 31 年 2 月 28 日航空委員會防空總監部）、《各省市新聞檢查規則》（民國 32 年 12 月 24 日軍事委員會辦制渝字第 6048 號令准施行）等系列有關戰時新聞出版檢查的法規及臨時行政辦法，以進一步強化戰時新聞統制。

（四）修正完善戰時新聞出版獎罰制度

　　爲了抗戰宣傳的需要，力求多出優良新聞宣傳作品，嚴格遏制違法新聞宣傳活動，國民政府通過修正原有相關新聞出版法及出臺新聞新聞出版法進一步完善了戰時新聞出版的獎罰制度。根據 1943 年 2 月 16 日發布的《獎勵優良書刊劇本辦法》第三條規定：「獎勵方法得爲下列之一種或數種：一、榮譽獎勵。由本會發給榮譽獎狀；二、現金獎勵。第一等獎二千元，第二等獎一千元，第三等獎五百元。三、轉報有關機關予以介紹出版、上演或酌予獎勵。上列獎狀、獎金由著作人具領，獎狀並可刊登該圖書、雜誌或劇本之封面。」[1]對於全國優良新聞宣傳品進行榮譽獎勵、現金獎勵及向公眾推介獎勵。

　　同時，對戰時新聞宣傳作品或活動的違法處罰力度也不斷加大。除了 1937

1　《獎勵優良書刊劇本辦法》（民國 32 年 2 月 16 日中央圖書雜誌審查委員會擬訂，行政院指令備案），劉哲民編：《近現代出版新聞法規彙編》，學林出版社，1992 年版，第 270～271 頁。

年《出版法》（修正）規定的處罰之外，《非常時期報社通訊社雜誌社登記管制暫行辦法》、《戰時新聞違檢懲罰辦法》等戰時新聞出版法規都加大了違法的處罰力度。其中1943年4月15日《非常時期報社通訊社雜誌社登記管制暫行辦法》（國民政府行政院公布施行）加大了非常時期報社、通訊社、雜誌社限制與注銷的處罰，該辦法第九條規定：「內政部於必要時，得會同中央宣傳部指定一區域內之報社全部或一部發行聯合版或限制其篇幅。」該辦法第七條規定：「雜誌社經核准登記後，其出版內容與聲請登記時所填之發行旨趣不符者，內政部得於中央訓傳部審定後停止其發行，並注銷登記。」第八條規定：「報紙、通訊社、雜誌之內容如不合於抗戰建國之需要，並足貽社會以不良之影響者，內政部得於中央宣傳部審定後停止其發行，並注銷登記。中央圖書雜誌審查委員會或軍事委員會戰時新聞檢查局，如遇有前條或本條所定情形，除依審檢法規辦理外，得報請中央宣傳部審定，轉函內政部辦理之。」而1939年12月9日《戰時新聞違檢懲罰辦法》規定對各報社、通訊社違檢行為視情節輕重給予忠告、警告、嚴重警告、定期停刊、永久停刊等懲罰。[1]1943年10月4日修正《戰時新聞違檢懲罰辦法》則把處罰分為警告，嚴重警告，沒收報紙、通訊稿或其底版，勒令更換編輯人員，定期停刊，永久停刊。[2]

三、戰後新聞監督管理機制的調整（1945～1949）

隨著抗日戰爭的結束，國內「拒檢運動」不斷高漲，戰時新聞出版統制制度與政策已經不再符合戰後國內新聞出版管理的實際需要，於是國民政府根據戰後人民言論自由的呼聲及憲法、法律的原則，對戰時新聞出版管理體制不斷調整和修正，但由於全面內戰的爆發，國民政府為控制新聞輿論同於是又頒布了一些新新聞出版管理法規與制度。

首先，國民政府正式宣布廢止戰時新聞檢查制度及取消新聞檢查活動。隨著抗戰的全面勝利，1945年9月12日，國民黨中宣部部長吳國楨向外國記者宣布自10月1日起，除收復區外，廢止戰時新聞檢查制度。[3]1945年9月

1　《戰時新聞違檢懲罰辦法》（民國28年12月9日軍事委員會指令核准施行），劉哲民編：《近現代出版新聞法規彙編》，學林出版社，1992年版，第556～557頁。

2　《戰時新聞違檢懲罰辦法》（民國32年10月4日修正，軍事委員會辦（42）政字第44266號指令核准施行，並報請中央宣傳部轉奉中央243次常會備案。），劉哲民編：《近現代出版新聞法規彙編》，學林出版社，1992年版，第560～561頁。

3　宋原放：《中國出版史料·現代部分》（第2卷），山東教育出版社，1994年版，第288頁。

22 日，國民黨中央第 10 次常委會通過了《廢止新聞出版檢查制度的決定與辦法》，該辦法規定：

　　　　一、自 1945 年 10 月 1 日起，廢止戰時出版品審查辦法及禁載標準、戰時書刊審查規則及戰時違檢懲罰辦法；

　　　　二、新聞檢查，除軍事戒嚴區外，一律廢止，軍事戒嚴區之範圍，依軍事委員會之規定；

　　　　三、現行出版法應酌予修訂；

　　　　四、軍事委員會戰時新聞檢查局及其附屬機關，呈請主管機關規定辦法，結束該組；

　　　　五、出版負責人如對於其將行刊載之言論與消息是否合法發生疑問時，得向中央宣傳部或當地政府詢問請求解答，當地政府入不能解答時，得請宣傳部代爲解答，但雖經解答，仍由出版物負責人負法律上之責任。

　　1947 年 1 月 1 日國民政府頒布《中華民國憲法》，該憲法第一條規定：「中華民國基於三民主義，爲民有民治民享之民主共和國。」第八條規定：「人民身體之自由應予保障。」第十一條規定：「人民有言論、講學、著作及出版之自由。」第十二條規定：「人民有秘密通訊之自由。」第十四條規定：「人民有集會及結社之自由。」第二十四條規定：「關於以上所列舉之自由權利，除爲防止妨礙他人自由，避免緊急危難，維持社會秩序，或增進公共利益所必要者外，不得以法律限制之。」同時，國民政府 1947 年還修正《出版法》（草案），該法草案刪掉了原有的相關處罰條款並全面修正，但由於內戰爆發，最終沒有正式頒布。

　　其次，設立行政院新聞局統一管理政令宣傳及新聞出版事業。隨著《中華民國憲法》的頒布，言論出版自由的合法管理與保障成爲公眾聚焦的問題。爲了解決國民政府對全國新聞出版管理的合法性問題，1947 年 3 月 24 日國民黨六屆三中全會通過了關於行政院設立新聞局的決議。1947 年 4 月 17 日，國民政府擴大改組，行政院新聞局成立，「主管政府政令政績之宣揚，輔助新聞事業之發展，指導地方政府宣傳業務，及政府於（與）新聞界聯繫事項，並交換國際新聞資料，溝通中外輿論。」[1]由原中央宣傳部長期主管外宣事務的

1　「行政院新聞局大事記」，《行政院新聞局局史——四十年紀要》，臺灣行政院新聞局印行，1988 年版，第 111 頁。

副部長董顯光擔任行政院新聞局首任局長，下設一、二、三處，負責管理來訪、新聞發布、報紙、通訊社、雜誌登記、調查，負責管理編撰各種英文刊物、通譯外文電訊廣播、攝製新聞片及紀錄影片，負責管理研究國際問題、編譯國際對華輿論並負責編撰宣揚政績政令書刊、搜集保管與供應資料、輔導廣播、電影、戲劇等工作。

　　再次，國民政府頒布了一系列控制內戰新聞輿論的新聞出版管理制度。戰後初期，國民政府對戰後收復區報紙、通訊社、雜誌社、電影、廣播無線電臺進行查封，經核准登記之後逐步恢復公開運營。根據 1945 年《管理收復區報紙、通訊社、雜誌、電影、廣播事業暫行辦法》，一律查封敵偽機關或私人經營之報紙、通訊社、雜誌及電影製片、廣播事業；附逆報紙、通訊社、雜誌及電影事業，先由宣傳部通知當地政府查封，聽候處置；宣傳部、政治部、各級黨部、政府原在收復區各地淪陷前所辦之報紙、通訊社，應在原地迅即恢復出版，以利宣傳；各地淪陷前之商辦報紙、通訊社，按照優先程序，經政府核准後得在原地恢復出版；收復區出版之報紙及通訊社稿，在地方尚未完全平定以前，應由當地政府實行檢查。[1]但隨著全國內戰的全面爆發，國民黨中央及國民政府通過修訂已有相關法律及出臺相關該法規進一限制全國新聞出版，以控制全國新聞輿論。1947 年 7 月 4 日《戡平共匪叛亂總動員令》（國民政府第六次國務會議通過）、1947 年 7 月 19 日《動員戡亂完成憲政實施綱要》（國民政府發布）、1948 年 5 月 10 日《動員戡亂時期臨時條款》（國民政府行政院通過）、1947 年 5 月 19 日《戒嚴法》、1949 年 5 月 24 日《懲治叛亂罪犯條例》、1947 年 12 月 25 日《戡亂時期危害國家緊急治罪條例》等法規都都加大了對新聞宣傳違法犯罪行為的處罰。其中國民政府 1947 年 5 月 19 日修正公布了《戒嚴法》，該法規定在戒嚴地區停止機會結社，「取締言論、講學、新聞雜誌、圖畫、告白、標語暨其他出版物，認為與軍事有妨害者。」[2]1949 年 5 月 24 日《懲治叛亂罪犯條例》第六條規定：「散佈謠言或傳播不實之消息，足以妨害治安或搖動人心者，處無期徒刑或七年以上有期徒刑。」第七條規定：「以文字、圖書、演說，為有利於叛徒之宣傳者，處七年以上有

1　《管理收復區報紙、通訊社、雜誌、電影、廣播事業暫行辦法》（民國 34 年國民黨中常會通過）（頒布年月不詳），劉哲民編：《近現代出版新聞法規彙編》，學林出版社，1992 年版，第 508～510 頁。

2　中國第二歷史檔案館編：《中華民國史檔案資料彙編・第五輯第三遍・文化》，江蘇古籍出版社，1996 年版，第 236 頁。

期徒刑。」1947 年 12 月 25 日《戡亂時期危害國家緊急治罪條例》頒布，該條例第六條規定：「以文字、圖畫或演說為匪徒宣傳者，處 3 年以上 7 年以下有期徒刑。嚴重者處死刑或無期徒刑或十年以上有期徒刑。」同時，國民政府有關部門也發布相關行政規章加強控制新聞出版業。1947 年 8 月 25 日《陸海空軍聯勤各級部隊學校醫院暨特種獨立兵團隊新聞（訓導）機構工作督導系統劃分辦法》（國防部新聞局制定）、1947 年 9 月 13 日《國防部各級新聞（訓導）工作指導考核辦法》（國防部）、《國防部各級新聞（訓導）單位工作聯繫辦法》、1947 年 9 月 23 日《各級部隊新聞單位對所屬工作報告審核辦法》（國防部）、1948 年 6 月《軍事新聞採訪發布實施暫行辦法》（國防部、內政部共同擬定，後經行政院改為《動員戰亂期間軍事新聞採訪發布辦法》，並通令全國實施。）、1947 年 9 月 5 日《新聞紙雜誌及書籍用紙節約辦法》（民國行政院臨時會議通過）、1947 年《特種營業管製辦法》等具體新聞出版法規進一加強對新聞出版的統制。其中《特種營業管製辦法》將書店業、印刷業與理髮業、洗澡業等歸入「特種行業」，加強管制。

《新聞紙雜誌及書籍用紙節約辦法》通過行政手段控制報紙、雜誌、圖書出版的紙張供求進而控制全國新聞輿論。該辦法規定：

第一條　各地報紙關於新聞及廣告之編排，應力求節約篇幅。原在一張以上者，均應於本辦法公布後自動縮減為一張，其原在二張以上，不得超過二張。

第二條　各地雜誌篇幅應依照下述規定：一、週刊，每期以 16 頁為度；半月刊，每期以 32 頁為度；月刊以上，以 64 頁為度。前項頁數均以單面計算。封皮可另加 4 頁。

第三條　新聞紙、雜誌及書籍應儘量採用國產紙張。

第四條　內政部得根據事實需要，酌量調劑各地新聞紙、雜誌之數量，期於節約之中並收均衡文化發展之實效。

第五條　無充分資金、固定地址之新聞紙、雜誌，應嚴格限制其登記。[1]

這些新的新聞出版管理制度使民國南京政府進一步加強對全國新聞出版宣傳的控制。

1　《新聞紙雜誌及書籍用紙節約辦法》（民國 36 年 9 月 5 日行政院臨時會議通過），劉哲民編：《近現代出版新聞法規彙編》，學林出版社，1992 年版，第 513 頁。

第三節　民國南京政府的新聞產業政策

國民黨中央及國民政府一方面通過憲法、刑法、出版法、新聞記者法及各種新聞出版的管理條例、辦法或命令來嚴格管理全國新聞出版宣傳，另一方面也通過施行多元化傳媒所有制、商業營業政策促進全國國營、私營、股份制新聞出版企業的發展與繁榮，尤其通過實施一系列的政策支持、業務指導及津貼補助政策來扶助國有黨營的黨報、中央通訊社、中央廣播電臺等新聞出版企業的創辦、發展與壯大。

一、對黨營傳媒實施指導與扶助政策

為了做大做強國民黨創辦各級各類新聞媒體，強化對全國新聞輿論的控制，報人陳德徵曾向國民黨中央提議：充實中央黨報的力量，使中央黨報之質與量，能超出乎全國各地之報紙；充分發展直轄於中央機關之準黨報，私人組織而受黨津貼之報紙，並保障其安全；充分扶助各地方黨報之發展；扶植中央通信社，使得充分發展，且使負有國際宣傳的重任；限制外國報紙之發行，嚴厲取締造謠挑撥侮辱我國之外國報紙；保障中央黨報準黨報地方黨報及黨通訊社工作人員生活及工作之安全，非反動有據，不得撤換及拘捕；制定優遇新聞記者之條例；制定出版法保障出版自由。[1]事實上，後來國民黨中央及南京國民政府基本上一直努力按照上述思路從政策支持、業務指導及經濟補助等一系列政策來發展與壯大國民政府、國民黨所創辦經營的報紙、通訊社、廣播電臺及雜誌。

（一）對黨營傳媒的政策支持

為了規劃發展全國國有新聞事業，國民黨中央出臺了一系列政策支持各級黨部各級政府積極創辦新聞媒體，加強黨和政府的政令政績宣傳，力圖主導社會新聞輿論。

首先，國民黨中央 1928 年 11 月通過了《設置黨報條例》，要求中央及各級黨部派員創辦、編輯黨報、黨刊，各級地方黨部黨報、黨刊人員、津貼、工作報告、預決算呈報中央宣傳部備案。該條例內容如下：

　　第一條　為發揚本黨主義，使民眾瞭解政策、政綱及領導輿論起見，中央及各級宣傳部得設置日報、雜誌，或酌量津貼本黨黨員

1　嚴慎予：《黨應確定新聞政策》，《報學月刊》，1929 年第 1 卷第 2 期，第 75～79 頁。

所主辦之日報、雜誌。

第二條　凡中央及各級宣傳部直轄之日報、雜誌，其主管人員及總編輯由中央或所屬之黨部委派之。

第三條　凡各級宣傳部直轄之日報、雜誌及受本黨津貼之日報、雜誌社，組織大綱、工作計劃及職員名冊，均須送呈所屬黨部審核，並轉呈中央宣傳部備案。

第四條　凡各級宣傳部直轄之日報、雜誌及本黨津貼之日報、雜誌，須按月呈報工作報告及預決算案於所屬黨部，依次轉呈中央宣傳部。

第五條　各級宣傳部設置日報以一種為限，但雜誌得依環境之需要酌量辦理。

第六條　凡請求各級黨部津貼之日報、雜誌，須按中央頒布之補助黨報辦法辦理。

第七條　凡中央及各級宣傳部直轄之日報、雜誌及受本黨津貼之日報、雜誌，其言論內容均須遵照中央頒布之指導黨報條例。

第八條　本條例如有未盡事宜，由中央宣傳部隨時呈請中央執行委員會修正之。

第九條　本條例由中央執行委員會議決施行。[1]

這樣一來，全國黨報、黨刊等黨營媒體的創辦及日常管理便有了統一政策傾斜、政策指導。

同時，為了讓省市地方黨部宣傳部更有效地指導和管理所轄黨辦新聞媒體，國民黨中央宣傳部於 1931 年 2 月 5 日出臺了《國民黨中央宣傳部關於省市黨部宣傳工作實施方案》，該方案要求：省及特別市黨部籌辦黨報，必須先行擬定計劃，呈請中央宣傳部核准；省及特別市黨部對於所屬黨部應遵照指導黨報條例指導之；黨報雖由黨部主辦，但應避免用黨辦名稱，亦不必沿用民國日報、中山日報等字樣；省黨部所設通訊社之經費，由省黨部活動費項下撥之，其社內工作人員由省黨部宣傳工作人員兼任之，各縣市通訊員由省黨部指定各縣市黨部宣傳工作人員兼任之；省及特別市黨部對於無線電話收音員應遵照中央宣傳部規定之中央廣播無線電臺收音員任用規則辦理之；省

1　《設置黨報條例》（民國 17 年 11 月國民黨中央常務會議通過），倪延年：《中國報刊法制發展史·史料卷》，南京師範大學出版社，2006 年版，第 168 頁。

及特別市黨部應將收音所得之新聞消息儘量速交於當地報社及通訊社發表；應按期審查報館及通訊社所出刊物。報紙及通訊社稿如有紀載失檢，或言論反動時，應依據宣傳品審查條例及出版法，分別商請當地行政機關予適當之處置；遇緊要時，應召集新聞記者談話；應按期審查雜誌社所出刊物，如發現所出雜誌有反動宣傳時，依據宣傳品審查條例及出版法，分別商請當地行政機關，予以適當之處理。[1]

此外，國民政府及國民黨中央還通過紙張優先保障，貸款優惠、地租成本減免、行政攤派發行、政府公告刊登等行政措施支持黨營新聞媒體的發展與經營。

（二）對黨營傳媒的業務指導

如何創辦黨報、黨刊僅僅是開始，創辦起來以後，如何進行新聞及內容的編輯及黨的綱領、路線、方針、政策的宣傳則是黨營傳媒的日常核心業務。爲了指導各級黨營傳媒進行有效的新聞報導及黨義宣傳，國民黨中央於 1928 年 6 月 21 日通過了《指導黨報條例》。該條例爲指導本黨輿論統一宣傳，對各級黨部宣傳部、黨員主辦黨報進行宣傳業務指導。該條例內容如下：

第一條規定：爲指導本黨輿論統一宣傳起見，制定本條例。

第二條規定：本條例所指導之黨報爲下列兩種：各級黨部宣傳部主辦，經呈由中央宣傳部核准者；黨員主辦，經由個中央宣傳部核准者。

第三條規定：各級黨部宣傳部直轄之黨報，其負責人員及總編輯由其主管黨部宣傳部委派之。

第四條規定：直轄於中央之各黨報，由中央宣傳部直接指導之，其他各級黨部宣傳部之各黨報，得由各該宣傳部秉承中央意旨指導之。

第七條規定：各黨報應按期呈送刊物全份於中央宣傳部及其主管黨部宣傳部審查，如認爲有應須糾正之處，須絕對服從。

第八條規定：各級黨部宣傳部主辦之黨報，得酌將刊物逐期贈送黨地區黨部及區分部各一份。

---

1 《國民黨中央宣傳部關於省市黨部宣傳工作實施方案》（1931 年 2 月 5 日），中國第二歷史檔案館編：《中華民國檔案資料彙編》（第五輯第一編文化（一）），江蘇古籍出版社，第 13～22 頁。

第九條規定：各黨報登載新聞，如有失檢，影響私人或法人名譽時，當事人可舉證事實，聲請更正。倘拒不更正，得呈請其主管黨部宣傳部核辦，或向法院提起控訴。

第十條規定：各級黨部宣傳部對所屬黨報，除將所定宣傳綱要及方略盡先發給外，並應隨時指示宣傳要旨，以爲立論取材標準。

第十一條規定：各黨報應根據中央宣傳部所頒宣傳要點及時事問題，每週著刊社論。

第十二條規定：各黨報除記載眞實新聞外，須儘量宣傳本黨及政府所有政治設施、法律制度、建設計劃等。

第十三條規定：各黨報須儘量闡揚本黨主義及政策，並辟除或糾正一切反動謬誤的主義或政論。

第十四條規定：各黨報副刊須儘量刊載科學、文藝、社會、教育、經濟、建設及各種宣傳文字。

第十五條規定：各黨報應遵守下列之紀律：以本黨主義、政綱、政策爲最高原則；絕對服從上級黨部之命，並不得爲私人利用；對各級黨部及政府送往發表之主要文件，須盡先發表，不得延遲或拒絕；對本黨及政府應守秘密之事項，不得隨意發表。

第十六條規定：各黨報如有違背前條之規定，各級宣傳部得按其情節輕重，分別議處。其辦法如下：警告；撤換負責人或改組；停刊；懲辦負責人。[1]

爲了進一步規範地方黨部所創辦新聞媒體的業務指導，國民黨中央執委會 1933 年 6 月 1 日修正發布《各級黨部所轄報社管理規則》，對各級黨報的幹部、人事、財務、社論指導等方面做了明確規定。該規則內容如下：

第一條　各省市黨部所轄報社，除受各該省市黨部管理監督外，中央宣傳部得直接指導之，各縣市所轄報社，除受各該縣市黨部管理監督外，其主管省黨部得直接指導之。屬於中央或屬於省之特別黨部所轄報社之管理指導，依照前項規定辦理。

第二條　各報社經費以各報社之營業收入充之，不足時由主管

1　《指導黨報條例》（民國 17 年 6 月 21 日國民黨第 2 屆中央第 148 次常務會議通過，民國 19 年 3 月 24 日國民黨第 3 屆中央 81 次常務會議重訂），劉哲民編：《近現代出版新聞法規彙編》，學林出版社，1992 年版，第 445～447 頁。

黨部配給津貼。

　　第三條　各報社設社長一人，綜理全社事務，任用手續如左：各省市黨部所轄報社社長為專任職，由各省市黨部遴選並報中央宣傳部任用，必要時中央宣傳部得直接委派之。各縣市黨部所轄報社社長以專人為原則，由各縣市黨部遴選呈請主管省黨部任用，並轉報中央宣傳部備案。

　　第四條　各報社社長之下分經理編輯兩部，各設主任一人，分理各該部事務，由社長呈請主管黨部任用之，社長須兼一部主任。

　　第五條　各報社經理編輯兩部，視事務之繁簡，各設職員若干人，分掌採訪、編輯、印刷、發行、廣告等事宜，由社長任用，呈報主管黨部備案。

　　第六條　各報社應逐漸採用會計獨立制，會計人員由主管黨部委派，受社長指指導辦理會計事宜。

　　第七條　每報社每年度開始應由社長擬具營業損益預算書，營業計劃書，及職工名冊各二份（縣市三份）呈報主管黨部存查，並以一份轉送中央宣傳部核備。

　　第八條　各報社每月應由社長造具營業狀況報表（甲乙兩種）編輯工作報告表，資產負債表，及營業損益表各二份（縣市三份），於次月十五日前呈報主管黨部查核，並以一份轉報中央宣傳部備核。

　　第九條　各報社應以最迅速之方法，按期將所出之報紙，寄送中央宣傳部，及其主管黨部各一份備核。

　　第十條　各報社除服從中央宣傳部及主管黨部之一切指揮外，並須遵守出版法關於報紙之規定事項。

　　第十一條　本規則由中央常會核准施行，如有未盡事宜，由中央宣傳部修正報告中央常會備案。[1]

　　1943 年 11 月 15 日國民黨中央發布《黨營出版事業管理辦法》，對黨營書局（書店、書社）、文化運輸機構、印刷所等出版單位在幹部、人事、財務、考核等方面做了詳細規定。該辦法內容如下：

---

[1]　《各級黨部所轄報社管理規則》（民國 21 年 9 月 29 日第 4 屆第 40 次中常會通過，1933 年 6 月 1 日第四屆中央執行委員會 73 次常務會議修正。），上官和：《論三民主義新聞政策》，《大路月刊》1942 年第 7 卷第 5 期，第 9～17 頁。

第一條　黨營出版事業之管理，依本辦法之規定辦理之。

第二條　本辦法所稱黨營出版事業，指書局（店、社）或文化運輸機構、印刷所、紙廠及其他印刷器材製造之廠、所。

第三條　各省、市黨部及各縣、市黨部所屬出版事業，中央出版事業管理委員會得經由原主管黨部指導之。中央各部、會、處、三民主義青年團所屬出版事業之指導管理，比照前項規定辦理。中央出版事業管理委員會直轄出版事業之管理，適用本辦法，其細則理工訂之。

第四條　個出版事業機構主管人員，以專任為原則。

第五條　各出版事業機構之經費，以營業經費收入充之，初以自給自足為原則，漸圖擴展其業務。

第六條　各出版事業應採會計獨立制度。會計帳目表冊悉依中央之規定。其會計人員由主管機關遴派，受各該機構主管人員之指導，辦理會計事宜。

第七條　各出版事業機構，每月應造具業務狀況表、資產負債表、損益報告表、財產增減表，於次月 15 日以前呈送主管機關備查，並轉報中央出版事業管理委員會備核。必要時中央出版事業管理委員會得派員視察或抽查之。

第八條　各出版事業機構，每年 6 月底辦理決算一次，12 月底辦理年度總決算，其盈虧情形，應詳報主管機關，轉送或轉報中央出版事業管理委員會備核。

第九條　各出版事業機構，於每年元月以前，應根據本年度營業情形，擬具下年度營業計劃及預算，呈送主管機關，轉送或轉報中央出版事業管理委員會核定或備核。

第十條　各出版事業機構，應將出品或樣品（笨重者免）轉送中央出版事業管理委員會備核。

第十一條　中央出版事業管理委員會，每年舉行黨營出版事業工作成績考核一次，必要時得舉行工作競賽。

第十二條　本辦法由中央執行委員會核准施行。[1]

1　《黨營出版事業管理辦法》（民國 32 年 11 月 15 日第 5 屆中央常務委員會第 242 次會議通過），劉哲民編：《近現代出版新聞法規彙編》，學林出版社，1992 年版，第 329～330 頁。

（三）對黨營傳媒的經費補助

為了解決黨營傳媒創辦、運營的經費問題，一方面要求各級各類黨辦傳媒營業自給，同時由中央及地方黨部或政府補助不足，提供津貼彌補。國民黨中央於 1928 年 6 月 9 日通過了《補助黨報條例》（草案），該條例對黨營傳媒補助條件、補助標準及程序都有明確規定。該條例內容如下：

第一條　凡黨員所主辦之日報或期刊，請求本黨中央或各級黨部補助經費時，適用本條例。

第二條　黨員所主辦之日報或期刊，須備左列各條方得請求補助：一、言論及紀載隨時受黨之指導者；二、不利於黨之一切文字圖畫等件，概不為之登載者；三、能儘量宣傳本黨主義政策、政綱者；四、完全遵守黨定言論方針及宣傳策略者；五、黨之宣傳文字等件，能儘量並迅速刊載者；六、出版時間在　年以上者；七、發行份數載　份以上者；八、證明能繼續出版　年者。

第三條　補助經費數額依左列標準決定之：日報或期刊之所在地；日報或期刊之內容及效力。

第四條　受本黨補助之日報或期刊，須將左列各項呈報中央宣傳部及其受補助之黨部宣傳部備案：該報或期刊之負責編輯人、經理人、發行人姓名、略歷、住址；該報或期刊之經費收入情形；該報或期刊之所在地及詳細通訊出。該報或期刊之發行年月日。

第五條　本條例由中央常務會核准施行。[1]

從此以後，各級各類黨營傳媒都可以獲得不同額度的財政津貼，這些津貼直接納入中央宣傳部與地方黨部宣傳部的財政預算。據記載，中央宣查傳部 1943～1944 年撥給各黨報的經費少則 16 萬至 20 萬元，如廣州《中山日報》，多則 160 萬至 300 萬元，如重慶《中央日報》，各地黨政部門又在中央津貼之外對本地黨報另有津貼。[2]而根據 1945 年中央宣傳部、廣播事業管理處及所屬單位經費、事業費預算，中央宣傳部黨報社論委員會，廣播指導委員會、廣播事業管理處、電臺，中央宣傳部黨報維持費，中央通訊社及各地分社，中

1　《補助黨報條例》（草案）（民國 17 年 6 月 9 日國民黨中央 144 次常會議決通過），倪延年：《中國報刊法制發展史‧史料卷》，南京師範大學出版社，2006 年版，第 159 頁。

2　蔡銘澤：《中國國民黨黨報歷史研究（1927～1949）》，團結出版社，1998 年版，第 200 頁。

央週刊社，重慶中央日報社，湖南中央日報社、成都中央日報社，貴陽中央日報社，昆明中央日報社，安徽中央日報社，西康民國日報社，甘肅民國日報社，青海民國日報社都獲得不同額度的津貼預算（詳見表 4.3.1）。此外，該預算還包括一些事業單位建設經費預算，如加強中央通訊社電務設備預算經費 1357.6 萬元、重慶中央日報及掃蕩報發行補貼預算經費 800.0 萬元、重慶中央日報社流動資金預算經費 1000.0 萬元、廣播器材及繼續籌設收音網預算經費 1000.0 萬元、續撥廣播器材廠資金預算經費 1100.0 萬元。[1]

表 4.3.1　1945 年中央宣傳部、廣播事業管理處及所屬部分單位經費預算

接受補貼的新聞機構	補貼的經費預算額度（單位：萬元）
中央宣傳部黨報社論委員會	8.7 萬元
中央宣傳部黨報維持費	80.8 萬元
廣播指導委員會、廣播事業管理處、電臺	9201.1 萬元
中央通訊社及各地分社	5279.3 萬元
中央週刊社	145.0 萬元
重慶中央日報社	428.8 萬元
湖南中央日報社	32.8 萬元
成都中央日報社	35.1 萬元
貴陽中央日報社	29.7 萬元
昆明中央日報社	33.7 萬元
安徽中央日報社	77.6 萬元
西康民國日報社	30.1 萬元
甘肅民國日報社	6.5 萬元
青海民國日報社	32.8 萬元

二、堅持「國營為主，私營為輔」的多元化傳媒所有制

自晚清打破報禁以來，一直持續到民國，全國報紙、通訊社、雜誌、廣播無線電臺等新聞媒體無論在法律制度上和報業運營實踐中都持續堅持了多元化的所有制。尤其自民國以來，遵照三民主義「民生」指導原則，國家要

---

1 數據來源於《宣傳部及所屬各單位暨廣播指導委員會廣播事業管理處各地電臺等單位卅四年度經費預算督表》、《宣傳部主管及廣播事業管理處主管卅四年度各項事業費預算督表》，國民黨黨史會藏，檔案號：6.3/5.6.5，6.3/5.6.6。

極力發展生產力以滿足人民的物質與精神的需要，但在生產力不夠發達的階段，政府也無法通過國家資本的力量充分發展生產力。所以，爲了發展經濟，滿足民生需求，國民政府一方面不斷壯大國家資本，另一方面不斷保護民族資本，同時節制與充分利用私人資本，全力促進社會生產力的發展。在這一基本經濟制度下，「目前情形之下，政府無力創辦許多國營報紙以代替私營報紙供給人民以精神食糧。」[1]因此，國民政府對全國新聞事業堅持「國營爲主，私營爲輔」，且多種所有制新聞出版業共存共榮的傳媒所有制。也即，在當時國內運營的報紙、通訊社、雜誌、廣播無線電臺等新聞出版企業既有國家經營的，也有私人（商人）經營的，還有政黨組織經營的、宗教組織經營的、在外國商人經營，甚至還有大量股份制經營的。

（一）從法律制度上保證報紙、通訊社、雜誌、廣播無線電臺等傳媒所有制或創辦主體的「國營為主，私營為輔」的多元化

晚清時期由於在華外國人、以康有爲等爲代表的維新派以及以孫文爲首的革命派所創辦的報刊衝破了晚清政府嚴禁辦報的禁令與傳統，從而使《大清報律》等晚清政府有關報禁的法律制度形同虛設。而自從中華民國成立以後，《中華民國臨時約法》及其他相關新聞事業的法律、法令不僅在制度層面基本上建立了以言論出版自由爲根本原則的新聞出版制度，而且還形成了傳媒商業運營的新聞出版產業制度。雖然這一制度歷經袁世凱及北洋政府《報紙條例》、《出版法》等法律的扭曲與破壞，甚至還經歷了南京政府修訂《出版法》、《新聞記者法》、《非常時期報社、通訊社、雜誌社登記暫行辦法》等戰時新聞統治法律與政策的限制與制約。根據這些新聞出版法規，創辦報紙、通訊社、雜誌社等都有一定的資格條件限制，甚至還是較高的准入門檻，但是無論如何限制，仍然沒有否定報紙、通訊社、雜誌等創辦者或所有者主體的多元化，在法律允許範圍內，能達到創辦報紙、通訊社、雜誌社等新聞出版註冊登記資格的既有政府機關、公眾團體、民主黨派、私人、教會，還有外國人及其他社會組織等。相對來說，對於新聞傳事業的創辦主體還是較爲寬泛，也就說畢竟還是作爲商業的一種面向社會開放，而沒有政府或政黨壟斷經營。即使對較爲特殊的廣播無線電臺來說，當時國內最早創辦的一批廣播無線電臺，如奧斯邦廣播無線電臺都是在華外國人或私人創辦，而且在很

1　馬星野：《三民主義的新聞事業建設》，《青年中國季刊》1939 年第 1 期，第 159～168 頁。

長一段時間內，國民政府都允許公眾團體、私人、外國人及社會團體創辦與經營免費的或收費的廣播無線電臺，直到 1932 年 11 月交通部國際電信局發布《民營廣播無線電臺暫行取締規則》，法律上才明確規定廣播無線電臺只允許國家創辦與經營，而取締與禁止民營廣播無線電臺。所以在法律上還是保證了報紙所有制或創辦主體的多元化。何況該法也僅在國統區得到執行，國統區已有的歷史悠久的著名民營大報、通訊社、雜誌及外人在華創辦出版的報紙、通訊社、雜誌等仍然繼續存在。此外，在共產黨控制的根據地及日本控制的淪陷區的報紙、通訊社、雜誌及廣播無線電臺仍然正常運營，不受該法的制約。

（二）在傳媒實際運營中持續踐行「國營為主，私營為輔」的多元化所有制

從整個報紙、通訊社、雜誌及廣播無線電臺等新聞媒體的運營歷史來看，民國時期的新聞傳媒市場體制不僅延續了晚清時期由外人在華創辦的宗教報紙、雜誌與商業報紙、雜誌，國內政府創辦經營的報紙、雜誌、通訊社、廣播無線電臺，也有社會團體、私人資本、其他政黨、宗教組織等創辦經營的報紙、雜誌、通訊社及廣播無線電臺，這些共同組成了多元化的傳媒所有體制，而且還出現了日偽、偽滿所創辦的報紙、通訊社、雜誌及廣播無線電臺等特殊形態的新聞媒體，同時其他政黨所創辦經營新聞媒體又分為共產黨、民盟、青年黨等等不同黨派所有，這些非執政黨派也都創辦經營自己的報紙、雜誌、通訊社及廣播無線電臺。所以說，雖然國民政府多次修改《出版法》等新聞出版法規進一步規範限制新聞傳媒事業的發展，但是整個民國時期除廣播無線電臺這一特殊新聞媒體之外的報紙、雜誌、通訊社等傳媒所有權多元化的所有制一直沒有發生根本改變。比如據有人統計抗戰後國內報紙類型所發現，僅國人創辦的報紙就有國民黨黨報系列、共產黨與民盟黨報系列、青年黨黨報系列、天主教報系與無黨無派的民營報系（見表 4.3.2）。此外，還有在華外國人創辦的報紙，如上海《字林西報》、《大美晚報》、《密勒氏評論報》等。

總而言之，雖然國民政府不斷通過立法來限制新聞出版業的發展，但是新聞傳媒的產業制度仍然堅持作為一種商業營業面向社會開放，從而保證了新聞傳媒創辦者與所有者的多元化、多樣化，也就保證了民國時期新聞傳媒市場的多元化競爭格局。

表 4.3.2　民國主要報業類型[1]

各報 經營者		報紙數 量（家）	主　要　報　紙	銷數 （份）
政府及 國民黨 報系	中央直 接主辦	21	《中山日報》（廣州）、《華中報》（漢口）、《中央日報》（南京、上海、瀋陽、福建、重慶、成都、貴陽、長沙）、《民國日報》（天津）、《華北日報》等。	約 85 萬 餘份
	省市黨 部主辦	27（較有 成績者）	《蘇報》（鎮江）、《通報》（南通）、《徐報》（徐州）、《淮報》（淮陰）等。	14 萬份 左右
	國民黨 同志所 辦	若干	《東南日報》（胡健中）、《申報》（潘公展）、《正言報》（吳紹澍）、《新聞報》（程滄波）、《正報》（杭州）、《大同日報》（杭州）、《華中日報》（漢口）等。	40 萬份 左右
	軍報	若干	《和平日報》（重慶、上海、臺灣、廣州、南京、蘭州、瀋陽）等。	15 萬份 左右
	縣市黨 部所辦	數百家	湖南幾乎每縣都有縣報。	
銷數共計 115 萬份左右，占全國報紙銷數二分之一以上。				
中共及 民盟報 系	若干		《解放日報》、《新華日報》、《華商報》（香港）、《民主日報》（重慶）、《文匯報》（上海）、《聯合夜報》（上海）等。	10 萬份 以內。
青年黨 報系	若干		《中華時報》（上海）、《新中國日報》（成都）等。	1.3 萬份 左右
天主教 報系	若干		《益世報》（天津、南京、重慶、上海、北平、西安等）	8 萬份
無黨無 派之民 營報系	若干		《大公報》（上海、天津、重慶）、《新民報》（南京、上海、重慶、北平、成都等）、《新民報晚刊》（南京）、《世界日報》（北平、重慶）、《星島日報》（香港）、《光華日報》（廈門）、《星華日報》（汕頭）等。	約 30 萬 份

三、全面推行傳媒的商業、營業政策

　　無論在法律上還是在新聞出版的運營實踐中，南京國民政府時期的報紙、雜誌、通訊社及廣播無線電臺都是新聞出版業的具體形態，屬於商業、營業的範疇。

1　許孝炎：《我所見到的中國新聞事業——新聞講座之二》，《新聞學季刊》，1947 年第 1 期，第 5～7 頁。

　　首先，從法律上看，南京國民政府時期的新聞出版業歸屬於商業、營業的範疇。根據1932年12月30日司法院解釋院第863號有規定「按現行繼續有效之商人通例第一條第五款出版業爲商業之一。」即可認爲報業的是爲一種商業。[1]而根據《中華民國商業登記法》（1937年6月28日）第3條規定，出版業屬於商業、營業種類之一。[2]根據1947年《特種營業管製辦法》，則將書店業、印刷業與理髮業、洗澡業等歸入「特種行業」，加強管制。從新聞出版發展歷史來看，以商業經營的新聞出版業「也像普通商業性質的公司一樣，最初是單獨一人經營，進一步是合夥經營，再進一步成爲現代的公司組織，進而形成連環報團。」[3]新聞出版機構是以公司組織的形式存在與運行的，根據國民政府歷次修正的《中華民國公司法》，公司是以營利爲目的而存在的企業組織，其中1946年4月12日《中華民國公司法》第一條：「本法所稱公司，謂以營利爲目的，依照本法組織、登記成立之社團法人。」該法第十二條規定：「公司分爲五種，即無限公司；兩合公司；有限公司；股份有限公司；股份兩合公司。」當時新聞出版單位一般採用有限公司與股份有限公司兩種形式。

　　其次，從新聞出版企業運營實踐來看，南京國民政府時期的新聞出版機構普遍以有限公司或股份有限公司存在與運營。從歷史上看，晚清時期已經出現了民間京報販賣等報業商業經營的活動，尤其隨著國外教會報刊進入國內以後，國內尤其在上海等港口城市還出現了《上海新報》、《北華捷報》、《申報》、《字林西報》、《新聞報》等在華外國人所創辦的外文中文商業報紙的發行、廣告、股份籌資等常見的報業商業經營實踐。而自從中華民國成立以後，無論外國人所創辦的報紙雜誌、通訊社及廣播無線電臺，或民營商業報紙、雜誌、通訊社、廣播無線電臺，還是國民黨黨營的報紙、雜誌、通訊社、廣播無線電臺都全面施行企業運營，推行科學化的傳媒企業管理，其中又以民營商業大報與國民黨中央黨報、中央通訊社、中央廣播電臺等主流傳媒的企業化運營與管理最爲突出。尤其是抗戰全面爆發前的民國雖然歷經軍閥的混戰，但政治格局總體上相對比較安定，甚至南京國民政府成立後的前10年被稱爲「黃金十年」。這也爲國內新聞出版企業的快速發展提供了難得的契機。

1　劉覺民：《報業管理概論》，商務印書館，1936年版，第23頁。
2　《商業登記法》（1937年6月28日），中國法規刊行社：《最新六法全書》，春明書店，1946年版，第173～174頁。
3　儲玉坤：《現代新聞學概論》（第2版），世界書局，1945年版，第54頁。

以《申報》、《新聞報》、《大公報》、《新民報》、《中央日報》、中央通訊社、中央廣播電臺等國內主流新聞出版企業都全面推行企業化科學管理，都極力通過發展發行、拓展廣告等商業化經營來實現新聞出版公司的持續運營與盈利。其中《申報》在史量才進一步成功實行企業化經營以後，報紙銷數由 1920 年的 3 萬份增加至 1930 年的 14.8 萬份。[1]申報館在出版《申報》的基礎上，還開始向出版業和文化教育事業的拓展，出版了《申報月刊》、《申報年鑒》，創辦申報流通圖書館、申報新聞函授學校、申報業餘補習學校等。後來還投資五洲大藥房、中南銀行等化工業、銀行業，成為一個多種經營並存的大企業。[2]而《新聞報》的企業化經營也非常成功，報紙銷數也由 1920 年的 5 萬份增加至 1930 年的 15 萬份，[3]並一度成為國內發行量最大且經濟實力最雄厚的報業公司。

　　此外，最突出的是報業公司的股份制、報業托拉斯的嘗試與國民黨黨報的企業化經營改制。其中一些大報館紛紛實行股份制改造，組建股份制有限公司，如天津益世報社 1931 年改組為益世報股份有限公司，[4]新記公司《大公報》於 1937 年上半年在上海成立大公報社股份有限公司，《新民報》也於 1937 年上半年成立南京新民報股份有限公司。還有的報館嘗試報業托拉斯經營，比如 1929 年史量才秘密收購福開森《新聞報》1300 股股權力圖兼併控制《新聞報》，引發了新聞報股權風波，最終迫使史量才讓出 300 股，導致對《新聞報》收購的失敗，史量才報業托拉斯經營夢想也隨之破滅。還有在張竹平的主持下，《時事新報》、《大陸報》、《大晚報》和申時電訊社於 1932 年聯合組成「四社聯合辦事處」，設在《大陸報》館的三樓，以此實現「三報一社」在新聞信息、生產資料、圖書出版、發行等方面的協作與聯合。「四社」還組織出版了《報學季刊》、《申時經濟新聞》、《時事年鑒》和其他書籍。[5]這在國內

1　方漢奇（主編）：《中國新聞事業通史》（第 2 卷），中國人民大學出版社，1996 年版，第 125 頁。

2　王潤澤：《北洋政府時期的新聞業及其現代化（1916～1928）》，中國人民大學出版社，2010 年版，第 130 頁。

3　方漢奇（主編）：《中國新聞事業通史》（第 2 卷），中國人民大學出版社，1996 年版，第 125 頁。

4　羅隆基：《天津〈益世報〉及其創辦人雷鳴遠》，陳樹涵（整理），《天津文史資料選輯》，1988 年第 42 輯，第 136～153 頁。

5　方漢奇（主編）：《中國新聞事業通史》（第 2 卷），中國人民大學出版社，1996 年版，第 320 頁。

新聞界也一直被認為是中國報業集團的雛形。而成舍我自從 1924 年 4 月創辦
《世界晚報》以後，先後創辦了《世界日報》、《世界畫報》、北平新聞專科學
校、南京《民生報》、上海《立報》，也實現了「多報一校」系列經營。而更
具有風向標意義的是南京《中央日報》的企業化改制，標誌著長期依靠政府
財政撥款與政黨津貼生存的國民黨黨報系統開始實行自主經營的企業化科學
化管理。

　　1932 年，在蔣中正的直接支持下，《中央日報》和中央通訊社實行社長負
責制，大力拓展廣告業務，實現經濟創收，減少虧損與負債，逐步實現「工
作專業化、業務社會化、經營企業化」改革。在中央宣傳部的監督下，社長
下設總經理、總編輯兩個獨立部門，報社、通訊社實行會計獨立核算，由中
宣部委派會計員、同時受社長指導，每年向中央宣傳部呈報預決算書、資產
負債表、營業損益總表、財產目錄，報告營業狀況。改革之後，《中央日報》
發行數與廣告收入均迅速增長，月營業收入由最初的 2000 元猛增至 1.5 萬元，
再加上 8000 元的津貼，每月盈餘 2000 元。[1]中央通訊社改革之後，提供中英
文四種廣播，日發稿 2.2 萬字以上，收費訂戶由 10 家上升至 150 家。[2]中央廣
播電臺也積極實行企業化經營改革，中央廣播事業管理處也下設「中央電聲
廣告社」，以獨立法人的姿態代理中央廣播電臺管理處各電臺的廣告事宜。[3]即
使在抗戰時期，雖然各黨報可以獲得中央財政和地方黨部的津貼，但各黨報
仍然堅持商業、營業政策，儘量以自身廣告、發行營業收入為主，逐步減少
對津貼的依賴。據記載，1944 年第一季度，重慶《中央日報》廣告、發行及
副業收入達 398.1 萬元，政府津貼 77.3 萬元，扣除總支出盈餘 175.5 萬元，廣
告收入占總收入的 52%，津貼僅占總收入的 15%。[4]南京中央日報在公司制改
革之前的 1945 年第 4 季度發行收入 6.40 百萬元，廣告收入 8.79 百萬元，印
刷及副業收入 24.07 百萬元，總收入 39.26 百萬元，總支出 61.46 百萬元，虧

1 《宣傳‧（丁）三四》，中央宣傳部指導科編：《中國國民黨年鑒（民國二十三年）》。轉引自王凌霄：《中國國民黨新聞政策之研究》，國民黨黨史會，1996 年版，第 91～92 頁。

2 The Council of International Affairs, ed., *The Chinese Year Book, 1937 Issue* (Shang hai: The Commercial Press Limited, 1937), p.1098.

3 馬瑞潔：《喉舌之困——國民黨黨媒制度與新聞宣傳（1945～1949 年）》，南開大學博士論文，2013 年版，第 146 頁。

4 數據來源於日本中央大學人文科學研究所編：《民國後期中國國民黨政權研究》，中央大學出版部，2005 年版，第 178～179 頁。

損 22.2 百萬元。但實行企業化股份制改革之後，南京中央日報股份有限公司
1946 年廣告收入 1456.15 百萬元，發行收入 1092.17 百萬元，印刷收入 38.7
百萬元，副業收入 52.46 百萬元，總收入 2639.46 百萬元，總支出 2446.56 百
萬元，盈餘 192.86 百萬元。[1]

　　由此可見，南京國民政府時期的報紙、雜誌、通訊社、廣播無線電臺無
論在法律制度上還是在實際運營中都實行商業、營業政策，而非不以營利為
目標的事業單位或完全靠政府財政供養的行政附屬機關。

第四節　民國南京政府新聞管理體制的實踐效果

　　隨著國家政局的不斷變化，南京國民政府時期新聞出版管理體制也不斷
變化，所以在法律與制度實際執行的時候比較難以操作與把握。但是，歷史
證明，南京國民政府及國民黨中央在執行這些新聞出版法規之後，一方面建
立了以中央日報、中央通訊社與中央廣播電臺為核心的政府新聞事業網，基
本掌控了全國新聞輿論的主導權。另一方面在新聞出版業執法的過程中也查
封了大量的報紙、雜誌、通訊社與廣播無線電臺，打擊迫害了不少新聞人，
甚至有利用新聞執法達到消除異己的目的。

一、建立政府新聞事業網並基本掌控全國新聞輿論的主導權

　　在國民黨中央及國民政府發布的新聞出版法規政策的指導與支持下，經
過政府有關部門及新聞出版人的不斷努力，以中央日報、中央通訊社及中央
廣播電臺為核心的國民政府新聞事業網在全國範圍內全面建立，進而全面掌
握了全國的新聞輿論主導權。

　　首先，以《中央日報》為核心的各級各類黨報網全面形成。在《設置黨
報條例》、《指導黨報條例》、《補助黨報條例》的指導與支持下，以《中央日
報》與《掃蕩報》為代表的中央直轄黨報網在全國建立，隨著《中央日報》
逐步發展，並在南京版、上海版、重慶版、貴陽版、昆明版、桂林版、長沙
版、福州版、廈門版、廣州版、瀋陽版和長春版 12 個城市同時出版，共出版
30 個版；《掃蕩報》）也不斷發展，並在南京，並在重慶、上海、臺灣、廣州、

1　數據來源於「南京中央日報社股份有限公司創立紀錄」（1947 年 5 月），中國第二
　　歷史檔案館館藏：檔案號：656.4/5612。轉引自日本中央大學人文科學研究所編：《民
　　國後期中國國民黨政權研究》，中央大學出版部，2005 年版，第 178 頁。

南京、蘭州、瀋陽等地皆有分社，[1]最終發展成爲南京版、重慶版、上海版、漢口版、蘭州版、廣州版、瀋陽版、臺灣版和海口版 9 個城市 8 個分社同時出版。此外，以《民國日報》爲代表的各級省市國民政府與黨部創辦的地方黨報網也全面建成，從省及特別市，到縣市都創辦了《民國日報》，如僅江蘇省就有《蘇報》（鎮江）、《通報》（南通）、《徐報》（徐州）、《淮報》（淮陰）等黨報，浙江省在《寧波民國日報》、《紹興民國日報》、《溫州民國日報》、《嘉興民國日報》等。這些黨報的銷數近乎占全國報紙銷量的三分之二。

其次，以中央通訊社爲核心的新聞通訊社網全面建立。原本缺乏影響的中央通社在南京國民政府及國民黨中央宣傳部的指導、資助下，進行了系列改革，尤其在 1932 年 5 月委派蕭同茲擔任中央通訊社社長實行企業化經營改革之後，中央通訊社不僅裝設當時最先進的發報機，向全國各地發布新聞稿，且在抗戰爆發之前已在南京、上海、北平、天津、重慶、香港、西安、廣州、貴陽、成都等地設立分社，並向全國二百五十多家報社供應新聞稿。而在抗戰爆發後又在長沙、昆明、蘭州、桂林、洛陽、福州等地設立分社。基本上壟斷了國內新聞重要新聞的發布，還曾與交通部聯合壟斷無線電傳輸新聞的發報專有權。自 1931 年 10 月，中央通訊社先後與路透社、美聯社、哈瓦斯通訊社、塔斯社等簽訂新聞交換合作協議，壟斷了全國國際新聞的發布與國內新聞的國外傳播。

再次，以中央廣播電臺爲核心的無線電廣播網在全國建立。在國民政府廣播無線電臺管理法規與政策的指導與扶助下，中央廣播電臺在 1929 年改革以後，在南京曾裝設一座「亞洲第一，世界第三」的 75 千瓦功率的中波廣播機，信號覆蓋範圍遍及陝西、甘肅、四川、青海等偏遠地區，每天節目播出時間達 11 小時。後來還開設了對歐洲、北美、蘇聯、日本、東南亞等對外廣播節目，最鼎盛時期在全國有廣播電臺 40 多座，大小廣播機 80 多座。尤其隨著民營廣播無電臺的取締，以中央廣播電臺爲代表的國民政府廣播網全面控制了全國新聞輿論的無線電廣播。

在這些報紙、通訊社、廣播無線電臺全國新聞事業網形成以後，國民黨及國民政府掌握與控制了全國的主流、主要的新聞出版機構，壟斷與控制了全國主要新聞的來源與新聞的發布，進而掌控了全國新聞輿論的主動權，利

1　許孝炎：《我所見到的中國新聞事業——新聞講座之二》，《新聞學季刊》，1947 年第 3 卷第 1 期，第 5～7 頁。

用這些新聞資源爲自己的執政提供政令政績宣傳及新聞輿論的有力支持。直
到 1949 年中國大陸政權的更替，國民黨中央及國民政府幾十年精心打造的龐
大新聞事業也隨之萎縮與瓦解。

二、在新聞執法中查封「異己」新聞企業並打壓迫害新聞人

根據新聞出版法規，國民黨中央及國民政府對各種違法的新聞出版企業
及新聞人視情節輕重施行不同程度的處罰，以致於在執法的過程中查封了大
量的報紙、雜誌、通訊社與廣播無線電臺，同時處罰了不少新聞人，利用新
聞執法來達到封鎖不利言論、打擊異黨，進而全面控制新聞輿論的目的。

首先，在新聞執法中查封了大量報紙、雜誌、通訊社及廣播無線電臺。
根據新聞出版法律規定，報紙、雜誌、通訊社及廣播無線電臺的創辦、變更
及終止都須及時依法申請登記，違者處以罰金或停止營業的處罰。對於新聞
出版的違法行爲處以行政處罰，視情節輕重處以警告，嚴重警告，沒收報紙、
通訊稿或其底版，勒令更換編輯人員，定期停刊，永久停刊。有報告顯示，
僅 1929 年國民黨中央宣傳部查禁共產黨刊物 148 種、改組派刊物 66 種、無
政府主義派刊物 12 種、國家主義派刊物 15 種、第三黨刊物 5 種、帝國主義
刊物 4、其他反動刊物 22 種。[1]據記載，僅在 1942 年全國各地報紙雜誌被查
封的共達 500 多種。[2]1946 年 5 月 26 日，南京國民政府北平當局以「沒有經
過登記」等理由，共查封 77 家報紙、雜誌及通訊社，同年 10 月 1 日，國民
政府重慶市社會局以未辦理登記或登記手續不全爲由禁止《民主生活日報》、
《國民青年》、《全民週刊》、《經濟日報》等二十餘種報紙雜誌出版，同時在
昆明查封 46 家。[3]如《暖流半月刊》於 1928 年 11 月以「捏詞誣衊詆毀中央，
肆意攻擊，意圖煽惑民眾，危害黨國」爲理由被查禁，《IIDEC》、《血潮》等
雜誌於 1928 年 12 月以「確係共產黨宣傳刊物」爲由被查封，南京《革新日
報》於 1928 年以「挑撥批判國民黨中央」勒令停辦，上海國民通訊社於 1929
年以「造謠挑撥，肆行反動」責成停辦，《大眾生活》於 1936 年 2 月以「鼓
吹武裝抗日，攻擊國民政府外交政策」被查封，北平《中華民報》於 1946 年

---

1 《國民黨中央宣傳部民國十八年查禁書刊情況報告》，中國第二歷史檔案館編：《中華
　民國檔案資料彙編》（第五輯第一編文化（一）），江蘇古籍出版社，第 214～217 頁。
2 新聞局統計室編：《新聞局業務統計概要》，1948 年版，第 36 頁。
3 張莉：《南京國民政府新聞出版立法研究》，華東政法大學博士學位論文，2011 年
　版，第 184～185 頁。

11 月以「企圖破壞社會秩序」為理由被注銷登記並勒令停刊，《文匯報》、《聯合晚報》、《新民報晚刊》1947 年 5 月 25 日以「破壞社會秩序、意圖顛覆政府」罪名被勒令停刊並逮捕三家報社記者黃冰等人，湖南《楚聲報》1947 年 11 月以「立論偏頗，措辭荒謬、詆毀政府、誣衊元首，依法查禁取締」被禁止發行，上海《時與文週刊》於 1948 年 9 月以「歪曲事實，為匪宣傳，言論偏激，動搖人心，意圖破壞公共秩序」為由而被永久停刊，等等。

其次，在新聞執法過程中打擊、迫害新聞人。根據刑法、危害民國緊急治罪法等規定，對於危害國家安全的新聞出版活動視情節輕重分別處以「變更國憲罪」、「內亂罪」、「反革命罪」、「反政府宣傳罪」等。其中在 1933 年 1 月，江蘇鎮江《江聲日報》編輯劉煜生以「激動階級鬥爭」為罪名被非法監禁 5 個月後被處決。1933 年 4 月，中國共產黨早期領導人陳獨秀因公開發表文章號召民眾反抗政府被江蘇高等法院「以危害民國為目的，文字叛國宣傳」罪名公開審理。1930 年，《時事公報》記者陳荇蓀以宣傳國家主義為理由被判處有期徒刑六個月，剝奪公權 2 年。類似刑事案件不勝枚舉。

同時在這些新聞執法的過程中，有的甚至以莫須有的罪名以達到消除異己、打擊異黨，控制新聞輿論的目的，比如大量社會團體的刊物、共產黨宣傳刊物及其他一些在野黨的刊物都常常以莫名其妙的理由被查封。

在三民主義新聞理論及戰時新聞統制理論的指導下，國民黨及民國南京政府根據抗戰前十年、全民抗戰八年及戰後全面內戰四年的不同社會局勢的需要建立、修正、完善了一系列有關報紙、雜誌、通訊社及廣播無線電臺管理的法律制度，對新聞出版業一直施行多元化所有權制政策，推行商業、營業政策發展傳媒產業，同時通過一系列指導與扶助政策來發展國有黨營的傳媒體系。在全面實施了這些新聞出版法律制度之後，全面建立起以中央日報、中央通訊社與中央廣播電臺為核心的各級各類國有黨營傳媒體系；為了維護「一黨獨大」的媒介優勢，國民黨集團及民國南京政府在新聞執法過程中以各種各樣有時甚至是莫須有的理由查封了大量報紙、雜誌、通訊社、廣播無線電臺，打擊與迫害了不少新聞人，以達到封鎖不利言論、打擊異黨，進而全面控制新聞輿論的目的。隨著蔣介石國民黨集團的軍隊在國共內戰中被人民解放軍打敗潰退盤踞到東南沿海孤島臺灣，中國的中央政府完成歷史性更迭，國民黨及民國南京政府在大陸地區建立的新聞出版法律制度及新聞事業網土崩瓦解。

第五章　民國時期的紅色新聞管理體制

　　「紅色新聞業」是特指在民國時期共產黨領導在其領導管轄的由人民當家作主的區域（國共十年內戰時期稱爲紅色革命根據地，抗日戰爭時期成爲敵後抗日根據地，抗戰勝利後的國共內戰時期則稱爲解放區）內建立的人民新聞業。本章關於民國時期紅色新聞管理體制的探討，更多指涉了新聞管理的宏觀層面，主要考察民國時期，中共在其領導的紅色政權管轄區域內新聞管理活動中新聞管理思想演變、新聞法制建設歷程、新聞管理機構與宣傳制度變遷以及在整體意義上的新聞事業內部管理體制歷史。在此基礎上探究民國時期紅色新聞管理體制實踐的特徵與影響，發掘其對當下新聞工作的啓發和意義。

　　紅色新聞業的新聞管理體制經歷了「中共建立及第一次國共合作時期（1921～1927）」；「國共十年內戰時期（1927～1937）」、「國共第二次合作時期（1937～1945）」以及「國共決戰時期（1945～1949）」四個階段。在不同的國內外形勢下，中國共產黨結合其管理思想與新聞實踐，不斷發展著紅色新聞業的管理體制。

第一節　第一次國共合作前後的紅色新聞業管理

　　一般而言，諸如「新聞管理體制」等問題的探討往往建基於特定的政權背景之下。因而，紅色新聞業的新聞管理體制也應當從紅色政權的建立時期談起，即 1928 年。倪延年在考察紅色政權的新聞法制問題時，便對這一起源

問題提出了自己的看法。在他看來，自 1921 年至 1928 年，中國共產黨的黨內新聞管理規定「在當時的中國共產黨系統內具有『必須執行』的實際效力，並且也成爲後來紅色政權『國家機關』制頒新聞法制的淵源和基礎」，[1]因而可以將 1921 年作爲考察的起點。此處的敘述參借了這一觀點，將對於紅色新聞業管理體制的論述起點放置於 1921 年，而非 1928 年，因爲紅色政權新聞管理體制的出現離不開中國共產黨早期的新聞管理探索，兩者之間可謂一脈相承。概而言之，我們可以將中共建立及第一次國共合作時期的 1921～1927 年，視爲紅色新聞業管理體制的起源期，或早期探索期。

一、初步確立黨管新聞的方式

1921 年，在中共「一大」會議上通過的《中共共產黨的第一個決議》中，便對宣傳出版工作有了明確規定：雜誌、日刊、書籍和小冊子須由中央執行委員會或臨時中央執行委員會經辦。各地可根據需要出版一種工會雜誌、日報、週報、小冊子和臨時通訊。無論中央或地方的出版物均應由黨員直接經辦和編輯。任何中央地方的出版物均不能刊載違背的方針、政策和決議的文章。[2]「一大」決議從四個不同的側面彰顯了黨對於新聞宣傳工作的領導地位。首先，「雜誌、日刊、書籍和小冊子須由中央執行委員會或臨時中央執行委員會經辦」，表明黨的出版物必須體現黨的意志，體現集體的意志，執行委員會對出版物有著絕對的領導權。其次，「無論中央或地方的出版物均應由黨員直接經辦和編輯」，這一規定將確保黨員能夠直接參與到黨的各類出版活動中去，將黨的思想、方針、政策等直接通過出版物傳達出來。同時，黨員必須經辦或編輯出版物，也是確保出版物能夠時刻堅持黨的思想，接受黨的領導的必要前提。再者，文件還規定，「任何中央地方的出版物均不能刊載違背的方針、政策和決議的文章」。該決議直接從出版物的內容層面著手，要求所有黨的出版物，無論中央還是地方，都必須堅持黨的方針、政策和決議，不得違背。從而確保黨的意志能夠直接通過黨的出版物反映出來。由此不難看出，在中共的第一個決議中，黨的新聞宣傳工作從出版到編輯，再到內容，都直接接受了黨的領導。也正是從這一時期開始，中國共產黨及其後期領導的紅色政權始終在努力建構一個相對獨立的新聞管理體系，鞏固宣傳力量。

---

1 倪延年：《中國新聞法制史》，南京師範大學出版社，2013 年版，第 206 頁。
2 《中國共產黨的第一個決議》，《中國共產黨新聞工作文件彙編》（上），新華出版社，1980 年版，第 1 頁。

1925 年，在總結了黨在過去幾年的宣傳工作經驗與教訓之後，在《對於宣傳工作問題之決議案——中共共產黨第四次全國大會決議案》中，規定了「各黨員對外發表之一切政治言論，尤其是在國民黨中發表之一切政治言論，完全應受黨的各級執行機關之指揮和檢查」。[1]這一規定明確要求黨員的所有政治言論，都必須接受黨的領導、接受黨的檢查，再次明確了黨對於包括新聞出版在內的言論宣傳工作的領導權力。

除了從出版、內容等方面確立黨的領導權，在宣傳效果、影響等層面，新聞出版工作也必須向黨報告，目的在於強化黨的領導地位，保證出版物能夠正確傳達黨的意志，實現宣傳目標。譬如在 1927 年，《中共中央通告第四號》文件即曾規定，「各地對內對外的一切出版物以及宣言告民眾書傳單各種重要民眾團體左派國民黨等的宣言等，必須各寄中央宣傳部每種至少三份。各省委及臨委宣傳部每月至少對中央宣傳部報告一次，報告中需說及各種宣傳片散佈的方法發生的影響等。」[2]該規定再次保證了黨的中央宣傳部對於出版言論的管理和領導，強化了黨的領導權地位。自 1921 年至 1927 年，堅持黨的領導已經成為黨管理出版物的首要原則，這種原則至今仍是中國共產黨實施新聞管理工作的基本原則。

二、逐步設置新聞出版管理機構

事實上，從中國共產黨「一大」的第一個決議開始，就已經萌生了對新聞出版的管理構想。其中提及的「雜誌、日刊、書籍和小冊子須由中央執行委員會或臨時中央執行委員會經辦；各地可根據需要出版一種工會雜誌、日報、週報、小冊子和臨時通訊」[3]等內容，就已經開始嘗試搭建一個從中央到地方的新聞出版管理思路。不過，在最早期，這種構想畢竟是粗糙的，甚至有些朦朧。在「第一個決議」中，我們所能夠看到的最主要內容，還在於確立黨對新聞事業的領導，以及明確黨對新聞出版工作的重視。

1923 年 10 月，《教育宣傳委員會組織法》初步規定並構想了新聞宣傳管

1　《對於宣傳工作之議決案——中國共產黨第四次全國大會議決案》，《中國共產黨新聞工作文件彙編》(上)，新華出版社，1980 年版，第 20 頁。

2　《中共中央通告第四號——關於宣傳鼓動工作》，《中國共產黨新聞工作文件彙編》(上)，新華出版社，1980 年版，第 36～37 頁。

3　《中國共產黨的第一個決議》，《中國共產黨新聞工作文件彙編》(上)，新華出版社，1980 年版，第 1 頁。

理運作機制。其中首先規定：

> 教育宣傳委員會由 C.P.（中國共產黨，筆者注）及 S.Y.（中國
> 社會主義青年團，筆者注）兩中央協定委派委員組織之；其政治上
> 的指導隸屬於 C.P.中央，並對之負責；至於組織上工作之分配，概
> 依兩種有之協定議決而定，自當服從此等決議而於指定期間執行每
> 次所分配之工作。[1]

自此，教育宣傳委員會成爲直接管理新聞出版機構的領導機構。不過，
該機構在「政治上的指導隸屬於 C.P.中央，並對之負責」，因此它不能脫離黨
中央的領導，必須在黨中央的意志下展開教育宣傳工作。在此之外，文件還
規定，將教育宣傳委會分爲「編輯部」、「函授部」、「通訊部」、「印行部」以
及「圖書館」五個部門，且編輯部中包含《新青年》《前鋒》《嚮導》《黨報》
《青年工人》《中國青年》《團鐫》以及小冊子共 8 種出版物。[2]另外，編輯部
應設立兩個主任，分管黨刊和團刊。

文件中還規定了教育宣傳委員會的人員組成及其領導辦法。其中表示，
「各地方委員會中當選定一人負教育宣傳工作之責，其工作之指導權除屬於
地方委員會外，同時直接屬於教育宣傳委員會。此等負地方上教育宣傳專責
之地方委員亦爲教育宣傳委員會之一員」。[3]最後，在教育宣傳委員會的活動安
排上，也有著明確的規定，譬如其開會必須有「兩中央各一人，五部主任各
一人，但編輯部兩人」等。這類規定便將黨的新聞管理制度一步步落到了實
處。由此可見，在 1923 年的教育宣傳委員會組織辦法中，對於新聞管理機構
的規定大致包括如下內容，即：由中共中央統一領導，下設教育宣傳委員會
主管新聞出版與宣傳工作，委員會下設編輯部，管理 8 種黨的具體出版物。
而委員會的日常運作，既離不開各部的工作人員，也離不開地方上的專職人
員。從而，初步搭建起新聞出版的管理架構。

1925 年，中國共產黨在第四次全國大會議決案中提出，黨的新聞宣傳工
作存在了諸如「政治教育做得極少」、「在群眾中的政治宣傳，常常不能深入」

---

1 《鍾英（即中央）致各區、地方和小組通知信——頒發教育宣傳委員會組織法》，《中
　國共產黨新聞工作文件彙編》（上），新華出版社，1980 年版，第 6 頁。
2 《鍾英（即中央）致各區、地方和小組通知信——頒發教育宣傳委員會組織法》，《中
　國共產黨新聞工作文件彙編》（上），新華出版社，1980 年版，第 7 頁。
3 《鍾英（即中央）致各區、地方和小組通知信——頒發教育宣傳委員會組織法》，《中
　國共產黨新聞工作文件彙編》（上），新華出版社，1980 年版，第 9 頁。

等弊病,因而有重新整頓的必要。[1]大會的議決案中首先提出,「爲使宣傳工作做得完美而有系統起見,中央應有一強固的宣傳部負責進行各事,並指導各地方宣傳部與之發生密切且有系統的關係。中央宣傳部下應有一眞能負責做事的編譯委員會」。[2]在這裡,特別強調了中央的宣傳部對於管理新聞宣傳工作的重要性,只有中央宣傳部能夠強固有力,並積極與地方展開互動,才能在整體上實現新聞宣傳事業系統而有序的管理。此處還特別提及了中央編譯委員會,表明在當時的歷史背景下,爲配合列寧主義、國際政策等宣傳報導工作,黨的新聞管理對編譯工作給予了充分的關注。總體而言,此次會議及其議決文件重點強調了中央宣傳部在新聞管理制度中的地位和作用,並對各個黨的刊物的具體職責與任務範圍做了細緻而明確的規定。

1926 年 9 月,在中國共產黨第三次中央擴大會議中,認爲「今後宣傳工作應當趕緊整頓」,[3]並從出版物問題、部務問題、編譯工作問題、地方報告問題、工農通信問題幾個方面給出了整頓的辦法。決議在論及新聞出版問題時,提到了這樣的管理方案:

> 爲使中央各出版物能有定期的審查,爲使我們所主持的工會、農民協會、婦女團體、青年團體的機關報能與黨有密切的關係並能適當的運用策略,爲使中央對於各地方的各種出版物能有周到的指導意見,必須設立一編輯委員會,由《嚮導》、《新青年》、《勞農》、《黨報》、《中國青年》(C.Y.)、《中國工人》(全國總工會機關報)、《中國婦女》(婦女聯合會機關報)等之主任編輯組織之,這委員會至少每月開會一次,報告中央及各地黨的、工會的……機關報狀況,加以審查。[4]

該文件的主要目的在於要求成立「編輯委員會」,從而使黨的相關刊物能夠在委員會的領導下,更好地開展相關的新聞出版活動。文件要求,委員會不僅能夠審查各地的機關報,同時要指導各地機關報,讓他們能夠運用合適的策

1　《對於宣傳工作之議決案——中國共產黨第四次全國大會議決案》,《中國共產黨新聞工作文件彙編》(上),新華出版社,1980 年版,第 19～20 頁。

2　《對於宣傳工作之議決案——中國共產黨第四次全國大會議決案》,《中國共產黨新聞工作文件彙編》(上),新華出版社,1980 年版,第 20 頁。

3　《關於宣傳部工作議決案》,《中國共產黨新聞工作文件彙編》(上),新華出版社,1980 年版,第 29 頁。

4　《關於宣傳部工作議決案》,《中國共產黨新聞工作文件彙編》(上),新華出版社,1980 年版,第 30 頁。

略展開新聞出版活動。可以看出，從 1921 年直至 1927 年之前，黨的新聞管理運行制度已經從宏觀上的接受黨中央領導逐步細化到具體的教育宣傳委員會以及中央宣傳部，再由此引申至編輯委員會和各個具體的報刊媒體，從而初步形成了從中央到地方，從宏觀到微觀的一個初具規模的新聞管理機制。

三、明確黨的引導與管理作用

前文主要論述了中國共產黨在早期對於新聞出版領導權和管理制度上的初步探索。事實上，中共的新聞管理不僅針對這類相對宏觀的議題進行了討論，在微觀上的新聞出版內容上，也給出了一系列的管理辦法。在「一大」的決議中，所謂的「任何中央地方的出版物均不能刊載違背的方針、政策和決議的文章」[1]這一規定，事實上就是對新聞出版進行管理的早期辦法。

1922 年，《教育宣傳問題議決案》專門對教育宣傳中的各項問題展開了細緻的論述，其中也形成了對於新聞出版問題的明確導向。此處摘錄部分關鍵內容如下：[2]

> 一、政治　最近期間可略偏重與下列幾種政治上的及外交的宣傳：……
>
> 二、勞動　勞動群眾中，除上述的政治外交問題當以極淺近的口號宣傳外，並須特別注意下列幾項：……
>
> 三、農民　農民間之宣傳大致與工人中相等，但材料當取之與農民生活；尤其要指明農民與政治的關係，爲具體的政治改良建議之宣傳，如協作社、水利改良等，盡可以用外國譯語，只求實質能推廣農民運動。……
>
> 四、文化　文化思想上的問題亦當注意，這是吸取知識階級，使爲世界物產積極革命之工具的入手方法。……

需要瞭解的是，儘管上述規定是從大的宣傳體系出發的，但同樣適用於各新聞報刊的宣傳內容。這些規定爲黨的報刊在內容導向上提供了具體詳實的各項議題，具有明確的指導作用。早期的新聞出版內容，大體是圍繞這些議題逐步展開的，中國共產黨對新聞出版的管理也由此深入到具體的內容設

1　《中國共產黨的第一個決議》，《中國共產黨新聞工作文件彙編》（上），新華出版社，1980 年版，第 1 頁。

2　《教育宣傳問題議決案》，《中國共產黨新聞工作文件彙編》（上），新華出版社，1980 年版，第 2～4 頁。

置層面，管理功能更加易於發揮。譬如，在文化宣傳中，便明確規定了要「反對東方文化派」「文學的及科學的宣傳主義」「反對宗法社會之舊教義」「反對基督教的教義及其組織」[1]等具體而微的內容。

在 1925 年的《對於宣傳工作之議決案》中，中國共產黨再次明確了各類刊物的職責範圍與內容體系，進一步細化了黨對新聞出版內容的管理活動。譬如，文件要求《嚮導》「今後內容關於政策的解釋當力求詳細，文字當力求淺顯」；要求《新青年》「根據馬克思列寧主義的見地運用到理論和實際方法，作成有系統的多方面問題的解釋」；要求《中國工人》「必須兼顧各地方的普遍要求」；要求《黨報》「今後多登載黨內關於政策和各種運動非公開的討論文件」；等等。[2]可以說，這一系列的具體規定，將中共的新聞管理從理念直接拉進了實際，對出版物的要求不是模糊不清的大政方針，而是具體可行的行動指南。這，在很大程度上有利於管理目標的實現。

1926 年，中共中央相關文件再次對出版物的內容進行了規定。它指出，《嚮導》應當更加加增鼓動的性質，不可太重於分析的論述；《新青年》要適應革命的思想鬥爭之需要，並設法增加中國經濟的研究及工農運動之歷史的理論的論述，增加 C.Y.問題的討論和研究；《勞農》應當給工農群眾讀者有關政治的指導，搜集全國工農狀況及其政治經濟鬥爭的消息，登載各地方的工農通信；對於《黨報》來說，要能集合中央各部及各地之黨內生活和工作經驗，以爲訓練同志之材料及指導。[3]上述系列規定，更加明確了黨的新聞報刊的使命與職責。

內容管理的另一個重要方面，就是要求新聞出版物的語言表達等，要以讀者對象能夠接受爲前提，太過理論晦澀，便不適合向一般群眾傳播。譬如，在中共「二大」譯發的《加入共產國際條件》中便提出了這一點。它要求黨的各出版物在宣傳黨的理論方針是，不可以將期望宣傳的各類革命理論僅僅「只當作背得爛熟的流行公式來談論」，恰恰相反，它應當「使每一個普通的男工、女工、士兵、農民都能通過我們報刊上每天系統登載的活生生的事

1　《教育宣傳問題議決案》，《中國共產黨新聞工作文件彙編》（上），新華出版社，1980年版，第 4 頁。
2　《對於宣傳工作之議決案——中國共產黨第四次全國大會議決案》，《中國共產黨新聞工作文件彙編》（上），新華出版社，1980 年版，第 20 頁。
3　《關於宣傳部工作議決案》，《中國共產黨新聞工作文件彙編》（上），新華出版社，1980 年版，第 29～30 頁。

實，認識到實行無產階級專政的必要性」[1]。應當承認，內容管理是新聞管理的細化，也是新聞管理中最能體現中國共產黨的管理意志與管理政策的一部分。

四、靈活管理新聞報刊的出版分配

在中國共產黨早期的新聞管理中，對於出版發行、推銷分配等問題的關注格外明顯。道理其實很簡單，無論宣傳理念如何先進，宣傳內容如何準確，沒有強而有力的發行工作，沒有廣泛存在的受眾基礎，一切都將是空談。

1924 年 9 月 25 日，《各地方分配及推銷中央機關報辦法》中即曾規定：[2]

> 凡屬本黨黨員，不但有購閱本黨中央機關報之義務，並有努力
> 向黨外推銷之義務；中局茲議定分配及推銷中央各機關報辦法，望
> 各地執行委員會責成各組組長執行之，此事關係黨內教育黨外宣傳
> 均極重要，希望同志們努力實行，切勿玩忽！

文件明確指示，購買以及推銷中央機關報，是中國共產黨員的重要責任和義務，要求各地黨員嚴肅對待。表明中共對於新聞出版發行工作的重視。該文件中，還對《黨報》《嚮導》和《新青年》的具體贈閱、購買、推銷等問題進行了細緻的規定[3]，意在擴大發行，增強黨報的影響力。同年 11 月 6 日，《中共中央出版部通告第一號》文件，向各區委各地委發文詢問了出版發行的具體執行狀況。文件對「出版部已組成否？」「每種每期能推銷若干份？」「所在地究竟能銷《嚮導》若干？」[4]等問題進行了細緻羅列，足可見中共中央對於新聞出版問題的關注。

1925 年 1 月 10 日，中共共產黨在黨內開始停贈《嚮導》和《新青年》。[5]同年 3 月 6 日，中共重新確立《各地方分配及推銷中央機關報辦法》，原因在於「前屆中局曾經規定分配及推銷中央各機關報辦法，令各地委責成各組長

1　《中共中央文件選集》第 1 冊，中共中央黨校出版社，1990 年版，第 67 頁。

2　《各地方分配及推銷中央機關報辦法》，《中國共產黨新聞工作文件彙編》（上），新華出版社，1980 年版，第 15 頁。

3　《各地方分配及推銷中央機關報辦法》，《中國共產黨新聞工作文件彙編》（上），新華出版社，1980 年版，第 15 頁。

4　《中共中央出版部通告第一號——要各地報告〈嚮導〉〈新青年〉等發行推銷情況》，《中國共產黨新聞工作文件彙編》（上），新華出版社，1980 年版，第 16 頁。

5　《中共中央出版部通告第四號——黨內停止贈送〈嚮導〉和〈新青年〉》，《中國共產黨新聞工作文件彙編》（上），新華出版社，1980 年版，第 22 頁。

辦理。但各地對於此項辦理，很少切實執行」。[1]在制定新辦法後，一再強調「此事關係黨內教育、黨外宣傳均極重要……切勿玩忽，至要至要！」[2]在新訂辦法中，對於《嚮導》《新青年》《中國工人》《黨報》等刊物的贈閱、訂購、推銷等活動進行了詳細規定。譬如，文件稱，「爲推銷《嚮導》起見，中局已擬印一種顏色廣告，不日可寄各地，各地接到此項廣告時，應責成 C.P.、C.Y. 通知分送當地書鋪、書攤，及前往各學校閱書報室張貼，至要！」[3]同年年底，中共中央對於出版分配問題再次做出規定，內稱：各省委的出版分配股，應與中央的出版科發生直接的關係，對於中央的刊物收發均須有系統的發行。發行的刊物，如須收刊費的，必須向購買者切實收取刊費，否則，即在該省委黨費項下扣除。由此不難發現，在早期的中共新聞管理中，出版發行問題是不可忽視的重要板塊。這當中，主要因素還在於期望擴大黨的新聞出版物的影響，其次則在於爲黨的新聞報刊尋求一定的經費支持。

第二節　十年內戰期間的紅色新聞業管理

　　1927 年，「大革命」失敗，第一次國共合作正式宣告破產。八一「南昌起義」後，中國歷史進入了國共兩黨的「十年內戰時期（1927～1937）」。隨著各地革命根據地的逐步建立，1931 年，中華蘇維埃第一次全國代表大會在江西瑞金召開，中華蘇維埃共和國臨時中央政府正式宣布成立。這十年之間，紅色新聞業儘管遭遇了不少的挫折，但依然持續不斷地發展壯大。紅色新聞業的管理體制在這一時期，較之早前一個階段也有了明顯的發展進步。這樣的發展趨勢，一直持續到 1937 年以前。隨著日本對華侵略行爲的變本加厲，紅色新聞管理體制才轉向另外一個明顯不同的抗日戰爭階段。此處，我們將系統梳理十年內戰期間的紅色新聞管理活動，以期明確該時期新聞管理的主要特徵與體制機制。此外，從歷史發展的角度來看，這一時期的新聞管理體制可以稱之爲紅色新聞管理的「發展期」，或「推進期」。

1　《各地方分配及推銷中央機關報辦法》，《中國共產黨新聞工作文件彙編》（上），新華出版社，1980 年版，第 23 頁。
2　《各地方分配及推銷中央機關報辦法》，《中國共產黨新聞工作文件彙編》（上），新華出版社，1980 年版，第 23 頁。
3　《各地方分配及推銷中央機關報辦法》，《中國共產黨新聞工作文件彙編》（上），新華出版社，1980 年版，第 24 頁。

一、重新明確黨報的地位和功能

1931 年 1 月 21 日，爲強化中國共產黨重要對於實際工作的指導作用，「糾正過去一來和等待通告的指導之習慣」，中共中央專門發文表示，要「改用黨報方式加強黨對實際工作的指導」。[1] 文件指出：

> 中央以後對於指導的方式，決定改變過去發表極長的分析政治的通告的方式，而以黨報的社論爲代表中央政治局在政治上的分析與策略的指導，一切重要工作的具體指示，決以政治局的決議案來指導各級黨部。各級黨部必須切實而普遍的發到所有支部中去討論執行，全體同志應根據黨報的分析與指導來討論工作。[2]

這一決定對於中共黨報的發展來說，意義重大。它實際上意味著，黨報尤其是黨報的社論，事實上成爲中共中央核心意見的主要通知者，改變了過去的通告方式，強化了黨報的核心地位。換句話說，黨報的功能也由此發生了根本性轉變，它不再僅僅是評論者或者宣傳者，而是切實的意見發布者。緊接著，短短的六天之後，1931 年的 1 月 27 日，中共中央發布關於黨報的決議，從性質、功能、地位等多個層面，重新明確了黨報的核心地位。

文件認爲「在立三路線之下，黨報形成一個單傳的對外的宣傳品，失卻其對黨的工作及群眾工作的領導作用」，「黨報不能回答一切實際工作中的問題，使理論問題的文章不能很好地聯繫到實際工作」。[3] 對此，中共表示必須改變目前的狀況，重新認識到黨報的性質與功能：以後黨報必須成爲黨的工作及群眾工作的領導者，成爲擴大黨在群眾中影響的有力的工具，成爲群眾的組織者，黨報不僅要解說中共革命的理念問題策略問題，解說黨目前的中心口號，同時要極可能的多收集關於實際工作的文章，特別是關於黨的組織任務的文章，論文要帶有指示文件的性質，要帶有極高限度的具體性，應當給予實際工作中的同志以具體的建議。[4] 由此，黨報的性質不再只是單純的宣傳品，更是「黨的工作及群眾工作的領導者」，其任務不僅是傳播黨的思想，更是要「要解說中共革

---

1 《中共中央通告第二○三號》，《中國共產黨新聞工作文件彙編》（上），新華出版社，1980 年版，第 70 頁。

2 《中共中央通告第二○三號》，《中國共產黨新聞工作文件彙編》（上），新華出版社，1980 年版，第 70 頁。

3 《中共中央政治局關於黨報的決議》，《中國共產黨新聞工作文件彙編》（上），新華出版社，1980 年版，第 71 頁。

4 《中共中央政治局關於黨報的決議》，《中國共產黨新聞工作文件彙編》（上），新華出版社，1980 年版，第 71～72 頁。

命的理念問題策略問題，解說黨目前的中心口號」，最終要發揮黨報「成爲擴大黨在群眾中影響的有力的工具，成爲群眾的組織者」的重要作用。這一轉變，較之早前對於黨報任務的闡釋，差異是十分明顯的。自此之後，黨報成爲了「領導全黨的鬥爭，組織廣大群眾在黨的政治主張周圍的一種最重要的武器」。[1]

二、重建實施新聞管理的機構與制度

1929 年 6 月 25 日，在《中共六屆二中全會宣傳工作決議案》中，對黨的宣傳工作的組織問題進行了細緻討論。決議要求，重新釐清黨的新聞管理的機構與制度問題，明確新聞宣傳工作中的運作方式。其主要內容包括：

第一，「各級黨部必須有專門執行宣傳工作的組織」。[2]決議表示，中共中央有必要進一步健全宣傳部，中央宣傳部的職能不僅僅是進行中央內部的宣傳工作，更爲重要的是，要對全國範圍內的新聞宣傳工作有著切實的領導與指導作用。同樣，各級省委以及地方也需要有自己的宣傳部的組織，其分管範圍分別爲省內和地方內部。即便是在各個支部，也要設立專門的宣傳幹事，不應該由支部的書記同時兼任宣傳幹事。[3]

第二，「黨報委員會應當與宣傳部劃分清白」。[4]這一規定的最主要目的，不僅要明確宣傳部的作用，更在於明確黨報委員會的功能。混淆二者，只會給實際的新聞宣傳工作帶來弊病。文件指出，「黨報委員會在中央以政局全體委員充當，在省委及地方黨部應以全體常委充當，只有這樣才能使整個組織直接注意黨報，才能使黨報眞正代表黨的正式意見」。[5]由此可見，這一舉措的最終目的還在於將黨報的功能發揮到最大，讓黨報成爲黨的意見的代言人。正因如此，文件一再強調，宣傳部可以也應該與黨報委員會發生密切聯繫，但前者堅決不能取代後者。

第三，對中央和省委的宣傳部組織架構進行了規劃。文件要求，中央宣

1 倪延年：《中國新聞法制史》，南京師範大學出版社，2013 年版，第 224 頁。
2 《中共六屆二中全會宣傳工作決議案》，《中國共產黨新聞工作文件彙編》（上），新華出版社，1980 年版，第 59 頁。
3 《中共六屆二中全會宣傳工作決議案》，《中國共產黨新聞工作文件彙編》（上），新華出版社，1980 年版，第 59 頁。
4 《中共六屆二中全會宣傳工作決議案》，《中國共產黨新聞工作文件彙編》（上），新華出版社，1980 年版，第 59 頁。
5 《中共六屆二中全會宣傳工作決議案》，《中國共產黨新聞工作文件彙編》（上），新華出版社，1980 年版，第 59 頁。

傳部應該對全國的宣傳工作負責，與各省之間展開互動。同時注意收集地方經驗，指導各地工作。中央宣傳部必須設立「審查科」、「翻譯科」、「材料科」、「統計科」、「出版科」、「編輯委員會」和「文化工作委員會」七個科委。[1]另外，省委宣傳部也應當按照中央的要求，盡可能建立健全自己的組織架構。要切實指導全省範圍內的宣傳工作，不能僅僅是一個簡單的技術工作的機關。[2]

在該決議中，還對地方黨部和區委的宣傳部建設以及支部宣傳幹事的發展做了詳細規定。可以說，這一決議在很大程度上重新確立了以宣傳部為中心的新聞管理架構，從中央宣傳部到地方宣傳部，從宣傳部的整體職能到各個部門的具體責任，都進行了明確的規定。

在《中央政治局關於黨報的決議》中，對黨報本身運作的組織架構進行了規定。在文件中，將《紅旗日報》規定為「中央機關報」；將《實話》規定為「中央經濟政治機關報」；將《布報》規定為「中央理論機關報」，將《黨的建設》規定為「中央關於組織問題機關報」。在此基礎上，文件要求「成立中央黨報委員會，負責中央黨報一切領導」；同時「各機關報設主筆一人，四主筆成立一中央黨報編輯處」。該規定明確了中央黨報的編輯運作組織，也給地方做出了借鑒。

三、調整黨新聞宣傳的指導方法

「大革命」失敗之後，中共被迫調整其對待新聞出版的管理策略。為應對時勢，中共不斷改變其新聞宣傳的方式和方法。1928 年，為加緊對小資產階級的宣傳工作，重新主張中共的革命理念，中共中央決定，「各地黨部須出版一種或以上的灰色刊物，以執行我們的宣傳鼓動工作，尤其是關於小資產階級的宣傳鼓動的工作」。[3]於此同時，中國共產黨對如何在實際情況下創辦灰色刊物，給予了一些基本原則的指導：[4]

1　《中共六屆二中全會宣傳工作決議案》,《中國共產黨新聞工作文件彙編》(上)，新華出版社，1980 年版，第 59～60 頁。

2　《中共六屆二中全會宣傳工作決議案》,《中國共產黨新聞工作文件彙編》(上)，新華出版社，1980 年版，第 60 頁。

3　《中共中央通告第五十五號》,《中國共產黨新聞工作文件彙編》(上)，新華出版社，1980 年版，第 39 頁。

4　《中共中央通告第五十五號》,《中國共產黨新聞工作文件彙編》(上)，新華出版社，1980 年版，第 39 頁。

（一）這種刊物是灰色的，因此不能登載黨的文件或論文中露出與黨有組織關聯的話，而應作爲第三種人的口氣，既非國民黨也非共產黨。

（二）這種刊物說話的態度，不是拿黨的口氣的，也不是完全按照黨的政策和口號的，她的使命只在如何使小資產階級脫離國民黨的影響而投到我們方面來或力守中立。說的方法常是根據實際的事實，證明國民黨的統治實在與北洋軍閥相同，甚至更反動，這是消極方面的。

（三）積極方面，我們應該表示，只有工農兵的蘇維埃革命，才是小資產階級的出路——但注意，不過暗示如此，並非彰明較著的鼓吹工農兵蘇維埃革命。

可以看出，在中共的新聞管理上，事實上採用了相對靈活的方式。這種「灰色刊物」的創辦，就是明證。當然了，灰色刊物並不能取代旗幟鮮明的黨報主張。中共表示，「各級黨部在進行反帝宣傳工作中須注意時常用黨的名義發表黨的主張」，「設法廣泛推銷黨的刊物」[1]。這同樣說明，採用靈活多樣的管理策略，是保證中國共產黨新聞宣傳工作取得良好效果的重要前提。

與之類似，在 1936 年，日本佔領東北後，中國共產黨再次靈活調整新聞管理策略，將新聞宣傳工作的中心穩步轉移。中共首先反思了此時已不再適用的宣傳方法，譬如，「抗日救國會的報紙與宣傳品，常常將黨的主張黨的口號都囫圇的吞下去，這就失去了抗日救國會在聯合戰線中的作用」[2]。隨後，中共表示，此時，「我們的宣傳工作，必須爲適合於黨的策略路線，適合於奪取更廣大的群眾，適應於民族革命統一戰線而急劇的轉變」[3]。此時，中共要求「一切的宣傳必須普遍深入，通俗簡明，改變過去一些高談闊論使人煩厭的宣傳」，「一切的宣傳工作中必須與組織上的團結緊密的聯繫起來」[4]。

1　《中共中央通告第五十五號》，《中國共產黨新聞工作文件彙編》（上），新華出版社，1980 年版，第 39 頁。

2　《中共中央爲轉變目前宣傳工作給各級黨部的信》，《中國共產黨新聞工作文件彙編》（上），新華出版社，1980 年版，第 82～83 頁。

3　《中共中央爲轉變目前宣傳工作給各級黨部的信》，《中國共產黨新聞工作文件彙編》（上），新華出版社，1980 年版，第 83 頁。

4　《中共中央爲轉變目前宣傳工作給各級黨部的信》，《中國共產黨新聞工作文件彙編》（上），新華出版社，1980 年版，第 84 頁。

能夠想見，通過靈活地變換新聞宣傳的指導策略，是中共新聞管理能夠不斷適應現實、指導新聞出版和教育宣傳實踐的重要方法。

四、建設和管理黨報通信員隊伍

加強對通信員隊伍的建設與管理，是十年內戰時期，紅色新聞業管理體制發展進步的一個重要特徵。也是該階段相較於前一階段，所發生的一個十分明顯的變化。中國共產黨認為，「過去中央黨報有一個很大的缺點，就是它不能反映全國的政治局勢及群眾鬥爭的情形」，究其根源，就在於「中央黨報沒有建立各省及各重要區域之切實的通信員」。[1]為此，中共中央專門發布第七十二號通知，詳細闡述了中央黨報的通信員條例。文件表示：[2]

1. 各省至少必有一個中央黨報通信員，由省委指定當地同志充任。若有離省距離太遠的重要產業區域，或武裝鬥爭區域，則省委必須負責在那裡同樣建立中央黨報通信員。

2. 省委的責任，不僅在於指定通信員的責任人，而更必須負責督促通信員的工作，並加以工作上的指導。

3. 中央黨報通信員每半年作一總的政治形勢與群眾鬥爭的通信，每月作一次經常的通信，在發生重要事變及嚴重鬥爭的時候，必須隨時做通信。

4. 通信員不僅報告政治形勢及群眾鬥爭的事實，並必需儘量的搜集當地各種政治策略問題的觀點，爭論，等等，以供給中央黨報的參考。

5. 通信員之通信，最好經過當地省委或宣傳部的審查。最好能加以修改，若時間不足可加以附評。但無論如何，此項通信必須立刻發出，不得遲誤。

6. 省委一定要注意通信員的人選，不得以不能負責的同志敷衍，到期沒有通信，責任由省委負擔。

該通信員條例，從多個層面闡述了建立通信員制度的必要性、重要性和基本原則。中共認為，各個省份必須至少有一個中央黨報通信員，這就從全

1　《中共中央通知第七十二號——中央黨報通信員條例》，《中國共產黨新聞工作文件彙編》（上），新華出版社，1980 年版，第 62 頁。
2　《中共中央通知第七十二號——中央黨報通信員條例》，《中國共產黨新聞工作文件彙編》（上），新華出版社，1980 年版，第 62～63 頁。

局的角度把握了各個地區的動態，有利於中央黨報對地方的瞭解；要求通信員及時與中央黨報展開溝通，避免了將這一制度變成形式化的工作。此外，該條例還規定了通信員工作的具體內容，即反映當地的各種問題，而不是單純的報告；各省委也必須加入到通信員隊伍的建設中來，不能敷衍了事，從而有助於這一制度落到實處。需要承認，該規定在宏觀上為通信員制度的發展提供了指導，其後的通訊制度之完善往往離不開這一規定的指引作用。1930 年，《中共中央黨報委員會》在《紅旗》上發布了《中共中央黨報通訊員條例》，進一步細化和完善了早前的規定。通訊員制度正式在中央黨報系統中確立起來。

此後，在 1931 年的《中共中央政治局關於黨報的決議》中，再次申明了建立通訊員的重要性。文件指出，要「建立中央黨報的通信網，指定各地同志負責通信，寫文章督促發行，及建立工農通訊員及讀報班。由黨報委員會起草詳細計劃」。[1] 這一文件，再次表明了中共對於建立通訊員制度的關注。無獨有偶，同年發布的《中共中央關於加強黨報領導作用的決議》，總共六項規定，其中四項都涉及到了通訊制度，值得我們關注：

　　二、各級黨部必須立刻擔負起給中央日報建立通訊網的責任。各省委各區委各支部須指定某一同志負責擔任通訊網的建立，在各工廠、各礦山、各企業、各學校以至各鄉村中訓練出工農通訊員（黨員或非黨員）並組織他們。

　　三、各級黨部負通訊責任的同志必須經常搜集並編（缺一字）各種通訊交給各自的省委，由省委直轉中央日報社。在通訊網沒有建立以前，省委通訊員必須於每星期內供給中央二篇關於工農鬥爭的通訊稿子。

　　四、出版紅旗日報的各省委，尤其應該迅速執行此決議。為中央日報通訊與通訊網的建立，就應該是各省紅旗報的編輯部負責同志。

　　五、蘇區通訊網建立的責任，在目前擁護蘇維埃的運動中，尤其有特別重大的意義。中央責成各蘇區的中央局立刻開始這一工作。[2]

1　《中共中央政治局關於黨報的決議》，《中國共產黨新聞工作文件彙編》（上），新華出版社，1980 年版，第 72 頁。

2　《中共中央關於加強黨報領導作用的決議》，《中國共產黨新聞工作文件彙編》（上），新華出版社，1980 年版，第 76 頁。

五、努力打造全國性的發行網絡

自中國共產黨創立不久，在新聞管理中，對於發行、推銷等工作就一直
予以了較高的關注。十年內戰期間，中共的這一管理方針依然沒有改變。1931
年 1 月 27 日，在《中共中央政治局關於黨報的決議》中，再次對印刷發行工
作予以了強調，意在建立一個相對完備的新聞發行網絡。文件首先要求解決
印刷、發行中存在的困難。其中提到，「因爲印刷及發行的困難，現在應該減
少刊物的數目，集中力量改善幾個中心刊物，使這幾個刊物的內容、印刷、
發行能儘量的改善」。[1]換句話說，面對刊物印刷發行中存在的難題，中共主要
採取減少刊物數量，確保中心刊物正常運轉的這一策略。不過，這並非中共
此時的全部意向，在中共看來，努力擴大刊物的影響力，建立全國性的發行
網絡是尤爲關鍵的工作：

> 爲建立黨的及其他革命刊物的全國完備發行網，應當在中央、
> 省委、區委成立發行部（或科），管理整個發行網的工作。中央及各
> 級黨部應當經過黨團，建立工會、青年團、互濟會及其他團體的自
> 下而上的發行系統。黨中央發行部負領導、監督並統計全國的發行
> 工作。中央黨報的印刷事宜由中央發行部管理。決定由現在中央組
> 織部下的發行科起草建立全國發行網的計劃，並由常委發一關於發
> 行工作的通知，由各地黨部去執行。[2]

在此，中共對出版發行工作進行了細緻部署。它要求在中央、省委和區
委各自成立發行部門，由上而下搭建起整個全國性的發行網絡；同時，「中央
及各級黨部應當經過黨團，建立工會、青年團、互濟會及其他團體的自下而
上的發行系統」，兩種方式貫通一致，形成一個相對全面的發行系統。在工作
職能上，中央發行部負責領導全國的發行和中央黨報的印刷。應當說，這一
工作是對建立全國性發行網絡的整體部署，彰顯出中國共產黨對於出版發行
工作的管理思路。

同年的 3 月 5 日，中共中央認爲「目前全國發行工作做得非常散漫。中
央黨報和各種書籍小冊及其他宣傳品的發行，沒有統一的計劃，並且多散佈

---

1 《中共中央政治局關於黨報的決議》，《中國共產黨新聞工作文件彙編》（上），新華
   出版社，1980 年版，第 72 頁。

2 《中共中央政治局關於黨報的決議》，《中國共產黨新聞工作文件彙編》（上），新華
   出版社，1980 年版，第 72～73 頁。

在上層機關，很少傳佈到下層組織中去，更少散佈到群眾中去」。[1]爲此，中央要求建立全國發行網絡，並責成出版部具體執行。在建立發行網的制度方法上，主要包括三點。一是要在全國各個中心城市建立系統的發行路線，從而確保中央的各種出版物能夠按時按量送達，同時各個地方的出版物也可以與中央的出版物進行交換；二是要建立在蘇區的發行網絡，供給各類刊物；三是要建立關於發行工作的巡視制度，由中央的或出版部的巡視員調查某一省份的發行建設工作，糾正錯誤並指導部署。[2]此外，在發行網的組織建設上，中共中央的有關文件給出了以下五點要求：一是要組建四人或四人以上的省委發行組織，管理與省委及區委的發行關係；二是要區委將刊物發行給支部，支部發行給黨員，黨員發行給群眾；三是要各群眾組織中的黨團負責給工會等群眾組織進行發行工作；四是要在檢查工作與報告工作中，對發行工作必須進行檢查報告；五是統計發行數量，遞交上級或中央。[3]

通過這樣的規定，基本搭建了從中央到省委、到區委、到支部、到黨員、再到群眾的一整套發行網絡。通過這一套發行網絡的建設，基本能保證黨的新聞宣傳意見能夠層層傳遞，由中央直至地方，由黨內直至群眾。

第三節　抗日戰爭中的紅色新聞業管理

1937年，「七・七」盧溝橋事變之後，抗日戰爭正式爆發。自此直至1945年9月2日，日本簽字投降，此次中日戰爭共歷時八年。在八年抗戰期間，紅色新聞事業不斷調整自身新聞管理的體制與機制，意在適應時局，更好地應對新聞宣傳工作的開展。這一時期，中共新聞管理活動的調整有兩個主要的目標，一是要建立抗日宣傳的輿論陣線，一致抗日；二是要在不斷變動的管理方式中，試圖建立起紅色新聞事業的框架體系。應當可以說，在「抗日戰爭時期（1937～1945）」，紅色新聞管理體制的發展進入了快速發展的階段，在某種程度上，我們可以將其理解爲紅色新聞管理的調整期，或成熟期。

1　《中共中央關於建立全國發行工作決議案》《中國共產黨新聞工作文件彙編》（上），新華出版社，1980年版，第74頁。
2　《中共中央關於建立全國發行工作決議案》，《中國共產黨新聞工作文件彙編》（上），新華出版社，1980年版，第74頁。
3　《中共中央關於建立全國發行工作決議案》，《中國共產黨新聞工作文件彙編》（上），新華出版社，1980年版，第75頁。

一、調整管理新聞事業結構以應對時局

在紅色新聞管理活動的這一階段，一個明顯的特徵在於，中共不斷調整出版物的內容方針和體系結構。這與以往相比，存在顯著的變化。究其根源，主要在於這一時期的時局動盪，為了應對不斷變化的時事格局和各種複雜的宣傳狀況，中國共產黨始終在調整刊物的出版結構。譬如，較早在 1940 年的時候，中共中央宣傳部便下發了關於調整《中國青年》的通知。其中指出，該刊物將「成為青年幹部在理論、策略、工作、和文化生活各方面的學習刊物」。同時，又因為「黨的中級幹部的最大多數也是青年」，所以「《中國青年》也就是當的一般中級幹部的學習刊物」。[1]

1941 年 3 月 26 日，中共中央正式發布關於調整刊物問題的決定，重新規劃新聞出版的整個結構與布局。其中規定：第一，《中國青年》、《中國婦女》、《中國工人》暫時停刊，相關文章分別登載於《解放》和《共產黨人》上；第二，擴大《解放》編委，由洛甫、博古等人組織；第三，擴大《共產黨人》編委，由洛甫、鄧發等人組織；第四，《中國文藝》停刊，相關文章刊載於《中國文化》上，後者的編委由艾思奇、周揚等人組織；第五，責成中央出版發行部將停刊省出的字數用語書籍及教科書印刷；第六，責成各停刊雜誌的負責同志向有關工作人員解釋。[2]此次調整的出現，是中國共產黨在應對技術條件限制，尤其是應對革命宣傳需要，為書籍、小冊子等急於出版文件的正常發行所做的動態改變。

緊隨其後，在 1941 年的 5 月 15 日，中共中央再次調整出版結構，決定出版《解放日報》，同時改進新華社和延安廣播工作。這一舉措更加凝聚了中共的新聞宣傳力量，《解放日報》在此後的新聞工作中，發揮了極其重要的作用：

五月十六日起，將延安《新中華報》、《今日新聞》合併，出版《解放日報》。新華通訊社事業，亦加改進，統歸一個委員會管理。一切黨的政策，將經過《解放日報》與新華社向全國宣達。《解放日報》的社論，將由中央同志及重要幹部執筆。各地應注意接收延安的廣播，重要文章除報紙刊物上轉載外，應作為黨內學校內機關部隊內的討論與教育材料，並推廣收報機，使各

1　《中宣部關於〈中國青年〉的通知》，《中國共產黨新聞工作文件彙編》（上），新華出版社，1980 年版，第 95 頁。

2　《中共中央關於調整刊物問題的決定》，《中國共產黨新聞工作文件彙編》（上），新華出版社，1980 年版，第 96 頁。

地都能接收，以廣宣傳，是爲至要。[1]

　　約兩個月之後，中共中央宣傳部下發《關於各抗日根據地報紙雜誌的指示》，對根據地報紙雜誌的出版結構進行了指導與調整。該指示認爲，近年來，在各個抗日根據地中，大多數報紙雜誌出現了「分工不明，彼此重複，數量多而質量差，形式鋪張而內容貧乏的嚴重弱點。編輯、出版、發行的制度也尚不完善」等弊病。[2]爲此，中宣部給出了如下的管理方案，要求著力調整根據地的出版方針和刊物結構：

　　　　1、中央局、中央分局和地域上有獨立性的區黨委（如晉西北），可辦一種政治報紙（三日刊、隔日刊或日刊），作爲黨及黨所領導的軍、政、民的共同言論機關。……2、上列機關可辦一種政治雜誌（月刊），其讀者對象與上相同。……3、上述機關可出版一種黨內刊物（月刊），其讀者對象爲區級以上的黨的幹部。……4、上列機關可出版一種在黨指導下的綜合的文化文藝性質的雜誌。……5、各邊區可以出版一種作爲社會教育工具的通俗報紙（如晉西北的大眾報及陝甘寧的群眾報），其讀者對象是廣大的群眾和普通黨員。……6、大的地委和專區，有必要時，也可以出版通俗性的地方小報，作爲當地問題的鼓動機關。7、某些地委或縣委出版的支部小報，應作爲有計劃的黨員教育的補助教材，而糾正無計劃的湊篇幅的現象。[3]

　　這一指導從政治報紙、政治雜誌，到黨內刊物、文藝雜誌、通俗報紙，再到地方小報和支部小報，基本確立了各抗日根據地的辦報體系。從而使得各刊物分工明確，職責清晰。這種結構也有效地避免了重複，有利於刊物質量的提升。

　　及至 1942 年，戰爭環境更加惡劣，敵後的掃蕩也更加頻繁，各地在新聞出版物資、報紙宣傳活動上都面臨了一系列挑戰。爲適應環境，精兵簡政，中宣部再次發文，要求各地在出版報紙刊物上有所新的調整。文件指出，「每

1　《中共中央關於出版〈解放日報〉等問題的通知》，《中國共產黨新聞工作文件彙編》（上），新華出版社，1980 年版，第 97 頁。
2　《中宣部關於各抗日根據地報紙雜誌的指示》，《中國共產黨新聞工作文件彙編》（上），新華出版社，1980 年版，第 114 頁。
3　《中宣部關於各抗日根據地報紙雜誌的指示》，《中國共產黨新聞工作文件彙編》（上），新華出版社，1980 年版，第 114～115 頁。

一戰略根據地可以出版一種四開的二日刊或三日刊，刊載國內外重要新聞及
本地區新聞，將重點放在後者，以增強對於本地區工作之指導推動作用。日
刊及同時數個報紙之存在，徒耗人力、物力，在目前環境內是不適合的」。[1]不
難發現，此次調整的主要目標在於精簡報刊，要求在面臨相對惡劣的環境時，
不能過分因辦報而做不必要的人力和物力消耗。

二、調整內容以管理完善黨報功能

1941 年，中宣部在指示各抗日根據地的報紙雜誌時，就曾對報紙雜誌在
內容上提出了一些細緻的要求，認為它們需要依據自身的性質和任務來報導
內容，努力提高自身的辦報質量。在指示中特別提出：

> 1、掌握黨中央的政策與黨的原則，為它們的貫徹而進行各方
> 面的鬥爭，防止任何違反政策與原則的言論。2、反映現實，反映當
> 地社會情況與工作情況，反映大眾呼聲，依此來進行自己的宣傳鼓
> 動工作，極力糾正那種主觀的、表面的、教條的、公式主義的、無
> 的放矢的和空談的缺點。3、善於使用批評的武器，表揚各種工作中
> 的成績，揭發其錯誤。但在表揚與揭發時，都必須是實事求是的老
> 實態度，糾正那種誇大、鋪張、虛偽、掩飾的惡劣作風。4、力求內
> 容充實，具有多方面性，改正空虛、單調的毛病。[2]

不難發現，在中宣部看來，調整新聞出版的內容需要從以下幾個層面具
體著手。首先，新聞出版的內容必須一以貫之的堅守黨性原則，不可違反黨
的方針、政策和原則；其次，新聞報刊必須反映現實，反映群眾的聲音，不
可片面教條；再者，要善於進行監督和表揚，但必須站在實事求是的基礎上；
此外，報紙內容需要充實多樣，不能單調片面。上述主張在很大程度上貼合
了抗日革命根據地的實際情況，有利於各地報刊在內容上主動調整，完善黨
報的功能。

不過，在這一階段，更有影響力的調整黨報內容、完善黨報內容的做法
主要還是出現在 1942 年。該年 3 月 16 日，中宣部發布改造黨報的通知，重
申黨報的功能定位，要求黨報以此調整報導內容。

---

1 《中宣部對各地出版報紙刊物的指示》，《中國共產黨新聞工作文件彙編》（上），新
　華出版社，1980 年版，第 128 頁。
2 《中宣部關於各抗日根據地報紙雜誌的指示》，《中國共產黨新聞工作文件彙編》
　（上），新華出版社，1980 年版，第 115～116 頁。

在《中宣部爲改造黨報的通知》中，首先重申了黨報的性質定位，認爲「報紙是黨的宣傳鼓動工作最有力的工具」，在黨的日常工作中起到了明顯的「喉舌」的作用。正因如此，報紙「每天與數十萬的群衆聯繫並影響他們」，「把報紙辦好，是黨的一個中心工作，各地方黨部應當對自己的報紙加以極大注意」。[1]其次，通知明確了黨報的主要任務，即「貫徹黨的政策，反映黨的工作，反映群衆生活」[2]。如果報紙不能始終牢記自己的使命，明白自己的任務，「只是或者以極大篇幅爲國內外通訊社登載消息，那麼這樣的報紙是黨性不強，不過爲別人的通訊社充當義務的宣傳員而已」。[3]

在明確了黨報的性質和人物後，該通知緊接著規定了黨報主要內容的調整方式。具體而言，在新聞報導中，要能夠「把黨的政策，黨的工作，抗日戰爭，當地群衆運動和生活，經常在黨報上反映，並須登在顯著的重要的地位」。[4]在發表觀點時，既要表揚優點，也要批評缺點。報紙上要允許不同的觀點出現，要能夠讓「一切非黨人士站在善意的立場上對我們各方面工作的批評或建議的言論發表」[5]。在語言表達上，通知則規定，黨報文字應通俗簡潔，做到讓稍有文化的群衆也能夠看懂。

三、管理廣播以強化對外宣傳能力

在國共合作抗日的複雜語境下，中國共產黨如何加強自身的對外宣傳水平與宣傳能力成爲其新聞管理活動的重要組成部分。這當中，管理黨的廣播事業，引導其積極展開對外宣傳活動，是最重要的一個組成部分。

1941 年 5 月 25 日，《中共中央關於統一各根據地內對外宣傳的指示》中，除了要求黨的對外宣傳要服從黨的政策和中央決定，並統一於宣傳部的領導之外，還對廣播電臺的對外宣傳做出了具體的安排。指示中強調，「廣播臺及

1　《中宣部爲改造黨報的通知》，《中國共產黨新聞工作文件彙編》（上），新華出版社，1980 年版，第 126 頁。

2　《中宣部爲改造黨報的通知》，《中國共產黨新聞工作文件彙編》（上），新華出版社，1980 年版，第 126 頁。

3　《中宣部爲改造黨報的通知》，《中國共產黨新聞工作文件彙編》（上），新華出版社，1980 年版，第 126 頁。

4　《中宣部爲改造黨報的通知》，《中國共產黨新聞工作文件彙編》（上），新華出版社，1980 年版，第 126 頁。

5　《中宣部爲改造黨報的通知》，《中國共產黨新聞工作文件彙編》（上），新華出版社，1980 年版，第 127 頁。

起廣播臺作用的戰報臺，應劃歸通訊社，並設立廣播委員會專門負責廣播材料的審查編輯」。與此同時，「各地應經常接收延安新華社的廣播，沒有收音機的應不惜代價設立之」，「關於電臺廣播內容與廣播辦法等，應受延安新華社之直接領導」，等等。[1]這些管理規定，指明了廣播在對外宣傳中的重要作用。

不過，強化對廣播事業的管理，提升對外傳播能力，最有力的規定還是《中宣部關於電臺廣播的指示》。在這份文件中，中共指出，「電臺廣播是各抗日根據地目前對外宣傳最有力的武器」。[2]建基於此，中共中央宣傳部專門針對廣播電臺的對外宣傳工作進行了詳實指示：

（一）廣播內容應以當地戰爭及政治、軍事、經濟、文化教育等各方面的具體活動爲中心，並以具體事實來宣傳根據地的意義與作用。

（二）廣播材料應力求短小精彩，生動具體，切忌長篇大論令人生厭的空談。

（三）廣播均應採用短小的電訊形式，每節平常以三百至五百字爲適當，至多不得超過一千字；當地負責同志的講演與論文，如有特別重要意義的，應摘要廣播，至多亦不得超過一千字。

（四）每節電訊應一次廣播完結，不得拖延時日，至多不得超過兩天廣播的時間。

這段對廣播事業對外工作的管理規定十分詳盡。在廣播的內容上，它規定了其應當以各方面的具體活動爲中心，積極宣傳根據地在抗戰中的意義和作用；在材料上，應該短小生動，避免空洞枯燥的長篇闊論；在形式上，要短小精悍，不過千字；甚至在播出方式上，也給出了具體辦法。可以說，這是運用廣播展開對外宣傳的行動指南，有利於將廣播改變爲對外宣傳的重要工具。在這樣的指導下，中共對廣播事業中存在的弊病都進行了糾正。譬如，中宣部即曾致電北方局，要求北方局改變電臺中新聞電訊的不當做法，多播短訊，注重時效性。[3]1942 年，在《中共中央關於加強對晉東南通訊社廣播的

---

1 《中共中央關於統一各根據地內對外宣傳的指示》，《中國共產黨新聞工作文件彙編》（上），新華出版社，1980 年版，第 99 頁。

2 《中宣部關於電臺廣播的指示》，《中國共產黨新聞工作文件彙編》（上），新華出版社，1980 年版，第 100 頁。

3 《中宣部關於電臺廣播問題給北方局彭左羅電》，《中國共產黨新聞工作文件彙編》（上），新華出版社，1980 年版，第 101 頁。

控制問題給彭德懷同志的指示》中，亦曾再次提及對外宣傳和廣播需要在政治上統一步調，不准任意廣播。

四、重視發行及通訊社工作的管理

重視出版物的發行以及新聞通訊社管理，同樣也是這一時期新聞管理的重要方面。1939 年 3 月 22 日，為打破外界對於中國共產黨出版物的查禁與封鎖，中共規定，從中央至縣委一律設立發行部，同時設置巡視員，對發行工作進行體系化管理。各地應當組織一批有經驗的同志擔任發行工作，保證黨的刊物的迅速傳遞。此外，中共還規定，「各級發行部應依照各種不同的環境，建立公開的、半公開的或秘密的發行網」。[1]與之類似，在 1941 年，中共在《中宣部關於各抗日根據地報紙雜誌的指示》中，同樣對發行工作進行了規定，稱「建立發行網及同讀者有聯繫的發行工作，廢止非黨內刊物的贈送制度，克服發行工作中與讀者脫離及遲緩、不經常的現象」。[2]

在通訊社工作上，1942 年，中共中央對一段時期以來，所發生的一系列不符合黨的政策的宣傳事件進行了總結，提出「抓緊通訊社及報紙的領導，使各通訊社及報紙的宣傳完全符合於黨的政策，務使我們的宣傳增強黨性」。[3]1944 年，新華社總結了各地的工作經驗與問題，對通訊社的發展進行了一定的思考規劃。在新華總社致各地分社的電文中，總社就通訊社的機構與人事、通訊工作經驗、各方面關係等問題進行了闡釋。在電文中，總社強調，首先，通訊社在人事機構上，應有單獨組織，可初步設立編輯、採訪、電務三科。其次，在工作開展中，「要實行全黨辦報，通訊網建立在黨組織的基礎上；要培養基幹通訊員，實行主力（記者）民兵（基幹通訊員）自衛隊（通訊員）三位一體的結合，鞏固通訊工作」；要走群眾採訪路線，加強部隊通訊等；在各方關係上，要接受黨委的領導，妥當處置各方關係等等。[4]

總的看來，新聞發行工作與新聞通訊工作是新聞事業能夠真正運作、發

1　《中共中央關於建立發行部的通知》，《中國共產黨新聞工作文件彙編》（上），新華出版社，1980 年版，第 88 頁。

2　《中宣部關於各抗日根據地報紙雜誌的指示》，《中國共產黨新聞工作文件彙編》（上），新華出版社，1980 年版，第 116 頁。

3　《中共中央關於報紙通訊社工作的指示》，《中國共產黨新聞工作文件彙編》（上），新華出版社，1980 年版，第 121 頁。

4　《新華總社關於通訊社工作致各地分社與黨委電》，《中國共產黨新聞工作文件彙編》（上），新華出版社，1980 年版，第 148～154 頁。

展、形成影響力的重要保障。在中國共產黨的新聞管理實踐中，長期對此傾注了關心和努力，使得紅色新聞事業能夠逐步壯大。

第四節　國共決戰時期的紅色新聞業管理體制

抗日戰爭結束後，國共兩黨迎來了最後的決戰。在這場戰鬥中，最終，1949 年 4 月 23 日，人民解放軍佔領中華民國首都南京。同年 10 月 1 日，中華人民共和國中央人民政府正式成立。由此，「民國」時代宣告結束，中國歷史脫離了「近代史」的範疇，轉而進入當代。在最後的「國共決戰期間（1945～1949）」，國共兩黨的新聞事業此消彼長。隨著國民黨敗退臺灣，中國共產黨領導下的新聞事業在全國範圍內取得了最終的主導地位。這一時期，紅色新聞業的新聞管理主要圍繞建構系統的管理體系、管理民間新聞業和外國在華新聞業等活動展開。整個管理活動較之從前更加細緻、完善，意在確立全國範圍內的人民的新聞管理體制。我們大體可以將這一階段的新聞管理稱之為紅色新聞管理體制的嬗變期，或演進期。

一、管理新解放城市的新聞事業

接受、安置並妥善管理新解放城市中的新聞事業，實施特定的管理政策，是這一時期中國共產黨新聞管理活動中最重要，也是特色最鮮明的內容之一。這一管理活動直接涉及到黨的新聞事業與新聞政策的未來發展，是彼時最為緊要和嚴峻的新聞管理任務。對新解放城市的新聞事業之管理，大致從三個層面展開。其一，制度運行上，規定其處理方式與出版發行辦法；其二，傳播內容上，規定其新聞傳播活動的主要導向；其三，人員安置上，處理原有新聞事業中的工作人員。

先看第一點，在制度運作上的管理辦法。1948 年 11 月 8 日，中共中央頒布《中共中央關於新解放城市中中外報刊通訊社處理辦法的決定》，要求「既嚴肅又慎重地」對待新解放大中城市中「對城市人民生活有重大影響的報紙、刊物與通訊社」等。[1]在該決定中，中共給出了具體的管理處置辦法：

> （甲）凡屬於國民黨反動政府及其地方政府系統下的各機關、
> 各反動黨派（如國民黨各個反動派系、青年黨、民社黨等）及反動

1　《中共中央關於新解放城市中中外報刊通訊社處理辦法的決定》，《中國共產黨新聞工作文件彙編》（上），新華出版社，1980 年版，第 189 頁。

軍隊的各級組織所出版及發行的報紙、刊物與通訊社，連同其一切設備與資財，應一律予以接收，並不得再以原名復刊或發稿。

（乙）凡屬於反對美帝國主義，反對國民黨反動政府的民主黨派及人民團體所辦之報紙、刊物與通訊社，應予以保護，並令其依法向人民政府登記。如其間發生重要問題，應請示中央處理。

（丙）凡私人經營或以私人名義與社會團體名義經營之報紙、刊物及通訊社，應分為以下三類處理：

有明顯而確實的反動政治背景，又曾進行系統的反動宣傳，反對共產黨、人民解放軍與人民政府，擁護國民黨反動統治者（例如上海申報、新聞報，天津及北平益世報等），應予沒收。其反動政治背景一時無法弄清者，則應經過調查及法庭判決加以處理。

在相當長時期內，一貫保持進步態度，反對國民黨反動統治，同情人民解放戰爭者，應予以保護，並令其向民主政府依法登記。

中間性的報紙、刊物與通訊社（既不贊成國民黨反動統治，也不擁護人民解放戰爭者），不得沒收，亦不禁止其依靠自己力量繼續出版，在出版時應令其登記。

對外國通訊社，外國記者，外國人出版的報紙、刊物的處理辦法如下：

（甲）外國通訊社非經中央許可不得在解放區發稿，並一律不得私設收發報臺。

（乙）外國記者停留解放區繼續其記者業務者，應根據外交手續向人民民主政府請求許可，並不得私設收發報臺，其發出之稿件，應受中央所指定之機關檢查。

（丙）外國人非經中央許可不得在解放區出版報紙與刊物，原已出版者亦須報告中央處理。[1]

在這一規定中，中國共產黨對國民黨反動政府及其地方政府系統下的各類新聞事業，一律採取「沒收」的辦法；對於那些由民主黨派和人民團體所創辦的，反對美帝國主義以及國民黨反動派的報紙刊物等，主要採取「保護」的辦法；對於那些私人經營和社會團體名義下的新聞事業，主要依據不同狀況，分別採取「調查後處理」、「保護登記」以及「登記後依靠自己力量繼續

1　《中共中央關於新解放城市中中外報刊通訊社處理辦法的決定》，《中國共產黨新聞工作文件彙編》（上），新華出版社，1980 年版，第 190～193 頁。

出版」三種不同的處理方式。對那些在新解放城市中繼續開展的新聞事業，必須「一律向當地政府登記」或「聽候審查」後分別予以「停刊」、「登記復刊」、「有條件的登記復刊」等具體的出版發行辦法。[1]同時，對於外國人的在華新聞工作，決定同樣給出了處理辦法。

　　同年 11 月 26 日，面對在具體工作中出現的一些疑問與困惑，中共中央對處理新解放城市中的新聞事業管理辦法給出了新的指示。其中主要強調的是：（1）對民營報刊通訊社在軍事管制時期，也實行事後審查；（2）黨與政府報刊通訊社的經濟來源，除銷售與廣告收入外，可注明由黨與政府補助；（3）人民政府是各級民主政府的正式名稱，如華北人民政府等，民主政府是泛稱，在正式公布文件中用法應統一，在某些地方混用亦無妨。[2]

　　1949 年 1 月 18 日，中共中央對如何處理帝國主義通訊社電訊辦法給出了具體規定。文件要求，「各地所有私營報社及通訊社，一律不得擅自設立收報臺抄收各外國通訊社電訊」，「各地所有公私報紙、刊物，一律不得登載各帝國主義國家通訊社的電訊，一切國際新聞，均須根據新華總社廣播稿發表」，「各地新華分社或黨報報社，可以將新華總社廣播的新聞參考資料，或自行抄收的外國通訊社電訊，印成專頁，發給黨的高級幹部及其他在工作上必須閱讀的人員，並可發給與我黨合作的高級黨外人士及必須閱讀的工作人員，以作參考之用」，「對它們必須施以嚴格的管制，這是中國人民利益所完全必需的」。[3]

　　再看第二點，即對傳播內容上的相關規定。1948 年，中共中央在關於新解放城市中中外報刊通訊社處理辦法的決定中，明確表示，對於登記許可出版的報紙、刊物與通訊社，民主政府對他們實行事後審查制度，並下達以下報導中的具體固定，即：「不得有違反人民政府法令之行動；不得進行反對人民解放戰爭，反對土地改革，反對人民民主制度的宣傳；不得進行反對世界人民民主運動的宣傳；不得洩漏國家機密與軍事機密」。[4]在 1949 年的《北平

1　《中共中央關於新解放城市中中外報刊通訊社處理辦法的決定》，《中國共產黨新聞工作文件彙編》（上），新華出版社，1980 年版，第 192 頁。

2　《中央關於處理新解放城市報刊、通訊社中的幾個具體問題的指示》，《中國共產黨新聞工作文件彙編》（上），新華出版社，1980 年版，第 197 頁。

3　《中共中央對處理帝國主義通訊社電訊辦法的規定》，《中國共產黨新聞工作文件彙編》（上），新華出版社，1980 年版，第 265～266 頁。

4　《中共中央關於新解放城市中中外報刊通訊社處理辦法的決定》，《中國共產黨新聞工作文件彙編》（上），新華出版社，1980 年版，第 192 頁。

市報紙、雜誌、通訊社登記暫行辦法》中，對傳播內容也做了相應的管理規定，其中要求「甲、不得有違反本會及人民政府法令的行動；乙、不得進行反對人民民主事業的宣傳；丙、不得洩漏國家機密與軍事機密；丁、不得進行捏造謠言與蓄意誹謗的宣傳」。[1]在此之外，還有一些文件條例，譬如《關於未登記報紙施行新聞管制給華中局、華東局、西北局的指示》《對處理帝國主義通訊社電訊辦法的規定》等。在這些文件中，主要要求上述新聞事業單位在傳播內容上不得違反人民政府法令，不得反動，同時，不能洩露各項國家秘密和軍事機密，不能造謠誹謗等幾個層面。

最後看第三點，即對原有新聞事業單位中的工作人員的管理辦法。在《中共中央關於新解放城市中中外報刊通訊社處理辦法的決定》中，提出了細緻的解決辦法。其中表示：

（甲）對於已經登記許可之舊有報紙、刊物、通訊社的新聞工作人員，除已指名撤換的反動分子外，一般採取爭取、團結與改造的方針。應以我們黨員及進步分子為領導組織新聞團體，進行學習，改進工作與生活等方式，加強對他們的領導。

（乙）已被接收、沒收及停刊之報紙、刊物、通訊社，對其工作人員之處理分別如下：

（1）反動者不用，其中特務分子應按一般特務分子處理。

（2）明顯的進步分子與確有學識的中間分子留用，一般地應先任用於次要工作和內勤工作，根據進步程度，逐步提升。

（3）一般的編輯與記者，其比較容易改造者，應經過短期教育後分別留用，然亦不應輕易使其擔任編輯與記者工作；其思想頑固，生活腐化不易改造者，應聽其或助其轉業。

（4）技術人員（例如出版、經理、廣播、電務等方面的技術人員），則按對待一般技術人員的方針辦理。

能夠看出，中國共產黨在處理舊有新聞事業中的工作人員時，主要依據其不同的性質，採用了不同的處理辦法。其中，對於明顯的反動分子，一律不再使用；而對於進步分子和部分中間分子，則主要採取留用的態度；一般的編輯、記者同樣可以在經過短期教育後繼續留用；而對技術人員，則按照

1　《中央對北平市報紙、雜誌、通訊社登記暫行辦法的批示》，《中國共產黨新聞工作文件彙編》（上），新華出版社，1980年版，第274頁。

對待一般技術人員的方式處理。在後續文件中，也曾對工作人員問題進行了規定，但大體仍遵循了上述路線。即依據工作人員的性質、技術、工作需求等情況分別管理。

二、實行請示報告及保密等宣傳制度

1948 年 6 月 5 日，「為了嚴格統一黨的宣傳，在宣傳部門中消滅或多或少存在著的無政府狀態或無紀律狀態」[1]，中共中央發布《關於宣傳工作中請示與報告制度的決定》，正式確立了新聞管理中的「請示報告制度」。顯而易見的是，這一制度主要包含「請示制度」和「報告制度」兩個層面。就前者而言，其中對新聞宣傳工作，作了如下幾點具體的規定：

> 第一，各地黨報必須執行毛主席所指示的由各地黨的負責人看大樣制度，每天或每期黨報的大樣須交黨委負責人或黨委所指定的專人作一次負責的審查，然後付印；第二，各地黨報的社論及編者對於新聞的政治性和政策性的按語與對於讀者政治性和政策性的問題的答覆，必須由黨委的一個或幾個負責人閱正批准後，才能發表。凡該級黨委所不能負責答覆的問題，應請示上級黨委或新華總社，而不應輕率答覆；第三，凡各級黨委及其負責人，對於帶有全國性或全黨性的問題的言論，凡其內容有不同於中央現行政策和指示者，均應事前將意見和理由報告中央批准，否則，不得發表；第四，凡各地新華社稿件，交新華總社向全國廣播者，新華總社有斟酌情況予以必要的增刪或修改之權；第五，凡各地用黨及黨的負責同志名義所出版的書籍雜誌，在出版前，應分別種類送交黨的有關部門審查。[2]

在「報告制度」上，該決議要求「各中央局、分局宣傳部，除每兩個月應向中央宣傳部作一次政策性的報告外，並應從本年七月份起，每半年作一次系統的情況報告」。報告的主要內容包括：「（1）黨的與非黨的報紙種類，發行數，編輯、記者、通訊員的數目；（2）黨的與非黨的書籍、雜誌出版發行狀況，書店工作狀況與經濟狀況；（3）黨的與非黨的學校數目與狀況，教

1　《中共中央關於宣傳工作中請示與報告制度的決定》，《中國共產黨新聞工作文件彙編》（上），新華出版社，1980 年版，第 186 頁。

2　《中共中央關於宣傳工作中請示與報告制度的決定》，《中國共產黨新聞工作文件彙編》（上），新華出版社，1980 年版，第 186～187 頁。

員與學生的約數；（4）廣播播送與收聽情況，如廣播電臺和收音機的數目分布與作用等；（5）文藝活動情況與城鄉群眾中的宣傳情況，如戲劇、牆報、夜校等活動的動向；（6）主要宣傳幹部姓名和情況」。[1]「請示報告制度」的確立，保證了中國共產黨能夠始終堅持自身的新聞宣傳路線，強化新聞管理能力。

1948 年，中共中央西北局宣傳部爲執行中央規定，發布了關於宣傳制度的具體規定：「各分區黨報，每期稿件須經地委宣傳部長作負責的審閱，其中有關政治性和政策性的重要社論或稿件，須經地委書記或地委幾個負責同志的閱正，然後付印」，「各級黨政負責幹部向黨員或群眾作重要報告或發表帶政治性和政策性的文章時，須事先經過各該黨委的討論修正，求得統一宣傳，集體負責」，「各地委宣傳部每兩月應向西北局宣傳部作一次政策性的報告（中心要反映宣教工作中主要情況和問題），每半年作一次系統的情況報告（包括報紙、雜誌的發行數目，編輯、記者、通訊員數目）」等。[2]這一系列的具體管理辦法，將中共中央關於「請示報告制度」的決議落到了實處。

1948 年 8 月 3 日，在審閱完東北總分社的《介紹劉伯承工廠》《勞動旗幟甄榮典》等稿件後，新華社總社認爲，這類稿件「有的暴露了我們的軍事工業所在地，有的暴露了軍火供應的範圍及軍火取給的來路，有的暴露了某一戰略還對另一戰略區的械彈供應情況，有的暴露了工廠的大概規模和組織系統」[3]等許多保密意識不強的問題。爲此，新華總社通報各地分社，要求在新聞報導中防止純新聞的觀點，注意實施保密制度。通報表示：

> 凡是足以洩漏我們的秘密，或引起敵人的警覺，或便利敵人得出教訓與採取對策者，不論是屬於軍工建設，或屬於戰略意圖（如每次戰役），或屬於部隊的番號、組織與裝備（如某一單位配備那些武器多少等等），或屬於戰術創造、戰鬥教練（如攻城、破堡、越壕塹、平鹿寨等等），或屬於戰鬥技術的發明與現有水平的消息，均應在避免之列。[4]

---

1 《中共中央關於宣傳工作中請示與報告制度的決定》，《中國共產黨新聞工作文件彙編》（上），新華出版社，1980 年版，第 188 頁。

2 《中共中央西北局宣傳部關於宣傳制度的規定》，《中國共產黨新聞工作文件彙編》（上），新華出版社，1980 年版，第 209 頁。

3 《新華總社關於保守軍事秘密問題的通報》，《中國共產黨新聞工作文件彙編》（上），新華出版社，1980 年版，第 241 頁。

4 《新華總社關於保守軍事秘密問題的通報》，《中國共產黨新聞工作文件彙編》（上），新華出版社，1980 年版，第 242 頁。

這一保密制度的推出，無疑有助於在新聞工作中規避涉及各項機密，特別是軍事機密的重要信息，有利於配合整個革命戰鬥的大的語境。對於處在國共決戰期間，國內外情勢均十分複雜的社會情境來說，這一制度的推出與實施無疑有著重要的作用。

緊隨其後，新華總社於 1948 年 8 月再次就保密問題給出指示，其中不僅對軍事秘密，更是對生產中的秘密進行了規定：

（一）報導生產力的發展和提高，不要用具體的數目字說明（尤其是軍事工業），只報導比以前增加了百分之若干；

（二）地名、廠名不要具體寫上，只寫什麼業別、如紡織、鐵工、榨油等。同時在報導業別時，也不要過分詳細，如化學即概括一切，不必具體指出熱硝、製磺等。[1]

這一規定將新聞活動中的保密制度從軍事領域推行到了一般的社會生產領域，強化了保密制度的管理功能。類似的規定還有一些，但大體都是防止宣傳報導中可能出現的洩露黨和國家的機密行為。譬如，在 1949 年 2 月 10 日下發的《關於嚴防帝國主義分子反動新聞記者測探政情軍情的指示》中明確規定，「凡屬黨員及戰士未奉命令，未獲上級批准，一律不得和帝國主義分子及反動新聞記者接近和交談」。[2]

三、細化新聞報導活動的各項規則

這一時期，對於中國共產黨自身的新聞出版物的具體報導規則，中共發布了大量的文件規定，意在強化新聞宣傳內容管理，使新聞報導始終能夠圍繞黨的路線方針展開。這類規定從錯誤糾正、議題導向以及新聞用語等多個方面給出了管理指導的辦法。

首先，中國共產黨就新聞宣傳活動中的一系列不適當乃至錯誤的報導內容提出了批評指正，並給出了糾正的方向。這些內容主要包括：1948 年，《關於糾正土改宣傳中左傾錯誤的指示》認為，在土改宣傳中，不能「孤立地宣傳貧雇農路線，」而是應當宣傳「依靠貧雇農、鞏固地聯合中農、有步驟地分別地消滅封建制度的線路」；在整黨問題上，要加強宣傳力度；在土改問題

---

1 《新華總社關於嚴守軍事與生產秘密防止單純新聞觀點的指示》，《中國共產黨新聞工作文件彙編》（上），新華出版社，1980 年版，第 251 頁。

2 《中共中央關於嚴防帝國主義分子反動新聞記者測探政情軍情的指示》，《中國共產黨新聞工作文件彙編》（上），新華出版社，1980 年版，第 272 頁。

上，「既反對觀望不前，又反對急性病的宣傳」；在工商業及工人運動方針上，存在著「嚴重的左傾冒險主義」錯位，必須改變。[1]同年，中共中央宣傳部還發布了《中宣部對〈人民日報〉發表〈全區人民團結鬥爭，戰勝各種災害〉新聞錯位的指示》、《中宣部、新華總社關於不可輕易宣傳敵軍起義及利用被俘匪官進行宣傳的指示》，新華社發布的《對洛陽戰役報導的意見》《關於被俘投誠敵軍軍官報導指示兩則》等規定，都對宣傳報導中存在的偏差進行批評指正。在 1949 年，中宣部發布了《關於限期報告對宣傳工作中右傾偏向的指示》，中共中央華北局宣傳部發布了《關於宣傳朱占魁標語口號的錯誤》，新華總社發布了《關於淮海戰役報導中幾個重要缺點的指示》、《新華總社指出在爭取新聞的時間性中必須防止的偏向》等系列文件。

其次，中國共產黨對新聞報導工作中的基本導向問題進行了規定。要求新聞報導配合黨的路線和戰鬥環境。譬如，1948 年，新華社發布的《關於改進軍事報導與加強對敵鬥爭的指示》，提出了「對每一戰役勝利的意義，有扼要的詳述」；「對被殲敵軍和被俘軍官的歷史特定與被攻克和解放的城市，地區的軍事政治經濟重要性，有簡要介紹」[2]等具體的報導要求。與之類似，同年發布的《新華總社關於必須大大加強對工人、工廠和工業的報導》；次年發布的《中宣部、新華總社關於平津新聞工作指示》《中共中央財經部、新華總社關於報導經濟新聞辦法問題給天津分社的指示》《中宣部、新華總社轉發第三野戰軍新華總分社關於新解放城市中報導問題的指示》《中宣部關於城市報紙應注意的問題給中原局宣傳部的指示》以及《新華總社關於改進新聞報導的指示》等文件，從議題設置，宣傳導向等方面對各種新聞報導類型進行了規定。

最後，在新聞用語等新聞寫作層面，中國共產黨的相關職能部門同樣做出了細緻的管理規定，表明紅色新聞業新聞管理的細化。在 1948 年發布的《新華總社經中央批准關於新聞用語的指示》中，詳細規定了常用方言、專門術語、簡稱、地方性的度量衡、不為全國所熟知的行政劃分等情況在報導中的管理辦法。[3]文件要求，「我們一切發表的文字，必須以最大多數的讀者能夠完

1　《中共中央關於糾正土改宣傳中左傾錯誤的指示》，《中國共產黨新聞工作文件彙編》（上），新華出版社，1980 年版，第 182～183 頁。

2　《新華總社關於改進軍事報導與加強敵對鬥爭的指示》，《中國共產黨新聞工作文件彙編》（上），新華出版社，1980 年版，第 253～254 頁。

3　《新華總社經中央批准關於新聞用語的指示》，《中國共產黨新聞工作文件彙編》（上），新華出版社，1980 年版，第 256～257 頁。

全明瞭爲原則」,「無論我們編輯、我們的造句文法或我們的選詞用字,都必須使人人能懂」。[1]同年,新華總社還下達指示,要求在使用統計數字時要學習列寧的精細作風,要能夠通過數字「來準確的說明問題」。[2]與之類似,1949年發布的《新華總社轉發中原總分社關於新聞寫作的指示》等文件,同樣是基於規範新聞報導的目的。

第五節　紅色新聞管理體制的特徵與影響

在民國期間的 28 年時間裏,紅色新聞事業的管理從思想走向實踐,從零碎走向系統,逐步搭建了一個相對完善的管理體制。在這個體制中,「黨性」原則是一以貫之、不可動搖的思想紅線,是統攝整個新聞管理活動的精神綱領;「全黨辦報」和「群眾辦報」是「黨性」原則的實踐化路線;「組織性」與「宣傳性」是紅色新聞管理的內在特徵,也是中國共產黨新聞管理體制能夠發揮強而有效的實踐效果的顯在保障;「徹底性」與「多元性」則是紅色新聞管理的外在特徵,也是中共新聞管理活動能夠發揮一以貫之並深入到新聞活動各個面向的重要支撐。總體而言,民國時期紅色新聞管理體制的創建與完善爲黨的各項新聞宣傳活動的開展貢獻了重要力量,是黨在新聞戰線能夠取得重要成就與最終勝利的原因之一。不過,彼時中國共產黨的新聞事業管理仍有兩點侷限,一是以農村辦報管理爲重心,對城市辦報的管理經驗不夠充分;二是中共對黨報事業的管理相對完善,但對於全國範圍類的新聞事業管理仍未形成穩定的經驗。這些侷限只能在新中國成立後繼續摸索與積累了。

一、堅守「黨性」貫徹「全黨辦報,群眾辦報」路線

從「一大」決議開始,中國共產黨就明確表示,黨的出版物必須體現黨的意志,體現集體的意志,因而黨的各類出版活動中去,將黨的思想、方針、政策等直接通過出版物傳達出來。換句話說,「黨性」原則從一開始就是黨管理新聞事業的精神內核,它歷經 20 餘年的發展,在紅色新聞事業中始終是不可動搖的基礎,並在新聞管理體制中,一步步得以具體呈現。在發展過程中,

---

1　《新華總社經中央批准關於新聞用語的指示》,《中國共產黨新聞工作文件彙編》（上）,新華出版社,1980 年版,第 257 頁。

2　《新華總社在使用統計數字時要學習列寧的精細作風的指示》,《中國共產黨新聞工作文件彙編》（上）,新華出版社,1980 年版,第 262 頁。

「黨性」與「人民性」更是有機結合在一起，紅色新聞事業不僅要為黨說話，更要為人民說話。正如《解放日報》所言：「我們的報紙是中國共產黨的黨報，是人民大眾的報紙，這是我們報紙的第一個特點」。[1]因此，堅守「黨性」，堅持無產階級的革命立場，堅持為黨和人民說話，這是紅色新聞事業管理的精神內核，不可動搖。

黨的報紙要替黨發聲，那新聞事業就不僅僅是一兩個黨的新聞工作者的事業，也不僅僅只是一部分黨員的事業，而是全黨共同的事業。為此，「黨性」原則在新聞管理實踐中，首先明確了「全黨辦報」的實踐思想。自 1944 年《解放日報》提出「全黨辦報」以來，在黨的新聞事業發展史上有著極其重要的作用。正是通過「全黨辦報」，「報紙的脈搏就能與黨的脈搏呼吸相關了，報紙就起到了集體宣傳與集體組織者的作用」。[2]

黨的報紙同時也是人民的報紙，黨的利益更與人民的利益緊密聯繫在一起。為此，堅守「黨性」也是要堅守報紙的「人民性」，而「群眾辦報」就是中國共產黨將「黨性」原則與密切聯繫群眾結合在一起的重要表現。正如陸定一所說：

我們辦黨報的人，千萬要有群眾觀點，不要有「報閥」觀點。群眾的力量是最偉大的，這對於辦報毫無例外。不錯，他們是沒有技術的，但技術是可以提高的，這需要長期的不倦的教育。我們既然辦報，我們不盡這個責任，倒叫誰來盡這個責任呢？我們在這方面還有很多事情要做，而且還需要創造許多新的辦法出來。[3]

可以說，「黨性」是根本，其具體表現在「全黨辦報，群眾辦報」的實踐路線上。縱觀前文的相關敘述，無論是在報紙媒體還是在廣播媒體上；無論是在採訪寫作上還是發表言論上；無論是文字工作上還是發行工作上，無論是機構設置上還是人才培養上，紅色新聞事業的各項管理舉措無不堅守著「黨性」原則，堅守著「全黨辦報，群眾辦報」的實踐路線。毛澤東曾對此表示，「我們的報紙也要靠大家來辦，靠全體人民群眾來辦，靠全黨來辦，而不能

1 《本報創刊一千期》，載張之華主編：《中國新聞事業史文選》，中國人民大學出版社，1998 年，第 273 頁。

2 《本報創刊一千期》，載張之華主編：《中國新聞事業史文選》，中國人民大學出版社，1998 年版，第 274 頁。

3 陸定一：《我們對於新聞學的基本觀點》，載張之華主編：《中國新聞事業史文選》，中國人民大學出版社，1998 年版，第 272 頁。

只靠少數人關起門來辦」。[1]劉少奇同樣指出,「報紙要能夠密切聯繫群眾」,黨的新聞工作者「是人民的通訊員,是人民的記者,要全心全意爲人民服務」。[2]

二、「組織性」與「宣傳性」是紅色新聞管理體制的內在特徵

「黨報不僅是集體的宣傳者與鼓動者,而且是集體的組織者」,這句耳熟能詳的話恰如其分地解釋了紅色新聞管理體制的兩大內在特徵,即「組織性」和「宣傳性」,前者指向了結構層面,後者指向了功能層面。所謂「組織性」,不僅指新聞工作的開展要與黨組織的工作要求密切配合,也指的是新聞事業本身就是一個有組織、有紀律、有原則的事業;所謂「宣傳性」,表明黨的新聞事業有著堅定的無產階級革命立場,各項新聞工作都要爲此服務,替黨和人民做宣傳。

在《黨與黨報》一文中,曾對「組織性」問題有過具體敘述,它指出:集體宣傳者集體組織者,決不是指報館同人那樣的「集體」而是指整個黨的組織而言的集體。黨經過報紙來宣傳,經過報紙來組織廣大人民進行各種活動。報紙是黨的喉舌,是這一個巨大集體的喉舌。在黨報工作的同志,只是整個黨的組織的一部分。一切要依照黨的意志辦事,一言一行,都要顧到黨的影響。[3]正是在「組織性」的意義上,黨領導的紅色新聞事業與「同人報」明確區分開了,前者中的「集體」是指中國共產黨「這一個巨大集體的喉舌」,後者則只是「報館幾個工作人員的報紙」。而要明確新聞管理的組織性,就是要拋棄那種無組織的「同人」觀念,否則將會給黨的事業帶來危害。正如黨報曾批評的那樣,「一切按照報館同人或工作人員個人辦事,不必顧及黨的意志,一切依照自己的高興不高興辦事,不必顧及黨的影響。辦報辦到這樣,那就一定黨性不強,一定鬧獨立性,出亂子,對於黨的事業,不但無益,而且有害」。[4]因此,黨的新聞事業是有組織的新聞事業,紅色新聞管理體制也是黨組織領導下的新聞管理體制,「無組織」、「鬧獨立」的做法在黨的新聞管理

1　《對晉綏日報編輯人員的談話》,載張之華主編:《中國新聞事業史文選》,中國人民大學出版社,1998年版,第498頁。

2　《對華北記者團的談話》,載張之華主編:《中國新聞事業史文選》,中國人民大學出版社,1998年版,第506頁。

3　《黨與黨報》,載張之華主編:《中國新聞事業史文選》,中國人民大學出版社,1998年版,第258頁。

4　《黨與黨報》,載張之華主編:《中國新聞事業史文選》,中國人民大學出版社,1998年版,第258頁。

中，一定會被拋棄。

明確了「組織性」，就不得不明確黨報的功能，即「宣傳性」，紅色新聞事業的管理，就是要將黨報眞正塑造成黨和人民的喉舌，眞正爲黨和人民的利益做宣傳。即如《新華日報》所言，黨和人民的報紙「應該首先是中國人民與反動派進行全國範圍宣傳鬥爭的武器，是幫助全國人民每天瞭解世界動態、國內動態、解放區動態的最重要的武器」。[1]可以看出，在「宣傳性」問題上，黨的新聞事業明確要求黨報具有的宣傳功能，也要求黨的新聞工作者在這一點上無需遮遮掩掩，吞吞吐吐。

紅色新聞管理體制的「宣傳性」特徵，主要考量的是報紙「能不能正確的宣傳」，而並非「是不是要宣傳」的問題，因爲後者是黨報事業應當且必須執行的基本功能。而所謂「正確的宣傳」，首先是要站在黨和人民的立場上，站在無產階級的立場上，這一點不可動搖；其次是要正確的看待各項社會事件，正確的理解黨的路線、方針與政策，既不能想當然地信口胡說，也不能片面地看待問題；最後是全面、客觀地站在唯物主義立場上看待新聞工作，在新聞工作中既不能隱藏事實，逃避問題，也不能無立場、無原則地走向「客觀主義」。

「組織性」與「宣傳性」是紅色新聞管理體制的內在特徵，前文所述的各項新聞管理活動，無不體現了這兩點特徵。不管十年內戰、抗日戰爭還是解放戰爭期間，這兩點從未改變。這兩點特徵是黨的報刊能夠堅守「黨性」原則，替黨和人民說話的基本保證，也是新聞事業管理中始終不變的兩項追求。

三、「徹底性」與「多元性」是紅色新聞管理體制的外在特徵

紅色新聞事業管理體制的外在特徵，也是最容易被人們觀察到的特徵，主要有兩點，即「徹底性」和「多元性」。「徹底性」指的是紅色新聞事業的管理特徵涉及到了新聞工作的方方面面，在任何一點上都毫不含糊；「多元性」指的是黨的新聞管理體制不僅能隨著時代大潮的不斷變更調整新聞工作的重心，靈活應對，而且能夠積極調動各類新聞管理舉措，爲了一個更大的目標奮鬥。換句話說，紅色新聞事業的管理不但是深入的管理，更是靈活的管理。

1　《檢討與勉勵》，載張之華主編：《中國新聞事業史文選》，中國人民大學出版社，1998 年版，第 326 頁。

就「徹底性」而言，縱觀前文的梳理，我們不難發現，在新聞工作的各類問題中，黨的新聞事業管理者都能及時發現問題，並給出管理意見。它不僅體現在諸如路線、方針、政策這類宏觀的管理活動中，更體現在對報刊內容、媒體形式、出版發行乃至新聞用語等微觀層面的管理活動上。1942 年，《解放日報》的改版逐漸將黨的報紙從「不完全黨報」形塑爲眞正意義上的「完全黨報」，報紙的版面設計、新聞報導、文藝作品、各項言論都緊緊圍繞黨的工作開展，牢牢站在黨和人民的立場上看待問題。下面這段話，較爲貼切地體現了這一點：

報館的同人應該知道，自己是掌握黨的新聞政策的人，自己在黨報上寫的每一句話，每一個字，選的消息和標的題目，直到排字和校對，都對全黨負了責任，如果自己的工作發生了疏忽或錯誤，那並不是僅僅有關一個人或幾個人的問題，而是有關整個黨的工作和影響的問題。[1]

「窺一斑而知全豹」，黨的新聞管理的「徹底性」在這段話中得到了充分的體現。姑且不去討論黨報工作方針這類宏大問題，這類對報章具體內容的管理要求已經明白無誤地彰顯了黨對新聞工作的重視，以及紅色新聞管理的深入與具體。它要求每一個新聞工作者能夠牢牢記住自身對全黨的責任，大到文章的選題與內容，小至報刊的排版與校對，都要認眞對待，不能馬虎。也正是通過這類「徹底地」管理，黨的新聞事業才能夠始終堅定立場，不出差錯，才能夠眞正貫徹新聞事業的「黨性」原則。與同時期的其他各類新聞事業相比，「徹底性」是紅色新聞事業新聞管理的一個顯著特徵，它也是紅色新聞事業能夠不斷發展壯大，最終脫穎而出的重要保障。

就「多元性」而言，它更多地體現在新聞管理的靈活方式與多元路徑上。儘管黨的新聞工作者能夠明白無誤地瞭解「黨性」，瞭解「全黨辦報、群眾辦報」，但具體如何開展這些工作確需要在堅守立場的前提下靈活應對。換句話說，新聞事業的管理不是一項「教條主義」的工作，它必須結合具體的社會語境，也必須結合各項新聞工作的具體特徵，有區別地對待。一個整天只知道高喊「黨性」原則的新聞工作者，依然不足以做好黨的新聞工作。紅色新聞事業的新聞管理活動就是要在各類現實問題面前，採用多元靈活的方式，解決現實問題。

---

1 《黨與黨報》，載張之華主編：《中國新聞事業史文選》，中國人民大學出版社，1998年版，第 258 頁。

譬如，在抗日戰爭期間，新聞工作不僅要堅定黨的立場，還應當堅定不移地宣傳抗日活動，努力將新聞工作的重心與取得抗日戰爭的偉大勝利之目標有機結合起來。此時，若仍舊固守抗戰前的新聞工作路線而不作任何調整，無疑會使得黨的新聞工作失去民族立場，失去人民的立場，乃至失去無產階級革命者的立場。再比如，「多元性」不僅表現在這類時代語境中的靈活管理，還表現在新聞事業的靈活開展上。紅色新聞事業不是要將全部的重心只盯在報刊、雜誌、廣播上，還需要積極調動各種宣傳方式和宣傳手段，「牆報」、「黑板報」就是其中的一些靈活方式。「黑板報」在中國新聞事業史上有著重要的地位，它不僅充分體現了黨在新聞管理中的「群眾路線」，更是黨在現實語境中，找到的一條密切結合群眾，積極引導群眾的有效方式。

四、紅色新聞管理體制的貢獻與侷限

紅色新聞事業的管理，是新聞事業的重要組成，它不僅明確了新聞工作的方向，也在一步步的發展中為黨的新聞工作的開展定下了一個又一個基調。面對新聞工作中出現了各類經驗、問題乃至教訓，新聞管理活動常常是總結、解決和傳播它們的重要一環。正是借由逐步深化的新聞管理體制，黨的新聞工作才能始終保持無產階級新聞事業的本色，才能在整個民國新聞事業體系中凸顯自我，贏得廣大群眾的支持。建國後，這類經驗又為此後的新聞管理工作提供了寶貴經驗。

然而，就紅色新聞事業的管理體制而言，它依然存在著兩點缺憾。其一，中國共產黨的新聞管理工作在較長的一段時期內，主要圍繞農村辦報等新聞事業開展。因而，其管理體系的搭建在很大程度上偏向於「農村辦報」的模式，在「城市辦報」中未必適用。《解放日報》對此有著清晰地認識，「我們是在農村裏辦報，這與在大城市裏辦報又大不相同，這是我們報紙的第二個特點。因為有這一個特點，所以大城市裏適用的有些方法，在我們這裏不能照抄來用」。[1]從正面看，「適應農村」是紅色新聞管理根據具體的鬥爭形勢所做的靈活應對，但從反面來看的話，這勢必或導致當中國共產黨建立新政權後，這類管理經驗會存在侷限性與不適用性；其二，類似的是，紅色新聞事業的新聞管理體制往往以黨的新聞事業為重心，尤其是以革命根據地的新聞

1　《本報創刊一千期》，載張之華主編：《中國新聞事業史文選》，中國人民大學出版社，1998年版，第273～274頁。

第六章　民國時期日偽統治區的新聞管理體制

　　自 1931 年日本關東軍製造「九・一八事變」並很快扶持清朝廢帝溥儀在中國東三省建立所謂的「滿洲國」後，日本軍國主義就成為企圖「征服中國」的中華民族最兇惡的敵人。「七・七事變」的爆發，標誌著日本走上了全面武裝侵略中國的不歸路。由於在明治維新後積累的巨大軍事優勢，日本軍隊在抗日戰爭前期曾佔領大片中國領土並建立起各種各樣的偽政權。

第一節　偽「滿洲國」的新聞管制體制

　　1931 年 9 月 18 日以後，日本關東軍通過軍事行動，陸續侵佔中國東北地區。1932 年 3 月，又一手炮製出所謂的滿蒙新國家——偽「滿洲國」，建都新京（長春）。日本關東軍對外宣稱偽「滿洲國」作為獨立新國家，將建成東亞的「王道樂土」，其實質卻是將中國的東北變成了日本的殖民地，實現其侵佔中國東北的野心。關東軍直接引導與控制東北的輿論宣傳，將已淪為殖民地的東北鼓吹成為「五族協和」的「新天地」。同時，在日本關東軍「內面指導」下的偽「滿洲國」與日本駐「滿」領事機構通過各種新聞統制，將在「滿」的中日新聞事業變成了鼓吹「日滿一體」、「同心同德」等殖民理念的宣傳機器。本節將詳細梳理與探討關東軍與偽滿當局引導輿論宣傳、控制媒介事業的政策與法規。

一、直接引導與控制全滿的輿論宣傳

關東軍佔領東北各地後，在進行軍事行動的同時，積極開展各種宣傳宣撫工作。關東軍參謀部下設第一課（作戰）、第二課（諜報、宣傳）、第三課（佔領地統治），其中第二課具體工作爲：「參加起草陸軍方針，統轄各言論機關，對外國官憲宣傳事變爆發真相，糾正外國人的錯誤言論，指導言論機關如何對待國聯調查團，啓發外國人正確認識滿蒙問題，制訂對蘇宣傳計劃，在北滿及松花江沿岸進行討匪、鎮撫、宣傳工作，指導日滿融和運動，往國內派遣協和使節，推動增兵運動，調查反日滿活動及搜集情報。」[1]日本人認爲「滿洲國乃繼軍閥之舊政之後而產生的新興國家，由政治見地觀之，分析迭受軍閥之封建的榨取謀求呻吟於其重壓之下的經濟機構，乃是殖民地經濟。從而滿洲在政治作爲中國之從屬地而被壓迫，經濟上蒙受中國本土無厭之榨取。此客觀的情勢，使住在滿洲的人民變得更利己的功利的非國家的了。被此固陋而歪曲了的習性絕非適應於作爲新興國家的好國民的材料。」[2]正因如此，關東軍認爲開展國內宣傳刻不容緩。

（一）關東軍制定對內外宣傳計劃

1932 年 4 月 1 日，關東軍以「國際聯盟來滿調查」爲契機，制定《伴隨新國家建設對內宣傳實施計劃》，宣傳對象面向東北各地普通民眾，爲期九個月，第一期四個月，第二期五個月，實施手段分爲派遣宣傳員、面向學校教員宣傳、演劇、電影、義診、設置宣傳板、壁畫及壁書、街頭報紙揭示板、列車內印刷物撒布，企圖向東北各地民眾灌輸「建國大旨在於順天安民，政治上基於王道尊重民意。以內外和親與開放爲宗旨，國人無種族之別，正義大同，光輝粲然，建設東亞永久王道樂土。」[3]

1932 年 8 月 20 日，關東軍參謀部第二課第二班制定《九·一八滿洲事變一週年紀念宣傳計劃》，表示「對於內地國民而言，協應陸軍省指導的宣傳，追懷滿洲事變發端之日，令趨向沉滯的滿蒙問題再次成爲國民熱情關注的對象」，「對於在滿日鮮人而言，回想事變發端當日，愈發深刻其印象，持續擴充激勵之，以圖努力精進實現對滿政策」，「對於滿洲國人而言，以事變發端

1 解學詩本卷主編：《滿鐵檔案資料彙編第十三卷·滿鐵附屬地與「九一八」事變》，社會科學文獻出版社，2011 年版，第 501 頁。

2 《宣傳之研究》，《弘宣半月刊》第 3 號，1937 年 12 月 15 日，第 7 頁。

3 《宣伝計劃送付の件》，《滿密大日記·昭和 7 年·第 8 冊》，防衛省防衛研究所。

之日爲滿洲黎明之警鐘，作爲滿洲更生之紀念日，自發參加本宣傳工作」，[1]要求關東軍進行內部指導，具體實施由關東軍參謀部第二課推進，宣傳要目包括「廣播」與「新聞及雜誌」在內的十五項，廣播事項的安排爲：「（一）9月12日至9月18日作爲滿洲事變紀念放送周，每日實施內地中繼放送，放送者從日滿官民間中物色，陳述事變當初體驗及一年後今日的眞相；（二）9月18日從柳條溝現場向內地中繼放送，馬本中佐（川島大尉、河本中尉、鐵道修理班長）等展示如爆破、槍聲等當時實況；（三）九月十八日向內地中繼放送，日本方面是軍司令部及板垣少將，滿洲國方面是鄭總理及趙立法院長；（四）九月十八日晚，奉天藝者演藝滿洲小貝」；新聞及雜誌事項的安排爲：「（一）九月十八日在滿全新聞、雜誌報導事變，儘量發行特別紀念號（尤其漢字報紙）；（二）有償募集文藝稿件；（三）關東軍司令官及鄭總理致辭九月十八日一齊登載於報紙」。

　　根據 1933 年 8 月 24 日「滿洲國軍政指導狀況報告」中的「宣傳」項，關東軍制定的宣傳計劃分爲「對華宣傳」、「對蘇其他對外並對日宣傳」與「對內宣傳」三部分，其中對華與對蘇宣傳是工作重點，「對華宣傳，針對華北於天津特設機關，針對華南於上海操縱新聞報紙」，「對蘇宣傳正在考慮中；對外宣傳及對日宣傳向關係機關提供資料」。[2]而之前具體實施辦法是成立「滿蒙通信社」，「爲圖謀安定滿蒙人心，善導大眾，通過一機關過濾精選爲滿蒙供給新聞，以向全世界介紹滿蒙正常實情爲目的，在日滿官憲監督下，創設滿蒙通信者，在主要各地設置支社及支那社，使用聯合電通、UP 及 AP 特約有線通信之外，也使用東北無線電臺，其業務範圍如以規劃的要點及經此通信者揭載海外情報。」[3]

　　1932 年 12 月 1 日，在偽「滿洲國」政府及駐滿日本大使的許可下，原日本在滿的聯合通信社及電報通信社合併改爲滿洲國通信社，簡稱「國通」，自我標榜爲「以傳播消息、靈通確實爲嚆矢，不分國家畛域」，「以搜集全滿及

1　共十五項，本表節選第一至第六項，另外的第七項至第十五項分別爲：第七項演劇及映畫、第八項感謝狀的發送、第九項慰靈祭、第十項慰安會、第十一項紀念繪端書籍郵票（スタンプ）、第十二項體恤兵金報告、感謝、第十三項宣傳夜間風行、第十四項宣傳小冊子傳單、第十五項默哀熄燈汽笛（三十秒）。

2　《滿洲國軍政指導狀況報告昭和 8 年 8 月 24 日》，《教育資料（二）住谷悌史資料》，防衛省防衛研究所。

3　《滿蒙時局處理具體案要領》，《昭和財政史資料第 3 號第 71 冊》，國立公文書館。

海外之政治經濟及其他各種新聞速報內外爲目的，置總社於新京，設分社於大連、奉天、吉林、哈爾濱、齊齊哈爾等處。」[1]截止 1933 年 12 月，東北 56 家報紙與國通簽訂通信契約。[2]國通表面上脫胎與整合於日本在滿私營通信社而獨立運營的通信機構，而實際上從策劃到成立及管理的全過程，均由關東軍參謀部第四課「在關東軍軍部的命令下行事」，即充當著關東軍統制對外發布信息的工具。

（二）製造與記者交流機會，控制新聞來源

九・一八事變發生後，不僅關東軍司令部對於新聞記者的操控不遺餘力，隸屬關東軍的關東軍憲兵隊也十分積極，特別是關東軍佔領東北各地後，當地關東憲兵「處於軍隊和新聞機關的中間，經常控制記者，爲完成軍隊擁護者的使命賣力，同時又發揮了警察的機能」。[3]

1、控制與引導中外記者與通訊員

日本軍方爲了便於控制新聞記者經常對滿洲境內中外記者開展「新聞機關人員身份調查」，對於中國記者的調查多由關東軍、關東憲兵隊直接進行，調查內容圍繞「原籍」、「中心思想」、「1920 年何項職業」、「1930 做何工作」、「對滿洲國有何感想」、「對滿洲國政治有無不滿」、「願爲滿洲國民否」、「是否在滿洲國結婚」、「有無子女」、「對舊政權有何感想」等等問題。這些調查表，社長、主筆、管理人員、編輯、記者等人員每人都要填寫 3 份，特務機關和憲兵隊存留兩份，報送關東軍司令部 1 份。[4]而對於外國駐地新聞記者與通訊員的調查，多在外交部門的部署下由駐地日本軍隊完成。1931 年 9 月 24 日，「在森島領事的引導下，瀋陽特派員中的外國新聞記者團視察滿鐵沿線爆炸現場」。[5]10 月 15 日，日本陸軍省陸滿秘第 28 號通牒關東軍、朝鮮軍、臺灣軍、支那駐在軍參謀長、在北平及上海公使館附武官、哈市特務機關、憲兵司令部副官「外國通信員（特派員）調查之件」，煩請調查「貴

---

1 《滿洲國通信社爲在哈爾濱等地設立分社的函》，《滿洲國通信社總社長里見爲合併「電通」「聯合」二通信社爲「國通」社的函》，《黑龍江報刊》，第 438～439 頁。

2 里見甫編：《滿洲國現勢・大同 2 年度版》，滿洲國通信社，1933 年版，第 285 頁。

3 《長春文史資料》，總第 31 輯，1990 年版，第 79 頁。

4 李娜：《淪陷時期日本對東北新聞出版業的破壞與統制》，《遼東抗戰研究》，傅波主編，遼寧民族出版社，2008 年版，第 490 頁。

5 《滿洲日報奉天特派員概要》，《滿洲事情報》，1931 年第 11 號。

地」外國通信員（特派員）的氏名、國籍、通信目的地、滿洲事變以來的活動情況，結果關東軍對關東州與滿洲國境內的外國新聞記者與通訊員的國籍、所屬新聞社、對滿日的感情立場等進行了詳細調查。同時，鑒於外國渡滿記者、通信員的增多，研究滿洲駐在外國通信員變的非常有必要。由關東軍操控的弘報委員會幹事會審議，決定由滿洲國宣化司設置外國通信員主任，而大使館的通信員主任在旁協助。具體由關東軍第四課（宣傳系）與外交部宣化司聯絡，爲執政謁見及總理、軍司令官、參謀長及其他主腦會見提供方便，供給各種印刷物、寫眞等情報資料（大使館隨時製成英文印刷物）。[1]

　　另一方面，關東軍毫不留情地清理東北各地不聽話的新聞記者。9 月 19 日，關東軍佔領瀋陽的第二天，指令由滿鐵控制的日中文化協會的都甲文雄，用汽車強行將各報社主持人集中在一起，進行訓話：「各報今後不許發表反日言論和東北實況，否則將予取締」；[2] 對境內的所謂反滿記者，則強制驅逐出境；對於境外的所謂不良外國新聞記者（多次發表反滿排日之記事），即阻止其入境；對於日本記者同樣毫不手軟，如事變發生後的 10 月 29 日，關東軍就迫使不甘心充當軍部御用新聞的《滿洲日報》主筆（編輯長）竹內克已離職，將他定性爲「往往從事反軍行動」。[3]

　　「九一八」事變發生後，作爲戰場中心的瀋陽市共有來自 50 家日籍新聞、通信社的特派員，關東州及東北各地 10 家、朝鮮各地 10 家、日本各地 30 家，以朝日、每日、報知、時事、聯合與聯合隊伍最爲龐大，[4] 他們爭分奪秒向日本及各殖民地傳送消息，展示「皇軍」的英勇、「支那軍」之兇殘，進而營造日本民眾支持對華戰爭的輿論氛圍。伴隨所謂滿蒙新國家的成立，爲擴大對外特別是對日本的宣傳力度，關東軍主動爲渡滿記者提供交通、入境等方面的便利，企圖憑藉外國記者的宣傳，塑造「治安之恢復、財政之確立，產業振興等，滿洲國諸般建設，靡部令人歎服」之假象。[5]

1　《外國新聞記者卜滿洲問題》，在滿洲特命全權大使菱刈隆，昭和 8 年 11 月 10 日。
2　郁其文：《近現代瀋陽報紙簡介》，《瀋陽文史資料》，第 4 輯，第 170～171 頁。
3　佐藤勝矢：《滿州事変勃発前後の『滿洲日報』に関する一考察──國策會社・滿鐵の機関紙の論調の変化とその背景》，《日本大學大學院總合社會情報研究科紀要》第 9 號，2009 年 7 月，第 18 頁。
4　《日本新聞年鑑・昭和 8 年版》，日本新聞研究所，1933 年版，第 22～24 頁。
5　《多數外國記者來滿靡不歎服我邦發展》，《盛京時報》，1933 年 9 月 8 日。

2、主動提供新聞通報，召開新聞記者會

1932 年 7 月 14 日，日本陸軍省副官致電關東軍參謀部表示「近時由於未派遣各新聞社從軍記者，第一線各部隊的勞苦功勳美談等新聞記事刊登得非常之少」，進而要求關東軍將「新聞發布資料（記事、寫眞等）儘量郵寄給本省新聞班。」[1]同時，關東軍積極主動召開例行記者會，積極控制新聞來源。1933 年 5 月 11 日，關東軍會見在新京新聞記者團，主動對「產業統制問題、華北政情問題、滿洲國國體問題、治外法權撤廢問題」進行詳細說明，作爲「新聞紙報導的絕對條件」。[2]根據駐滿記者恩斯特・柯德士（Ernst Cordes）的記錄，「我正好出席了一個每日例行的新聞發布會回來，這個發布會是日本官方機構爲外國記者舉辦的，在發布會上能知道一些公開的最新新聞」。[3]

隨著中日局勢緊張，日本陸軍省更是出臺適用於本土與各殖民地駐軍部隊的《新聞記者指導辦法》，明確「與新聞記者的會見，只能由是大臣、次官、軍務局長、新聞班長及新聞班員，其他人一概不准。但需要專問事項說明等會見時，全部通過新聞班舉行。迅速豐富的新聞記事材料，如口頭、電話、文書等，概遞交至新聞班。官報所載事項，預先通報新聞班。新聞發布案（公表、發表及當局談）概由主務課提供資料，新聞班起案，連帶關係課，受上司決裁。發表時機由新聞班主務課與高級官協議決定。」[4]與此同時，爲了便於統一新聞記者的報導，關東軍還組織成立了關東軍記者俱樂部。據日本學者分析，戰前記者俱樂部分爲三種：記者個人構成的單位；超越所屬新聞社、通信社企業之框框，具備記者團的自治機關形態；首相官邸、內務、大藏、鐵道省、警視廳等主要官廳的複數記者俱樂部，[5]很顯然關東軍記者俱樂部屬於第三種，絕無作爲自治機關的可能性，完全是關東軍御用發聲團體。

1 《新聞発表資料の件》，《滿受大日記（普）・昭和 7 年・17》，防衛省防衛研究所。

2 《軍部対記者定例會見席上ニ於ケル小磯參謀長ノ言動》，《関東庁報告書雑纂（雑文書ノミヲ収ム）》，外務省外交史料館。

3 〔德〕恩斯特・柯德士：《最後的帝國沉睡的與驚醒的「滿洲國」》，遼寧人民出版社，2013 年版，第 173 頁。

4 《本省に於ける新聞記者指導に関する件》，《密大日記・昭和 11 年・第 6 冊》，防衛省防衛研究所。

5 《新聞統合——戰時期におけるメディアと國家》，勁草書房，2011 年版，第 143 頁。

（三）成立職能部門，統合與檢查新聞出版

1、關東軍在東北各地成立宣傳管理部門

1931 年 9 月 22 日，關東軍司令部臨時增加 1 名中佐、1 名參謀少佐主要負責情報與宣傳業務。12 月 22 日，關東軍參謀部制定《宣傳業務指針》。次年 1 月，關東軍司令部參謀部增設第四課，主管宣傳業務，課長爲松井太久郎大佐。8 月 17 日，第四課新聞班臼田寬三中佐集合關東廳、奉天總領事館、滿鐵責任者協議新聞統制，[1]舉行「言論通信機關處理方法碰頭會」，主要議題爲：「滿洲國政府、關東軍司令部、奉天總領事館特派全權隨員、關東廳及滿鐵，考慮到現狀，關於在滿言論通信機關的設立、改廢、補助、指導等重要事項的決定，保持互相聯絡與協議；上條協議，由日本側向東京諸關係機關報告，同時言論通信關係重要事項決定前，送交本協議會；在滿言論機關的整理指導由本協議會協議與決定」。會中決定了在滿言論機關整理基本方針，即中國語新聞、英語新聞、朝鮮語新聞、俄語新聞、日本語新聞等各社某些整理統合應由討論決定，每月舉行一次會合，[2]並將「碰頭會」正式改名爲「協議會」，具體通過：「爲了統一國論，設立作爲國策通信機關的通信社」，「關東軍創辦屬於自己的報紙」，「收買有影響力的報紙，在一個中央組織下統一言論界」，「將在大連的《滿洲日日新聞》遷至奉天」等內容。同月，關東軍秘密討論滿洲新聞統制案，由小磯國昭參謀長提出，結城禮一郎與田邊治通共同起草《新聞局設立案》，擬定由新聞局負責整理滿洲現存的報紙，以及將滿洲各新聞社與日本駐滿洲特派員集合起來成立組合，以便對新聞記者進行資格審查與監督。[3]

雖然新聞局最終並未成立，但是設立專門新聞統制機構的想法卻得到實現。1932 年 12 月 20 日伴隨關東軍第四課主導的「言論通信機關處理方法協議會」的解散，關東軍司令部直屬機關弘報委員會成立，當日召開第一次會議，決定了弘報委員會爲關東軍司令官武藤大將之直屬機關，委員會決定滿洲的宣傳方針，滿洲國參加委員會，商討言論對策等事項。[4]同時，1933 年 2

---

1 《大滿蒙新聞社革正団》，《滿洲評論》第 7 卷第 24 號，1934 年 12 月 15 日，第 27 頁。
2 李相哲：《滿州における日本人經營新聞歷史》，凱風社，2000 年版，第 150～151 頁。
3 李相哲：《滿州における日本人經營新聞歷史》，凱風社，2000 年版，第 147～149 頁。
4 李相哲：《関東軍と滿洲の新聞——関東軍は如何にして新聞を統制したか》，《석당논총》52 권，2012 年版，第 21～22 頁。

月頒布的《在滿帝國大使館執務內規》，規定在大使館內專設「情報課」，負責「關於情報蒐集及供給事項」、「關於新聞通信其他宣傳事業機關的監督及關於指導事項」、「關於滿洲國情紹介及宣傳事項」、「關於滿洲國人及第三國人啓發事項」，[1]實現日本監督與指導滿洲輿論的想法，以及這種新聞統制的構想直接影響到後來滿洲弘報協會的成立。

2、關東軍及相關單位成立出版檢閱部門

儘管僞滿報紙在日本顧問的「指導」下發刊，「發表重要社論，須經日本許可」，[2]但是日本對它們依然不放心。爲此，關東軍加強出版檢閱機制的建設。

首先，關東軍及關東憲兵隊成立專門出版警察隊伍。1932年10月23日，關東憲兵隊司令部頒布《關於在滿警務統制規程》，第一治安警察業務的範圍：「與滿洲國治安恢復及維持相關的警察業務，討伐、防備、招撫匪徒，伴隨政治工作的警察作用，防衛抗日反滿的陰謀諜報及其宣傳通信的取締」。1933年5月25日，關東軍參謀部爲「應對時局」，在關東軍司令部、關東憲兵隊臨時增加人員，前者增加中（少）佐1人，負責「諜報業務」，後者增加憲兵少佐（大尉）3人，充任高等警察，其工作不外乎是完成「關於危險思想之件」、「關於新聞雜誌出版物之件」等檢閱的相關工作。[3]

其次，在關東軍操控下駐滿機構成立出版檢閱部門。1933年9月，爲輔助駐大使指導統制在各領事館警察機關，日本決定在滿大使館內設置警務中樞機構——警務部，下轄保安課，課長由「憲兵佐官」充任，負責有「出版警察相關事務」；1934年2月，訓令第5號修正《在滿洲帝國大使館警務部規程》，保安課改爲第二課，依然負責「出版警察相關事務」；1935年3月23日，頒布《高等警察服務內規》，第十六節《新聞、雜誌、通信、其他出版物》，規定「新聞、雜誌、通信、其他出版物，依據第十號樣式，隨時報告，廢刊、名稱變更時亦同」，第十七節《蘇聯邦渡航者及俄字新聞雜誌等購讀者》，規定按時調查境內各國民眾閱讀蘇聯新聞、雜誌的基本情況。[4]1936年12月1日，訓令第9號再次修正的《在滿洲帝國大使館警務部規程》，將第二課課長

1　《外務省警察史在滿大使館第一》，不二出版，1996年版，第2837頁。
2　《叛徒發刊機關報定名大同報》，《新聞報》，1932年3月16日。
3　《朝鮮憲兵隊特秘報告規程の件》，《密大日記・大正12年・第1冊》，防衛省防衛研究所。
4　《外務省警察史在滿大使館第二》，不二出版，1996年版，第3271～3272頁。

事務委託給「關東軍司令部附將校」，將「出版警察相關事務」改爲「出版及通信並映畫等取締檢閱相關事項」，[1]擴充出版警察的媒介管理對象。同時，日本駐滿各地領事館也設置了高等警察，如滿洲里領事館高等警察對管內的出版物、新聞紙及頒布新聞通信員無不加以查察取締。[2]

3、偽「滿洲國」總務廳成立弘報廳

1937年7月1日，偽「滿洲國」改革政治行政機構，其中國務院總務廳情報處與外交部宣化司合併改組爲總務廳弘報處，正式確立弘報行政。弘報處設一處長，下轄監理科、情報科、宣傳科，次年改制爲三科六班（監理科：庶務班、映畫寫眞班；宣傳科：宣化第一班、宣化第二班；情報科：新聞班、情報班）。弘報處「宣傳工作將重點置於情報宣傳政策的確立，宣傳媒介機關的指導監察方面，在發揮行政機關職能的同時，還要求發揮政府發言人職能的作用」。[3]除在中央設有弘報處之外，在省者設有弘報股，在縣旗者設有弘報部，「其目的不外將現在的聖業、計劃和人民應徹底的各種國策運動普及到圓滿的地步」。[4]

1940年12月28日，在關東軍的干預下，偽「滿洲國」總務廳認爲存在「弘報處沒有檢閱權；弘報處對通信社、新聞社、記者沒有監督權；弘報處沒有文化行政權」等缺點[5]，決定擴充弘報處，設四室（第一、第二、第三、第四參事官室）九班（總務、新聞、檢閱、情報、放送、宣化、管理、地方、映畫）（圖2[6]），統管偽滿洲國行政下所有弘報機關，眞正實現「將新聞、放送檢閱事務及其他弘報關係事務統合於弘報處」[7]。

弘報處改組同一日，《出版法》、《映畫法》、《郵政總局官制》得以修正，將治安部負責新聞、出版、電影的檢查事務、交通部負責廣播、新聞電訊與境外短波的審查與監視事務、民生部負責的美術、音樂、戲劇等的審查與管理事務、外交部外文局負責的對外宣傳事務全部歸到弘報處，追求「大弘報

1　《外務省警察史在滿大使館第三》，不二出版，1996年版，第4155頁。
2　《外務省警察史在滿洲里及在海拉爾領事館》，不二出版，1996年版，第17639頁。
3　『滿洲國史論』謙光社、1973年、64ページ；高曉燕主編：《東北淪陷時期殖民地形態研究》，2013年版，第245頁。
4　韓致詳：《非常時局下縣旗弘報部之運營》，《地方行政》（新京），1942年第6卷第4號，第97頁。
5　《關於弘報機構之統合一》，《旬報》，1940年第31期，第4～9頁。
6　《國務院總務廳分科規程修正》，《政府公報》第2185號，1941年8月16日。
7　《弘報協會告解散新聞社法近公布》，《盛京時報》，1940年12月22日。

處制」，「包含政府弘報機能之一元化、輿論指導之強化等內容之總務廳弘報處之新體制」。[1]弘報處職能除了「啟發人民關心政治、使人民體會建國精神」，還以「順應中國事變、諾們坎事件、大東亞戰爭爆發的形勢，封鎖外國的流言飛語，防範遏制赤化思想，使國民增強大東亞戰爭勝利的勇氣等，作為自己的使命」。[2]

二、一地兩法——日「滿」不同的新聞法制

　　1932 年 3 月，在關東軍的操控下，所謂滿蒙新國家——僞「滿洲國」在長春成立。在關東軍的「內面指導」下，僞「滿洲國」當局陸續頒布以出版物爲對象的法規。不過，這些法規只適用於僞「滿洲國」人，在滿享有治外法權的日本人與朝鮮人接受日本駐滿領事機構管轄。[3]因此，在僞「滿洲國」地區內施行的新聞與出版法規因族群不同而內容不同。

（一）僞滿頒布出版行政命令與法律

1、行政命令

　　在出版物方面，1932 年 10 月，僞「滿洲國」警務司根據新頒布的《出版法》，制定審檢業務之標準，1934 年改帝制後又增加不少內容，形成共計 8 款的審檢標準：

> 「（1）冒瀆皇帝、皇室尊嚴或有其傾向者；（2）損傷日滿國威或有其傾向者；（3）以擾亂我國治安爲目的的刊物、創作或有其傾向者；（4）阻礙民族意識的發揚和民族協和精神的刊物或有其傾向者；（5）將我國作爲中國的一部分的刊物（其中尤以文書繪畫居多）；（6）排日侮日的；（7）有極其殘烈場面的；（8）傷風敗俗的。」[4]

　　在電影檢查方面，1934 年 6 月 11 日，「鑒於電影之宣傳價值大，及於社

---

1 《革新大弘報處制自一月一日實現》，《盛京時報》，1940 年 12 月 29 日。

2 滝川政次郎「序と解題にかえて？追憶と感想」『滿洲建國十年史』原書房、1969 年、19 ページ；轉引自高曉燕主編：《東北淪陷時期殖民地形態研究》，社會科學文獻出版社，2013 年版，第 246 頁。

3 1932 年 9 月，日滿簽訂《日滿議定書》：「滿洲在將來，即日滿兩國尚未另行簽訂約款前，應確認日本國或日本臣民在滿洲國領域內根據以往日中兩國間的條約、協定、其他條款以及公司契約所享有的一切權益予以尊重」，其中以往的日中條約包含日本臣民在華享有治外法權。

4 《滿洲國警察史》，吉林省公安廳公安史研究室，1990 年版，第 366 頁。

會人心善惡影響大」，[1]偽滿民政部頒布《電影片取締規則》，規定「凡欲以製作或配給影片為業者」，須備具左列事項呈由該管警察官署長呈請民政部大臣（如在興安省則為興安總署長官）核准」，「輸入影片時須備具左列事項之呈報書二份於五日內呈送於管轄到著地址警察官署長」，「如擬輸出影片者須備具左列事項之呈請書二份呈請管轄起運地之警察官署長核准」，「影片非經檢閱核准不得供群眾觀覽而映演之」。[2]根據6月4日民政部制定的《電影片取締規則施行細則》，檢閱影片應認為於公安、風俗保健上有妨害者之標準24項，其中「公安」占13項，以「冒瀆皇室尊嚴者」、「違反王道主義者」、「違反民族協和之宗旨者」、「有失國家及官憲之威信者」等為禁，[3]維護日本統治東北的意圖體現得淋漓盡致。

在廣播收聽方面，1936年10月2日，偽滿交通部令第21號頒布《聽取無線電話放送規則》，規定「欲設聽取無線電話放送者，每一施設，須依另開樣式提出施設許可呈請書，及以另行布告所規定之放送無線電話施設者，為對方之聽取放送契約書受該管郵政管理局長之許可。郵政管理局長許可前項之呈請時發給許可證」，同時特別限制廣播收聽的頻率與波長，「周波數（波長）受信得限於五百五十啓羅撤依苦兒（五百四十五米突）乃至千百五啓羅撤依苦兒（二百米突）之範圍或百八十啓羅撤依苦兒（千六百六十米突）」[4]。

2、單行法

1932年10月13日，偽滿公布《出版法》，分為通則、新聞紙及雜誌、普通出版物、對於出版物之行政處分、罰則與附則，其中禁載條款綜合了日本《出版法》與《新聞紙法》的內容，規定：

　　「出版不得揭載左列事項：一、不法變革國家組織大綱或危害國家存立之基礎事項；二、關於外交或軍事之機密事項；三、恐有波及國交上重大影響之事項；四、煽動、曲庇犯罪，或賞恤、陷害刑事被告人或犯人之事項；五、不公開之訴訟辯論；六、恐有惑亂民心、擾亂財界之事項；七、由檢查官或執行警察職務人員所禁止之事項；八、其他淆亂安寧秩序或敗壞風俗之事項」。

1　《滿洲國警察概要》，民政部警務司，1935年版，第206～207頁。
2　《電影片取締規則》，《政府公報》第82號，1934年6月11日。
3　《電影片取締規則施行細則》，《政府公報》第82號，1934年6月11日。
4　《聽取無線電話放送規則》，《政府公報》第764號，1936年10月8日。

1937 年中日全面戰爭開始以後，伴隨著日本治外法權的撤廢與滿鐵附屬地行政權的歸還，僞滿當局進一步加緊新聞立法工作，在再次修正《出版法》的同時，於 1941 年 8 月 25 日頒布《滿洲國通信社法》、《新聞社法》、《記者法》、《關於外國人記者之件》與《關於外國通信社或新聞社之支社及記者之件》相繼得以修正與頒布，將新聞事業中人（內外新聞記者）、物（新聞紙、雜誌、普通出版物）、機構（新聞社、通信社）全部列入法律範疇，完成了僞滿洲國存在 14 年歷史裏的所有新聞立法工作。

3、一般法律

在頒布專門新聞法的同時，僞滿當局頒布的《暫行懲治叛徒法》（1932 年 9 月 12 日）與《治安警察法》（1932 年 9 月 12 日），雖然並非專門的新聞法，但是它們也有條款涉及新聞與出版，對新聞與傳播活動起到重大的影響。前者規定「不問用出版、通信及任何方法以第一條之目的（即「意圖紊亂國憲及危害或襄弱國家存立之基礎」）宣傳其目的事項處十年以上之有期徒刑」（第4 條），並強調「本法不問何人在本法施行區域外犯罪者亦適用之」；[1] 後者規定：「警察官對於通衢大道及其他公眾聚集來往場所黏貼文書圖畫或散佈朗讀又或言語形容並一切作爲認爲有紊亂安寧秩序或妨害善良風俗之虞者，得禁止並扣留其印寫對象」（第 15 條），「不遵守第十五條禁止或扣留之命者處十圓以上五十圓以下之罰金」。[2]

另外，根據 1932 年 3 月頒布的《暫行援用從前法令之件》，民國的《民法》暫時適用於僞「滿洲國」，即代表《民法》第九節對出版的相關規定也適用於僞「滿洲國」地區。直到 1937 年 6 月，僞滿當局才頒布新的《民法》，該法以日本《民法》爲藍本而制定，刪掉了「出版」的相關條款。不過同月頒布的《商人通法》將「關於出版、印刷或攝影之行爲」營業者稱爲「商人」（專以得工資之目的或服務之人不在此限），對其商業登記、成立公會（組合）作爲相關規定（營業資金未滿 500 元之「小商人」不在此限）。

（二）日本駐滿領事機構的出版行政命令

儘管僞滿頒布了《出版法》，但是由於日滿簽訂的《日滿議定書》承認在

1　《第五編刑事法》，《滿州帝國六法：滿日対訳》，滿州司法協會編纂，嚴松堂書店興安社，1937 年版，第 18 頁。

2　《第六編警察法》，《滿州帝國六法：滿日対訳》，滿州司法協會編纂，嚴松堂書店興安社，1937 年版，第 29～30 頁。

滿日本人享有治外法權,因此,在 1937 年 12 月日本正式宣布撤廢治外法權前,《出版法》對於在滿日本人毫無任何法律約束力。按照 1900 年日本政府頒布的《領事官職務規則》,日本駐外領事官員在享有治外法權的地區,有權管理居留於該地區的日本人的「關於出版集會結社等事務」。[1]作爲在滿日本人(旅大租借地日本人除外)的管理者——日本駐滿各領事館,在請訓日本外省大臣或駐偽「滿洲國」大使的情況下,採取以領事館令發布取締規則的形式管理在滿日本人(含朝鮮人、臺灣人)的新聞與出版。

1、偽「滿洲國」成立前新聞與出版的管理

第一種,包含新聞紙及雜誌的一般取締規則,如《營業取締規則》或《居留民取締規則》及《違警犯處罰令》等。《關東總督府管內居住民取締內規》(1906 年 3 月 9 日)規定新聞、雜誌的發行者,應填具「營業的種類、營業的方法、營業資本(需要添附資本可證明材料)、與清國人共同時,該清國人住所、氏名、資本(共同提供的資本須另作說明)」等內容的申請書接受關東總督的許可,並對軍事上保密作出特別規定。《營業取締規則》或《居留民取締規則》都明確規定「新聞、雜誌的發行」,須得到相關領事館領事的批准。《警察犯取締令》:「新聞紙、雜誌及其他出版物之購讀或廣告揭載,強行求其申請者」、「配付無申請新聞紙、雜誌及其他出版物》配付或爲無申請廣告,請求其代料者」,「以新聞紙、雜誌及其他方法,爲誇大或虛僞廣告而圖利者」等行爲被視爲違警犯,處以「拘留或科料」。

第二種,針對新聞與出版的專門取締規則,它們有長春總領事館頒布《新聞紙取締規則》與齊齊哈爾領事館頒布的《關於新聞紙取締的館令》。前者包括「新聞紙的發行手續」、「新聞紙責任者」、「保證金」、「正誤制度」與「行政處分」等條款,對新聞紙的發行採取「許可制」,要求新聞紙發行者填具含「題號、記載種類、發行時期、發行所及印刷所、發行人、編輯人及印刷人的原籍、住所、氏名、年齡」等內容的申請書接受領事的批准,「發行人向領事館繳納領事指定的千圓保證金。但准其按時價以公債證書、國庫債券代納,發行人非完納保證金後,不得爲新聞紙發行之事」。雖然它還規定了正誤制度,但是缺少新聞紙揭載事項的規定。後者只不過是一道領事館命令,表示「今般進一步發布若干通知前,爾今俄國及聯合軍行動相關所有新聞電報及

---

1 《滿洲國治に於ける治外法權》,《國際事情》(續編・第 8),日本外務省情報部,良榮堂,1937 年版,第 99 頁。

通信，發布前必須經過本領事館之檢閱，違反者處以五十圓以下罰金、拘留或科料」。

第三種，發行許可的附帶命令條項。按照日本行政法的規定，行政官署在批准一項營業時，在許可證書後附加上一道營業遵守條款，稱之爲「命令條項」，屬於行政命令的一種。現存史料能看到的有 1913 月 3 月駐鐵嶺領事借批准雜誌《滿洲野》發行時制定的《命令條項》與 1918 年 8 月 30 日駐哈爾濱總領事館批准漢字新聞紙《極東新報》發行時制定的《命令》，前者規定不得揭載下列事項：

> 「一、犯罪的預審或搜查中的事項；二、賞揚或曲庇陷害刑事
> 被告人或犯罪人事項；三、禁止旁聽公判的記事或公會議事；四、
> 外交軍事及行政上機密事項；五、侵害公安、紊亂秩序、壞亂風俗
> 之虞事項；六、特別命令的事項」，以及「官公署未公開文書、建議
> 或請願等，非受相關官公署許可，其内容不論詳略不得揭載」；後者
> 規定新聞紙不得揭載下列事項：「一、紊亂安寧秩序、妨害風俗事項；
> 二、未公開官廳文書及議事相關事項；三、國交上可能障害事項；
> 四、關於公判以前的預審内容，其他本館禁止的搜查或預審中被告
> 事項及禁止旁聽的裁判事項；五、救護或賞恤刑事被告人或犯罪人，
> 或煽動或曲庇犯罪事項；其他本館禁止揭載的事項」。

2、偽「滿洲國」成立後新聞與出版的行政管理

第一種，駐滿大使館統一發布出版物命令條項。現有史料能夠看到 1933 年 8 月的《命令條項》、1934 年 9 月的《定期出版物發行命令條項》與 1934 年 10 月的《命令條項》（批准《滿洲行政》）。第一項由日本駐滿大使館借批准日本人在哈爾濱設店經營銷售蘇聯報紙、雜誌及書籍之際頒布，表示：「外國（不含滿洲國）發行新聞、雜誌、書籍及其他一切刊行物輸入當地或從當地輸出時，須預先明記其目的、品目、數量接受大使館的願出許可。得許可輸入物到達時，即可接受本館檢閱，非檢閱後不得發賣頒布」、「購入或委託品到達時，應即可接受本館檢閱；非檢閱後，不得發賣頒布」、「本營業者不得爲共產主義宣傳，有壞亂治安或風俗之嫌刊行物一切業務」、「本命令或將來發布的命令及其他命令或注意不遵守時，可以停止其營業或取消營業許可，及謀求其他必要的處置」；而後兩項《命令條項》除了管理官署與關東廳頒布的《出版物發行命令條項》不同，其他内容大體上一致。由此可見，日

本駐滿大使館將曾經限於關東州及南滿附屬地使用的出版物管理辦法推廣到了滿洲國。

第二種，各領事館發布日本國內新聞法內容一致的領事館令，其中以《不穩文書臨時取締令》最具代表性。1936 年 6 月 13 日，日本政府法律第 45 號頒布《不穩文書臨時取締法》，8 月 7 日，天皇敕令第 259 號《不穩文書臨時取締法施行於樺太之件》規定該法直接適用於樺太。隨後，關東州（8 月 7 日天皇敕令）、臺灣（8 月 7 日臺灣總督府律令）、朝鮮（8 月 8 日朝鮮總督府制令）與南洋群島（1941 年 12 月 29 日南洋廳令）也相繼頒布不穩文書臨時取締令或規則。與日本及其殖民地同步的是，日本駐滿各地領事館以館令形式發布《不穩文書臨時取締令》，甚至時間上比日本各殖民地都要早，以間島總領事館為最早，1936 年 7 月 30 日館令第 10 號頒布，[1]核心內容與《不穩文書臨時取締法》一致，「不穩」指「紊亂軍序」、「攪亂財界」、「亂禍人心」、「妨害治安」，「凡屬此類出版物，並未記載負責發行者之姓名、住址，或作虛偽之記載，以及未依照《出版法》或《新聞紙法》，且不送部查閱而任意出版或發布者，處三年以下徒刑或禁錮」。而登載此類不穩內容的書籍圖畫，「並未記載負責發現者之姓名、住址，或作虛偽之記載，以及未依照出版法或新聞紙法，且不送部查閱而任意出版或發布者，處二年以下徒刑或禁錮」，同時規定「違反販賣被禁止書籍圖畫者，處三百元以下之罰金」[2]，只不過將依《出版法》及《新聞紙法》納本換成依領事館制定辦法納本，將管轄官廳內務省換成領事館。

三、以公司名義兼併與壟斷新聞事業

偽「滿洲國」成立以前，原東北地區的中日新聞事業各自獨立運營，相互之間或競爭或對立，從未實現統一發展。偽「滿洲國」成立以後，整個東北地區由關東軍所控制，「領導權」的統一使得全東北新聞事業的統一經營變成現實。

（一）滿洲電信電話株式會社

九・一八發生的第二日，關東軍發布關於迅速佔領通訊設施的命令，當

1　間島總領事館（1936 年 7 月 30 日，館令第 10 號），吉林總領事館，新京總領事館，哈爾濱總領事館，綏芬河領事館（8 月 2 日，館令第 6 號），齊齊哈爾領事館（8 月 3 日，館令第 13 號），海拉爾領事館，滿洲里領事館，安東領事館，錦州領事館，赤峰領事館，承德領事館。

2　《不穩文書臨時取締法》，《官報》（東京），1936 年 6 月 15 日。

日午後三時，佔領瀋陽城內宮殿前無線電通信所、北大營門外短波無線電通信所、商埠地日本領事館前無線電通信所、附屬地千代田大街終點無線電通信所。[1]10 月 6 日，關東軍接收瀋陽廣播電臺。10 月 16 日，關東軍改瀋陽廣播電臺爲奉天放送局，在軍方的指導下播送關東軍官方新聞與演藝內容。關東軍利用侵佔的無線電設施，成立關東軍特殊通信部，不僅承擔聯絡關東軍與日本中央軍及針對美國、德國通信的職能，而且負責利用廣播製作報導滿洲狀況與展示關東軍戰績的節目，向日本內地民眾廣播。爲了使關東軍構想的滿蒙政策獲得輿論認同，廣播被認爲是一件利器。[2]隨後，關東軍司令部確立《對滿洲國通信政策》，滿鐵經濟調查會參與全滿洲電信及放送事業統制會議，確立「放送事業統制方案」，由關東軍接管與改造原東三省廣播電臺。

1932 年 9 月 5 日，日本內閣通過《滿洲電信電話事業之件》，決定整合旅大租借地、滿鐵附屬地及僞「滿洲國」有線與無線電信電話及放送事業。次年 5 月 1 日，日「滿」政府正式簽訂協議，將旅大租借地、南滿洲附屬地及「滿洲國」行政權下所有電氣通信設施合併成滿洲電信電話會社，資本金與年擴建費用於日「滿」政府與兩國民間集股，接受日本拓務省與關東廳遞信局監督業務，總部設於大連，下分大連管理處、奉天管理處與哈爾濱管理處。9 月 1 日，滿洲電信電話株式會社正式開始營業，繼承原有大連與、奉天、哈爾濱與新京的放送事業，「以期對抗南京的 100 瓦大力無線電臺」。[3]

按照關東軍的設計，滿洲電信電話株式會社被視爲關東軍的「特殊通信部」，承擔「統一滿洲通信網」的任務。滿洲電信電話株式會社成立初期，本社設於大連，分爲營業與技術兩部，由大連放送管理局暫時執行本社事務。10 月，本社由旅大租借地的大連市遷至僞「滿洲國」的新京市，正式標誌著壟斷經營旅大租借地、南滿附屬地及滿洲國電信、電話、無線電話與放送業務的開始，設有總務部、營業部、技術部與經理部四部，營業部下轄業務課、規劃課、外信課、放送課，其中放送課掌管的業務有：「放送無線電話業務的諸規程及其他利用契約事項；放送無線電話的業務監督事項；關於放送無線電話的業務協定事項；關於放送無線電話的設施計劃事項；關於放送無線電話的業務申告、損害賠償及其他事故處分事項；關於放送無線電話聽取者加

1　《關東軍文件集》，吉林大學出版社，1995 年版，第 4 頁。

2　《関東軍特殊通信部業務詳報》，關東軍特殊通信部，昭和 7 年 9 月。

3　《放送局も移管》，《滿洲日報》，1933 年 9 月 1 日。

入事項；關於放送無線電話業務的周知宣傳事項」。[1]自我標榜要將放送局的建設視爲「滿洲文化建設的第一步」，「建成一百功率放送局」，「讓全世界都知道滿洲國的存在」。[2]

（二）株式會社滿洲弘報協會

「九‧一八」事變後，關東軍開始統制東北各地的新聞社。1935 年 10 月 25 日，經歷日本聯合社支配人古野伊之助的《滿洲弘報協會結成要項案》與僞「滿洲國」通信社主幹里見甫的《滿洲弘報協會設立相關意見書》後，關東軍參謀長通報《在滿輿論指導機關機構統制案》，表示「爲確保滿洲輿論的獨立性，完成國策必要宣傳的一元統制並其實行的確容易，日本官憲、滿洲國官憲及滿鐵關係新聞通信社統合其經營合理化計」，「在現在日本官憲、滿洲國官憲及滿鐵指導下，統合報紙與通信社，組織滿洲弘報協會」。滿洲弘報協會接受弘報委員會（由關東軍、關東局、滿鐵與僞「滿洲國」政府聯合組成）監督與指導，本協會及協會內新聞通信社高級幹部人事，須得到弘報委員會的決定同意。

10 月 31 日，滿洲弘報協會創立第一次委員會舉行。英文滿報社社長高柳、滿洲日日新聞社長村田、盛京時報社長染谷、大新京日報社長中尾、大同報社代表都甲、滿洲國通信社代表大矢出席，高柳作爲委員長發表講話，表示各社一致同意結成財團法人滿洲弘報協會，不過由於財團法人的成立需要一定的準備時間，於是暫時採取「組合制度」（公會制度）成立滿洲弘報協會。[3]11 月 11 日，經過與日滿相關部門及弘報委員會的協商，由滿鐵經營的《滿洲日日新聞》（大連，日文）、《英文滿報》（大連，英文）與滿洲國通信社（新京）、《大新京日報》（新京，日文）、《大同報》（新京，漢文）、《奉天日日新聞》（奉天，日文）、《盛京時報》（奉天，漢文）、《哈爾濱日日新聞》（哈爾濱，日文）、《大北新報》（哈爾濱，漢文）、《俄文哈市時報》（哈爾濱，俄文）、《滿蒙日報》（新京，朝鮮文）、《斯民》（新京，漢文）及滿洲事情案內所等十三社聯合結成滿洲弘報協會。[4]11 月 26 日，弘報協會設立委員，由關東軍及關東局、僞「滿洲國」、滿鐵、國鐵與協會各方聯合組成，其中委

---

1 《滿洲電信電話會社規定聚》，通信文庫，1934 年版，第 20 頁。
2 《百キロ放送局の出現》，《滿蒙事報》，第 3 卷第 3 號，第 33 頁。
3 《日本新聞年鑑‧昭和 11 年版》，日本新聞研究所，1936 年版，第 46 頁。
4 《滿洲國現勢‧康德 3 年版》，滿洲國通信社，1936 年版，第 491 頁。

員長由關東軍參謀長板垣擔任，並且明確了將來轉化爲滿洲國特殊株式會社的方針。

在關東軍的操控下完成所有準備工作後，1936 年 4 月 9 日僞「滿洲國」政府追認滿洲弘報協會的法律地位，決定將「組合」變更爲「株式會社」，頒布《關於股份有限公司滿洲弘報協會之件》，「政府爲謀新聞、通信及其他弘報事業之健全發達，特令設立股份有限公司弘報協會」（第 1 條），「股份有限公司滿洲弘報協會得不依公司法第十一條及第一百二十條之規定」（第 2 條），「股份有限公司滿洲弘報協會於左列情形應經國務總理大臣之認可：一、變更章程時；二、選任或接人董事長及董事時；三、解散公司或與他公司合併時」（第 3 條），並表示「政府任命或委囑股份有效公司滿洲弘報協會之設立委員會處理關於設立支一切事務，設立委員會應擬具章程呈經國務總理大臣之認可」。[1] 8 月 10 日，株式會社滿洲弘報協會設立發起人總會召開，審議協會章程，預定設總務、調查、通信與事業四部，「決定出資人之接受股份」，「將請呈滿洲國法人之會社許可」，「據觀該協會之創立，於滿洲言論消息界上劃一新紀元」。[2]

滿洲弘報協會作爲株式會社，集合滿洲國通信社、滿洲日日新聞社、大同報社、盛京時報社、英文滿報社等社及個人現場出資後[3]，啓動資金 200 萬圓，分別來自滿洲國政府、南滿洲鐵道株式會社與滿洲電信電話株式會社三方，經營「新聞通信及出版事業的投資」與「新聞通信及出版事業相關及附帶事業」等業務。[4] 從表面上看，株式會社滿洲弘報協會標榜是「特殊會社」──即「國家經營與資本自由企業的合體」，但實際上它是爲日滿當局控制新聞事業提供的藉口。

9 月 28 日，新的滿洲弘報協會正式成立，完成由社團法人改株式會社的轉換，設總務部、宣傳部、通信部、事業部之外，組織理事會，在理事長的統率下，圍繞「消息統制」、「業務統制」與「經營統制」統合全滿新聞社的工作。全滿主要報紙駐新京人員參加每週一次的稱爲「參與會」的會議，並有關東軍報導班、僞「滿洲國」總務廳弘報處、治安部等代表出席，決定弘

1　《關於股份有限公司滿洲弘報協會之件》，《政府公報》第 606 號，1936 年 4 月 9 日。
2　《爲統一言論股份會社弘報協會定款等決定》，《盛京時報》，1936 年 8 月 11 日。
3　《特殊會社準特殊會社法令及定款》，滿洲中央銀行調查課，1938 年版，第 150～151 頁。
4　《滿洲國策會社綜合要覽》，滿洲事情案內所，1939 年版，第 247～248 頁。

報宣傳方針，同時隔月一次召開由弘報協會主辦的各加盟社社長會議、編輯、營業責任者會議，傳達宣傳方針。[1]

　　10 月 11 日，關東軍、關東局、滿鐵、僞「滿洲國」等各日滿機構聯合成立滿洲弘報委員會，[2]負責指導株式會社滿洲弘報協會、放送委員會、滿洲映畫協會與觀光委員會。[3]其中放送委員會在弘報委員會的指導下成立，負責審議與放送相關的諸般事項，直接實施弘報委員會裁決之事項與任務，[4]具體承擔「實現滿洲國之宣傳、防諜與國民教化，利用電波對外展開宣傳及對抗中蘇兩國之惡宣傳」。[5]

　　株式會社滿洲弘報協會的統合手段，既非關東軍所通報的「其他現存的各新聞社避免收買，任憑其自然發展」[6]，更非僞「滿洲國」政府所宣稱的「按滿洲弘報協會自設立以來，四年有半，糾合全國紛雜之新聞社於傘下，向各社增加資本，由資本關係從事指導監督」[7]，而是採取各種威逼手段迫使非加盟社屈服：「第一，協會非加盟社不能購入滿洲國通信社的消息，使得該社陷入只能刊登本地消息的狀況；第二，得不到由滿鐵、日滿政府監督下的事業會社的登廣告，斷絕從滿鐵獲得輔助資金」。[8]

　　最終，株式會社滿洲弘報協會通過三次整合與兼併，基本實現佔有全東北（含行政不隸屬於僞滿洲國的旅大租借地）的大部分新聞紙出版與發行市場。第一次是 1936 年以後，借滿洲弘報協會成立之機，僞「滿洲國」與旅大租借地 12 家新聞社聯合成立株式會社，統一加盟新聞社的管理；第二次是 1940 年以後，株式會社滿洲弘報協會增資 300 萬元，《滿洲日日新聞》社與《滿洲

1　《新聞統合——戰時期におけるメディアと國家》，勁草書房，2011 年版，第 110
　　～111 頁。
2　中村明星：《動く滿洲言論界全貌》，新聞解放滿鮮総支社，1936 年版，第 19～20
　　頁。
3　《滿洲國に於ける重要宣伝機関の統制》，《宣撫月報》第 2 卷第 2 號，1937 年 2
　　月，第 85 頁。
4　《滿洲國に於ける重要宣伝機関の統制》，《宣撫月報》第 2 卷第 2 號，1937 年 2
　　月，第 87 頁。
5　《滿洲國に於ける放送事業》，《宣撫月報》第 2 卷第 6 號，1937 年 6 月，第 42 頁。
6　內川芳美編：《在滿輿論指導機関ノ機構統制案》，《マス・メディア統制（一）》，
　　みすず書房，1975 年版，第 398～340 頁。
7　《政府當局談》，《盛京時報》，1940 年 12 月 22 日。
8　李相哲：《関東軍と滿州の新聞——関東軍は如何にして新聞を統制したか》，
　　《석당논총》52 권，2012 年版，第 24 頁。

每日新聞》社本社由大連遷往奉天，同時僞「滿洲國」境內許多中日文新聞社併入株式會社滿洲弘報協會；第三次是 1942 年以後，株式會社滿洲弘報協會解散，滿洲新聞協會成立，施行新聞新體制，全滿新聞社再次進行大合併，除了保留少數新聞社外（如滿鮮日報社、濱江日報社、ハルビン・スコエ・ウレーミヤ、ザリヤ等），其他新聞社均併入三大新聞社，即康德新聞社、滿洲新聞社與滿洲日日新聞社，1944 年滿洲新聞社與滿洲日日新聞社進一步合併爲滿洲日報社。質言之，通過滿洲弘報協會，日本實現了完全控制東北新聞事業的野心。

第二節　日本佔領區的新聞管理體制

　　1935 年華北事變後，日本加緊了侵略華北地區的步伐。1937 年盧溝橋事變發生，日本全面展開對華的侵略戰爭，從佔領華北開始，擴大到中國中東部大部分地區。日本在軍事佔領區，成立各種僞政權，爲其殖民統治作驅使，從北到南依次有「冀東自治政府」、「中華民國臨時政府」、「蒙疆聯合自治委員會」、「中華民國維新政府」等，1940 年汪精衛「國民政府」成立，作爲「新生中國」的「中央政府」，形式上對華北與蒙疆管轄權，但實質上截止到日本戰敗，中國淪陷區由「國民政府」、「華北政務委員會」與「蒙古自治政府」三個僞政權代理統治。在日本侵略者的操控下，三個僞政權對新聞業實施了有效的控制，建立起一套殖民化的管理體制。

一、針對中日新聞業頒布不同的法令

　　在佔領中國關內各地以前，日本已有在臺灣、「關東州」（旅大）、樺太（南庫頁島）、朝鮮、南洋群島、東北三省等地進行過多年殖民統治經驗，對於新聞業已訓練出一套成熟的管理模式，其中以頒布新聞法令爲核心。由於蒙疆、華北與華中等日軍佔領地區（見圖 1），既不同於臺灣、旅大、樺太、朝鮮及南洋群島等「外地」由日本直接統治，也不同於東三省的僞「滿洲國」形式上維持「獨立國家」而實質完全由日本人統治，而是以漢奸政權接受日軍領導的形式維持統治（海南島由日本海軍直接統治除外，設置海南海軍警備府，在其監督下設置瓊崖臨時政府）。因此，日本佔領地區的新聞法令由漢奸政權頒布，而擁有治外法權的日本人的新聞業則受限於日本領事館令。

圖 6-1　1938 年淪陷區示意圖

（一）漢奸政權頒布針對中國人新聞業的法令

中國近代新聞與出版法誕生於清末，1908 年清政府以日本《新聞紙條例》為藍本頒布《大清報律》。進入民國以後，除了短暫的南京臨時政府，其他各政府都頒布了針對新聞紙、雜誌及一般出版物的《出版法》。日本大舉侵佔中國領土以後，在各地扶植偽政權，除上節已述的傀儡國——偽「滿洲國」之外，在日本軍事佔領區的蒙疆、華北、華中等地陸續出現偽「蒙古聯盟自治政府」、偽「冀東政府」、偽「中華民國臨時政府」、偽「中華民國維新政府」及合併前列各偽政權的偽「中華民國國民政府」等，這些偽政權對淪陷區中國人新聞業以法令的形式採取管理。

　　事變發生後的初期，某些偽政權以布告的形式，取締出版物，如偽冀東政府及治安維持會布告指出，進行或意圖進行以流佈虛偽風說、危險主義為目的而頒布印刷物之行為將受到處罰[1]，1937 年 9 月 19 日，平津治安維持會發布《懲罰令》，對「以攪亂治安及秩序為目的，流佈虛偽之風說、危險之主義，或頒布印刷物行為」，處以「死刑，或無期或十年以上二十年以下之懲役」[2]。

　　日本扶持的偽政權為了統制新聞業，都先後頒布了同名的《出版法》，其中偽「滿洲國」頒行於 1932 年 10 月，偽「蒙古聯盟自治政府」頒布於 1938 年 7 月、偽「臨時政府」頒布於 1938 年 7 月 15 日、偽「維新政府」頒布於 1939 年 9 月 5 日、偽「國民政府」頒布於 1941 年 1 月。

表 1：民國南京政府與偽政權《出版法》之比較

	時間	條	章節構成	管理	禁載內容
民國南京政府	1930.12	44	總則、新聞紙及雜誌、書籍及其他出版品、出版品登載事項之限制、行政處分、罰則與附則	備案制	第二十一條、出版品不得為左列各款言論或宣傳之記載：一、意圖破壞中國國民黨或三民主義者；二、意圖顛覆國民政府或損害中華民國利益者；三、意圖破壞公共秩序者；第二十二條、出版品不得為妨害善良風俗之記載；第二十三條、出版品不得登載禁止公開訴訟事件之辯論。
偽滿洲國	1932.10	45	總則、新聞紙及雜誌、書籍及其他出版品、行政處分、罰則與附則	批准制	第四條、出版物不得揭載左列事項：一、不法變革國家組織大綱或危害國家存立之基礎事項；二、關於外交或軍事之機密事項；三、恐有波及國交上重大影響之事項；四、煽動曲庇犯罪，或賞恤陷害刑事被告人或犯人之事項；五、不公開之訴訟辯論；六、恐有惑亂民心，擾亂財界之事項；七、由檢查官或執行警察職務人員所禁止之事項；八、其他淆亂安寧秩序或敗壞風俗之事項。第五條、出版物對於官公署或依法令組織之議會所未公示之文書及不公開會議之議事，非受各該官公署之准許，不得揭載。

1　本會（冀東八政府）管轄內二於テ左ノ行為ヲ為シ又ハ為サントスル者ハ処罰ス：一、虛偽ノ風説不穩ノ主義ヲ流佈シ又ハ右目的ヲ以テ印刷物ヲ頒布スル行為布告……（《執務報告　昭和十二年度》，東亞局第一課，1937 年版，第 673 頁）。

2　《支那事變關係執務報告上卷第三冊》，東亞局第三課，1937 年 12 月，第 1056 頁。

偽蒙古聯盟自治政府	1938.7	46	總則、新聞紙及雜誌、書籍及其他出版品、行政處分、罰則與附則	批准制	第四條、出版物不得揭載左列事項：一、不法變革國家組織大綱或危害國家存立之基礎事項；二、關於外交或軍事之機密事項；三、恐有波及國交上重大影響之事項；四、煽動曲庇犯罪，或賞恤陷害刑事被告人或犯人之事項；五、不公開之訴訟辯論；六、恐有惑亂民心，擾亂財界之事項；七、由檢查官或執行警察職務人員所禁止之事項；八、其他淆亂安寧秩序或敗壞風俗之事項。第五條、出版物對於官公署或依法令組織之議會所未公示之文書及不公開會議之議事，非受各該官公署之准許，不得揭載。
偽臨時政府	1938.7	57	總則、新聞紙及雜誌、書籍及其他出版品、出版品登載之限制、行政處分、罰則與附則	批准制	第二十一條、出版品不得爲左列事項之記載：一、意圖顛覆國民政府或損害中華民國利益者；二、意圖煽惑他人而宣傳共產主義者；三、因蔑視國家之制度或政府之行爲，明知其事實係屬虛誣或附會而競公然主張之或揭載之者；四、意圖破壞公共秩序者；五、詆毀外國元首或住在本國之他國外交官者；第二十二條、出版品不得爲妨害善良風俗之記載；第二十三條、出版品不得登載禁止公開訴訟事件之辯論；第二十四、出版品不得有妨害他人名譽及信用之記載。
偽維新政府	1939.6	54	總則、新聞紙及雜誌、書籍及其他出版品、出版品登載事項之限制、行政處分、罰則與附則	批准制	第二十一條、出版品不得爲左列事項之記載：一、意圖顛覆國民政府或損害中華民國利益者；二、意圖煽惑他人而宣傳共產主義者；三、因蔑視國家之制度、污辱政府之行爲，暨明知其事實係虛僞或附會而公然主張之或揭載之者；四、意圖破壞公共秩序者；五、詆毀外國元首或住在本國之他國外交官者；第二十二條、出版品不得爲妨害善良風俗之記載；第二十三條、出版品不得登載禁止公開訴訟事件之辯論；出版品於未經宣判之案件，不得對於法院之審理爲暗示或爲勝負之推測。
偽國民政府	1941.1	55	總則、新聞紙及雜誌、書籍及其他出版品、出版品登載事項之限制、行政處分、罰則與附則	批准制	第二十一條、出版品不得爲左列各款言論或宣傳之記載：一、意圖破壞三民主義或違反國策者；二、意圖顛覆國民政府或損害中華民國利益者；三、意圖破壞公共秩序者；四、經宣傳部命令禁止登載者；第二十二條、出版品不得爲妨害善良風俗之記載；第二十三條、出版品不得登載禁止公開訴訟事件之辯論。

梳理各偽政權《出版法》的內容，可以發現下列幾點：

首先，偽蒙疆政權的《出版法》在關東軍的操控下頒布，完全是偽「滿洲國」《出版法》的翻版。1938 年 7 月，偽「蒙疆聯盟自治政府」以「查各國對出版物無不施以相當統制」為由[1]，著手出版物立法，結果將偽「滿洲國」的《出版法》變成自己的《出版法》，將第 1 條「本法所稱出版物指以散佈之目的用機械或化學方法所複製之文書、圖畫而言」改成「本法所稱出版物者凡以散佈之目的而用機數、印版及其他化學方法複製之文書、圖畫均適用之」，將第 6、10、11、17 條中的「民政部大臣」、「軍政部大臣」、「外交大臣」、「民政部警務司」改成「政務院總務部長」、「財務部長」、「保安部長」，兩條附則變成三條，其他內容隻字未改。

其次，偽臨時、維新及國民政府為標榜自己的合法性，宣稱是在延續南京國民政府成立的，因此它們所頒布的《出版法》以 1931 的《出版法》為基礎，對該法都進行了一些刪除。其中最引人注目的內容莫過於第四章出版品登載事項之限制，刪除原《出版法》的國民黨色彩，突出保護外國元首或住在本國之他國外交官者，明顯指向日本天皇與在華日本侵略者，該內容的增加意圖取締當時國內日益高漲的反日氣氛，由此體現日本佔領下偽政權新聞立法的媚日色彩。

在日本軍事佔領地區，除了《出版法》之外，各地偽政權相繼頒布了新聞事業相關法令。如下表 2 所顯示，蒙疆、華北與華中各地偽政權針對出版物與廣播都針對各種名目繁多的法令，它們成為日本佔領時期充當著替代日本人鉗制中國人思想的工具，其中蒙疆與華北的收聽廣播取締規則，從用語到內容無不受東三省的偽「滿洲國」《聽取無線電話放送規則》的影響（見表 3）。

表 2：偽政府頒布出版與廣播法令一覽表

	偽國民政府	偽華北政務委員會	偽蒙疆政府
出版	《出版法》、《出版法實施細則》、《全國重要都市新聞檢查通則》、《重要都市新聞檢查暫行辦法》、《宣傳部直屬報刊管理規則》、《全國郵電檢查暫行辦法》、《新聞檢查所新聞檢查標準》	《出版法》、《出版法施行細則》、《關於與抗日及共產有關之圖書新聞雜誌等之處置辦法》、《華北出版物檢閱暫行辦法》、《華北出版物檢閱實施辦法》、《華北各省市出版物檢閱室暫行組織細則》、《情報局檢閱室暫行檢閱標	《出版法》、《株式會社蒙疆新聞社法》

---

1 《蒙古連盟自治政府 733 年甲年度行政概要》，成吉思汗紀元 733 年 6 月 30 日，警務篇第 4 頁。

		準》、《華北出版物複檢注意事項》、《華北新報股份有限公司條例》	
廣播	《中華民國廣播無線電臺條例》、《中國廣播事業建設協會章程》、《廣播無線電臺登記註冊規則》、《廣播無線電臺播音節目審查辦法》、《裝設無線電收音機登記暫行辦法》、《無線電收音機取締暫行條例》、《中國廣播事業協會收聽規約》	《華北廣播協會條例》、《收聽廣播用無線電話暫行辦法》	《無線通信機器輸入製作販賣取締規則》、《收聽廣播無線電話規則》

表 3：蒙疆、華北及華中與東北廣播收聽規則比較

	東北	蒙疆	華北	華中
名稱	聽取無線電話放送規則	收聽廣播無線電話規則	收聽廣播用無線電話暫行辦法	無線電收音機取締暫行條例
頒布時間	1936 年 10 月 2 日	1942 年 4 月 22 日	1942 年 5 月 20 日	1942 年 9 月 29 日
頒布機構	滿洲國交通部	蒙古自治政府交通部	華北政務委員會	國民政府行政院
管理模式	批准制度	批准制度	批准制度	登記制度
收音機要求	1.周波數（波長）受信得限於五百五十啓羅撤依苦兒（五百四十五米突）乃至千百五啓羅撤依苦兒（二百米突）之範圍或百八十啓羅撤依苦兒（千六百六十米突）；2.不由天線放射電波者	八四三啓羅賽庫兒	1.受信範圍在周率 550 至 1500 千周波；2.不由天線放射電波者	1.收音範圍超出周波數（波長）550 千周波（545 公尺）至 1500 千周波（2000 公尺）以內者；2.內部裝置不可任意更改為發報或發活用者

（二）日本領事館針對日本人新聞業頒布的法令

外國人在他國創辦新聞事業本應受到該國新聞與出版法的管理，但是由於鴉片戰爭以後西方列國紛紛獲得在華的治外法權，因此列強在華的新聞業

多不受中國《出版法》所管，其中日本於中日甲午戰爭以後竊得在華治外法權，截止到 1943 年，在此期間日本人在華的新聞業並不受中國法律的約束。各領事館頒布領事館令管理轄區內日本人的新聞與出版事務（圖 2）。

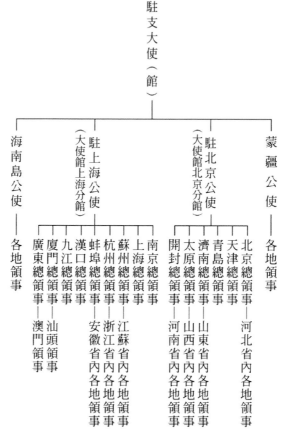

圖 6-2　日本佔領時期在華各地日本領事館[1]

在盧溝橋事變日本全面入侵中國以前，日本駐華各地領事館就已經開始對在華日人新聞紙進行有效管理，要求日本人的「新聞、雜誌之發行」履行向領事館提交申請手續，禁止營業內容違反當地公安或風俗，並對新聞紙及出版物強賣或強拉廣告、傳播虛假或誇張廣告等行爲以違警犯處置而課以拘留或罰款，多以《營業取締規則》或《居留民取締規則》及《警察犯處罰令》等領事館令爲依據，如濟南領事館令《居留民取締規則》（1915 年 8 月 30 日）第 8 條規定「新聞、雜誌及其他出版物之發行」之營業應向該館提出申請接

1　《在支大東亞省現地機構概見表》，興亞院案，昭和 17 年 9 月 7 日。

受其許可[1]，少有以專門館令取締，如 1933 年 12 月 19 日青島總領事館頒布《非營業出版物取締規則》在日本駐華領事館管理日本人新聞業的各種辦法中屬於個案，該規則管理「在留者非營業的新聞、雜誌及普通出版物發行」，要求它們履行「屆出」手續，出版物須事先向領事館納本，並規定「出版物的發行人，揭載被認爲有紊亂安寧、秩序，或壞亂風俗或妨害日中兩國民親交之虞的事項時，得禁止出版物之頒布或沒收之，報紙或雜誌之發行人，揭載前列事項時，得禁止其報紙或雜誌之發行[2]。

　　1937 年盧溝橋事變以後，華北大量中國人報紙或關門或避走內地，此時湧現出大批日本人或親日本人的報紙。「在華北，日本人出版物的狀況是北京、天津、青島、濟南及其他各地報紙、雜誌、宣傳品等大量刊行」[3]，另有大量以銷售新聞紙爲業的日本人商店開業，從事變前的 10 家猛增到事變後的143 家[4]。爲此，日本各領事館一方面強化營業取締規則的執行，另一方面謀求專門取締辦法。1940 年 8 月 22 日日本駐華北各地領事館統一頒布《出版物取締規則》，全文共 29 條，法令形式上模仿了中國《出版法》，分爲第一章總則、第二章新聞紙及雜誌、第三章普通出版物、第四章揭載事項之限制、第五章行政處分及罰則與附則六部分，不過內容上以複製日本國內及旅大租借地的新聞與出版法令爲主，體現在以下兩點：

　　第一點，《出版物取締規則》對新聞紙及雜誌之發行者、編輯者的資格限制，「本令施行地域內無住所者；未成年者、禁治產者或準禁治產者；處懲役或禁錮之刑者，其執行完或未受刑以前者」（第 6 條）[5]，條文內容缺少日本國內《新聞紙法》對軍人辦報的限制，如「海陸軍人現役或召集中者」不得爲報紙或雜誌之發行或編輯者[6]，這種缺少正好與《關東州及南滿洲鐵道附屬地出版物令》一致[7]，爲日本侵略軍介入在華報刊保駕護航。

　　第二點，《出版物取締規則》對揭載內容的限制，「出版物不得揭載左列

<hr>

1　《領事館令集追錄・第一回》，外務省亞西亞細局第三課，1924 年版，第 324 ／ 1 頁。
2　《領事館令集 1938 年》，第 202 頁。
3　《北支・蒙疆年鑑昭和 16 年版》，第 468 頁。
4　《第二回保安主任會議議事錄 1940 年》，北支領事館警察署，1940 年版，第 111 頁。
5　《蒙疆經濟事情》，大阪府立貿易館，1940 年版，第 11 頁；《北支・蒙疆年鑑昭和 16 年版》，第 469 頁。
6　《新聞紙法》，《官報》（東京），1909 年 5 月 6 日。
7　虞文俊：《日本在旅大租借地未完成的新聞立法——〈關東州及南滿洲鐵道附屬地出版物令〉之解析》，《新聞界》，第 11 期，2016 年 6 月。

事項：一、有冒瀆皇室尊嚴或紊亂國憲之虞事項；二、關於軍事或外交之機密事項；三、恐有及於軍事上或外交上惡影響事項；四、煽動或曲庇犯罪，賞恤或陷害有犯罪事實的犯罪人、刑事被告人或被懷疑者事項；五、提交公判以前預審內容、停止公開訴訟的辯論及檢事、檢察官差止的搜查或預審中相關事項；六、其他有妨害安寧秩序或紊亂風俗之虞事項」（第 20 條）[1]，該內容基本延續日本國內《出版法》的內容，相比之下，更嚴於該法的相關內容，如日本國內的《出版法》的規定是「冒瀆皇室尊嚴事項（皇室ノ尊嚴ヲ冒涜スル事項）」，而《出版物取締規則》的規定「有冒瀆皇室尊嚴之事項（皇室ノ尊嚴ヲ冒涜シ（中略）ノ虞アル事項）」，孰輕孰重一目了然。

相對於無線電由駐地日本軍隊管理，收音機及其使用者由日本駐華各領事館管理[2]，1940 年 3 月 15 日，鑒於華北日本人廣播聽眾的增加，據華北日軍報導部推算 1940 年度日本人廣播收聽者約 10，450 人（華人 120，941 人）[3]，各領事館以館令頒布《放送無線電話受信機登記規則》，要求在華北各地日本人使用的收音機必須向領事館當局登記。1942 年 5 月 20 日，日本駐華北各總領事館及領事館頒布共通館令──《放送聽取用無線電話取締規則》。

二、日偽操控成立各種新聞業管理機構

（一）官方管理新聞業的行政機構

清末以來，中國政府未曾設置專門管理新聞與出版的機構，一般由警察部門負責。南京國民政府成立以後，儘管國民黨內設置了宣傳機構，但是並非全國新聞事業的行政管理部門，只負責新聞事業的引導，新聞事業的日常行政管理接受國民政府管轄，而國民政府並未設置專門機構，而是內政部警察部門代勞。1937 年 7 月，伴隨日本軍隊侵略步伐的擴大，各地偽漢奸陸續在行政機構內部成立專門的新聞與出版管理部門。

在華北地區，華北事變後，偽「冀東防共自治政府」成立，由公安局兼任新聞管理業務，如《天津市公安局組織規則》（1936 年 2 月 29 日）規定公安局第二科掌管「關於著作出版及新聞、圖書、廣告、標語等類之取締及臨

---

1 《蒙疆經濟事情》，大阪府立貿易館，1940 年版，第 14 頁；《北支‧蒙疆年鑑昭和 16 年版》，第 471 頁。

2 《第二回保安主任會議議事錄 1940 年》，北支領事館警察署，1940 年版，第 270 頁。

3 《驀進三ヶ年》，北支軍報導部，1940 年版，第 133 頁。

時檢查郵電、新聞事業」[1]。盧溝橋事變後，各種漢奸組織先後湧現，在政權尚未出現樹立之時承擔維持治安的功能，其中天津治安維持會（1937年8月1日）是漢奸組織中的一個，8月7日，接收天津新聞檢查所後，宣稱：「本會爲消滅謠言，安定人心，設立新聞事業管理所」，掌管：「新聞事業經營之許可及取消；不良報導之取締；正確報導之提唱」[2]，1937年12月隨治安維持會改組爲天津特別市公署而改隸屬於天津市公署（1940年3月裁撤，業務劃歸警察局辦理）。緊隨其後，僞「中華民國臨時政府」、北京特別市政府也設置了新聞事業管理所，「在臨時政府指導下曾經一次改組整備將事變前的百二十八家的報館、八十四家的通訊社整理」，只剩下五十多家[3]。1938年10月，僞臨時政府行政委員會另組織情報處（四科一室），掌管宣傳實施、情報蒐集、政聞發表、新聞統制及新聞檢查、情報聯絡、文化宣傳、公報發行及其他宣傳事項。

　　1940年3月，隨臨時政府改組華北政務委員會，政務廳下設情報處（見表3），掌管華北地區（河北、山西、山東、北京、天津、青島及河南、徐州等）情報、新聞、宣傳的管理與統制，該處被安插進及川六三四、山內令三郎、龜谷利一等日本人，擔任專員一職[4]。華北政務委員會下轄省及特別市成立宣傳處，省轄公署及縣成立宣傳室，《修正河北省道公署規程（草案）》規定道公署設宣傳室，掌管：「一、關於政令宣傳事項；二、關於指導監督各市縣局處宣傳事項；三、關於編製宣傳計劃及報告事項；四、關於發表新聞事項；五、關於檢查各種演藝及出版物事項；六、關於搜集整理各種情報及宣傳資料事項；七、其他屬於宣傳事項」[5]；《修正河北省縣公署規程（草案）》規定縣公署設宣傳室，掌管：「一、關於編製宣傳計劃及報告事項；二、關於設施宣傳工作事項；三、關於發表新聞事項；四、關於宣傳團體之指導監督事項；五、關於檢查各種演藝及出版物事項；六、關於搜集整理各種情報及

1　《天津市公安局組織規則》，《冀察政務委員會公報》第11期，1936年3月14日；轉引於《冀東冀察關係法規集第三輯》，滿鐵經濟調查會，1936年8月。

2　《天津治安維持會新聞事業管理所規則（訳文）》，《新聞雜誌其他出版物取締（檢閲）參考資料》，在天津總領事館警察部，1938年5月1日，第6頁。

3　《邁進二週年》，北支軍報導課，第86～90頁。

4　《臨時政府各機關日系職員表》，興亞院華北連絡部政務局，1939年版，第2頁。

5　謝嘉編：《日本侵略華北罪行檔案10‧文化侵略》，河北人民出版社，2005年版，第7頁。

宣傳資料事項；七、關於各種調查事項；八、關於其他有關宣傳事項」[1]。

表 3：偽「華北政務委員會」情報局組織構成

第 1 科	掌管人事、文書、庶務、收發、會計五項
第 2 科	（一）掌管新聞事項：1、發表新聞；2、連絡新聞；3、關於新聞言論之指示與檢查事項；4、關於時事宣傳對各宣傳機關聯絡指導事項；5、選撰事項；6、辦理會見記者並記錄談話；7、關於各種集會招待事宜；8、接洽電臺錄音及廣播事宜；9、油印事項（二）掌管情報事項
第 3 科	文化科，掌管華北各種宣傳施策之計劃、編印，宣傳團體、文化團體之聯絡、指導；各項宣傳、文化活動之贊助、推進企劃事項
第 4 科	編印本會公報，並辦理企劃資料集口頭宣傳等事項
編譯室	編譯各種資料
出版物檢閱室	編製檢閱規則、舉辦調查、實施刊物檢查、聯合懇談
華北電影檢查所	檢閱中外影片

　　在華中地區，偽維新政府成立以後，「維新政府爲闡揚政綱並聯絡國內外情報起見，設宣傳局，隸屬行政院」[2]，該宣傳局不同於南京國民政府時期的宣傳部，後者設置於國民黨中央，作爲黨務機關，它並未沒有對全國新聞事業的行政權限，而偽維新政府的宣傳部隸屬於行政院，革除宣傳部的政黨色彩，這是對維新政府政綱所宣稱的「取消一黨專政」的呼應[3]，1938 年5 月 9 日公布《宣傳局組織條例》，6 月 1 日宣傳局正式開局，設置局長、秘書、第一科、第二科、第三科，作爲維新政府之最高宣傳機關，承擔圖書、新聞、雜誌之管理；國內一切刊物之指導或統制；國外重要情報之蒐集；及對外宣傳資料、國內外記者之聯絡發布；戲劇、電影等指導及檢查；廣播演講及書面宣傳必要等事項，局外另設有宣傳委員會，援助宣傳局之工作[4]，開局一年來，日常以「反共滅蔣」爲主要訴求，展開對內外的宣傳工作，發行《情報旬報》、《各院報日報》等，其中「本局常與日本友邦當局聯繫，以

1　謝嘉編：《日本侵略華北罪行檔案 10・文化侵略》，河北人民出版社，2005 年版，第 10 頁。
2　《行政院宣傳局組織條例》，《政府公報》第 5 號，1938 年 5 月 9 日。
3　《中華民國維新政府政綱》，《維新政府法令彙編第 1 輯》，中華聯合通訊社印，1939年版，第 1 頁。
4　《中華民國維新政府概史》，行政院宣伝局，1940 年版，第 65～66 頁。

圖交換正確之華中情報，特別是針對維新俱樂部（新聞記者俱樂部），正在策劃舉行定期會談」[1]。1939 年 3 月 18 日，《行政院組織法》修正後，宣傳局的職能為：「關於國內刊物之指導及統制事項；關於國外情報及宣傳資料之蒐集調制事項；關於通俗文藝之改善事項；關於口頭及書面宣傳之設施事項」[2]。

　　1939 年 10 月 17 日，維新政府各省市縣宣傳會議第一次討論「請迅速設置宣傳部案」，決議「以宣傳會議大會名義電請行政院設立宣傳部，直轄於行政院，各省設立宣傳局，直轄於宣傳部，綜理宣傳事宜，以宏宣傳戰之力量與效果」[3]。1940 年 3 月，「維新政府」改組為「國民政府」後，7 月 5 日，偽國民政府公布《宣傳部組織法》，「宣傳部管理國內國際宣傳事宜」[4]，設置總務、宣傳指導、宣傳事業、特種宣傳四司（表 4）。1940 年 8 月 10 日，國民政府公布《國際宣傳局組織法》，設置國際宣傳局，隸屬於宣傳部，不同於南京國民政府時期的國際宣傳局隸屬於國民黨中央政治委員會外交組，掌管「全國對外宣傳事宜」，分為管理、新聞、編譯、情報四處，該局 1943 年 9 月被國際問題研究所所取代[5]。

表 4：偽國民政府行政院宣傳部各司職能

總務司	1. 關於收發分配撰擬保管文件事項 2. 關於公布部令事項 3. 關於典守印信事項 4. 關於本部所屬職員任免獎懲之記錄事項 5. 關於印刷及發行事項 6. 關於本部官產官物之保管事項 7. 關於本部經費之出納事項 8. 關於本部庶務及其他不屬各司事項

1　《行政院機構及其ノ業績》，《維新政府ノ現況：成立一週年紀念》，維新政府宣伝司，1939 年版，第 75 頁。
2　《行政院組織法》，《維新政府法令彙編第 1 輯》，中華聯合通訊社印，1939 年版，第 15 頁。
3　《維新政府各省市縣宣傳會議報告書》，維新政府行政院宣傳局，1939 年版，第 10 頁。
4　《宣傳部組織法》，《政府公報》，1941 年第 44 期。
5　《國際宣傳局裁撤另設研究所》，《新聞報》，1943 年 9 月 10 日，第 2 版。

宣傳指導司	1. 關於宣傳大綱之擬定事項 2. 關於各級宣傳機關及工作人員之指導及訓練事項 3. 關於新聞稿件之撰擬發布事項 4. 關於報紙刊物通訊志指導之指導審查事項 5. 關於外國文字報紙刊物重要稿件論文之譯述審查事項 6. 關於報紙刊物通訊及有關宣傳之電訊及其他出版物之檢核事項 7. 關於宣傳工作之考核事項 8. 關於宣傳問題之解答事項 9. 關於各種報紙刊物圖書之徵集事項
宣傳事業司	1. 關於一般宣傳事業宣傳活動之規劃及實施事項 2. 關於文藝宣傳之規劃及實施事項 3. 關於新聞事業之聯絡及扶助事項 4. 關於文化團體之聯絡及扶助事項 5. 關於報社雜誌社通訊社組織之調查登記事項 6. 關於記者及一般新聞事業從業員之調查及登記事項 7. 關於新聞事業同業公會記者公會及文化團體之調查登記事項 8. 關於我讓你和文告宣傳刊物及通俗宣傳讀物之編撰事項 9. 關於叢書年鑒及其他出版物之編纂事項
特種宣傳司	1. 關於特種宣傳方案之規劃及實施事項 2. 關於廣播及有關宣傳之無線電訊之管理事項 3. 關於民營廣播事業之註冊及監督事項 4. 關於國營電影戲劇事項 5. 關於一般電訊戲劇歌曲之檢查及改進事項 6. 關於廣播電影戲劇事業及其從業員之聯絡及扶助事業 7. 關於各種藝術團體之監督改進及扶助事項 8. 其他不屬各司掌理之宣傳事項

同時，宣傳部不斷擴大其直接經營宣傳業務的機構。「宣傳部為改進報業謀各報社之合理化並扶助其發展」，將維新政府時期負責紙張供應的「報業聯絡室」（附設於日本派遣軍報導部）與「中華聯合通訊社」（1938年2月15日創設於上海）的廣告部合併，改造成立「中央報業經理處」，經辦「各報社用紙之採購及分配事項、各報社所需印刷機器材料之採購及分配事項、國內外廣告紹介事項、其他有關扶助各報社經營之附帶事項」，下設總務組、調查組、供應組、廣告組。依據《宣傳部直屬報社管理規則》、《宣傳部直屬報社組織通則》及《宣傳部直屬報社分區改進委員會通則》等宣傳部令，「中央報業經理處」負責「經理宣傳部直屬各報的發行」、「負責各報所需印刷機器設備的

採購分配」、「對宣傳部直屬報社實行分區管理」、「負責各報社所用紙張的採購與分配」[1]，實行以各該地的「指導報社」為中心，就分區各報社，編造具體計劃，加以實施[2]。如表6所顯示，「中央報業經理處」的主要職員是日本人。另外，以宣傳部令公布，將各報社整合成一個完整的組織。另外宣傳部還有設有「中央書報發行所」，「本所秉承宣傳部長之命，辦理及經營下列各項業務：一、發行中央政府各院部會之公報、刊物；二、發行宣傳部所主辦或許可出版至各種圖書雜誌報紙及宣傳品；三販賣各國之圖書雜誌報紙，及其他出版物，（下略）；四、推廣以上三項之銷售，並使之普及，深入海內外各地群眾」[3]。

表5：宣傳部中央報業經理處日本籍職員[4]

職務	姓名	原職務	招聘就任	摘要
	柳町營一	維新政府宣傳局顧問	1940.9	業務擔任者
上海辦事處主任、專員	日比野恒次	日本電報通信社	1941.3	廣告部主任兼任
庶務組主任、專員	前田盛藏	天津東亞新報社員	1943.6	
調查工作組主任、專員	松崎武雄	維新政府宣傳局顧問室	1940.9	蘇州駐在員兼任
供應組主任、專員	崛田男	維新政府宣傳局顧問室	1940.9	華中報業公會兼任
杭州駐在員、專員	岡田圀光	維新政府宣傳局顧問室	1940.9	原滿鐵囑託
供應組專員	松山晃	維新政府宣傳局顧問室	1940.9	
總務組專員	本田常三郎	維新政府宣傳局顧問室	1940.9	
上海駐在員、專員	櫻井國明	維新政府宣傳局顧問室	1940.9	
總務組專員	松井一雄	滿鐵社員	1943.6	
總務組幹事	野崎光子	東京市役所厚生局	1941.7	

1　江蘇省地方志編纂委員會編：《江蘇省志第80卷：報業志》，江蘇古籍出版社，1999年版，第446～447頁。

2　《新中國新聞論》，中央報業經理處，1942年版，第183頁。

3　《中央書報發行所組織章程》，《縣政研究》第2卷第9期，1940年9月20日，第75頁。

4　《宣伝中央報業管理處》《國民政府機関聘用日系職員表》，在中華民國大日本帝國大使館，1944年版。

調查工作組幹事	大川讓治	上海每日新聞社社員	1942.11	杭州駐在
調查工作組幹事	中山日東男	同盟通信社蘇州支局	1943.12	蘇州駐在
廣告部幹事	福田紫郎	日本電報通信社	1931.8	上海駐在
廣告部幹事	深見純造	江蘇日報囑託	1943.5	上海駐在

另外，在僞國民政府治下的地方政府也陸續成立宣傳處（委員會）等行政機關，如南京特別市宣傳處（前身是南京特別市宣傳委員會）直屬南京特別市政府，設置處長 1 人、秘書 1 人、科長 3 人，總務、指導及事業三課，承市長之命令，掌管不直屬於宣傳部之全市宣傳事宜[1]。而安徽省政府「爲推進宣傳事業的統一，設置安徽省宣傳委員會」，「本會奉行中央之國策，推進民眾思想之統一及道理宣傳，並促進地方建設爲主旨」，設置總務、編審訓練三組[2]。

在蒙疆地區，1938 年 8 月，僞蒙疆聯合委員會成立，其總務部掌管「關於弘報宣傳事項」[3]，而「放送無線電話」由「郵電總局」管理[4]，後專設「放送局」（《放送局官制》成紀 734 年 2 月 7 日，蒙疆聯合委員會令第 5 號），「放送局屬於交通部長管理廣播無線電話之現業事務」[5]。1939 年 9 月，僞政權改組爲「蒙古聯合自治政府」，政務院總務部下設弘報科，掌管：「關於弘報機管理事項；關於宣傳之計劃事項；關於宣傳之聯絡統制事項；關於重要對內對外宣傳之實施事項；關於情報事項」，另在治安部設「特務科」，掌管「關於出版檢閱事項」[6]。1941 年 6 月 1 日，教令第 8 號公布《弘報局官制》，模仿僞滿洲國弘報廳而成立弘報局，屬於政務院長管理，掌管「關於達成國策基礎事項之情況收集及報導與啓蒙宣傳；指導統制各種思想及文化團體；關於檢閱統制新聞文化及其他出版物；關於放送局廣播內容之指導取締；指導取締電影、唱片、演劇及演藝；監督新聞社、電影院、

---

1 《南京特別市宣伝処辦事細則》，《華中調查速報》第 210 號（《南京市政府公報抄邦訳》1941 年 4 月 30 日第 70 期），興亞院華中連絡部，1941 年 7 月，第 19～23 頁。
2 《安徽省宣伝委員會組織規程》，《華中調查速報》第 213 號（《安徽省政府公報抄邦訳》1941 年 2 月份第 26 期），興亞院華中連絡部，1941 年 7 月，第 25～26 頁。
3 《蒙疆政府公文集上輯》，南滿州鐵道株式會社調查部，1939 年版，第 12 頁。
4 《郵電總局官制》，《蒙疆政府公文集上輯》，南滿州鐵道株式會社調查部，1939 年版，第 18 頁。
5 《蒙古法令輯要》第 1 卷（官制篇），第 183 之 3 頁。
6 《新支那現勢要覽第 2 回昭和 15 年版》，東亞同文館，1940 年版，第 632、635 頁。

劇場之運營」，置局長 1 人、理事官 3 人、事務官 33 人、屬官 25 人。[1]1943
年，蒙疆政權再次改革，總務廳下設弘報科，掌管「情報收集報導及其啓
蒙宣傳；思想團體及文化團體的思想統制；報紙及其他出版物的檢查；放
送局內容的指導取締；電影、錄音帶、戲劇的指導；通訊社、報社、電影
院、劇場的監督等。」[2]

　　如上所示，各地偽政權成立新聞業的管理機構。這些行政機構名義上隸
屬上級機關，然而該時期在日本佔領下，實際上既受到日本軍隊的控制，如
「在北京，基於軍參謀長的通牒，受軍報導部長的指揮監督，各地方電臺更
是所在指揮官的驅使而編成節目」[3]，又受到日本政府駐在機構的「內面指導」，
即日本興亞院華北、華中、廈門及蒙疆連絡部，如《興亞院華北連絡部分課
規程》規定「政務局」掌管「關於情報之蒐集及啓發宣傳事項」、「經濟第一
局」掌管「關於郵政、電氣通信（含放送）及電氣事項」、「文化局」掌管「關
於思想事項」等[4]，《興亞院華中連絡部分課規程》規定規定「政務局」掌管「關
於情報之蒐集及啓發宣傳事項」及「關於警務事項」。[5]

　　同樣，在日本在華治外法權撤廢以前，日本駐華領事館設置有相關警察
管理日本人的新聞與出版。在華北地區，1938 年 5 月 10 日，北支警務部成立
（掌握河北、山西、察哈爾、綏遠、寧夏六省及江蘇、河南兩省中隴海鐵路
沿線一帶領事館轄區的警察事務），依據《北支警務部規程》，第二課負責「關
於出版、通信、映畫等取締事項」，該課與北京中華民國大使館情報課並置[6]。
同年 8 月，在北京日本陸海軍、外務、內務、鐵道各機關聯合召開「情報聯
絡會議」，其中日本大使館提出「情報委員會設置案」，提議由陸軍省（軍司
令部參謀部、特務部、憲兵部）、海軍省（駐在武官）、外務省（北京大使館）、
內務省（北京公館）及鐵道省（觀光局）各方組成，本委員會掌管決定、遂
行關於日滿華關係情報與宣傳政策及方針相關事務[7]。

　　在華中地區，1939 年 10 月 1 日，中支警務部在上海成立（掌管長江流域

1　《蒙古法令輯覽》第 1 卷（官制篇），蒙疆行政學會出版，1941 年版，第 10 頁。
2　《蒙疆年鑑昭和 19 年版》，蒙疆新聞社，1943 年版，第 112 頁。
3　《驀進三ヶ年》，北支軍報導部，1940 年版，第 131 頁。
4　《興亞院華北連絡部分課規程》，昭和 14 年 5 月 1 日，興亞院總裁認可。
5　《興亞院華中連絡部分課規程》，昭和 14 年 7 月 1 日，興亞院總裁認可。
6　《北支警務部規程》，《外務省報》第 397 號，1938 年 6 月 15 日，第 8 頁。
7　《情報連絡會議設置二関スル件》，在中華民國（北京）大使館，昭和 13 年 8 月。

及附近地區一帶領事館轄區內警察事務），依據《中支警務部規程》，第二課與北支警務部第二課一樣，承擔情報事務，其中第七項爲「關於出版、通信、映畫等取締事項」[1]，另在南京大使館、上海總領事館設置有情報部，它們掌管情報、宣傳等相關事項。同時，在上海還有日本陸海軍及外務省報導部（班），其中 1945 年 8 月，日軍在上海陸海軍外務省報導機構整合成立上海弘報部。

（二）中日新聞業界的自治團體

盧溝橋事變後，中國各地新聞界陸續淪陷，在日僞控制下，出現「清一色的和平建國的論調」[2]。在華北地區，事變後北京新聞業界徹底漢奸化或日本化，1939 年 1 月 2 日，僞北京新聞協會成立，標榜「本會以聯絡感情、交換智識、促進新聞事業之發達爲宗旨」[3]，實則爲日本推行其「東亞新秩序」的爪牙，如其成立宣言稱，「今者黨府崩潰，新政樹立，中國更生，已共友邦趨人建設新秩序之途徑，是誠吾新聞同人，得獲充分發揮其天職之良機，非僅圖復東方固有禮教文化已也」[4]。該新聞同業協會由 35 家中文報紙及通信聯合組織，雖然日本人經營者只有 5 家，但是推舉的會長卻爲日本人經營的《新民報》社長武田南陽，中國人只擔任副會長（雷電通訊社長歐大慶，另一名副會長爲《華北日報社長》豬上清四郎）、名譽會長（新民會副會長張燕卿）及名譽副會長（晨報社長宋介），對於該協會成立宣言公然直使用「滿洲國」的名稱，就連日本人所編纂的刊物都覺得十分驚訝，由此可見這個中日新聞業界團體的立場與屬性，即以「公正輿論之指導、新聞人相互之親睦、日滿中三國之敦睦」爲目的[5]，更直白地說是服務於日本侵略者。

1943 年 2 月，華北各報社、通訊社、雜誌社社長與日僞各機關聯合召開會議，準備成立華北新聞協會，「討論自身業務工作效率之增進，俾對東亞新秩序之建設徹底予以協力起見」[6]，會後選出籌備委員：武田南陽（日本人）

1　《外務省警察史支那ノ部（中支）》，不二出版社，2001 年版，第 147～148 頁。

2　永松淺造：《新中華民國》，東華書房，昭和 17 年版，第 91 頁。

3　《北京新聞協會章程》，《北京新聞協會會報》第 1 號，第 2 頁。

4　《北京新聞記者協會成立宣言》，《北京新聞協會會報》第 1 號，第 3 頁。

5　《支那新聞同業協會成立》，《中國年鑑民國 38 年》，上海日報社調查編纂部，1939年版，第 168 頁。

6　《華北新聞協會聯合會議，各社記者提出議案二十八項》，《中央月報》（上海）第 2 卷第 4 期，1942 年 4 月 1 日，第 48 頁。

北京新民報社長，龜谷利一（日本人）武德報社長、大失信彥（日本人）天津庸報社長、大川辛之助（日本人）天津東亞新報社長、管翼賢（中國人）實報社長、佐佐木（日本人）中華通訊社長等七人，從籌備人的國籍來看，七人中居然只有一名中國人，所以該「華北新聞協會」之立場顯而易見。同年，日偽將各個文化機構整合起來，成立了一個名為「華北宣傳聯盟」的組織，目的是「為使華北報導宣傳之活動一元化、系統化，而謀其綜合發展」，「由華北新聞協會、華北廣播協會、華北電影公司、華北作家協會、中國文化學會、華北文化書局、新民印書館等組織組成」，其任務在於「報導宣傳之統制運用、報導宣傳與企劃運用之綜合的研究及立案、報導宣傳關係機關之組成及聯絡、報導宣傳者之養成及訓練」[1]。1944 年 8 月初，該組織改組擴充，在原有機構的基礎上增加了原來隸屬於華北交通株式會社、華北開發株式會社等公司的宣傳機構和組織，同時宣傳聯盟內部的華北新聞協會和華北新聞資材協會合併重組，另成立華北報導協會——至此，日偽在華北的宣傳機構和人員實現了真正的大聯盟。[2]

在華中地區，1944 年 9 月 25 日，基於《中國戰時文化宣傳綱要》組織成立中國新聞協會，作為「擔負推進新聞事業的統一機構」[3]，如偽宣傳部林柏生部長為該會確立使命：「發揮偉大精神加強決戰力量」、「確立新聞事業自主性和全體性」、「全國報業自由而健全的發展」[4]，成員由中國籍會員報社和日本籍在華會員報社組成，該會雖名為中國新聞協會，但是受日本操控，11 月10 日第一次理事會常會出席人員在拜謁中山陵、行政院之後，旋即訪問日本大使館、日本總軍報導部、海軍武官府[5]。12 月 25 日，南京區分會成立，次年 1 月，上海區分會成立，由原上海新聞聯合會（1942 年成立）改組而成，服務「大東亞戰爭」宣傳的需要，「喚起國民決戰情緒，堅定必勝信心」[6]，「俾在全國齊一步伐下，為戰時宣傳盡更大的努力」。[7]

1　《華北宣傳概況》，華北政務委員會情報局，1943 年版，第 7～8 頁。
2　黃東：《塑造順民：華北日偽的「國家認同」建構》，社會科學文獻出版社，2013 年版，第 65 頁。
3　《我們的主張》，《新聞半月刊》第 1 期，1944 年 11 月 1 日，第 1 頁。
4　《中國新聞協會的使命林部長在新聞協會成立式致詞》，《新聞報》，1944 年 9 月 27 日，第 2 版。
5　《中國新聞協會昨開理事常會》，《新聞報》，1944 年 11 月 11 日，第 1 版。
6　《中國新聞協會上海區分成立宣言》，《新協會刊》創刊號，1945 年 2 月 15 日，第 16 頁。
7　陳日平：《新協會報發刊感言》，《新協會刊》創刊號，1945 年 2 月 15 日，第 7 頁。

表6：中國新聞協會會員構成表[1]

中國籍會員報社	華北區總分社	華北政務委員會轄境各報社
	南京區分會	民國日報、中報、京報、安徽日報、蕪湖新報、安慶新報、新皖日報、徐州日報、海州日報
	上海區分會	中華日報、申報、新聞報、國民新聞、新中國報、平報、滬江日報、江北日報、如皋日報、靖江日報
	漢口區分會	大楚報、江漢晚報、鄂中報、江西日報、大江報
	廣州區分會	中山日報、華南新報、民聲晚報、時事日報
	蘇州區分會	江蘇日報、無錫日報、武進日報、常熟日報、鎮江日報
	揚州區分會	揚州日報、高郵報、寶應日報、新興日報、淮報、興鹽日報、蘇北日報
	杭州區分會	浙江日報、嘉興日報、紹興日報、浙贛日報
日本籍在華會員報社		上海：大陸新報、新申報；南京：大陸新報；徐州：大陸新報；漢口：大陸新報、武漢報；廣州：南支日報、廣東迅報；汕頭：粵東報；江西：大贛報；廈門：全閩新日報

（三）御用的新聞事業法人組織

　　1937 年盧溝橋事變以後，日本侵略軍陸續侵佔中國各地的廣播電臺，當時中國廣播電臺全國 82 座，其中被日本佔領的華中地區達 60 座（江蘇省 47 座、浙江 10 座、安徽省 2 座、漢口 1 座）[2]。日本侵略者與各漢奸組織積極制定廣播管理政策，這個過程中日本侵略者起著決策者作用。日本管理廣播事業的主要辦法是成立各種御用法人組織，通過這些組織內的日本人實現控制各占領地區廣播電臺的目的。

　　1937 年 12 月 25 日，日本內閣決議通過《北支放送暫行處理要綱》，作為日本侵略軍處理侵佔中國廣播電臺的處理辦法，表示建設以「北京大放送局」為「中央廣播電臺」，其他天津、石石家莊、太原、濟南、青島、唐山等重要地點設置小放送局，華北廣播設施的運營，在華北日本陸軍的監督下由日本放送協會實施。為「樹立華北廣播事業的永久的經營形態」，偽「華北政務委員會」與日本興亞院華北聯絡部協議成立華北廣播事業統一經營的機構[3]。1940 年 5 月 11 日，興亞院決定《華北放送協會設立要綱》，擬設立日中合作

1　《中國新聞協會在滬成立》，《申報月刊》，1944 年第 9 期，第 167 頁。
2　《中支佔領地經濟情勢概說》，在上海日本總領事館，1938 年版，第 76 頁。
3　《北支蒙疆年鑑昭和 16 年版》，北支那經濟通信社，1941 年版，第 442 頁。

的華北廣播協會（華北放送協會）。1940 年 6 月 24 日，偽「華北政務委員會」通過《華北廣播協會條例》，「華北廣播協會為中華民國財團法人」，經營「廣播無線電事業；前項事業之附帶事業；對於經營前列各項事業所必需之其他事業之出資」，「華北政務委員會對於華北廣播協會於必要時得予以補助」。[1]華北廣播協會自我標榜為「中日公益社會事業項下合作經營之法人」（日方是財團法人日本放送協會，中方是華北政務委員會），資本金為 250.0719 萬元，中國資本 743，973 元、日本資本 1，756，746 元。「華北廣播協會第三條規定設置董事 12 人以內，及監事 2 人，現在僅有董事 5 人，監事 2 人，董事內日籍 3 人、華籍 2 人，監事則中日各半（各一人），會長由中國董事周大文兼充，職員總額共 357 人，內華人 156 人、日人 201 人。」[2]從華北廣播協會主要幹部的國籍來看，除了會長、一名理事、一名監事、放送部長為中國人，其他各部門主要幹部全部是日本人。[3]

表 7：華北廣播協會組織機構

		秘書科	庶務系、文書系
會長 專務理事 常務理事 理事 監事 （本部）	總務部	計劃科	
		加入科	
		普及科	總務系、販賣系、技術系
	放送部	考查科	第一系、第二系
		企劃科	企劃系、編成系
		第一放送科	報導系、文教系、告知系
		第二放送科	報導系、學藝系、告知系
		第三放送科	
	技術部	運用科	
		工務科	無線系、有線系
		調查科	調查系、工作系
		現業科	第一現業系、第二現業系、第三現業系
		雙橋放送所	送信系、保守系、電力系、受信系

1　《華北廣播協會條例》，《華北政務委員會法規彙編》（下冊）（十一僉載），1941 年版，第 54 頁。
2　趙玉明主編：《日本侵華廣播史料選編》，中國廣播影視出版社，2015 年版，第 35 頁。
3　《ラジオ年鑑・昭和 17 年》，日本放送出版協會，1943 年版，第 367 頁。

		主計科	
	主計部	用度科	調查係、購買係、財產係
		資料科	
	地方廣播電臺	天津	業務科、放送科、技術科、普及科
		青島、濟南、太原、石門、唐山、徐州、開封、運城	

在華中地區，日軍在劫收廣播電臺的基礎上，陸續在南京、漢口、蘇州、杭州等各都市建成日本日本放送局，面向中國民眾、在華日本人、在華外國人及各地日本軍人播音。隨著各地放送局的增加，日本侵略者也開始謀求經營的統一化管理。1940 年 5 月，興亞院華中連絡部起草《華中放送協會設立要綱（案）》，表示：「爲了期待華中放送事業之確立，盡快設立中國法人的日中合作民營放送協會」，專營「（一）華中放送無線電話事業；（二）前號事業之附帶事業。」[1] 經過中日多次的折衝，最終標榜「日中合作」的「中華民國公益法人」以「中國廣播事業建設協會」之名成立[2]。1941 年 2 月 18 日，僞行政院公布《中國廣播事業建設協會章程》，宣稱：「本會以集中全國官民力量及聯合友邦熱心人士協助、政府發展廣播事業、加強廣播宣傳，以促進國家建設東亞復興爲宗旨」，隸屬行政院宣傳部，承擔管理與建設各地廣播事業的功能，2 月 20 日中國廣播事業建設協會正式設立，3 月 15 日開始業務。同樣，雖然該協會是名爲中國廣播事業建設協會（表 8），但其主要職員大多由日本人承擔，無不說明了這個廣播管理機構的殖民色彩。

表 8：中國廣播事業建設協會日本籍職員[3]

職務	姓名	原職務	招聘就任	任期	摘要
常務理事	中田末廣	滿洲電信電話株式會社理事	1941.2.22	3 年	退職
常務理事	淺野一男	日本放送協會參事、支那派遣軍放送班長	1941.2.22	3 年	退職
理事	岩本清	同盟通信社中支總支局長	1941.28	2 年	在職

---

1 《華中放送協會設立要綱（案）》，興亞院華中連絡部，昭和 15 年 5 月 17 日。

2 《中國放送協會設立二関スル件報告（通牒）》，支那派遣軍報導部長岩崎春茂，昭和 16 年 4 月 25 日。

3 《中國放送協會》，《國民政府機關聘用日系職員表》，在中華民國大日本帝國大使館，1944 年版。

監事	清水順治	日本放送協會監事	1941.2.22	2 年	在職
名譽理事	中鄉孝之助	日本放送協會理事	1941.2.22	2 年	在職
總務部長	齊藤芳郎	日本放送協會書記	1941.3.15	無	在職
廣播部副部長	岩崎愛二	日本放送協會書記	1941.3.15	無	在職
管理部長兼東亞放送局長	岡村久雄	文部省囑託	1941.3.15	無	退職
技術部長、參事	森延光	日本放送協會技師	1942.2.7	無	在職
中央放送局技術顧問參事	本田融	日本放送協會書記	1942.3.30	無	在職
上海放送局副部長參事	小森龍	日本放送協會書記	1941.3.15	無	在職
漢口放送局參事	今野留次	日本放送協會書記	1941.3.15	無	在職
杭州放送局長副參事	和田秀郎	日本放送協會技手	1941.3.15	無	在職
蘇州放送局副局長副參事	岩井隆一	日本放送協會書記	1941.3.15	無	在職
寧波放送局長副參事	上室瑞穗	上海每日新聞記者	1941.3.15	無	退職
金華放送局長副參事	大川琥	民政黨福岡支部書記	1941.3.15	無	退職
青浦放送局長副參事	藤尾薰宏	日本放送協會書記	1941.3.15	無	在職
除上之外還有 162 名日本籍職員。					

　　蒙疆地區不僅成立了「蒙疆廣播協會」，還引入僞「滿洲國」的「電電模式」，成立蒙疆電氣通信設備株式會社，類似滿洲電信電話株式會社，壟斷經營電信電話事業，附帶事業包含「廣播受信機販賣」與「放送局」（雖然華北、華中地區也成立華北電信電話株式會社與華中電氣通信株式會社，但是它們不涉及廣播業務），蒙疆電氣通信設備株式會社制定郵電總局、鐵道、警備關係所要設備三年計劃，其中「放送局」項，明確提出「改良張家口既存設備，在大同新設五百千瓦放送局」[1]，同時該會社在各地設置的「收音機相談所」（ラジオ相談所）還承擔檢查中波收音機的功能。

　　在報業經營方面，1938 年 12 月 9 日，經維新政府第一四六次議政會議決議，其後內政部審查，正式公布《社團法人華中報業聯合社章程》，將原華中新聞合作社改組爲華中報業聯合社，與中華聯合通訊社形成姊妹機關，總部位於政府所在地，本社以江蘇、安徽、浙江三省各地已發刊的各報紙統合一

1　《北支那經濟年鑑昭和 14 年版》，北支那經濟通信社，1938 年版，第 1153～1153 頁。

體的綜合經營、相互扶助，圖報紙的健全發達、大眾文化的普及爲宗旨，負責江蘇、安徽、浙江三省各新聞、通信廣告及販賣等業務的直營及投資[1]；代替宣傳局實施新聞用紙配給政策，本社的最高決議機構爲理事會，理事九人，由宣傳部長選擇中聯社及富於經驗的學識者擔任。與華中地區不同，蒙疆地區的新聞社採取一元化經營，依據《株式會社蒙疆新聞社法》，「蒙疆聯合委員會爲統制新聞通訊及其他弘報事業起見，應於一定系統下，以整個之目的，設立株式會社蒙疆新聞社」[2]，原蒙疆新聞社進行改組，確立一元經營模式，由它壟斷經營蒙疆地區的報紙、通信發行及販賣事業，張家口本社出版《蒙疆新報》（華文日刊）、《蒙疆新聞》（日文日刊）、《蒙古新聞》（蒙文週刊）、《利民》（華文半月刊）、《蒙疆年鑑》（日文年刊）及《蒙疆通訊》等，支社出版《蒙疆晉北報》（華文）、《蒙古聲報》（華文）、《蒙新晉北版》（日文）、《蒙新厚包版》等。同樣，在華北地區，華北政務委員會緊跟僞滿洲國、僞蒙疆之後，1944 年 4 月末「基於新聞報導一元化以強化戰時宣傳而行樹立新聞新體制」[3]，訓令原京津兩地的《新民報》、《實報》、《民眾報》、《東亞報》、《晨報》解散，依據《華北新報股份有限公司條例》（1944 年 6 月 26 日）成立華北新報股份有限公司，擁有《華北新報》（北京）、《天津華北新報》、《石門華北新報》、《保定華北新報》、《山西華北新報》、印刷局、日語學校、華北新報小學校及圖書館等。

在通訊社經營方面，1938 年 2 月 15 日，中華聯合通訊社在上海成立，爲「更生中國的建設」製造輿論。維新政府成立後，1939 年 10 月 4 日召開法人組織促進協議會，推動中華聯合通訊社法人化，12 月 2 日第一四四次議政會議受理承認中聯社案，其後經財政部審議，正式確認它爲華中地區唯一的通訊社，公布《中華聯合通訊社章程》，本社稱爲「社團法人中華聯合通訊社」，「本社作爲維新政府之機關通訊社，基於維新政府之國策政綱及新東亞建設方針，以蒐集編輯正確公平之消息，向中國內各新聞社及其他報導機關通報爲目的」，具體經營：「與本社方針不牴觸之報紙及雜誌類的辦理、販賣；各種廣告之辦理及與之相伴的業務；消息寫眞及其製版之供給；其他理事會認

---

1 《社團法人華中報業連合社章程》，《中華民國維新政府概史》，第 74 頁；《華中報業連合社案的議政會議上程》，《宣伝機関統制書類綴昭和 14 年度》，中支那派遣軍報導部。

2 《蒙古法令輯覽第 1 卷》（治安篇第二章警察第七款出版著作物），第 32 頁。

3 《華北政務委員會五週年施政紀要》（附錄），1945 年 3 月 30 日，第 23～24 頁。

爲完成本社目的之必要事業」[1]，1940 年 5 月，中華聯合通訊社與上海的「中央通訊社」合併改組成立「中央電訊社」，「國民政府行政院宣傳部爲統一新聞事業設立中央電訊社」，理事會爲最高權力機關，「承國民政府行政院宣傳部之命，監督指導本社一切事宜」，理事由八至十四人組成，「宣傳部代表一至三人、外交部代表一人、新聞事業負有重望之專家一至三人、重要報社代表其總額以五人爲限」[2]去法人化而變成僞「國民政府」統制新聞電訊的執行機構。

1　《中華民國維新政府概史》，第 69 頁。
2　《中央電訊社組織章程》，《中央電訊社第一年》，第 117 頁。

第七章　民國時期租界新聞業的管理與控制

　　中國自 1845 年英國由《上海租界章程規定》取得第一塊租界，至 1902 年奧匈帝國設立天津租界。前後共有 27 塊租界，其中 25 塊是租借國單一的專管租界，2 塊爲多國共管的公共租界。租界在中國的發展歷經百年，其特殊之處在於「外人侵奪了當地的行政管理權及其他一些國家主權，並主要由外國領事或由僑民組織的工部局之類的市政機構來行使這些權力，從而使這些地區成爲不受本國政府行政管理的國中之國」。[1]

第一節　租界新聞管理體制形成的制度背景

　　外國在華租界形成於鴉片戰爭之後的近代中國，是西方諸國侵略中國的產物，亦是半殖民地中國的特徵之一。鴉片戰爭之前，英國政府就曾向清政府要求在廣東附近或舟山群島之中開闢澳門式的居留區域。[2]鴉片戰爭爆發後，隨著在戰事上掌握主動，英國政府的要求亦隨之提升，將英人在開放的廣州、廈門、福州、上海、寧波五個通商口岸「自有居住，不受限制」定爲戰爭目標之一。[3]最終，英軍攻陷了清政府閉關鎖國的堡壘，至此之後，西方列強與日本逐漸開始在中國的通商口岸開闢人稱「國中之國」的居留、貿易區域——租界。

1　費成康：《中國租界史》，上海社會科學院出版社，1991 年版，第 384 頁。
2　費成康：《中國租界史》，上海社會科學院出版社，1991 年版，第 10 頁。
3　1840 年 2 月 20 日巴麥尊致懿律和義律訓令的第三號附件，《近代史資料》，1958 年第 4 期，第 72 頁。

一、租界區域的開闢與拓展

　　1842 年 8 月簽訂的中英《南京條約》規定「從今以後，大皇帝恩准英國人民帶同所屬家眷，寄居大清沿海之廣州、福州、廈門、寧波、上海等五處港口，貿易通商無礙」。條約訂立之後，英國代表璞鼎查等多處查看，希望在各口岸自擇地基。但中方官員耆英等人以「若不問何人之地，擅自揀擇造屋，直是與民為難」，中國民眾勢必會「群起而攻」為理由，與璞鼎查磋磨。[1]英方最終同意應由雙方官員會同商定英人租地建屋的地點。1943 年 1 月，中英《五口通商附黏善後條款》規定：「中華地方官必須與英國管事官各就地方民情，議定於何地方，用何房屋或基地，係准英人租賃」。[2]鴉片戰爭之後的十多年時間是租界得以初步成形的階段，其間最突出的便是英、法、美在上海地區的分權而治之。

　　上海租界格局的形成主要由四大因素促成：一是由清政府實行限定外人租地界址的政策造成了外人的聚居區域。二是地方官府未自主行使對外人留居地的立法權，貿然將部分屬地行政管理權讓於外人，如 1945 年擬訂完畢的《上海租地章程》即規定界內實行特殊的永租制，外人擁有部分徵稅權，擁有界內市政建設權以及部分行政管理權。三是在一些重大事變中，外人迅即獲得侵奪中國主權的時機，如太平軍以及小刀會起義期間，租界開始修築永久性防禦工事，宣布在戰爭中「中立」，駐紮在租地附近的清朝部隊被英美軍隊及醫用隊用無力驅走。至此，中國官府已不再能過問外人租地內任何日常的行政事務，租界內完全受外方的行政管理。新的《土地章程》經英國駐滬領事阿禮國等人的鼓動而通過。西方租地人更開始按照自治城市的模式管理租界，成立行政委員會，後改名市政委員會，即中國居民所稱「工部局」。[3]四是以英國領事巴富爾、法國駐滬領事敏體尼、英國駐滬領事阿禮國等為代表外國官員熱衷擴展特權，利用一切機會將外人的居留地變為獨立王國。西方殖民者希望把上海模式照搬到其他通商口岸，但廣州等地民眾抗爭堅決，一時間外人未能在其他區域移植上海的租界制度。

　　第二次鴉片戰爭後，在 1958 年訂立的《天津條約》中出現了這樣的條款：

1　文慶編：《籌辦夷務始末》（道光朝）第 5 冊，文海出版社，1970 年版，第 2740 頁。

2　王鐵崖編：《中外舊約章彙編第一冊：1689～1901》，三聯書店，1957 年版，第 35 頁。

3　費成康：《中國租界史》，上海社會科學院出版社，1991 年版，第 20 頁。

在新開的各通商口岸，「至於聽便居住，賃房、買屋、租地起造禮拜堂、醫院、墳塋等事，並另有取益防損諸節，悉照已通商五口無異。」[1]「另有取益防損諸節，悉照已通商五口無異」，主要指向的就是上海的租界制度。至此，在中英政府訂立的國際條約中租界制度被確認，其在個通商口岸的推廣被逐漸合法化。第二次鴉片戰爭結束之際成為外人迅速推廣租界制度，大量開闢租界的時期。各國租界的總數由以往的 3 個增加至 12 個，闢有租界的城市有上海一家增至七個城市。[2]1894 年，中國軍隊在中日甲午戰爭中敗績。此時，未能於兩次鴉片戰爭之機在中國開闢租界的日、俄、德等國等到了機會。日本通過中日《馬關條約》，除割占中國的臺灣、澎湖之外，還割佔了俄國覬覦已久的遼東半島，俄國急忙聯合德、法兩國，向日本施壓。在日本同意中國贖回遼東後，俄、德等國以「干涉還遼」為功，即向清政府索要權益，其中一項便是設立租界。經過 30 餘年的停滯後，在華的外國租界又一次進入了快速發展的階段。[3]1900 庚子年華北爆發義和團運動，英、俄、德、法、美、日、意、奧等國組成聯軍，武力侵佔了京津等地。庚子事變後，俄、日、比、意、奧等國先後開闢了 5 個專管租界。同時，中國還出現了從一開始就被作為公共租界來予以開發的鼓浪嶼公共地界。

　　1843 年 12 月至 1902 年間，英、法、美、德、俄、日、比、意、奧等國先後在上海、廈門、天津等 10 個通商口岸開闢了 25 個專管租界。天津的美租界後併入英租界。上海的英、美租界後合併為公共租界。除此以外，英、美、德、法等國還共同開闢了廈門鼓浪嶼公共租界。在 20 世紀初租界的全盛時期，中國境內共有 22 個專管租界和兩個公共租界。[4]

二、「國中之國」的行政體制

　　租界被稱為「管外之地」，主要源於這些區域在行政、司法等制度設計中的特殊之處。在行政管理權方面，外人在租界所取得的是一種「屬地權」。所有外國人士，包括華人和其他「有約國」外人，一旦進入某一租界，在行政方面只受租界當局的管理。在司法管理方面，鴉片戰爭之後，西方列強在中

1　王鐵崖編：《中外舊約章彙編第一冊：1689～1901》，三聯書店，1957 年版，198 頁。
2　費成康：《中國租界史》，上海社會科學院出版社，1991 年版，第 33 頁。
3　費成康：《中國租界史》，上海社會科學院出版社，1991 年版，第 35 頁。
4　費成康：《中國租界史》，上海社會科學院出版社，1991 年版，第 161、427～430 頁。

國獲得了領事裁判權，即凡是這些國家的人士，身處中國但不必受中國的司法管轄，而只是受本國領事等官員的司法管轄。正由於租界行政權爲外人所持，且外人多具有領事裁判權類的「屬人權」，租界在一定程度上逐漸發展成爲了刑事犯的避風港以及國事犯們的活動舞臺。

租界經由中國政府以條約、協議等形式劃定給外人，外國人在實際上享有該區域內的行政管理權。除卻設立之初種種制度皆以上海公共租界爲藍本的廈門鼓浪嶼公共租界等個別租界之外，各個租界在其創建之初大多都曾依賴於一些過渡性的行政體制。如大多數專管租界的行政權最初都是由租界開關國駐該口岸的領事來行使，成爲一定程度上的領事專管租界；但亦有少數租界在開關之初將行政權力交給了掌握財政命脈的金主們，如天津德租界開關之初，由於所有市政經費均由德國的德華銀行來墊支，所以最初該租界內的行政權主要是德華銀行一手掌握。

從創建到規模初具，隨著僑民人口增長，多數租界開關國相繼宣布其在華租界爲「自治區域」，將界內行政權的全部或部分移交給當地僑民。隨之，各租界的行政體制逐步定型。縱觀各個租界的行政制度，在一定程度上反映了租界開關國國內的政治制度。它們有著不少差異，但也有三個重要的共同之處。第一，它們都確保租界開關國對當地的絕對控制；第二，它們都保護少數有產者的特權。第三，它們都在不同程度上排斥華人參與租界政務。[1]

如上海、廈門兩地的公共租界受當地領事團以及駐京公使團的監督。租界設有領事公堂以實現對於行政機關工部局的監督與管控。工部局若有事需要與中國地方政府商辦，也需要稟請領事團，由其出面與中方交涉。駐京公使團的作用則主要在於對當地重大事件的核准，如修訂《土地章程》、拓展租界界址等。但與專管租界不同的是，領事團以及駐京公使團在宏觀監督之外，基本不直接干預這兩個租界內的日常行政，因此公共租界僑民「自治」的特徵較爲明顯。在僑民「自治」的框架下，上海的公共租界中英國人勢力較大，實際上只有英國領事尚左右工部局，其他國家領事的意見，直至領袖領事的決定，工部局也往往置若罔聞。在鼓浪嶼，由於領袖領事實權較大，各方主要通過角逐領袖領事的位置來爭取更大的權力空間，英、日兩國曾經通過提升廈領事爲總領事的辦法來角逐領袖領事的交椅。在上述兩個租界中，選舉行政機構負責人、進行行政監督並可對各種行政事務做出決定的機構，是兼

1　費成康：《中國租界史》，上海社會科學院出版社，1991年版，第175～176頁。

有立法權的納稅人會或選舉人總會。上海公共租界納稅人會議選出董事，負責全部行政，具體的行政事務由工部局擔當，工部局形式上是納稅人會議的執行機構，逐步擴大了權力，取得了廣泛的行政權力，其中包括了向租界中的中國居民徵收稅款以及維持治安的權力。工部局董事會的 9 名董事是在外國選民中產生；選民必須擁有不低於 500 兩白銀的地產，或者每年繳稅不低於 500 兩白銀的租金。進入工部局董事會的人選，是由一個核心小圈子裏的英國人嚴格控制，代表工商界的利益，工部局的市政雇員也絕大部分都是英國人。[1]進入 1920 年代，在租界居住的中國人中間掀起了要求參與行政的運動，並設立了納稅華人會，要求被選舉權，最終在 1926 年增加了三名中國董事。[2]由此，租界通過具體的納稅人會議、工商部、領事團這三個部分共同參與運作，建立起了「國中之國」特殊政治制度。

上海作爲典型租界之一，自建立起即擁有獨立立法、司法、行政及警察系統的「自治系統」後，故此成爲了完全不受中國政府控制的「國中之國」，工部局、公董局所代表的行政體制以及行政組織，訂立了大量的附則以健全、鞏固租界的制度、法規強化市政管理，租界市政功能的配置與租界制度、法規的建設，都是爲獲取自身殖民利益而服務的。1845 年，管轄上海的蘇松太道宮慕久和英國領事巴富爾談判制定了一項地方性條規《上海土地章程》。根據規定，首先確定供外國人居住的範圍，對於其中的土地，由原地主和外國人交涉，簽訂租地合同。與之相伴，在外國人居留地允許一定程度的自治行政管理。[3]章程還規定了租借地界內的市政管理以及市政建設權應全部歸外國人所有，這些規定使得租界成爲「國中之國」這一特殊的政體制度成爲可能。此後，1854 年修訂《土地章程》使得租界的租地性質發生了深刻的變化，通過將租地辦法由「永租」變爲「賣絕」；取消了「華洋分居」的規定，增設了「更夫或巡捕」以及「行政委員會」等機構。在此基礎上，英、美、法三國實行了統一行政，建立租地統一的市政管理機關「工部局」，以及維護界內治安的警察武裝「巡邏房」。至此一種完全獨立於晚清地方政權之外的，外人自

1　費正清編，《劍橋中華民國史，1912～1949 年，上卷》，中華社會科學出版社，2007 年版，第 131 頁。

2　吉澤城一郎著，萬魯建譯，《近代中國的租界行政再考》，《城市史研究》，2010 年版，第 312～329 頁。

3　吉澤城一郎著，萬魯建譯，《近代中國的租界行政再考》，《城市史研究》，2010 年版，第 312～329 頁。

治政權在租界內建立起來的，從而使租地發展爲眞正意義上的租界。[1]1866 年英第三次修訂的《土地章程》又進一步確立了領事團在租界的外交、司法以及行政監督權，以及擴大了的納稅人會議以及工部局的權限。1898 年的《土地章程》，這個章程，給予占統治地位的「大班寡頭政治」提供了正式的自治。[2]

三、治外法權與會審公廨之爭

「租界的司法制度，從整體上說，與當時租界以外中國其他地區的司法制度一樣，係根據被告的國籍來決定受理案件的法庭和適用的法律。以中國人、不享有領事裁判權的外國商民（簡稱「無約國」外人）直至無國籍的外人爲被告的案件，均由中國法庭受理，並按照中國法律來判決。以享有領事裁判權的外國商民（簡稱「有約國」外人）爲被告的案件，均由該國的領事法庭或其他法庭受理，並按照該國的法律來判決」。[3]在中外於 1842 至 1844 年訂立的條約中，幾乎全部「外國建立的機構」基本上都不受中國政治機構的管轄。例如，原告爲中國人，被告爲條約港口的外國僑民案子，都由僑民所屬國根據該國法律審理。不論刑事案件還是民事案件都必須照此辦理。[4]在租界外，中國官府對犯罪的除法、意、比等國的外人，具有較高的逮捕權，但是在一些租界內，即使是逮捕現行罪犯都還要有附加規定，若並非現行罪犯，則限制更多，或者說根本不受中國官府的逮捕。

各租界司法制度在一些細節及實行方面存有差異，對於「有約國」外人而言，其在租界內外享有的權利大體一致；對於生活在租界內的華人、「無約國」外人以及無國籍外人來說，儘管在他們多數區域仍受中國的司法管轄，但在上海租界、鼓浪嶼公共地界和後期的漢口租界等地域，由於當地租界開闢國侵佔了更多的司法管轄權，因此這部分華人、「無約國」外人、無國籍外人在這些區域同樣受到了租界的司法管轄。

隨著列強對領事裁判權的延伸，最先在上海租界出現了混合法庭這一特殊的審判機構，後來鼓浪嶼公共地界以及漢口租界又以上海公共租界爲模

---

1 朱婷著：《近代上海租界政體制度與城市經濟發展》，《上海經濟研究》，2004 年版，第 71～76 頁。

2 費正清編：《劍橋中華民國史，1912～1949 年，上卷》，中華社會科學出版社，2007 年版，第 130 頁。

3 費成康：《中國租界史》，上海社會科學院出版社，1991 年版，第 125 頁。

4 費正清編：《劍橋中華民國史，1912～1949 年，上卷》，中華社會科學出版社，2007 年版，第 131 頁。

式，在各自租界內建立混合法庭。1868 年，上海道臺和英美等領事議訂《洋涇浜設官會審章程》，章程第二條規定：「凡遇案件牽涉洋人，必須其到案者，須領事館會同委員審問，或派洋官會審。若案情只係中國人，並無洋人在內，即聽中國委員自行訊斷，各國領事官無庸干預」[1]。也就是說，只有案件涉及到洋人時，才需要領事官的會審，對於只涉及中國人的案件，只由中國人自己來審理。但實際上，列強不斷擴大司法權力範圍，不僅干預涉及中外雙方的訴訟案件，甚至獲得對純粹華人案件的會審權，並由此形成了「中外會審」這一特殊的司法制度，建立了「會審公廨」這種特殊的中外混合法庭，體現了租界內領事裁判權的進一步擴大，標誌著租界的進一步殖民化。在上海、漢口和廈門的租界會審公廨中，治外法權的範圍擴大到原屬中國法律及司法程序的爭端之中。上海公共租界的會審公廨，用以審判租界內的中國犯人；解決外國僑民申告中國人的民事是訴訟，或者外國僑民申告外國僑民以及中國人申告外國僑民的民事訴訟。而根據歷來簽訂的條約，所有此類案件均屬於中國司法管轄範圍內，由道員指定一名地方官員主持即可。締約列強在華僑民為原告的案件中，締約列強有權派其代表為外國的「陪審推事」，會同中國法官一起，「依法調查案件，公正作出決定。」[2]在辛亥革命期間，駐滬外國領事非法地接管公共租界和法租界這兩個會審公廨，使這兩個中國法庭完全處於駐滬領事團的控制之下」[3]。從 1911 年 11 月開始，駐滬領事團就多次試圖接管公共租界的會審公廨，他們自行任命公廨廨員，逐步對公廨進行全面改組，法租界也依照公共租界的做法改組公廨，最終，廨內的行政權、財政權等皆由外人把持，使這兩個會審公廨實際上成為「由外國人管轄的租界司法機構」。此後，上海兩個租界的外國領事們不斷擅自擴大審判權限和管轄範圍，最終形成「會審公廨可以審判任何案件並且在它們之上無上訴法庭」的局面。雖然很多愛國人士進行過抗爭，例如 1905 年公廨廨員關炯之等人曾「大鬧會審公廨」，推動了中國民族主義的高漲，但由於清政府一再妥協退讓，會審公廨制度並未取得實際性進展，在 10 多年間，上海租界依舊一直是由外人獨攬司法管轄權。

　　駐滬領事團對上海會審公廨的侵犯，使得國人極為憤怒，自 1912 年開始，

1　《上海洋涇浜設官會審章程》，1868 年版。

2　費正清編：《劍橋中華民國史，1912～1949 年，上卷》，中華社會科學出版社，2007 年版，第 145 頁。

3　費成康，《中國租界史》，上海社會科學院出版社，1991 年版，第 147 頁。

中國政府就不斷與駐華公使團交涉，要求收回上海會審公廨，但全都毫無結果。直至 1925 年爆發「五卅慘案」，收回會審公廨作為解決問題的條件之一，中外才開始進行交涉，直到 1926 年 8 月 31 日，終於簽訂《收回上海會審公廨暫行章程》，規定

> 「上海公共租界原有之會審公廨改設臨時法庭，除照條約屬於各國領事裁判權之案件外，凡租界內民刑案件，均由臨時法庭審理。凡現在適用於中國法庭之一切法律（訴訟法在內）及條例，及以後制定公布之法律條例，均適用於臨時法庭，惟當顧及本章程之規定及經將來協議所承認之會審公廨訴訟慣例。」[1]

至此，中國政府終於恢復了在上海公共租界內的部分司法管轄權。但實際上，外人甚至把持了比接管會審公廨之前更多的侵略權益，上海公共租界臨時法院成立後，在相當程度上仍受駐滬領事團的控制，只是礙於《收回上海會審公廨暫行章程》，會審公廨的形式還是發生了一些變化。

1928 年，南京政府發起「改訂新約運動」，發布了「廢除領事裁判權」的宣言，同時有關臨時法院的暫行章程也即將期滿三年，上海特派交涉員也向各國領事指出，「這一即將期滿的章程完全不適用」，希望能對這一章程進行修改，但各國領事幾度拖延才終於派出代表在南京開始談判，並最終於 1930 年 2 月 17 日簽訂《關於上海公共租界內中國法院之協定》。協定規定：

> 「自本協定發生效力之日起，所有以前關於在海公共租界內設置中國審判機關之一切章程、協定、換文及其他文件概行廢止」、「中國政府依照關於司法制度之中國法律章程，及本協定之規定，在上海公共租界內設置地方法院及高等法院分院各一所。所有中國現行有效及將來依法制定公布之法律、章程，無論其為實體法或程序法，一律適用於各該法院。至現時沿用之洋涇淇章程及附則，在中國政府自行制定公布此項章程及附則以前，須顧及本協定之規定。高等法院分院之民刑判決及裁決均得依中國法律上訴於中國最高法院」[2]、「領事委員或領事官員出庭觀審或會同出庭於公共租界內現有中國審判機關之舊習慣，在依本協定設置之該法院內，不得再行繼續

1　《收回上海會審公廨暫行章程》，1926 年版。
2　《關於上海公共租界內中國法院之協定》，1931 年版。

適用。」[1]

直到這時，中國才廢止了在租界內臨時法院，達成審理案件依照中國法律並可以上訴於最高法院、在法院內完全取消外國領事的會審、觀審權等多項規定。在關上海公共租界內法院的協定簽訂後，國民政府繼續與法國商談關於在法租界內關於中國法院的事宜，並於 1931 年 7 月 28 日簽訂《關於上海法租界內設置中國法院之協定》，與公共租界的協定幾乎無異。但在《關於上海法租界內設置中國法院之協定》中仍能看出會審公廨的影子，上海的租界制度也並沒有根除，例如：協定第十三條規定「中法兩國政府各派常川代表二人，如遇關於本協定之解釋或其適用發生意見不同時，高等法院分院院長或法國駐華公使，得將其不同之意見，交請該代表等共同商議，但該代表之意見，除經雙方政府同意外，並不拘束中國或法國政府；又各該法院之命令，判決或裁決，不在該代表等討論之列」[2]。不過協定的簽訂終究推進了中國司法權力逐步回歸。

第二節　租界新聞業管理體制的特徵

租界在加速中國半殖民化的同時，也促進了中國城市的成長和近代化；它既是列強對華進行思想滲透、加強精神奴役的據點，又是西方文明和西方理念在中國傳播的中轉站；它既是列強進行經濟掠奪、政治控制的領域，也是中國近代化加速、社會繁榮的領先之地。

在中國近代新聞傳播史上，租界，尤其是上海租界的新聞傳播事業，有著非常重要的地位。租界的建立和發展與近代新聞傳播事業有著密切而複雜的關係。租界開埠後，繁榮的貿易和商業，需要頻繁的信息交流，近代報刊成為不可或缺的傳播媒介，而工商業的發展，不僅為傳播媒介提供了必要的物資和設備，更為商業性報刊造就了難得的生存環境。[3]租界人口的增長和構成，促進了城市大眾讀者群體的產生；近現代發達的交通事業推進了新聞傳播的速度；各種新傳播技術首先在租界推廣應用，使新的媒介形態不斷產生和發展。

1　《關於上海公共租界內中國法院之協定》，1931 年版。
2　《關於上海法租界內設置中國法院之協定》，1931 年版。
3　陳冠蘭：《近代中國的租界與新聞傳播》，中國書籍出版社，2013 年版，第 23 頁。

與此同時，中國官方、租界當局、外僑等等都在中國租界內創辦媒介，爭奪傳播權力；對於租界內的新聞事業的管理權，各方也都在鬥爭，由於租界特殊的政治環境，新聞傳播有更大的自由，但同時它也受到來自各方面的管理和控制。[1]

一、租界新聞管理制度受制於母體政權

不同西方勢力之間有著各自的文化認同和利益需求。不同的租界有著各自的法律母體並受制於不同的政權，其在新聞管控中亦表現各異。如上海「一市三治四界」[2]的政治格局即導致了各區域在社會管理方面較大差異。在具體如何管理租界的問題上，西人社會團體各自站在對本團體最有利的出發點，制定相應的對華政策。公共租界與法租界在新聞管制政策上的相互博弈與影響亦可見一斑。

上海公共租界的工部局於 1903 年就《印刷附律》的推出提出了最初的提議。1903 年 6 月蘇報案發生後，租界就如何處理該案、哪一方有懲治涉案人員的權力等問題於與清政府發生了巨大分歧。爲了避免中國人將各種宣傳革命、觸怒清政府的報刊館址設在租界內，從而引起不必要的交涉麻煩，工部局於當年 7 月 21 日致函北京公使團領袖威爾彭，提請「工部局有權檢查及管理租界內華文報紙，並列入地皮章程附律第 34 款。」[3]但公使團認爲這屬於越權行爲，未予批准。1911 年辛亥革命爆發後，上海各類報刊活躍起來，社論言辭激烈，工部局再次萌生提請《印刷附律》的念頭，試圖控制言論以維護租界治安。於 1913 年和 1915 年的兩次納稅人會議[4]上再次提出在《土地章程》中增加《印刷附律》的議案，由於存在爭議而未通過。1916 年，工部局爲避人口舌，提出在《土地章程》附律第 34 條「執照捐」裏加入關於報紙及其他出版物品領取執照的規定，仍發生爭執未能通過。五四運動後，大量進步報刊宣揚「打倒列強」，反帝反封建的革命浪潮再一次讓公共租界

1　陳冠蘭：《近代中國的租界與新聞傳播》，《新聞與傳播研究》，2008 年第 1 期，第 2 ～8 頁。

2　三治四界：是指治理美租界和英租界的工部、治理法租界的公董局、治理華界的中國政府。

3　胡道靜：《上海新聞事業之史的發展》，上海市通志館，1935 年版，第 31 頁。

4　納稅人會議：是租界內西人社會進行「自治」管理的具體體現，對有其選舉產生的工部局董事會進行年度監督，討論和決定公共租界內有關稅收、市政建設、發行債券、社會管理等重大事項和重要規章。《上海租界志》，第 8 頁。

感到威脅，於是再次謀劃提起《印刷附律》議案。1919 年 6 月，工部局向北京公使團致函，希望得到授權，以「維持租界內治安和秩序」，在得到否定回覆後的工部局不甘心計劃就此流產，執意於 6 月 26 日在公報上刊登出《印刷附律》議案，遭到社會各界的激烈反對，包括一些外國報紙和人士也紛紛抨擊工部局的荒謬。

五四運動發生後，學生、工人運動風起雲湧，令上海租界不安，想要加強對報刊輿論的控制。1919 年 6 月 17 日，法租界會審公廨以「意圖擾亂公安」的罪名將《救亡日報》主筆傳訊。因此時租界內沒有任何對出版物進行明確管理的法令，法國駐滬總領事威爾登在給工部局總董皮爾斯的信中特意說明，這是「根據中國法律規定的最大用刑量對該出版物的編輯進行的判決，對該編輯處以 100 元罰款，並查封該報紙。」[1]

6 月 22 日，法國駐滬領事館簽署了《上海法租界發行、印刷、出版定章》七條，具體如下：

「（1）無論刊行華文雜誌、書籍、新聞紙等，書社報館如未奉法總領事允准，不能再法租界內開設；（2）前條內開之准許請求書，須載明負責之經理人姓名及所抱宗旨，如有社章須與請求書同時呈遞；（3）如請求已准，無論書籍、雜誌、新聞紙及印刷文件，非須將底稿一份送法捕房及總領事署，不能在外發行；（4）各捕房查見刊行文字內，有違反公眾安寧或道德者，經理人、著作人、如有印刷人，一併送會審公堂追究、按法查辦；（5）無論書社報館不照第一條開設，可由捕房隨時封閉外，並將違章者送公堂追究；（6）此令自發表日起實行；（7）此令由法捕房總巡執行。」[2]

法國駐滬總領事威爾登率先發布的《上海法租界發行、印刷、出版定章》七條是上海租界內第一部也是唯一一部生效的新聞法。此前，漢口英工部局早有報紙領照章程，天津英工部局也取得的同一權利，法租界的七條使上海也被納入了新聞管控的範圍。此時，唯獨最大的上海公共租界，遲遲未能形成新聞法。

威爾登在法案施行不久後致函工部局「此項條例，並適用於公共租界內以法商名義註冊發行之中國報紙，各該報等應予之清，已承認法租界會審公

1　史梅定：《上海租界志》，上海社會科學院出版社，1931 年版，第 538 頁。
2　《民國日報》，1919 年 7 月 3 日。

堂之法權，如有不正當行爲，請即諭令公共租界總巡，以犯者歸於法公堂審訊」。[1]這對一向強勢的工部局而言刺激不小。面對中國日益活躍的民族主義運動和反帝反封建的浪潮，法租界由於行政組織的簡單和權力的高度集中，迅速的做出了反應，出臺七條加以管控，而上海的英國人控制工部局一再爲《印刷附律》的通過做出各種活動卻依然不能成，則使得工部局心有不甘。在此背景下，公共租界的工部局愈加急於求成，分別於 1920 年、1921 年、1922 年、1924 年的納稅人特別會議上反覆提出該議案。上海既已有了法租界七條的先例，工部局自然相信只要繼續頻繁運作，《印刷附律》最終會得到通過。但由於公共租界內的利益關係更趨多元與複雜，《印刷附律》議案最終流產。1926 年上海領事團宣布「不再在納稅人會議上提出此案。」[2]歷時二十多年的《印刷附律》的鬧劇草草收場。

二、租界當局圍繞新聞法案爭議不斷

　　租界內的西方勢力之間存在著不可調和的利益之爭。其間新聞管制法律的爭議，爲我們瞭解當時的租界的政治格局和利益關係提供了可貴的視角。這種新聞管控的複雜性可從命運多舛的「印刷附律」這一典型案例身上可以窺見。《印刷附律》最初由上海公共租界的工部局推出，其推行過程可謂一波三折，從 1903 年工部局最初提議，到 1919 年前後成爲社會各方爭議的焦點，儘管工部局煞費苦心，一再提請該議案，但該議案最終流產，1926 年上海領事團宣布「不再在納稅人會議上提出此案。」[3]歷時二十多年的《印刷附律》的鬧劇草草收場。

　　《印刷附律》的流產暴露出了上海公共租界的實際最高權力者——工部局與理論上的最高權力者——北京公使團的矛盾。工部局是上海公共租界的市政組織和領導機構，其開支主要來源於稅收，因此直接向納稅人會議負責。[4]這個由商人組成的權力機構顯然更關注自身的經濟利益，與之相反的是，駐滬領事團和外國公使團作爲政府直接排派出機構，更加關注長遠的政治利益。因此兩者之間意見並不吻合，時有衝突。《印刷附律》事件中，公使團回信給工部局稱「工部局對於此等事是無權干涉」，這就涉及到了兩者間的權力

1　《民國日報》，1919 年 7 月 3 日。
2　胡道靜：《上海新聞事業之史的發展》，上海市通志館，1935 年版，第 68 頁。
3　胡道靜：《上海新聞事業之史的發展》，上海市通志館，1935 年版，第 68 頁。
4　薛理勇：《舊上海租界史話》，上海社會科學院出版社，2002 年版，第 31～32 頁。

之爭。工部局最初是「自動組織」起來的，英國政府並不贊成設立，所以並
不批准上海方面活動[1]，而公使團是直接對本國政府負責的派出機構，理論上
它的地位高於工部局和駐滬領事團。但是，公共租界內商人勢力強大，形成
了工部局商人寡頭掌權[2]的格局，掌有實際管理權力的工部局在市政管理中常
會侵害到領事及公使團的權利，這讓駐滬領事和公使團感到很惱火。

公使團、領事團、工部局權利紛爭的背後，是出於對政治利益的考量。
帝國主義在上海的多元統治狀態要求保持一定的迴旋餘地，以處理一些複雜
的關係問題。而這些問題中，無論是政治的、經濟的、宗教的或文化的，都
涉及到各宗主國在華利益。因此，對於將會波及這種迴旋餘地的政策、法令
等等的控制權，在公使團看來，當然應該由各國在華的最高當局——公使團
來掌握，作為地方行政機構的租界工部局是不能染指的。[3]由此，公使團屢屢
否決工部局關於《印刷附律》的提案就不難理解了。

1919 年 6 月，工部局再次致信北京公使團領袖薛福德，要求給工部局授
權，以管理租界內報刊及其他印刷物。遭拒後的工部局並未放棄，在 7 月 8
日的《工部局公報》上公開發表《印刷附律》議案，這是工部局第一次正式
提出《印刷附律》草案。原文如下：

> 下述之附律，當稱爲三十四條 A 字附律，當經納稅人會議通
> 過，凡人慾經營印刷、石印、雕刻、發行報紙、雜誌或印刷品，關
> 係公共新聞在此範圍內者，必先向工部局領一執照，如營業者爲一
> 西人，則其執照當經其領事副署，工部局發行此種執照，可以收費。
> 其頒行條例必經每年或特別納稅人會議，又必須經過領事團批准，
> 然後實行，凡不遵此附律者，每一次，違犯當處以不逾三百元之罰
> 金，或他種法律所處罰；又凡督助印刷所發行石印或雕刻之新聞紙
> 與印刷品，而於第一頁上不印印刷人姓名、住址，如不止一張，其
> 最後一張苟不印印刷人姓名、住址者，每次當處以不逾二十五元之
> 罰金，或相等之罰。
>
> 上列議案須經領事團批准後，工部局得以下列條件處理領得印

1　蒯世勳：《上海公共租界史稿》，上海人民出版社，1980 年版，第 355 頁。
2　〔法〕白吉爾：《上海史：走向現代之路》，上海社會科學院出版，2005 年版，第
　98～99 頁。
3　陳正書：《上海租界史上最早的新聞出版法》，《史林》，1987 年第 1 期，第 90～95
　頁。

刷、石印、雕刻、報紙、雜誌其他印刷之執照者：（一）執照當在領執照之屋內顯明處陳列之；（二）上差之巡捕與收稅人員得自由出入該屋；（三）任何報紙或印刷品，在領照之屋內則必將其名稱正式註冊；（四）執照內之姓名、住址必印於報紙之第一頁，印刷品、雜誌之末頁或石印之印刷物上，然後可以銷行。如該印刷品不知一頁，則該姓名、住址可印在最後一頁；（五）在領照之屋內及領照人，不得用石印、雕刻或轉載任何曖昧性質或卑鄙之事件；（六）在領照之屋內及領照人不得印刷、發行或轉載凡含有擾亂或毀瀆性質以至破壞治安之事件；（七）如違背第五、第六兩條，印刷、發行或轉載之印刷品，巡捕有權可以拘獲之，充沒之，並控告領照人於法庭；再在不安靖之時，如違背第六條則該執照可以立即弔銷，然必得處理該領照人之法庭判決後可實行。或繼續種質執照或應否給還，或永遠弔銷，悉聽法庭判斷。[1]

《印刷附律》議案在 7 月 10 日的納稅人會議上以 269 票贊成，195 票反對而獲得通過（但仍未生效，需得到北京公使團的批准）。隨即，全國社會各界紛紛抗議，以上海新聞文化界最盛，然而令人詫異的是，公共租界內的美國方面卻也表示了反對。駐華公使芮恩施博士公開聲明，「彼等希望納稅人不贊成有報紙領照之議，若該附律竟通過，美國官員亦將拒絕核准。」[2]除了官方的反對外，商業團體也持反對態度，如美商會、美大學俱樂部、美人協會等。[3]

美國人的普遍反對是有多重因素共同綜合的結果，其中經濟因素佔了主導。在公共租界內，以商業為導向的美國人社區相較於英國社區更開放包容，對中國和中國人有一種更隨和的、文化上也更開放的態度。在經濟上，中國的原料、農產品和輕工業品出口，供應了美國的機器工業，同時中國為美國的重工業產品提供了市場，確切地說，美國的商業利益與中國如此一致。[4]一旦《印刷附律》正式生效，將會極大影響中美之間的商業兼容性，各種進口

---

1 載於《民國日報》，1919 年 7 月 9 日。

2 馬光仁：《上海人民反對印刷附律的鬥爭》，《新聞研究資料》，1989 年 5 月刊，第111 頁。

3 《四團體對印刷附律之說明》刊於 1924 年第 6 期《商旅友報》，第 17～19 頁。

4 〔美〕何振模：《上海的美國人 社區形成與對革命的反應（1919～1928）》，2014 年版，第 51 頁。

品如洋紙油墨印刷機等大宗消費將會銳減。除此之外，作爲「相助發行人[1]」的美商還可能面臨罰款和牢獄之災。

在文化層面上，美國的世界主義者[2]努力與租界內的華人建立社會、商業和文化上的聯繫，他們尤其在意保持美國人在中國人中的積極想像和與中國人的良好關係。他們自認爲租界是一個「模範社區」，向中國人證明了現代的、高效的管理和司法的好處。[3]然而《印刷附律》的條款，要求凡是出版印刷物，皆須先向工部局申領執照，刊物上還要寫明姓名和住址，若發行有關「擾亂或毀瀆性質以至破壞治安之事件」，可有工部局對其進行處置。這些條例完全違背了英美等國所崇尚的言論自由、出版自由的法律精神。工部局議長裴爾斯（英籍）對此辯解道「彼反對者不悟上海非美國，亦非英國，不必與西方情形相比」，可見對於上海的帝國主義勢力而言，所有重要的中國政治問題中，維護本國利益才是首要考慮的，一切外交說辭和本國所持對華政策都由此決定。與此同時，這番說辭卻也激起了反對者的聲討。《民國日報》發文稱「本報宣言於此，對於此種鉗制言論之自由舉動，如必要時或且訴諸於華盛頓當局，因本報系美國報紙，依美國法律發行於上海，亦上海美國人民，即一日在治外法權下，即一日有爲一種自由報紙所代表之權利故也。」[4]

可以看出，公共租界中美國人所持的反對態度是建立在與中國商業利益兼容性的考量上的，另外，還在思想層面上站在文化優越感的角度對中國革命者和進步報刊抱有普遍同情，但這種同情是曖昧的，它集中反映在美國世界主義者的身上，用虛構和誇大了的愛國主義，表達自我的文化認同。

1919 年 7 月的納稅人會議上，工部局議長裴爾斯重提《印刷附律》，並爲此做了長篇演講，動員納稅人投贊成票，最終以 269 票贊成，195 票反對的結果通過該議案。值得玩味的是，日本納稅人共出席 138 人，全部投票贊成。

在上海租界內，除了英美、法三大勢力外，日本在二十世紀初也基本形

1　相助發行：指對印刷物發行有幫助的行爲。當時很多報社爲了尋求政治庇護將所有權掛靠在洋人名下，此行爲可被視爲相助發行。

2　世界主義者：不滿租界與華界隔絕的生活方式，主張開放同中國的關係，對中國和中國人有一種更隨和的、文化上更開放的態度，更具有世界主義傾向，鼓吹戰後各國之間的國際合作。參閱何振模，《上海的美國人：社區形成與對革命的反應（1919～1928）》，2014 年版，第 36～63 頁。

3　〔美〕何振模：《上海的美國人：社區形成與對革命的反應（1919～1928）》，2014 年版，第 43 頁。

4　上海《民國日報》，1919 年 6 月 27 日。

成了上海日本人社會。儘管英法美等西方僑民捷足先登，最先獲得治法外權，並佔據了上海最佳地理位置作爲租界，但日本人一直沒有放棄追求在華利益的最大化。甲午戰爭後，清政府被迫簽訂了《馬關條約》，日本取得了在華領事裁判權和片面最惠國待遇，獲得了治外法權的日本人在租界內的地位上升到名副其實的參與者，但向清政府提出建立日本租界的要求遭拒，日本仍不得不寄居在英美占主導地位的公共租界中。[1]。

1905 年日俄戰爭後，作爲戰勝國的日本國際地位雖有所上升，但仍然沒有獲得與英法美等國同等的話語權。直到 1915 年，工部局的董事會[2]才有了一個日籍席位，且日本人在工部局的任職名額遠少於英美兩國，董事會的席位也僅有藤村義郎一人，而英國則有五位。然而早在 1910 年，租界內的日本僑民數量就已超過英美居第一位，到 1927 年時，日本僑民幾乎占其他外國僑民的三倍，近五分之二的房租稅由他們支付。日益增長的人口數量對日本在公共租界內的行政權力提出了新的要求，日俄戰爭後相對提高的社會經濟地位，也使日本想要參政的欲望日益強烈。但在公共租界內，工部局董事會總董一直由英國人擔任，七人組成的董事會有五人是英籍商人，僅有一席美國人，一席德國人（1915 年後，有了一席日籍），這個寡頭政治體是由英國僑民主導、美國次之、其他外國僑民參與的政治經濟利益體，日本人很難獲得較大話語權，但爲了自身利益又不得不爲此周旋。

1915 年 11 月 3 日，工部局董事會董事葛倫辭職，日本僑民石井加入董事會。當時，上海各界反對日本政府提出的「二十一條」，發起抵制日貨運動。日人借機向工部局施加壓力，要求增添兩名日籍警官，由此奠定日後萬國商團日本隊的基礎，[3]第二年，又有 30 名日籍警察進入工部局警務處。但日本人的政治訴求遠不止於此，他們還需要更大的話語權和更多的工部局董事會席位。因此，日本納稅人對《印刷附律》的全票通過，也就水到渠成了，這種明顯帶有政治傾向的行爲無非是想向工部局表明自己的政治立場，工部局內占主導地位的英國人自然不會無視這種示好，反而急切的需要其他國家僑民的廣泛支持。英國在上海的喉舌《字林西報》雖然表面上鼓譟幾句「新聞出

1　陳祖恩：《老上海城記：西洋人與東洋人》，2001 年版，第 44～45 頁。

2　董事會：工部局董事會作爲工部局最高權力機構，主要通過定期召開董事會議對工部局重大事務進行討論和決策，將所決定的事項交工部局具體辦事機構執行。

3　史梅定：《上海租界志》，上海社會科學院出版社，2001 年版，第 174 頁。

版自由的高調」，但是「本報對於此案大體贊成」。[1]可以看到，《印刷附律》因為有了英國人的隱性支持，才得到日本人的顯性支持，日本的顯性支持背後，實際上是在表達自己對政治權利的訴求。

上海法租界頒布《上海法租界發行、印刷、出版定章》七條之後，公共租界的《印刷附律》仍遲遲得不到通過。最終《印刷附律》在 1926 年徹底流產，上海領事團宣布「不再在納稅人會議上提出此案」，這一風波終於平息。

《印刷附律》遭到的來自西人的反對既有深層次上的因素：不同的文化認同感、不可調和的權力機制內部的矛盾；也有更淺層直觀的理由：在限制中國報刊的同時，「外人本身所辦印刷物亦將受此律約束」[2]，所以連外文報紙都沒有站在工部局的同一陣營，紛紛發文表示對《印刷附律》不滿。但總有共同利益方是支持工部局的，雖然出於不同的利益目的，但只要其對自身利益是有積極促進作用的，就並不妨礙他們之間的耦合。

三、租界當局新聞管控的兩面性

租界的新聞傳播事業的發展與租界當局之干係密不可分。一方面，由於新聞傳播事業的特殊性和重要性，租界內對新聞管理的把控反映了租界內部權力的爭奪與各方利益的紛爭。另一方面，租界當局對新聞傳播事業所採用的具體措施，對新聞傳播事業的發展有著舉足輕重的影響。

（一）租界對媒體的管控概況

出於各種原因，各租界當局一開始對印刷出版物的管理並不嚴格。一方面，源於西方資產階級「新聞自由」的觀念。租界當局按照所屬國的觀念對租界進行管轄，新聞自由和輿論氛圍比較寬鬆。在此情況下，租界內的人們享有更多的新聞自由權力。更重要的是在五四運動以前，中國資產階級維新派與革命派並未將反帝作為革命的主要任務，而是將矛頭指向滿清政府，這也是租界當局樂見其成的。另一方面，租界當局始終維護的是所屬國的利益。五四運動以後，隨著帝國主義國家之間矛盾的日益加深、馬克思主義在中國的傳播，中國人民反帝浪潮在日益高漲，因此租界當局對新聞事業的管理與控制也越來越嚴格，尤其是對革命報刊的管控。

1　陳正書：《上海租界史上最早的新聞出版法》，《史林》，1987 年第 1 期，第 95 頁。
2　胡道靜：《上海新聞事業之史的發展》，上海市通志館，1935 年版，第 55 頁。

1、上海租界

1843 年洋人在上海設立通商口岸，建立租界，此後一直沒有明確的新聞出版法規與相關條例。租界當局對新聞傳播事業的管理交託工部局董事會處理。對新聞案件的處理，上海工部局依照司法程序和董事會的內部決議進行處置。租界當局可以根據《治安章程》，以報刊上刊載的新聞與言論「妨礙公共秩序與安全」的由頭，對報刊與報人進行懲罰與處置。例如《新聞報》、《時務報》等報刊曾被法租界當局禁售。[1]

五四運動之後，法國駐滬總領事韋爾登於 1919 年發布了「上海法租界發行、印刷、出版品定章」，這被稱為上海租界史上最早的新聞出版法。7 月上海公共租界納稅西人特別會議也通過了公共租界工部局「印刷附律」議案。[2]這是上海租界史上比較明確的新聞管理法規條例。與此同時，中國政府出臺的各種刑律，也成為租界當局鉗制報紙的藉口與手段。

在抗日戰爭時期，日本侵佔了大半個中國，但顧慮到西方列強的勢力，日本侵略勢力尚未到達租界，因此在上海的公共租界和法租界形成了一個淪陷區中的「孤島」。從 1937 年上海淪陷到 1942 年珍珠港事變日軍入侵租界為止，上海「孤島」存在長達 40 餘年。在此時期，租界當局對報刊實行登記，規定報刊以及其他印刷小冊子若不先向上海工部局登記，「不得在上海公共租界內刊行、印刷或公送」，同時還阻止租界內的抗日宣傳機構停止愛國抗日活動，導致愛國報刊《救亡日報》、《立報》、《民報》、《時事新報》等數十家新聞機構停業、內遷或轉入地下活動。[3]

租界當局對日本侵略者的態度也呈現反抗性與妥協性。一方面，抗戰期間，面對利用租界的生存空間再次發展繁榮的中國抗日新聞戰線，被日軍所控制的上海新聞檢查所致函租界當局，予以施壓，要求其採取措施，並且不斷在租界內外製造緊張局勢。但租界當局以無權處理在華享有領事裁判權國家的僑民事務為由，對日方的無理要求予以拒絕。另一方面，租界當局為了維護其所屬國的核心利益，顯示其「中立地位」，對租界內的新聞傳播事業亦採取了管控措施。其一，明令取締租界內一切政治團體及其宣傳活動，二是對抗日立場堅定的報刊施以弔銷執照、停止出版等嚴懲手段。三是實行新聞

---

1 陳冠蘭：《近代中國的租界與新聞傳播》，《新聞與傳播研究》，2008 年第 1 期，第 2 ～8 頁。

2 薛飛：《舊中國的租界與報紙》，《新聞與傳播研究》，1999 年第 4 期，第 69～75 頁。

3 薛飛：《舊中國的租界與報紙》，《新聞與傳播研究》，1999 年第 4 期，第 69～75 頁。

檢查制度。[1]

2、漢口租界

漢口租界當局對租界內新聞傳播事業的管控大致上與上海租界類似。租界內一切行政事務全歸當地領事專管。與上海租界相同，漢口租界也沒有專門的新聞出版管理法規。租界當局對新聞傳播事業的管理，主要根據的是漢口租界當局制定的其他規章制度中，其中對於新聞出版、廣告、印刷條例等等，亦做了比較明確的規定。譬如《英租界捕房章程》附則第 61 條，規定「凡在本界印刷發信報紙者，須先向本局請求經領事府簽名之執照。」再如漢口法租界開關後，出臺的《法國租界總章程》第一章第 2 條規定「禁止在公共場合有不道德或醜惡的著作、圖像。音像的生產，張貼廣告、發行和銷售。」除此之外，租界當局還授予了巡捕房「有權取締租界內任何未經許可印刷或出版的報紙。」[2]由於租界的特殊環境，租界當局對報刊的管控相對來說不是特別嚴厲。特別是當一些革命報刊觸及了晚清政府的利益訴求時，出於對所屬國利益和資產階級利益的保護，租界當局甚至默許、縱容某些革命報刊和報人。譬如 1913 年黎元洪欲查禁《漢口民國日報》，與法領事交涉，法領事未允，並叮囑該報「於社論名詞上略為避之」。[3]但是，租界當局對報刊的保護和縱容是非常有限的。大多數情況下，迫於中國政府所施加的壓力，或是為了維護自身利益，租界當局對革命報刊往往採取種種經濟、行政或法律手段，予以嚴懲。在 1908 年，清政府軍機處電湖廣總督認為漢口租界內的《江漢日報》所刊載請願書「詞意狂悖，殊足擾亂大局，妨害公安」，次日，該報即被查禁。1911 年 7 月，《大江報》上刊載兩則時評《亡中國者和平也》、《大亂者救中國之妙藥也》，鋒芒直指腐敗的清政府統治，呼籲中國革命，被中國政府當局以「淆亂政體，擾害治安」等罪名，令租界當局查禁該報，永遠禁止發行。總理詹大悲、主編何海鳴被捕入獄。這就是中國新聞傳播史上有名的「大江報」案。[4]

3、天津租界

天津自 1860 年至 1900 年的 40 年間，先後設立了 9 國租界，其存在的時

1　薛飛：《舊中國的租界與報紙》，《新聞與傳播研究》，1999 年第 4 期，第 69～75 頁。
2　袁繼成：《漢口租界志》，武漢出版社，2003 年版，第 542 頁。
3　《漢口民國日報》，1913 年 7 月 6 日。
4　《漢口大獎報被封三志》，《時報》，1911 年 8 月 3 日。

間，少則 17 年，多者達 80 餘年。[1]在租界當局的新聞管控下，租界內的新聞傳播事業也呈現出了一派獨特的景象。如前文所述的上海租界與漢口租界的情況相類似，天津租界當局對天津租界內的報刊管制，一方面是根據《治安章程》，以「妨害公眾利益」的名義對其進行處置。另一方面，租界當局與清政府、北洋政府甚至日本軍國主義勢力相互勾結又相互抗爭：租界當局應允中國官方之請，在抗日戰爭期間迫於日方的施壓，常對租界內的報刊尤其是革命報刊橫加干涉。與此同時，中國官方政府在租界外採取禁郵、禁止在界外發行、逮捕報人、封閉報館等手段，對報刊予以打擊。1937 年在上海租界出版的《譯報》，由夏衍創辦並主編，該報常刊載一些關於中國抗戰的消息報導，觸犯了日本軍方的利益。在出版了僅僅 12 期後，被日軍通過租界當局下令取締了。後更名為《每日譯報》重新出版，在 1939 年，經日帝與汪偽政權勾結租界當局，以「該報所載新聞未經送審」的罪名，責令停刊。[2]

（二）租界對媒體的具體管控手段

總結來說，租界內的新聞傳播事業一方面受益於租界社會的商業環境和相對寬鬆的政治環境。另一方面，出於對自身利益的維護和各方勢力的爭奪，租界當局亦採取了種種政治。經濟手段，對租界內的新聞傳播事業施加影響，有的時候甚至直接決定了一家報刊的新聞生命。租界當局採取的主要手段有：

1、行政手段

在沒有明確的新聞出版法規條例出臺以前，對新聞出版事業的管理和新聞案件的裁決，交由租界的行政機構處理。租界當局往往會根據《治安章程》以「妨礙公共秩序與安全」的名義，對報刊與報人進行懲罰與處置。譬如在上海公共租界工部局董事會會議錄中就有記載：1902 年 2 月，董事會董事誇根布西主張「停止或更好地控制一些他認為有傷風化的刊物在租界內印刷發行。」該問題經討論後，董事會決議當會審公堂讞員接受該英國陪審員的意見時，請即採取行動，指示總辦就此事與後者商討。過了幾日後，董事會一致決議，誇根布西所提的議案得以通過。[3]再如 1910 年 4 月，在漢口租界內《商務報》擬借湖南搶米風潮發動起義，清政府當局要求江漢關道前往查封，並

1　天津市政協文史資料研究會：《天津租界》，天津人民出版社，1986 年版，第 2 頁。
2　方曉紅：《中國新聞史》，南京師範大學出版社，2009 年版，第 183 頁。
3　上海市檔案館：《工部局董事會會議錄》，上海古籍出版社，2001 年版，第 540 頁。

諮請駐漢口英領事飭令該報館遷出租界，該報被迫停刊。[1]

　　1909 年革命黨人于右任在上海創辦《民呼日報》，該報言辭激烈，批評時政，揭露官場黑幕，引起當權者的仇恨，中國政府當權者以其他由頭向上海租界提出控告，上海租界逮捕了于右任。[2]

2、法律手段

　　雖然在租界，尚未有明確的新聞出版法規出臺與執行，但與新聞事業有關的制度條例散見於各種規章制度中。租界當局對新聞媒體的開設、新聞媒介上所刊載的內容明確加以限定，並且試圖將租界當局對新聞媒體的檢查法規化。

　　1903 年 7 月，上海工部局提議將「工部局有權檢查租界內華文報紙列入《地皮章程》附則第三十四款」，即規定：凡在公共租界內出版華文出版物，必須事先申請領取執照，批准後方可刊印發行。」[3]相同的情況在漢口租界亦同樣出現：《英租界捕房章程》附則第 61 條，也規定了租界內印發報紙，必須事先登記，通過租界當局的審查和認可。[4]公共租界納稅西人特別會議提出的《印刷附律》提案規定：領有執照的報館「不得印刷複製或發行煽亂性質或其性質足以煽惑至成破壞治安或擾亂秩序之件。」[5]此外，租界當局還依據各種條款規定，對違反規定的報刊和報人予以封閉和逮捕。1912 年，《民權報》發表時評，批評袁世凱陰謀篡權行為，公共租界巡捕房以「任意誹謗」的罪名，逮捕該報主編戴季陶。[6]

　　租界當局還可通過起訴報館與報人的方式，對租界內的新聞事業加以把控。1904 年 12 月，董事會董事李德立在會上出示了四期《外灘報》，並提請大家注意裏面某些短評，他認為這是誹謗性的，下流的。租界當局同意這種看法，並指示向法律顧問請教，要採用最佳措施，或者中斷刊登這種討厭的文章，或者取締該報。在下一次會議中，租界當局討論了可能採取的措施。總董認為，如果董事會對此事不採取措施，將會受到非難。會議經討論後，

1　劉望齡：《黑血·金鼓——辛亥前後湖北報刊史事長編》（1866～1911 年），湖北教育出版社，1991 年版，第 186 頁。

2　方曉紅：《中國新聞史》，南京師範大學出版社，2009 年版，第 60 頁。

3　薛飛：《舊中國的租界與報紙》，《新聞與傳播研究》，1999 年第 4 期，第 69～75 頁。

4　袁繼成：《漢口租界志》，武漢出版社，2003 年版。

5　薛飛：《舊中國的租界與報紙》，《新聞與傳播研究》，1999 年第 4 期，第 69～75 頁。

6　陳冠蘭：《近代中國的租界與新聞傳播》，《新聞與傳播研究》，2008 年第 1 期，第 2～8 頁。

決定遵照瓊斯先生提出的辦法，對主編提出起訴。[1]

1919 年，法國駐滬總領事韋爾登發布「上海法租界發行、印刷、出版品定章」，被稱爲上海租界史上最早的新聞出版法。7 月上海公共租界納稅西人特別會議也通過了公共租界工部局「印刷附律」議案。至此，這兩部法律的原則精神在新聞管理的實踐中得以貫徹。1919 年 7 月下旬，《民國日報》被公共租界總巡捕房指責爲「煽動人心，擾亂治安」，「公然鼓吹暗殺」，勒令停刊兩天。[2]

3、經濟手段

除了嚴屬的行政和法律手段之外，租界當局通常還會採取經濟賄賂、經濟施壓等手段軟硬兼施。上海租界內著名的商業報刊《新聞報》、《申報》等報紙，就曾收受過租界當局的經濟「好處」，在其刊載的內容上爲帝國主義利益吶喊助威。有名的「誠言事件」即爲一例。五卅運動中，上海公共租界工部局爲了遏制中國人民的輿論，1925 年 5 月 30 日出版了鉛印宣傳品《誠言》，它誣衊中國學生，爲英帝國主義開脫美化，共出 3 期，張貼散發 100 多萬份。7 月 11 日，上海《申報》、《新聞報》在廣告欄裏刊登了《誠言》第一期，激起了上海新聞界和廣大市民的公憤。

1912 年鄧家彥在上海創辦《中華民報》，此報以反袁爲主旨，因言論激烈而名重一時，被時人稱之爲「橫三民」。《中華民報》因揭露袁世凱向五國借款案，被租界當局指控爲「不意擾亂人心」，罰款 500 元，鄧家彥被判關押半年，報紙也因此被迫停刊。[3]

此外，中國政府雖然不是租界內新聞傳播事業的直接管理者，但很多時候，它都與租界當局相互勾結，對租界內的報刊採取種種懲罰手段。譬如，爲了鉗制某些報刊，當局對其採取禁郵、禁止在界內外發行等手段，使得報紙無經濟收入，自動停刊。

除了上述的行政、法律與經濟手段，租界當局還在租界內大力創辦和扶植維護租界當局利益的報紙，與反帝的革命報刊「唱反調」，迷惑輿論。從 1861 年至 1943 年，上海公共租界工部局與法公董局主辦的各種機關報刊至少有十餘種。譬如《公報》與《年報》，此外公共租界當局經常會通過《北華捷報》、

1　上海市檔案館：《工部局董事會會議錄》，上海古籍出版社，2001 年版，第 692 頁。
2　薛飛：《舊中國的租界與報紙》，《新聞與傳播研究》，1999 年第 4 期，第 69～75 頁。
3　方曉紅：《中國新聞史》，南京師範大學出版社，2009 年版，第 72 頁。

《字林西報》等發布政令與信息。[1]上述兩份報紙也經常在清政府統治、帝國主義以及革命問題上同代表其他利益集團的報刊進行論戰。

租界對中國的新聞傳播事業有一定的庇護，但是這種維護是建立在租界當局及其所屬國利益的基礎上的。大部分時候，爲了其利益，迫於外部各方勢力的因素，租界當局對租界內的新聞傳播事業採取各種管理手段。租界當局採對新建立的新聞機構的審查、對新聞媒介所傳播內容的管理、對「違反」規定的報刊與報刊採取行政、經濟與經濟手段予以打擊，並且手段和方式越來越多樣，都揭示了租界當局對新聞傳播事業嚴苛一面。

第三節　中國政府對租界新聞傳播的影響與介入

本書所討論的租界在時間跨度上，從 1843 年上海開埠通商、建立租界，到 1941 年底上海淪陷，日軍佔領公共租界。在地域範圍上，主要討論上海、天津、漢口三地的租界。在此時空範疇內的新聞傳播活動，主要受制於兩方的牽制，一是租界當局，二則是中國當局。中國當局方面，又經歷了清政府、北洋政府、民國政府三個階段。租界是洋人的地盤，中國政府以及軍閥勢力很難掌控主導權力，租界的特殊環境在無形中充當了部分華人新聞傳播活動的保護傘。無法從源頭控制輿論方向，中國政府只能另闢蹊徑，從銷售渠道、運輸途徑等方面來控制租界內部報刊的發行。

一、以禁運、禁郵、禁售實施外圍限制

禁運、禁郵、禁售是中國政府當局切斷報刊流通鏈條的重要手段之一，以此來限制激進革命言論報刊在內地的發行，使其無法承擔經濟上的損失，迫使其自動停刊。

維新變法失敗後，康有爲、梁啓超等維新派骨幹逃亡海外，清廷發布上諭，緝拿康梁，查禁維新派所辦報館，並對訂閱康梁報紙的民眾，實行「嚴拿懲辦」。康梁在海外繼續創辦維新派報刊，如《清議報》、《天南新報》，繼續宣傳變法。「謬託忠義之名」，「專詆朝政，誣謗皇太后」，朝廷諭令南洋、福建、浙江、廣東等省省督撫「實力嚴查，如有購閱前項報章者，一律嚴懲拿辦」。面對清廷的強硬態度，湖北《漢報》不甘示弱，公開著文支持光緒帝

1　據上海市檔案館：檔案全宗 U1-1、U38-1 及資料全宗 W1-0、U38-0 的收藏統計。

親政。對此，湖廣總督張之洞奉上論後，發布《軋江漢關道遵旨禁止購閱悖逆報章並禁止代為寄遞、續開報館》，下令禁止發售和購讀《漢報》[1]。維新變法失敗後，是凡宣傳維新思想的報刊多在朝廷禁運、禁郵、禁售、禁閱榜單之列。

《蘇報》案後，資產階級革命黨人在上海租界創辦《國民日日報》，進行革命宣傳，繼承了《蘇報》宣傳革命的主旨，發行不久，便風行一時，時人稱《國民日日報》為蘇報第二。後外務部行文總稅務司，宣布對該報「一體示禁」，並要求轉知各郵政局實行禁郵，以「杜其銷路，絕其來源」。總稅務司即通知各郵局，遇有封面書明《國民日日報》者即予以查禁，「概不准其收寄」[2]。隨著資產階級革命運動的興起和發展，革命派報刊也越來越多地被清政府列入禁閱、禁運、禁郵、禁售的黑名單內。

袁世凱當政後，欲恢復帝制，為了阻止國民黨人進入內閣執掌政權，袁世凱不惜派人暗殺宋教仁。宋教仁被殺後，各地國民黨系統的報刊大篇幅報導袁世凱事件真相，揭露袁世凱的野心，號召人民與袁世凱的專製作鬥爭。由此，一場由國民黨報系為主導的反袁活動在新聞界轟轟烈烈展開。袁世凱政府為鉗制反袁輿論，採用禁運、禁郵、禁售的方式，截斷革命報刊的經濟命脈，多家報刊因無法承擔經濟上的損失，自動停刊。1913 年 12 月中旬，袁世凱下令禁查《中華民國報》，污蔑該報「語多悖謬，有害治安」。1914 年 2月，相繼對《覺民日報》、《光華日報》等華僑革命報刊下令禁售。袁氏政府對國民黨在日本出版的《民國》雜誌，更是視為洪水猛獸，採用更加殘酷的禁售手段。[3]

二、以資本手段介入報刊言論

為了控制言論，除了對激進報刊採取禁運、禁郵、禁售的政策，中國政府及租界當局還採取一些軟性調控的手段，最常見的就是賄賂、收購報刊，使其為之發聲。西方列強政府素來有津貼報紙的傳統，尤其以英國最為典型，為了控制輿論，政府採取賄賂記者和津貼報紙的方法。津貼費用被列入政府財政預算，成為宣傳經費的一部分並逐步形成「津貼制度」。

---

1 唐惠虎、朱英主編：《武漢近代新聞史》，武漢出版社，2012 年版，第 162 頁。
2 方漢奇：《中國新聞事業編年史》上，福建人民出版社，2000 年版，第 194～195頁。
3 馬光仁主編：《上海新聞史》，復旦大學出版社，第 427 頁。

自有近代新聞紙來，賄賂、收購報刊以控制言論成爲中國政府慣用的手段。1908 年，袁世凱親信蔡乃煌就任上海道，爲了控制上海的輿論，打擊革命激進言論，蔡乃煌還未到任就出資搶盤了蔡鈞《南方報》的機器財物，委託《時報》館主狄楚青的弟弟狄葆豐，在《時報》館隔壁另開一家《輿論日報》。蔡乃煌上任後，又開始算計汪康年兄弟倆的《中外日報》，汪康年兄弟在蔡乃煌軟硬兼施的壓力面前，決定寧讓報館不屈人格，1908 年 8 月 10 日聲明與《中外日報》脫離關係，汪氏兄弟經營近十年的報館從此易手。[1] 此後，蔡乃煌加大力度收買、賄賂上海的報紙，甚至許多外報都被「收括囊中」。蔡乃煌在上海收買的報刊，幾乎佔領上海報壇的半片天下。

袁世凱當政時期，以資本干預報刊市場以達控制言論之目的，這種手段最爲常見。反袁浪潮在新聞界轟轟烈烈展開後，袁氏當局明白靠打壓、封禁報刊是無法從根本上剷除異己之聲，更需要的是多些「自己人」的聲音支持，以對抗反袁之聲。由袁世凱黨羽直接創辦的報刊數量並不多，但是由袁世凱直接、間接收買以及拿袁氏「津貼」的報刊卻是遍及報界。袁氏政府除了長期給報人發薪，還經常臨時送宣傳費，著作費等，巧立各種名目實達行賄之實。這些拿了袁氏津貼的報紙，自然而然就成了「袁氏家族」的人，按照袁世凱政權的要求作輿論宣傳。據不完全統計，在袁世凱統治時期，直接被收買或間接被收買的報紙達 125 家[2]。其中，以收買章太炎主辦的《大共和日報》最爲典型。上海的《國華報》、《時事新報》，廣州的《華國報》等，都是被袁世凱政府收買的對象。在「二次革命」期間，湖北地區傾向於支持袁、黎的報紙，如《漢口中西報晚報》、《國民新報》都曾「僞造新聞」，攻擊革命。爲此，黎元洪還特許每個月給這兩份報紙各津貼五千元的經費，以示獎勵。[3]

三、以利益均霑方式聯手租界

中國政府爲了管控激進報刊言論，採取禁運、禁郵、禁售的手段切斷報刊正常買賣的鏈條，打壓報刊，更是大範圍的賄賂、收購報刊爲己所用。然而，由於租界「國中之國」的特殊地位，中國政府無法全面的按照自己的想法把控租界內部的報刊言論。政局動盪，革命言論激烈，民眾投身革命的熱

1　馬仁廣主編：《上海新聞史》，復旦大學出版社，2014 年版，第 349～350 頁。
2　方曉紅：《中國新聞史》，南京師範大學出版社，2004 年版，第 75 頁。
3　唐惠虎、朱英主編：《武漢近代新聞史》，武漢出版社，2012 年版，第 300 頁。

情高漲，中國政府當局迫於這樣的情形，使得一種新型的合作關係得以成立。中國政府從租界高層入手，以利爲誘，聯合租界當局，對租界內部報刊進行取締、控告，加以管控。上海租界的《蘇報》案、《警鐘日報》案、《民呼日報》案，以及天津租界的《民意報》案等都是典型的例子，都是在各勢力聯合下被打壓甚至封禁的。

《俄事警聞》創刊於 1903 年 12 月 15 日，初期針對俄事進行宣傳。後日俄戰爭爆發，清廷被迫宣布「局外中立」。《俄事警聞》已經不能適應形勢需要，遂改名爲《警鐘日報》，重新創刊。《警鐘日報》提倡國粹民族主義，鼓吹暗殺爲有效的革命手段，後期對慈禧所標榜的「壬寅新政」及其立憲騙局予以公開反對，加強了對清廷嘴臉的揭露批判。1905 年 3 月 25 日，四馬路老巡捕房捕頭突然令探持函至會審公廨，內稱「查得目前《警鐘日報》登有九逆謗讟，淆惑人心」而要求提案查禁。會審公廨立即准簽執行。據稱是德國駐滬領事所控告，更有說法是上海道袁樹勳買通租界意而殺之。當時的《大陸報》稱之爲「外人干預言論事件」，是中外爲控制輿論聯手扼殺。[1]《警鐘日報》被封後，「上海革命黨人之喉舌，自是緘默者數載」。

《民呼日報》是于右任在上海創辦的第二份報紙，一問世便以敢言著稱，集中力量，揭示社會的黑暗面，特別是揭露清廷官吏的腐敗。蘇杭甬路總辦汪大燮出賣路權，被清廷撤職，《民呼日報》就把汪大燮當作「賣路賊」的典型，大揭朝中其他的「汪大燮」。這無疑惹怒了爲「同道中人」的上海道的蔡乃煌等官吏，蔡乃煌在 5 月底致電租界會審公廨，要求飭查《民呼日報》所載「汪侍郎大燮電致敝處」的新聞來源，雙方數次短兵相接。最後，在清廷和租界的雙重壓迫下，《民呼日報》被租界會審公廨責令停刊，存世僅 92 天，于右任在關押一個月零七天後，被逐出租界。[2]

袁世凱當政後，反袁之聲此起彼伏，爲了控制輿論，袁世凱聯合租界當局，共同壓制租界內部的反袁報刊。1912 年 5 月，《民權報》因爲批評袁世凱陰謀篡權行爲，公共租界巡捕房以「任意誹謗」的罪名，出票逮捕該報主筆戴天仇到公共租界會審公廨受訊。上海日報公會質疑會審公廨，提出「此案是何實情，希即覆查，以便轉播，而釋群疑」。租界當局不顧國人的正義要求，一意孤行，會審公廨強行判決。1913 年 4 月 30 日，公共租界工部局發布通告，

---

1 馬仁廣主編：《上海新聞史》，復旦大學出版社，2014 年版，第 245 頁。
2 馬仁廣主編：《上海新聞史》，復旦大學出版社，2014 年版，第 355 頁。

嚴禁租界報刊進行反袁宣傳，通告稱「近來報紙每有非分之記載，攸關國家政事，煽惑攻擊公家，過分誹謗責備」，「似爲擾亂治安，定給予取締」。[1]

除了上海，漢口也是全國重要的輿論腹地。《震旦民報》在漢口各報中最爲敢言，「黎屠戶」之名即出於該報，黎元洪對此報最爲忌恨。1913 年，宋教仁被刺殺案發生後，該報言論最爲激烈，編輯鄧狂言曾撰寫一聯痛罵袁世凱「地下若逢吳大將軍，愁說江邊住民無恙；天下不負武平章事，詎令河北逆賊長存」[2]。及至 1913 年 6 月，漢陽兵工廠因該廠總理劉慶恩以貶值紙幣發放工資而發生罷工風潮，該報連日著文予以聲援，並揭露黎元洪殺害工人總代表梁世顯，使黎元洪極爲憤恨，勾結英國領事派兵圍困報館，逮捕該報主筆，報紙被英領事諭令嚴禁在英租界發行。[3]

四、以會審公廨方式掌控新聞業

會審公廨亦稱會審公堂，是中國政府在上海、天津、漢口、廈門等地租界內設立的司法機構，根據 1869 年的《洋涇浜設官會審章程》正式建立。在華洋糾紛案件中，清政府傳統衙門在審判時存在明顯的弊端，與西方法律要求的公平公正原則格格不入，洋人認爲由清政府的衙門審理案件是不能夠保證司法公正的。因此，會審公廨在租界當局以保證「司法公正」的主導訴求下得以建立。

會審公廨設立的最初目的，是想要以西方司法審判的方式處理租界內部的華人與洋人之間的各種糾紛，達到一定的公平公正。在實際操作上，會審公廨卻造成了對中國主權的嚴重侵犯。從字面上，「會審公廨」意爲中外會審，即外國官員有權觀審、會審，但是，當華人和洋人發生糾紛的時候，相關中外條約中僅僅規定了由清政府派員和外人「會同審辦」，在審理案件的過程中，如何進行訴訟程序等相關規定卻沒有具體載明。[4]

甲午戰爭後，清政府爲了「自救」，決心在政治制度和司法領域進行改革，並意圖收回會審公廨的控制權。然而，在 1911 年，上海道劉燕翼將會審公廨交給領事團代管，領事團借機攫取管理公廨之實權。自此，會審公廨徹底演變爲洋人的法庭，在帝國主義列強的層層壓迫下，中國租界的司法主權被徹

1　馬仁廣主編：《上海新聞史》，復旦大學出版社，2014 年版，第 434 頁。

2　蔡寄鷗：《四十年來聞見錄》，第 62 頁。

3　唐惠虎、朱英主編：《武漢近代新聞史》，武漢出版社，2012 年版，第 302 頁。

4　王立民：《上海租界法制史話》，上海教育出版社，2001 年版，第 80～81 頁。

底剝奪。其實，早在 1905 年「黎黃氏案」等案件的審理上，上海民眾同公共
租界會審公廨就矛盾迭出，民眾對公廨的激烈牴觸，報紙言論更是倒向民眾
一邊，要求收回會審公廨權力的號召越來越引發社會的共鳴。

　　經過一系列的鬥爭與談判，在 1926 年初，中外雙方就收回上海會審公廨
再次展開交涉，然而因雙方主張相差懸殊，調和無望，談判歷經數月後陷入
僵局。談判破裂後，軍閥孫傳芳與上海領事團繼續交涉，最終達成《收回上
海會審公廨暫行章程》，公共租界會審公廨這一特殊的司法機構最終被收回。
經過多方努力，至 1929 年 10 月，除了英、美、日外，已有多國放棄或有條
件的放棄領事裁判權。隨後，1931 年，國民政府又相繼收回了法租界的會審
公廨，國民政府對租界的司法權力大大加強。自此，國民政府可直接對租界
內部的報刊起訴、判罪，控制力度大大加強。

第四節　第三方勢力對租界新聞傳播的干預與限制

　　租界是一個華洋混居的複雜社會形態，這個社會文化多元、人口多元、
權力控制多元。在中國和租界當局兩種主要政治力量的牽制外，複雜社會中
還存在各方勢力的博弈，並且對社會中的新聞傳播活動起到了一定影響。

一、第三方帝國主義勢力的介入

　　在所有帝國主義國家中，以日本對租界內的新聞傳播干涉最烈。《民吁日
報》就是在日本駐滬總領事要挾清政府和租界當局的干涉下，最後被永遠停
止出版。日本帝國主義對中國境內的輿論控制十分重視，以有利於實施其侵
略陰謀，《民吁日報》一創刊，日本駐滬總領事松岡就對它的背景進行詳細調
查，認為這是當地報界中代表民意反抗官場的一家報紙，具有一定威力。由
於《民吁日報》在上海法租界登記註冊，於是日領事向法領事多次挑撥，11
月 6 日，法租界當局取消了該報的登記，同時要求郵局不得為該報傳遞，11
月 10 日以《民吁日報》「於兩國邦交睦誼，大有妨礙，難斷容忍」為由，要
求蔡乃煌「嚴屬懲辦」。[1]12 月 28 日，日方指控《民吁日報》新聞共 60 餘條，
未經辯論，會審公廨即強行判決：「將該報永遠停止出版」。[2]

1　陳冠蘭：《近代中國的租界與新聞傳播》，中國書籍出版社，2013 年版，第 256 頁。
2　《申報》，1909 年 11 月 30 日。

日本帝國主義勢力還蠻橫干涉租界內中國人辦的日文報紙。1917年5月，日文《上海晚報》發行的第三天，日本總領事館警察署發出傳票，喚主辦人赴館責問，爲何沒有事先在日領事館註冊該報。《上海晚報》方面回應說，在租界內辦報自然受到租界法律的保護，無需和日方溝通，何況中國人在租界內也曾用英文發行報紙，也未見租界取締。日方則態度強硬的回覆道：「我自有方法令租界取締之」。

日方不僅自己四處干涉租界內的報刊發行，在其他勢力打壓中國新聞輿論自由時也不遺餘力的附和。1919年6月上海公共工部局炮製《印刷附律》企圖鉗制報刊輿論，在納稅人會議上，日本納稅人共出席138人，全部投贊成票，可見日本扼殺中國人言論自由的居心多麼急迫。日本人在西人社會中如此突出的干預中國報業的發展，扼殺革命輿論，也足以說明其企圖侵略中國的陰謀早已成型。

二、幫會勢力的影響

中國近代幫會是半殖民地半封建社會矛盾的產物，在鴉片戰爭後逐漸興起，勢力逐漸滲透到全國。從大歷史背景下來看，上海幫會的發展又尤爲引人注意。杜、黃、張三大幫派在上海灘一時呼風喚雨，對政界、金融界、工商界的事務均有插手和干涉，報業也不例外。在幫會勢力惡性膨脹的社會環境下，報紙也沒能逃脫幫會惡勢力的滲透。

首先最引人注意的是報人的普遍入會現象。據老報人徐鑄成回憶，在20～30年代的上海，跑社會新聞的記者或編本市新聞的，大都「拜」過「老頭子」，不入於黃（金榮），則入於（月笙）[1]，不僅三大幫會的報人門徒骨幹廣收弟子，報人也主動投靠幫會門派，三大「聞人」的徒子徒孫遍布上海報界。上海報人廣泛加入幫會也有其社會背景和現實原因，當時的社會新聞大多牽涉到綁票、姦殺、拐騙、涉訟等黑幕，而幫會中的流氓游民正是這些新聞的製造者，報人爲瞭解犯罪新聞的具體情況，獲取有價值的社會新聞，不得不打入幫會內部。更重要的是，即使記者掌握了某條重要線索或新聞消息，如若沒有幫會身份這道護身符，也不敢輕易刊發新聞，即使刊發，記者人身安全也難以保障甚至會引來殺身之禍。如1931年間，滬寧一帶頗有名氣的《錫報》登載了一篇文章，偶有涉及杜月笙的私生活。見報後次晨，杜月笙即派

---

[1] 徐鑄成：《報海舊聞》，三聯書店，2010年版，第261頁。

兩名門徒趕到無錫，將《錫報》老闆吳觀蠡綁到上海，文章作者宋癡萍則早被抓去打得遍體鱗傷。最後，《錫報》通過幫會中人的關係出面說情，吳、宋方才保回。[1]

幫會也會給報人一些甜頭，誘逼他們腐敗墮落以操控報刊新聞輿論。杜月笙的門徒每月要向他交孝敬錢，而報人門徒不僅不用交錢，還能得到杜的「津貼」，如《新聞報》的余空我每月能有 200 元左右的「空餉」。究其原因，乃是幫會希望通過收買報人使新聞輿論不至於損害幫會的利益。如顧執中初入《新聞報》時，採寫到一條賭場爆炸案的新聞，立即發送到編輯部。這條消息第二天沒有在報紙上刊登，卻轉到了杜月笙手裏。原來發生爆炸案的賭場是杜月笙開的，杜在報館的門徒不僅截留扣發了這條新聞，而且親自把原稿送到杜公館去邀功請賞。[2]

此外，幫會在一些糾紛中亦為報館擔當起了和事佬的角色。位於上海公共租界內的望平街，是近代著名的「報館一條街」，據測算，先後在此設立報館或發行處的大小報紙近百家，鼎盛時期約有四五十家報館同時集聚在此。究其原因，有幾方面的原因。地屬租界，輿論管制環境較為寬鬆，且望平街報刊發行便利。另一方面則是聚集在此的具有世襲壟斷性質的報販群體所起的重要作用，當時的報人甚至感慨道，報販「操各報生死之大權」。[3]

所謂報販就是以販賣報紙雜誌而營利謀生的群體。隨著上海報刊業的發展，報販群體也隨之壯大，甚至成立了自己的行會組織——捷音公會。捷音公會大約成立於 1911 年，定有董事會、行規，對同行業人員慈善互助，規定了地域範圍的劃分，他們根據各自地盤的劃分來支配各報館的發行，幾乎壟斷了當時上海的整個市場，並形成龐大的發行網絡，大報販下有小報販，小報販下還有小報童，小報販們人數甚眾，分布在上海各地。大報販們每日拂曉就會在望平街上各自所屬的地盤上擺好地攤，把自己從報館批發來的報紙再轉賣給小報販賺取差價。報販的勢力帶有明顯幫會色彩，常常採用流氓無賴式的做法逼迫報社滿足他們的要求，在報紙發行上強買強賣，拖欠報款等。

當時上海四大報之一的《新聞報》有次沒有滿足他們的要求，報販們竟

---

1 路鵬程：《1920～30 的上海報人與幫會》，《國際新聞界》，2015 年第 4 期，第 157～172 頁。

2 路鵬程：《1920～30 的上海報人與幫會》，《國際新聞界》，2015 年第 4 期，第 157～172 頁。

3 曹聚仁：《我與我的世界》，人民文學出版社，1983 年版，第 350 頁。

扯碎了數千份報紙，而報館對此也無計可施。報販還利用勢力對一些不肯屈服或有利益衝突關係的報館封殺，遏制報館的發展。《商報》在上海剛發行時，鋒芒畢露，使得老牌的《新聞報》受到威脅。於是《新聞報》假手報販對《商報》進行打擊，暗地和幾個報販頭子談好叫他們表面上對《商報》表示親善願意推銷，批發來的《商報》照單全收，但一轉手卻原封不動地送到廢紙店秤斤賣掉，使市面上看不見一張《商報》，報販一來可以討好大老闆，二來可以獲得額外的酬金，一舉兩得，而《商報》則一蹶不振。[1] 1936 年當《大公報》發行上海版時，遭到了同樣的報販「禮遇」，「幸請海上聞人杜月笙出面打招呼，《大公報》才化險爲夷」[2]。

除了操縱輿論不讓有損幫會利益的新聞見報外，幫會勢力還會巧用新聞使其爲幫會聲勢或能力做宣傳，杜月笙就是用新聞來塑造自己「能人」形象的典例。如杜月笙經常出面調解工潮，甚至自掏腰包付工人薪水，爲工商業主打包票。在調解完後，總要有關單位在各大報上刊登鳴謝杜月笙調解的啓事，突出他的調解作用，鞏固他「能人」的形象。杜月笙亦滿足於此，「覺得很有面子」。這一方法確實奏效，杜月笙的名聲經報紙一宣傳，上至名流下至百姓無人不曉。各行業的人遇到難以解決之事都會請他出面解決，如《大公報》剛創立上海版時，遭到對手打擊，胡政之忙請杜月笙出面斡旋。杜月笙遂「閒話一句」，「《大公報》已在上海出版，有不周之處，請各位多多幫忙。」封殺危機方才解決。除杜月笙外，其他幫會頭目也都積極將勢力滲入報界。如黃金榮收攬了包括「四大金剛」在內的所有小報。幫會勢力拉攏報人，積極涉足報界，既爲自己造勢也爲掌握輿論權。

上海報紙大多在租界落戶，儘管租界環境保證了一定的新聞自由，但報人報館仍受到來自官僚政治勢力、資本主義經濟勢力的影響，而幫會黑惡勢力的橫加干預又爲新聞傳播事業的正常發展加重了一道壓迫。

三、廣告商的干預

廣告作爲一種經濟活動，對民營報紙的運營維持起到了舉足輕重的作用，因而廣告商能夠對民營報業產生明顯的影響也是可以理解的了。以《申報》、《大公報》爲例，這種私人創辦的商業性報紙，沒有政府或其他勢力的

1　洪煜：《近代上海報販職業群體研究》，《史學月刊》，2008 年第 12 期，第 69 頁。
2　徐鑄成：《舊聞雜憶》，四川人民出版社，1981 年版，第 189～190 頁。

經濟支持，想要維持自己特色和原則，讓報紙長期生存下去，廣告收入就成了必須倚仗的經濟來源。在舊中國，一般商業性的報刊先是獲得一筆較大資金得以開辦，在創辦後，必須賴於廣告收入支持才能繼續發展和擴大，所以一般20世紀二三十年代，上海各大報都會增出《本市增刊》或「附張」用來刊登廣告。

據徐鑄成回憶，舊中國的廣告商或廣告社，不費任何本錢，剝削最多，而且還受到被剝削者的趨奉，被視爲衣食父母。廣告商費盡心機，不惜破壞版面，來突出他們的廣告，報館不僅要額外在新聞上給他代表的商品作宣傳，甚至還要幫他們欺騙讀者。如「人造自來血」之類，幾乎全靠廣告商的「噱頭」欺騙牟利。經管這類廣告的廣告社，就藉此要挾報社，揭穿這些藥品黑幕的文章自然不准登。[1]

除了虛假廣告在報紙上大行其道擠佔新聞版面之外，還有一種更爲嚴重的情況是，報紙受到資本集團的控制而不能有效的反映社會輿情成了當時報業內的一個普遍現象。過去，有些人責怪報紙在刊登罷工等勞資糾紛時，總站在資本家一邊，抹殺事實，污蔑工人階級。在客觀上，也和廣告很有關係。比如，一家藥廠是廣告的大戶，一旦發生工潮，由工廠通過廣告社，再由電話關照報社的廣告科，再由經理部通知編輯部，工人們的聲音和工潮眞相，如何能在報上反映出來？[2]

資本集團通過廣告影響或控制報紙，在殖民地和半殖民地的舊中國，還有兩個特殊原因：一是文盲多，讀者購買力弱，因此報紙不能定價高，依靠少數識字者的訂閱報館也難以自給自足；第二個原因是工業落後，國內基本不能生產白報紙，由此決定了報業對帝國主義的寄生性。

根據戈公振對幾個城市大報的統計來看，1925年4月廣告占報紙每日篇幅的分量分別是：上海《申報》爲59.8%，北京《晨報》爲43.6%，天津《益世報》爲62.0%，廣州《七十二行商報》爲52.6%，其中商業廣告占比最高。總的來看，廣告和廣告商對報館的影響是多方面的，複雜的社會環境、唯利是圖的資本主義義利觀、缺乏約束和規範的虛假廣告，嚴重影響了報紙在承擔社會輿情反映、新聞訊息傳遞的功能。隱匿在廣告商背後的資本集團又通過廣告來影響控制報紙內容，削弱了報刊的社會功能。

---

1 徐鑄成：《報海舊聞》，三聯書店，2010年版，第250頁。
2 徐鑄成：《報海舊聞》，三聯書店，2010年版，第251頁。

引用文獻

（圖書專著部分）

1. 〔德〕恩斯特・柯德士：《最後的帝國沉睡的與驚醒的「滿洲國」》，遼寧人民出版社，2013 年版。

2. 〔新〕卓南生：《中國近代報業發展史》，中國社會科學出版社，2002 年版。

3. 蒯世勳：《上海公共租界史稿》，上海人民出版社，1980 年版。

4. 〔法〕白吉爾：《上海史：走向現代之路》，上海社會科學院出版，2005 年版。

5. 〔英〕李提摩太：《親歷晚清四十五年——李提摩太在華回憶錄》，天津人民出版社，2005 年版。

6. 〔英〕馬禮遜夫人編，顧長聲譯：《馬禮遜回憶錄》，廣西師範大學出版社，2004 年版。

7. 「行政院」，《行政院新聞局局史——四十年紀要》，臺灣行政院新聞局印行，1988 年版。

8. 《ラジオ年鑑・昭和 17 年》，日本放送出版協會，1943 年版。

9. 《北支蒙疆年鑑昭和 16 年版》，北支那經濟通信社，1941 年版。

10. 《北支那経済年鑑昭和 14 年版》，北支那經濟通信社，1938 年版。

11. 《華北宣傳概況》，華北政務委員會情報局，1943 年版。

12. 《華中放送協會設立要綱（案）》，興亞院華中連絡部，昭和 15 年版。

13. 《列寧全集》第 12 卷，人民出版社，1986 年版。

14. 《列寧全集》第 32 卷，人民出版社，1985 年版。

15. 《列寧全集》第 4 卷，人民出版社，1986 年版。

16. 《列寧全集》第 5 卷，人民出版社，1986 年版。

17. 《馬克思恩格斯全集》第 4 卷，人民出版社，1958 年版。

18. 《馬克思恩格斯全集》第 6 卷,人民出版社,1961 年版。

19. 《馬克思恩格斯全集》第 1 卷,人民出版社,1956 年版。

20. 《馬克思恩格斯全集》第 27 卷,人民出版社,1972 年版。

21. 《馬克思恩格斯全集》第 31 卷,人民出版社,1972 年版。

22. 《馬克思恩格斯全集》第 38 卷,人民出版社,1972 年版。

23. 《馬克思恩格斯全集》第 39 卷,人民出版社,1974 年版。

24. 《馬克思恩格斯全集》第 7 卷,人民出版社,1959 年版。

25. 《滿洲電信電話會社規定聚》,通信文庫,1934 年版。

26. 《滿洲國策會社綜合要覽》,滿洲事情案內所,1939 年版。

27. 《滿洲國警察概要》,民政部警務司,1935 年版。

28. 《滿洲國現勢·康德 3 年版》,滿洲國通信社,1936 年版。

29. 《滿洲國治に於ける治外法権》,《國際事情》(続編·第 8),日本外務省情報部,良栄堂,1937 年版。

30. 《滿洲國警察史》,吉林省公安廳公安史研究室,1990 年版。

31. 《蒙古法令輯覽》第 1 卷(官制篇),蒙疆行政學會出版,1941 年版。

32. 《蒙疆経済事情》,大阪府立貿易館,1940 年版。

33. 《蒙疆年鑑昭和 19 年版》,蒙疆新聞社,1943 年版。

34. 《蒙疆政府公文集上輯》,南滿州鐵道株式會社調查部,1939 年版。

35. 《驀進三ヶ年》,北支軍報導部,1940 年版。

36. 《日本新聞年鑑·昭和 11 年版》,日本新聞研究所,1936 年版。

37. 《日本新聞年鑑·昭和 8 年版》,日本新聞研究所,1933 年版。

38. 《特殊會社準特殊會社法令及定款》,滿洲中央銀行調查課,1938 年版。

39. 《外務省警察史在滿大使館第二》,不二出版,1996 年版。

40. 《外務省警察史在滿大使館第三》,不二出版,1996 年版。

41. 《外務省警察史在滿大使館第一》,不二出版,1996 年版。

42. 《外務省警察史在滿洲里及在海拉爾領事館》,不二出版,1996 年版。

43. 《外務省警察史支那ノ部(中支)》,不二出版社,2001 年版。

44. 《維新政府法令彙編第 1 輯》,中華聯合通訊社印,1939 年版。

45. 《維新政府法令彙編第 1 輯》,中華聯合通訊社印,1939 年版。

46. 《維新政府各省市縣宣傳會議報告書》,維新政府行政院宣傳局,1939 年版。

47. 《新聞統合——戰時期におけるメディアと國家》,勁草書房,2011 年版。

48. 《新支那現勢要覽第 2 回昭和 15 年版》,東亞同文館,1940 年版。

49. 《新中國新聞論》，中央報業經理處，1942 年版。

50. 《宣伝計劃送付の件》，《滿密大日記‧昭和 7 年‧第 8 冊》，防衛省防衛研究所。

51. 《郵電総局官制》，《蒙疆政府公文集上輯》，南滿州鐵道株式會社調查部，1939 年版。

52. 《支那事變關係執務報告上卷第三冊》，東亞局第三課，1937 年版。

53. 《支那新聞同業協會成立》，《中國年鑑民國 38 年》，上海日報社調查編纂部，1939 年版。

54. 《中共中央文件選集》第 1 冊，中共中央黨校出版社，1990 年版。

55. 《中國放送協會設立ニ關スル件報告（通牒）》，支那派遣軍報導部長岩崎春茂，昭和 16 年版。

56. 《中華民國實錄‧際會風雲（一卷上）》，吉林人民出版社，1997 年版。

57. 《中華民國史》第二冊‧志一，四川人民出版社，2006 年版。

58. 《中華民國維新政府政綱》，《維新政府法令彙編第 1 輯》，中華聯合通訊社印，1939 年版。

59. 《中華民國現行法規大全》，商務印書館，1936 年版。

60. 《中華民國維新政府概史》，行政院宣伝局，1940 年版。

61. 《關東軍文件集》，吉林大學出版社，1995 年版。

62. 《華北政務委員會法規彙編》（下冊）（十一僉載），1941 年版。

63. 《華北政務委員會法規彙編》（下冊）（十一僉載），1941 年版。

64. 陳玉申：《晚清報業史》，山東畫報出版社，2003 年版。

65. 高曉燕主編：《東北淪陷時期殖民地形態研究》，社會科學文獻出版社，2013 年版。

66. 劉萍、李學通主編：《辛亥革命資料選編》第四卷（下冊），社會科學文獻出版社，2012 年版。

67. 毛澤東：《毛澤東選集》第 5 卷，人民出版社，1977 年版。

68. 倪延年：《中國報刊法制發展史‧史料卷》，南京師範大學出版社，2006 年版。

69. 日本中央大學人文科學研究所編：《民國後期中國國民黨政權研究》，中央大學出版部，2005 年版。

70. 上海商務印書館編譯所編纂：《大清新法令》第四卷，商務印書館，2011 年版。

71. 孫中山：《孫中山全集》（第 7 卷），中華書局，1985 年版。

72. 王凌霄：《中國國民黨新聞政策之研究》，國民黨黨史會，1996 年版。

73. 張之華主編：《中國新聞事業史文選》，中國人民大學出版社，1998 年版。

74. 趙君豪：《中國近代之報業》，上海書店，1990 年版。

75. 重慶地方史資料組編：《重慶蜀軍政府資料選編》，重慶地方史資料組，1981 年版。

76. 蔡銘澤：《中國國民黨黨報歷史研究（1927～1949）》，團結出版社，1998 年版。

77. 曹聚仁：《我與我的世界》，人民文學出版社，1983 年。

78. 陳冠蘭：《近代中國的租界與新聞傳播》，中國書籍出版社，2013 年版。

79. 陳力丹：《馬克思恩格斯列寧論新聞》，人民日報出版社，2009 年版。

80. 陳力丹：《馬克思主義新聞觀思想體系》，中國人民大學出版社，2006 年版。

81. 陳樹涵（整理），《天津文史資料選輯》，1988 年版，第 42 輯。

82. 陳玉申：《晚清報業史》，山東畫報出版社，2003 年版。

83. 儲玉坤：《現代新聞學概論》（第 2 版），世界書局，1945 年版。

84. 方漢奇主編：《中國新聞事業通史》（第 2 卷），中國人民大學出版社，1996 年版。

85. 方漢奇，丁淦林，黃瑚，楊雪梅等：《中國新聞傳播史》，中國人民大學出版社，2009 年版。

86. 方漢奇：《中國近代報刊史》，山西教育出版社，1991 年版。

87. 方漢奇：《中國新聞事業編年史》上，福建人民出版社，2000 年版。

88. 方漢奇主編：《中國新聞事業通史》（第 1 卷），中國人民大學出版社，1996 年版。

89. 方曉紅：《中國新聞史》，南京師範大學出版社，2004 年版。

90. 費成康：《中國租界史》，上海社會科學院出版社，1991 年版。

91. 費正清主編：《劍橋中華民國史，1912～1949 年，上卷》，中華社會科學出版社出版，2007 年版。

92. 費正清主編：《劍橋中華民國史》第一部，上海人民出版社，1991 年版。

93. 傅波主編：《遠東抗戰研究》，遼寧民族出版社，2008 年版。

94. 戈公振：《中國報學史》，三聯書店，1955 年版。

95. 韓信夫、姜克夫主編：《中華民國史大事記》第一卷（1905～1915），中華書局，2011 年版。

96. 行政院新聞局編：《新聞局業務統計概要》，1948 年版。

97. 胡道靜：《上海新聞事業之史的發展》，上海市通志館，1935 年版。

98. 懷效鋒：《中國法制史》，中國政法大學出版社，2002 年版。

99. 懷效鋒主編:《清末法制變革史料》,中國政法大學出版社,2010 年版。

100. 黃東:《塑造順民:華北日僞的「國家認同」建構》,社會科學文獻出版社,2013 年版。

101. 黃時鑒:《東西洋考每月統記傳》,中華書局,1997 年版。

102. 江蘇省地方志編纂委員會編:《江蘇省志第 80 卷:報業志》,江蘇古籍出版社,1999 年版。

103. 解學詩主編:《滿鐵檔案資料彙編第十三卷·滿鐵附屬地與「九一八」事變》,社會科學文獻出版社,2011 年版。

104. 金沖及、胡繩武:《辛亥革命史稿》第二卷,上海人民出版社,1985 年版。

105. 李相哲:《滿州における日本人經營新聞歷史》,凱風社,2000 年版。

106. 李秀雲:《中國新聞學術史》,新華出版社,2004 年版。

107. 里見甫編:《滿洲國現勢·大同 2 年度版》,滿洲國通信社,1933 年版。

108. 梁啓超:《飲冰室合集·文集之三十四》。

109. 劉廣安:《晚清法制改革的規律性探索》,中國政法大學出版社,2013 年版。

110. 劉海年、楊一凡主編:《中國珍稀法律典籍集成》丙編(第一冊),科學出版社,1994 年版。

111. 劉江船:《建國前中國共產黨新聞管理思想研究》,吉林大學出版社,2006 年版。

112. 劉覺民:《報業管理概論》,商務印書館,1936 年版。

113. 劉萍、李學通主編:《辛亥革命資料選編》第四卷(下冊),社會科學文獻出版社,2012 年版。

114. 劉望齡:《黑血·金鼓——辛亥前後湖北報刊史事長編》(1866~1911),湖北教育出版社,1991 年版。

115. 劉哲民:《近現代出版新聞法規彙編》,學林出版社,1992 年版。

116. 馬光仁主編:《上海新聞史》(1850~1949),復旦大學出版社,2014 年版。

117. 馬藝:《天津新聞史——源自一八八六年的天下公器》,天津人民出版社,2015 年版。

118. 滿州司法協會編纂:《第六編警察法》,《滿州帝國六法:滿日対訳》,嚴松堂書店興安社,1937 年版。

119. 滿州司法協會編纂:《第五編刑事法》,《滿州帝國六法:滿日対訳》,嚴松堂書店興安社,1937 年版。

120. 毛澤東:《毛澤東新聞工作文選》,新華出版社,1983 年版。

121. 內川芳美編:《在滿輿論指導機關ノ機構統制案》,《マス・メディア統制（一）》,みすず書房,1975 年版。

122. 倪延年:《中國新聞法制史》,南京師範大學出版社,2013 年版。

123. 倪延年:《中國報刊法制發展史》史料卷,南京師範大學出版社,2006 年版。

124. 邱遠猷、張希坡:《中華民國開國法制史》,首都師範大學出版社,1997 年版。

125. 上海市檔案館:《工部局董事會會議錄》,上海古籍出版社,2001 年版。

126. 史梅定:《上海租界志》,上海社會科學院出版社。

127. 宋原放:《中國出版史料・現代部分》（第 2 卷）,山東教育出版社,1994 年版。

128. 孫中山:《孫中山全集》（上）,三民公司,1927 年版。

129. （臺灣）教育部:《中華民國建國史》第一篇革命開國（二）,國立編譯館,中華民國七十四年版。

130. 湯傳福,黃大明:《紙上的火焰——1815～1915 的報界與國運》,廣西師範大學出版社,2013 年版。

131. 唐惠虎、朱英主編:《武漢近代新聞史》,武漢出版社,2012 年版。

132. 天津市政協文史資料研究會:《天津租界》,天津人民出版社,1986 年版。

133. 王立民:《上海租界法制史話》,上海教育出版社,2001 年版。

134. 王立民、練育強:《法制研究》,法律出版社,2011 年版。

135. 王綠萍:《四川近代新聞史》,四川大學出版社,2007 年版。

136. 王潤澤:《北洋政府時期的新聞業及其現代化（1916～1928）》,中國人民大學出版社,2010 年版。

137. 王鐵崖編:《中外舊約章彙編第一冊:1689～1901》,三聯書店,1957 年版,第 198 頁。

138. 文慶編:《籌辦夷務始末》（道光朝）第 5 冊,文海出版社,1970 年版。

139. 吳志偉:《上海租界研究》,學林出版社,2012 年版。

140. 謝嘉編:《日本侵略華北罪行檔案 10・文化侵略》,河北人民出版社,2005 年版。

141. 新聞局統計室編:《新聞局業務統計概要》,1948 年版。

142. 熊月之:《西學東漸與晚清社會》,上海人民出版社,1994 年版。

143. 徐載平,徐瑞芳:《清末四十年申報史料》,香港大華出版社,1971 年版。

144. 徐鑄成:《報海舊聞》,三聯書店,2010 年版。

145. 徐鑄成:《舊聞雜憶》,四川人民出版社,1981 年版。

146. 許清茂、林念生主編：《閩南新聞事業》，福建人民出版社，2008 年版。

147. 薛理勇：《舊上海租界史話》，上海社會科學院出版社，2002 年版。

148. 嚴中平等編：《中國近代經濟史統計資料選輯》，中國社會科學出版社，2012 年版。

149. 楊大辛：《天津的九國租界》，天津古籍出版社，2004 年版。

150. 楊森富：《中國基督教史》，臺灣商務印書館，1984 年版。

151. 姚公鶴：《上海閒話》，上海古籍出版社，1989 年版。

152. 永松淺造：《新中華民國》，東華書房，昭和 17 年版。

153. 袁繼成：《漢口租界志》，武漢出版社，2003 年版。

154. 張莉：《南京國民政府新聞出版立法研究》，華東政法大學博士學位論文，2011 年。

155. 趙建國：《分解與重構：清季民初的報界團體》，生活·讀書·新知三聯書店，2008 年版。

156. 趙玉明主編：《日本侵華廣播史料選編》，中國廣播影視出版社，2015 年版。

157. 趙占元：《國防新聞事業之統制》，汗血書店，1937 年版。

158. 鄭保衛：《馬克思恩格斯報刊活動與新聞思想研究（上）》，高等教育出版社，2003 年版。

159. 中村明星：《動く滿洲言論界全貌》，新聞解放滿鮮總支社，1936 年版。

160. 中國第二歷史檔案館編：《中華民國檔案資料彙編》（第五輯第一編：文化一），江蘇古籍出版社，1996 年版。

161. 中國第二歷史檔案館編：《中華民國史檔案資料彙編》（第五輯第三編·文化），江蘇古籍出版社，1996 年版。

162. 中國法規刊行社：《最新六法全書》，春明書店，1946 年版。

163. 中國社會科學院新聞研究所編：《中國共產黨新聞工作文件彙編》（上），新華出版社，1980 年版。

後　記

　　本書稿係國家社科基金 2013 年度重大項目「中華民國新聞史」（項目編號：13&ZD154）《民國新聞專題史研究叢書》10 卷分冊之一。

　　承蒙「中華民國新聞史」項目首席專家、南京師範大學倪延年教授邀請，參與其項目研究，並承擔「民國時期的新聞業管理體制研究」這一子課題的負責人。

　　筆者雖從事新聞史學研究與教育多年，但從教學的需要出發，研究視野及精力多置於通史層面。以民國時期的新聞業管理體制這一方向進行斷代史的專題研究，實屬首次。

　　好在筆者身處兩個很好的團隊。

　　一是倪延年教授領銜組成的重大項目研究團隊。該團隊由來自不同高校的均有建樹的新聞史學研究者組成。團隊以不同形式及相對固定的時間在一起切磋琢磨，讓思維與觀點相互碰撞，這種研究態勢，對筆者進行更全面、更客觀地審視研究對象有極大的裨益。

　　另一團隊則是由筆者帶領的本專題的研究群體。這一群體最大的優勢是年輕，精力旺盛，有研究活力且心無旁騖，能迅速調整自己的研究方式、研究角度，能快速吸納並適應新的要求。於是在最初的多次討論，制定研究方法、初定大綱後，便很快地、正確地進入了各自的研究軌道。這使得負責人在本課題的驗收過程中，格外篤定與輕鬆。他們大多是筆者已經畢業和屆時在讀的博士生。通過這一研究，他們更加成熟，在讀的均已畢業，有的還將自己研究的某一方向選作了博士學位論文選題；有的已經晉升爲副教授；也有若干博士已獨立獲得了國家項目或省級項目。

謹將他們在本課題中分擔的工作介紹如下：

第一章「民國新聞管理體制的生成環境」由張羖副教授執筆；

第二章「民國南京臨時政府新聞管理體制」由高山冰副教授執筆；

第三章「民國北京政府時期新聞管理制度」由方曉紅教授執筆；

第四章「民國南京政府時期國統區新聞業的管理體制」由曾來海副教授執筆；

第五章「民國時期紅色新聞業的管理體制」由操瑞青博士執筆；

第六章「日本佔領下新聞業的管理體制」由虞文俊博士執筆；

第七章「租界的新聞傳播管理與控制」由莊曦副教授執筆。

想提到的是，本書稿第五章的完成人操瑞青博士。在本研究的進展過程中，他成爲本負責人重要的臂膀。屆時，他正在攻讀博士，並參與著本人負責的另一國家項目。在順利地完成了兩個項目中所承擔的研究任務，並兼承著沒有實名的兩個項目中的秘書一職外，他如期完成了自己的博士學位論文，其論文亦被評爲 2018 年省優秀博士論文。筆者非常欣賞他的研究力及責任感。

我的另一位博士曹剛，在本課題前期，曾爲本課題研究作了大量的資料搜集工作，因爲另一項目的需要，他後期未參與本研究，但筆者仍視其爲本研究團隊的成員之一。

由於有上述兩個團隊，本研究得以順利結稿。余有幸焉。

本研究雖不能盡善盡美，但自覺已經盡力盡責。餘下來的，則是懇請方家賜教！

方曉紅

2018 年 12 月於海德衛城